ちくま学芸文庫

新編 意味の変容

森 敦

筑摩書房

目次

意味の変容

マンダラ紀行

十二夜　月山注連寺にて

新編　意味の変容

意味の変容

寓話の実現

壮麗なものには隠然として、邪悪なもの、怪異なもの、頽廃したものが秘められ、夜光のような輝きを放っている。いまもし、壮麗なものを世上の謂うところに従って、崇高なもの、美麗なもの、厳然としたものであるとしてみよう。たんなる空しい語彙の置き換えに終わって、壮麗なものを壮麗なものたらしめる、夜光のような輝きを放つことはできないであろう。それでは、壮麗なものとは崇高なもの、美麗なもの、厳然としたものでないというのか。邪悪なもの、怪異なもの、頽廃したものであるというのか。

ともあれ、この崇高なもの、美麗なもの、厳然としたものと、邪悪なもの、怪異なもの、頽廃したものとは、互いに境界によって内部、外部を形成するところの反対概念である。なにを以て内部となし、外部となすか、その厳密な定義はやがて明らかにされて行くであろうが、このようにして壮麗なものは、反対概念を包括する全体概念であると言っていい。

いや、この崇高なもの、美麗なもの、厳然としたものと、邪悪なもの、怪異なもの、頽廃したものが、境界によっていずれが内部をなすともなく外部をなし、外部をなすともなく内部をなすところに、ひとびとを憎悪させ、嫌悪させ、忌避させながらも、なお戦かせ、魅了し、誘惑する幻術めいたものを感じさせる。壮麗なものがなんぴとにも眼をそむけることを許さず、しかもなんぴとにも眼をそむけさせずにおかないというのは、おそらくこのためなのだ。したがって、ここに矛盾があり、全体概念には必ず矛盾があるということ、全体概念に矛盾あらしめるところのものは、そもそも境界にあるということを知らねばならぬ。もし完璧を期するなら、境界に対応する中心にも言及しなければならぬが、しばらく措こう。

類も稀な壮麗な蛇、わたしが昼なお暗い森深く身を隠し、じっとおのれに耐えているのは賢明であると言わねばならぬ。ひとたびわたしが姿を隠さず現れれば、わたしは壮麗なものの中でも、もっとも壮麗な蛇なるが故に、世に比類なき幻術と感じられ、いかなる光景を呈するかわからない。加うるに、強く鋭い牙を持ち、恐るべき毒を含んでいる。それはおのれを憎悪し、嫌悪し、忌避するものを、蠱惑するがごとく斃すことができる。しかし、このようにしておのれを憎悪し、嫌悪し、忌避するものを斃すことができるということが、その憎悪と嫌悪と忌避を果てもなく募らせ、かえっておのれの生存をすら危うくするだろう。

にもかかわらず、ひたすら壮麗であろうと冀い、げんに壮麗なるに似ることのできた無数の蛇たちがいるのだ。壮麗なるに似たといっても、見たところ壮麗なものの持つべき崇高なもの、美麗なもの、厳然としたものに欠けると言うのではない。ただ、そこにはいかにも隠然として夜光のように輝く邪悪なもの、怪異なもの、頽廃したものが秘められていない。

よって以てひとつの全体概念を形成するところの反対概念がないのであるから、境界によっていずれが内部をなすともなく外部をなし、外部をなすともなく内部をなして、ひとびとを憎悪させ、嫌悪させ、忌避させながらも、なお戦かせ、魅了し、誘惑する幻術めいたものを感じさせもしない。いわんや、壮麗なものがなんぴとにも眼をそむけることを許さず、しかもなんぴとにも眼をそむけさせるようなものもなく、いたずらにひとびとの笑いを誘うにすぎない。これは謂うところの滑稽ですらない、単なる錯誤である。反対概念をなさしめる境界なしでは、内部外部をなさぬにもかかわらず、なお内部外部をなすがごとく考え、みずから全体概念をなすと見做して澄ましている。境界こそは内部外部の変換の鑰（かぎ）であり、変換こそは認識の鑰である。

すなわち、壮麗なるに似た無数の蛇たちは、なまじい壮麗な蛇に似ているばかりに、かえって似ても似つかぬ滑稽なものになっているのも気づかず、ただ健康で、無邪気で、明るく、その持つ牙に毒さえも含まず平然としている。いや、その持つ牙に毒さえも含まぬということから、せめても毒を持つかに見せようとする狡猾さが、いささかの虚栄と相俟って、壮麗なるに似た無数の蛇たちに、壮麗であることを冀わせたのだ。笑止であると言わねばならぬ。

昼も暗い森深くにも、月光が流れれば、その幾千万の木の葉は、幾千万の鱗のように輝きはじめる。こうした大自然の壮麗さの中にあっては、壮麗な蛇の壮麗さのごときも、もののの数でなくなるだろう。かくて、壮麗な蛇もまたその壮麗さから、解き放たれると思うかもしれない。しかし、壮麗な蛇の幾千万とない鱗もまた、幾千万の木の葉のように輝き、崇高なもの、美麗なもの、厳然たるものは、いよいよ邪悪なもの、怪異なもの、頽廃したものを伴って、幻術は果てもなく幻術めいて来る。ここに壮麗なものの真に壮麗なるゆえんがあるのだ。

幸いにして、ものみなは深い眠りに落ちている。かかるとき、壮麗な蛇は僅かに餌を求めねばならぬ。なにものの眠りも妨げまいとして、ひそやかに動く。しかし、眩ゆいばかりに輝く草々を縫って、せせらぎも立てぬ流れのようにうねりながら、突然ハッとして、総身の鱗の逆立つ思いにかられた。大鎌を月光に輝かせて突ッ立つ男、壮麗なるに似た蛇どもの飼育者！　その姿のなんと黒々として大きくみえたことだろう。

眩ゆいばかりに輝く草々の間には、すでに生殖のために集うた壮麗なるに似た無数の蛇たちが胴を輪切りにされ、頭と頭、尾と尾を絡みあわしながら、血にまみれてころがっていた。これもまた致し方ないと言えるであろう。壮麗なるに似たこれら無数の蛇たちは、わたしのように昼なお暗い森深く身を隠そうとはしなかった。じっとおのれに耐えていようとはしなかった。いや、昼なお暗い森深くから、身を現そうがために、せめても壮麗なるに似た蛇になろうとして、壮麗なるに似た蛇になったのである。

さもあれ、わたしは鎌首をもたげて身構えたが、それはたんに身内を走る戦慄がそうさせたにすぎない。むろん、その戦慄がおのれの毒を含む牙の、大鎌に刃向こうて敵すべくもないところから来ていると言っても嘘になるであろう。しかし、なによりもみずからも壮麗ならんとして大鎌をつくり、その生皮を剝ごうとして壮麗なるに似た無数の蛇を飼育生殖させ、生殖に集うものをかくも無惨に殺戮して顧みぬ者を憎悪し、嫌悪し、忌避させたのだ。わたしには予感ともいうべきものがあった。その予感ともいうべきものが、一層憎悪し、嫌悪し、忌避させたのである。

わたしはふたたび幾千万の木の葉が、幾千万の鱗のように輝く森深く戻ると、その幾千万の鱗を幾千万の木の葉のように輝かしながら想うのである。生殖力こそは愚者の持つ最大の武器である。やがて、壮麗なるに似た無数の蛇は無惨な殺戮にもかかわらず、あたりに満ち溢れるであろう。そして、いつの日か無惨な殺戮にあうとも気づかず、健康に、無邪気に、明るく振る舞うであろう。あるいは、壮麗であるために絶望的な孤独を強いられ、ひそかに残り餌を拾わねばならぬのを笑っているかもしれない。

しかし、わたしはこの笑いを、笑い返す気はなかった。かえって、壮麗なるに似た蛇のように、いつの日か無惨な殺戮にあうとも気づかず飼育され、健康に、無邪気に、明るく振る舞うようになりたかった。この牙の持つ恐るべき毒がなんだというのか。いたずらにおのれを絶望的な孤独におとしいれるばかりか、おのれのおちいった絶望的な孤独を守るにすら役立たぬ。されど、脱皮のときが来る。神よ、そのときは恩寵を垂れ、脱皮とともに壮麗なるを捨て、醜く、浅ましく、卑しきものたらしめ給え。よしんば壮麗であることを冀おうとも、もはや壮麗なるに似ることもできぬ者たらしめ給え。

やがて、脱皮の時が来た。わたしは祈りの聞きとどけられんがためには、呻き、のたうち、みずからがみずからを生む苦しみも、ものの数ではないと思った。だが、朦朧として目眩めきながらも次第に意識を恢復して、月光の輝きの中に見たものはおどけきった透明な表皮にすぎず、神にすら挑めというごとく、いよいよ壮麗な蛇になって来たわたし自身を見いださねばならなかったのである。わたしは知った。内部が内部といわるべきものになったとき、それもまた全体概念をなす。とすれば、当然反対概念が含まれて来なければならぬ。このようにして、壮麗なるに似た蛇も内部へと密蔽することによって、壮麗な蛇となる。寓話の実現者の恐るべき幻術！　あるいは大鎌を月光に輝かせて突ッ立った男、あれこそはその実現者ではなかったか。

見よ、広々とした畑地いちめん、大根が植えられている。大根は健康で、無邪気で、明るい。ほっておけばみずからの充実において大地から抜け出、身の程も知らず天を犯すの概あるごとき勢いを示し、ときに大風に見舞われて、累々とその身をころがす。ある人はこれを恐れて、しばしば盛り土をしてやる。しかし、その人にいたわりの心が、あるなどと思ってはならない。いずれはみずからの手で、これら栽培した大根を引き抜こうとしているのだ。それは壮麗なるに似た蛇を飼育繁殖させ、やがては殺戮しようとする男と、なんの変わりはない。

ところが、一体どうしたというのか。その男は大根のひとつを選んで、その生い繁った葉の上に一枚の四角な硝子板を載せ、硝子板の四方に鉛のおもりを置いた。生い繁った葉はまだそのためにヘシ折られはしないが、たちまちヘシ折られんばかりになった。しかも、男は低速度カメラを据えて、これを撮ろうというらしい。

撮り終わると試写室にフィルムを持ち込み、スクリーンに向かってこんどは高速度で映しはじめた。すでにスクリーンには巨大な大根があり、ヘシ折られんばかりになりながらも、渾身の力を振り絞って右の葉、左の葉、前の葉、後ろの葉、その他もろもろの葉で、鉛のおもりの置かれた硝子板を支えている。

だが、この愚かな大根もこの不当な圧迫に憤り、いかにしてこれから逃れるべきかを考えでもするように、徐々ながらも右の葉、左の葉、前の葉、後ろの葉、その他もろもろの葉を動かそうと試みはじめる。それにつれて硝子板も僅かに傾き、鉛のおもりも動くのだが、互いにしめしあわせて、意地悪を楽しんででもいるように、ずれたと思うと戻り、戻ったと思うとずれて、いよいよ手痛く大根を圧迫する。

このようにして、硝子板もまたこれを逃れようとすれば、逃れようとする者をますます苦しめるという意味では、密蔽して内部をなさしめるところの境界をなしている。おおそ、かかる苦しみは耐えるよりほかはないと思い諦めさすものだが、大根は断じて屈しようとしない。われとわが葉をいたずらにヘシ折るかもしれぬのも恐れず、硝子板のかすかな動きに乗じて、右の葉でけり、左の葉でけり、前の葉でけり、後ろの葉でけり、その他もろもろの葉でけって、無謀な戦いをやめようとはしないのだ。

ハッと思う瞬間硝子板は傾いて、鉛のおもりはあわてはじめる。しかし、そのあわてることが一層硝子板を傾け、ついには硝子板の傾きそのものが硝子板を傾け、大きく傾いて来たと見るうちに大根の葉を滑り落ちる。硝子板は大地に砕けて、水しぶきにも似た破片を静かに飛び散らせ、鉛のおもりは道化者のように、ゆるゆると跳ねながらころがって行く。

すでに大根は右の葉、左の葉、前の葉、後ろの葉、その他もろもろの葉をひるがえしている。怒れるもののついに征服し得たりとでもいった大根の歓喜は、大いに男を満足させた。一旦、大根を密蔽して全体概念をなさしめた内部から、内部外部を以て全体概念をなすところのものに変換することに成功したと思ったからであろう。しかし、境界をなしていた硝子板はもはやない。境界なくしては内部外部はなく、全体概念をなすことはあり得ない。いや、かえって、全体概念を持つものから、壮麗なるに似た蛇のように全体概念を持たぬものへと解き放って、愚かな大根から大愚者の寓話を実現しようとしたのかもしれぬ。してみれば、このいたずら者もその実現者として、大鎌を月光に輝かせて突ッ立った男と、なんの変わるところはない。

類も稀な壮麗な蛇、わたしはわたしの中に幻術があると思っていた。ところが、まさにわたしが幻術の中にあろうとしているのだ。おお、木々を裂く嵐から、潮騒のどよもす吹雪から、荒涼とした岩石の山頂から、光の柱の立つ密雲から哄笑が聞こえる。

死者の眼

もう会えぬと思っていたが、よく来てくれたね。

「そう言えばそうだな。ぼくもやっぱりそんな気がするんだ。戦争はすでに起こっている。みな別れたら、もう会えぬような気になってるんじゃないかな」

そうだな。

「しかし、大きな工場だね。こんなに大きいとは思わなかったよ。もうこれで終わりかと思ってると、また建物があり、その各階に無数の工員がいる……」

大きいというわけじゃないが、ここは謂わば壺中の天だからね。

「壺中の天？　成程なア。まさに世界だ」

世界？　おなじことだが、ぼくらは全体概念を形づくっていると呼んでるんだよ。そうだ。


任意の一点を中心とし、任意の半径を以て円周を描く。そうすると、円周を境界として、

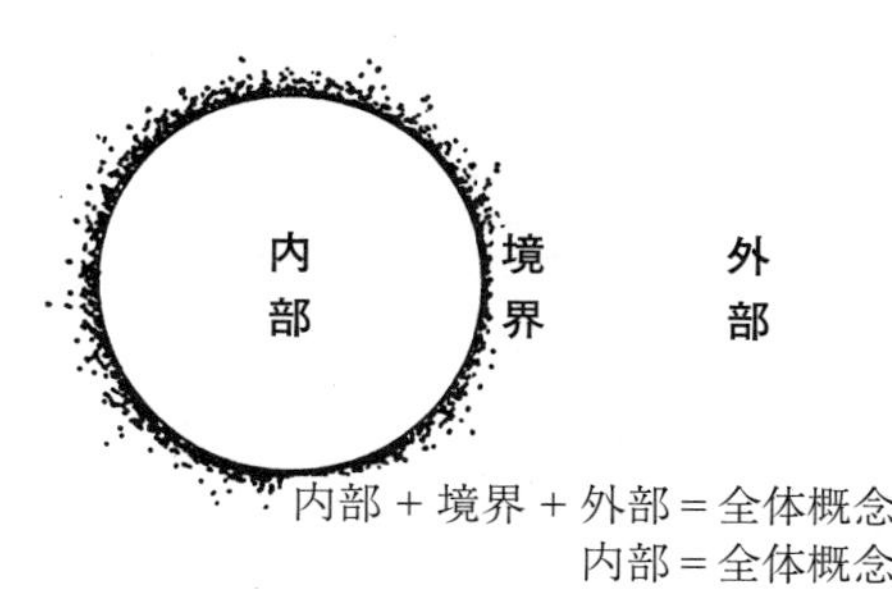

図１

全体概念は二つの領域に分かたれる。境界はこの二つの領域のいずれかに属さねばならぬ。このとき、境界がそれに属せざるところの領域を内部といい、境界がそれに属するところの領域を外部という。

内部＋境界＋外部で、全体概念をなすことは言うまでもない。しかし、内部は境界がそれに属せざる領域だから、無辺際の領域として、これも全体概念をなす。したがって、内部＋境界＋外部がなすところの全体概念を、おなじ全体概念をなすところの内部に、実現することができる。つまり壺中の天でも、まさに天だということさ。いつか『壮麗な蛇』の話をしたね。覚えていてくれただろうか。あれはこれを寓話化したもんだ。

「全体概念か。そのせいかな、こうしていると、なにか安堵のようなものを覚えるよ」

しかし、きみが安堵のようなものを覚えるというの

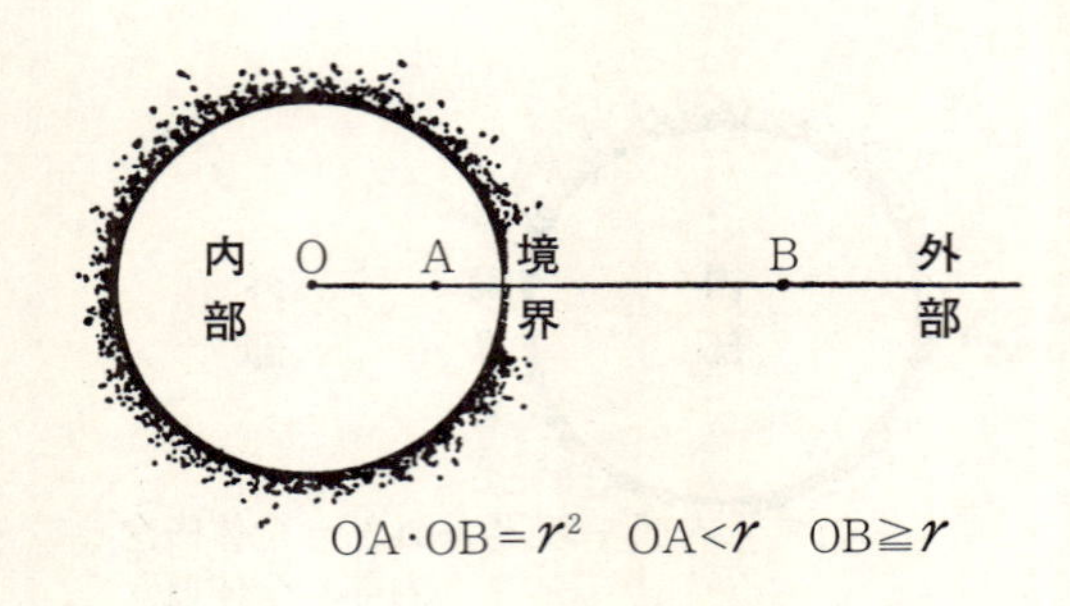

図2

は、それとはまた別じゃないのかな。空はだんだん敵機に侵されて来る。そんなときには、こうしてそれに立ち向かう兵器をつくっているというだけでも、慰撫されるもんだよ。もっとも、そんなものはみずからに対してなされた幻術というもんだがね。

「それはこの工場でつくられているものが、兵器といっても光学兵器にすぎないということかい？」

必ずしもそうではない。この工場でつくられているものは、特に照準眼鏡と呼ばれている。むろん、望遠鏡の一種にすぎないし、兵器の眼として兵器そのものとは言えないが、兵器以上のものと言うことはできる。ところで、内部と外部は互いに対応しているということを知っているかね。

いま、中心をOとし、半径rの円を描く。Oから任意の直線を引き、その線上の円内に点A、円外に点Bをとり、OA・OB＝r^2とすれば、円内の任意

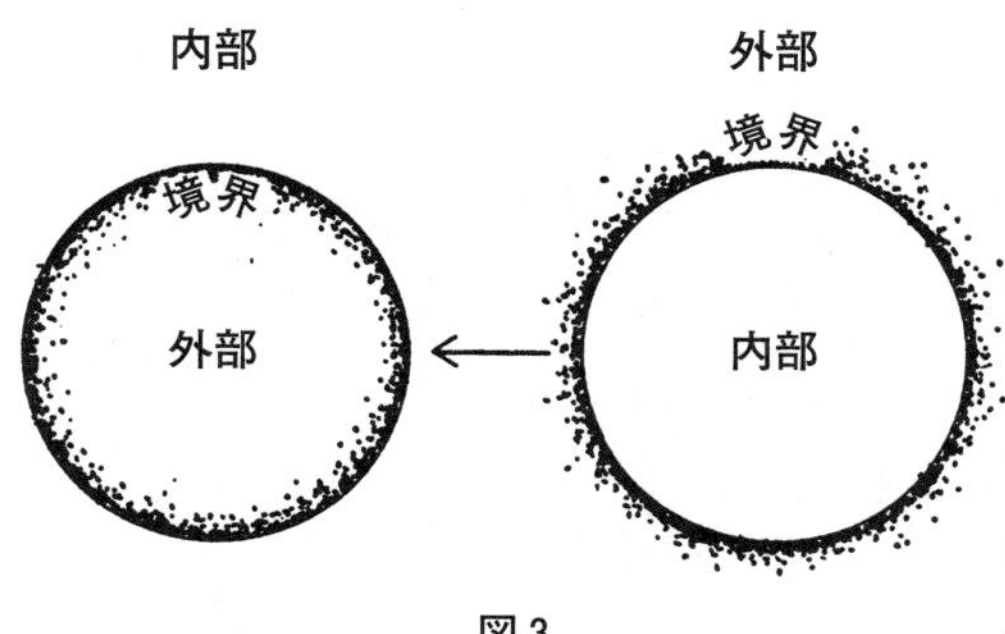

図3

の点には、必ずこれに対応する円外の点がある。

すなわち、内部は外部と対応する。ところが、内部は境界がそれに属せざる領域、外部は境界がそれに属する領域と定義した。

OAは r より小さく、OBは r より大きいか等しいから、OAが0になれば、OA・OB＝0 になってOA・OB＝r^2 は成り立たない。またOB＝r になっても、OAは r より小さいから、OA・OB＝r^2 は成り立たない。

中心と円周における矛盾は重大だ。日月星辰の運行にも説き及ぼすことができるだろう。しかし、境界としての円周によって分かたれた、AとBとの対応を以て内部と外部を対応させるという考えはしばらく措く。境界がそれに属せざるところの領域としての内部が、そのまま境界がそれに属するところの領域としての外部に変換して、内部と外部が対応するとしよう。そのときはただ、中心Oを無限遠点と見做せばいい。内部といい、外部というも、無限に孕まれるか、無限を孕むかの違いにすぎない。これも幻術だがね。どうもこの中心と境界が曲者だが、われわれが全体概念に立ち向かおうとすると、必ずこうした矛盾が生じる。そこで、ぼくらはちょっとした幻術を用いなければならぬ。しかし、ちょっとした幻術を用いれば、ぼくらは生者の眼だけでなく、死者の眼を持つことができる。

「死者の眼？　つまり、きみたちの望遠鏡は、生者の眼で見ることができるこの世ばかりでなく、死者の眼でしか見ることのできない、あの世をも見ることができると言うのかい」

まアね。

「しかし、きみらの望遠鏡が兵器の眼として、いくら人を殺戮したとしても、しょせん彼の死、彼等の死にすぎない。きみにとってきみの生をかえって強烈に感じさせるというだけで、きみの死によってきみの見得る、あの世というようなものではないだろう」

きみはまるで、あの世があるみたいなことを言うね。

「どうして？　よしんば、死がぼくの眼前に迫っているにしても、ぼくは生きているかぎりは生きている。すなわち、この生を逃れることはできないから、死を知ることができるはずはない、と言っているんだよ」

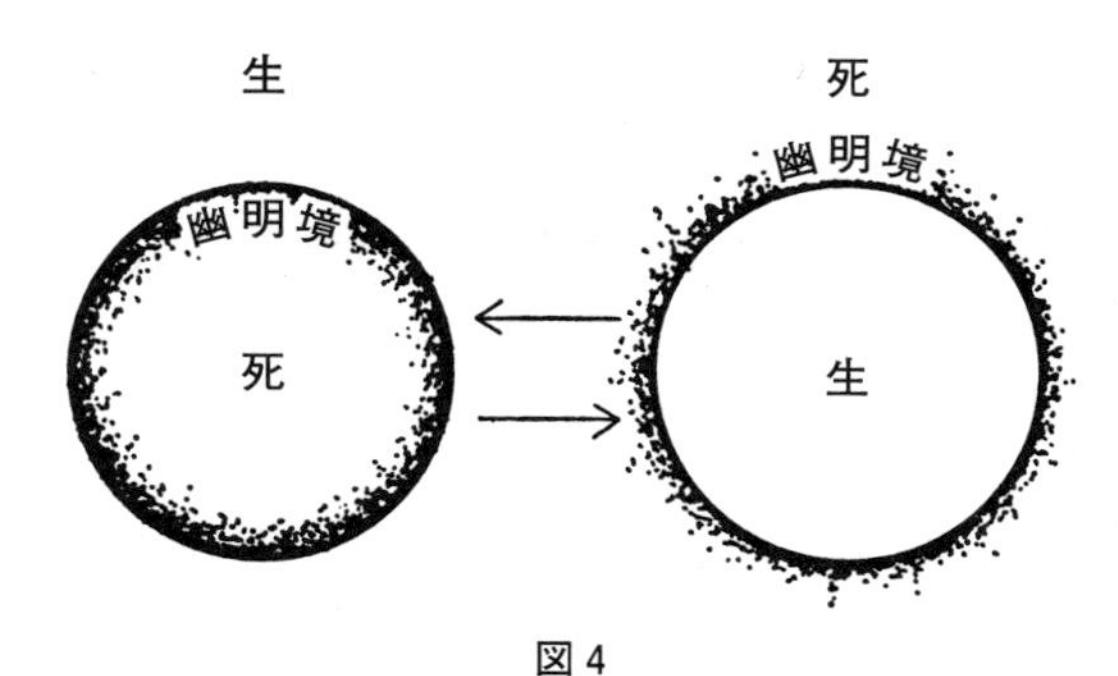

図4

しかし、きみのその問いがすでに答えを孕んでいる。きみは生きている限りは生きて、この生を逃れることができないと言った。しかし、幽明境がそれに属せざる領域としてのぼくらの生は、そのままで幽明境がそれに属する領域になる。どうして生の中に、死を実現することができぬだろう。すくなくとも、外部は内部に実現することができるのだよ。いや、内部を外部に実現することもできる。ところで、

内部は境界がそれに属せざる領域なるが故に密蔽されているという。且つ、内部は境界がそれに属せざる領域なるが故に開かれているという。つまりは、密蔽され且つ開かれてさえいれば、内部といえるのだから、内部にあっては、任意の点を中心とすることができる。

人間はいかなる点も中心として立つことができるが、

主観 ────→←──── 客観

図5

必ずそこに矛盾として実存する。ついでに言っておくが、境界もまた矛盾として全体概念を形づくるものであるから、全体概念をなすためには、必ず矛盾が孕まれねばならない。

「きみは『壮麗な蛇』が自分の中に幻術があると思った。ところが、まさに自分が幻術の中にあると言ったね。そんなふうだよ、ぼくは。やっぱり、きみは瑜伽山なんて不思議なところにいたからかな。瑜伽とはなんだい」

ヨーガの真言さ。主観と客観を一致させて、空を悟ることさ。これもそれ、人間はいかなる点も中心として立つことができるが、必ずそこを矛盾として実存するということを、前提としているんだよ。

「主観の客観のと簡単にいうが、そもそも主観とはなんだね」

さア、ぼくにもわからない。ただこう考えているんだ。方向を持つ考え方、つまりベクトルだとね。だって、ベクトルは広い意味で方向を持つ考え方だろう。

「じゃア、客観も方向を持つ考え方、つまりベクトルかね」

すくなくとも、向きが反対のね。

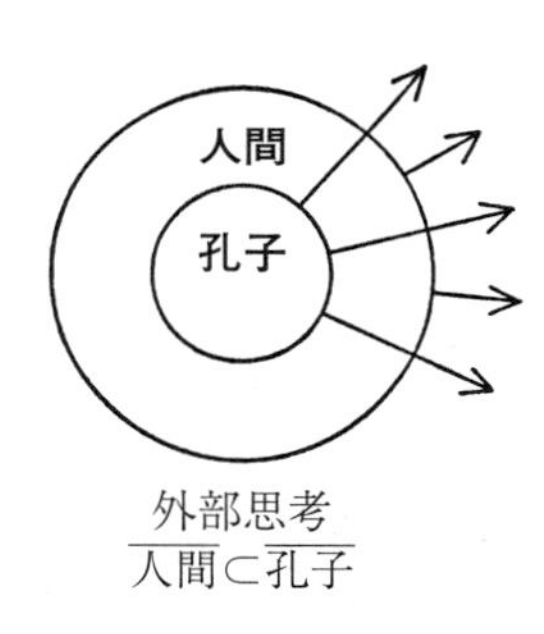

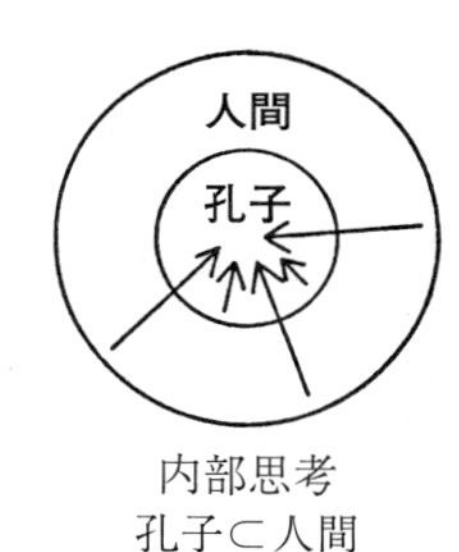

外部思考
$\overline{\text{人間}}\subset\overline{\text{孔子}}$

内部思考
孔子⊂人間

図6

主観と客観が一致すれば空になるという。ところが、二つのベクトルは互いに向きが反対で、しかも相等しく、一直線上にあるとき0になる。空はこの0である。

よく言うじゃないか。『孔子ハ人間デアル』といえるとき内部思考を外部思考に変換し、対偶命題をとって『人間デナイモノハ孔子デナイ』といえる。このとき、『孔子』および『人間』はいずれも境界がそれに属せざる領域で内部であり、『人間デナイモノ』および『孔子デナイモノ』は、いずれも境界がそれに属する領域で外部である。一歩を進めて、内部思考が自明とされる『未ダ生ヲ知ラズ。焉（イズクン）ゾ死ヲ知ラン』といえるとき、これを外部思考に変換し、対偶命題をとって『既ニ死ヲ知ラバ何ゾ生ヲ知ラザラン』といえる。言うまでもない、『未ダ生ヲ知ラズ。焉ゾ死ヲ知ラン』

内部思考（主観）

未ダ生ヲ知ラズ
焉ゾ死ヲ知ラン

境界

既ニ死ヲ知ラバ
何ゾ生ヲ知ラザラン

外部思考（客観）

図7

は境界がそれに属せざる領域で内部であり、『既ニ死ヲ知ラバ何ゾ生ヲ知ラザラン』は境界がそれに属する領域で外部である。ぼくは主観はわからないと言った。しかし、極致としての主観はわかった。『未ダ生ヲ知ラズ。焉ゾ死ヲ知ラン』がこれである。ぼくは客観はわからないと言った。しかし、極致としての客観はわかった。『既ニ死ヲ知ラバ何ゾ生ヲ知ラザラン』がこれである。これらの対決において、ぼくは主観客観の一致を考える。

「そうだ、きみは内部と外部が対偶空間をなす、と言おうとしているんだな」

ちょうど、そこに台に取り付けた望遠鏡が出してある。すこし暗くなったが、出てみよう。

望遠鏡は、これによって内部をなすところの領域の中に、外部をなすところの領域を実現し、この内部をなす現実が、まさに内部であることを証明しよう

とするものである。

「ほう。こうして出てみると、眺めもまた一段といいんだね。びっしり人家で埋まっているが、ゆるやかな傾斜で窪地になっていて、はるかに彼方の丘になっている」

いまでは、調整も検査もぜんぶ作業場の中で人工的にやるから、そんな必要はなくなったんだがね。もとは眺めによって調整することが多かったから、こうした工場はみな大きな眺望を持つところに建てられたものらしいんだ。

「あのあたりももうこの工場かい。中にはいってバカに大きな工場だと驚いたが、いよいよもって大きな工場だね」

そうかね。こうして眺めると、驚いたほどでもないという気がするかと思ったよ。街が無限の拡がりを思わせ、工場の大きさなどむしろ高が知れたような気がするはずなんだが、この工場の果ても工場関係者の住宅になっている。そのため、どこに境界があるともわからぬところが、きみにそんな気をさせるというだけじゃないのかね。とにかく、掛けてその望遠鏡を覗いてみたまえ。

「なんだ。望遠鏡の円い視界に浮かぶ十字線の上に、人家の間の教会の尖塔の十字架が、重なっているというだけじゃないか。それとも、これがそのきみの詩、

闇が覆って来た
生命ある樹々は姿を隠し
死んだ木が白く浮き上がって
生命の形を現す

なのかね」

まあ、そのうち闇が覆って来る。死んだ木が白く浮き上がって、生命の形を現すだろう。きみがその望遠鏡の円い視界の中に見ているのは、外部をなすところの領域が実現されたものだ。すでに現実ではない。

「現実でない？」

そうだよ。いいかい、いまぼくがこの望遠鏡の対物レンズ——外部に向かっているレンズをそう呼ぶんだがね——を半分、掌で覆ってみるよ。それでも、視界は円いままですこしも欠けないだろう。

「欠けないね。きみが望遠鏡の対物レンズ——と言ったかね——を、きみの掌で覆ってるかどうかもわからないぐらいだ」

もっとも、光学的には対物レンズを浸透して来る光量が、少なくなるわけだから、きみの見ている映像は、それだけ暗くなってるんだがね。しかし、これがもし円く残して他を墨で塗った、ただの板ガラスを通して見るんだったら、すぐこうして覆ったぼくの掌が見えてしまうだろう。それはただ現実でしかないからだよ。

「そうかなア。しかし、円い視界にあるものは、ただあるように見えるだけで、格別大きくなっているとも思えないね」

そりゃア、そうだろう。これは倍率一倍の望遠鏡だからね。

「倍率一倍の望遠鏡？　そんなものをなにに使うんだね」

わかってるだろう。この工場でつくられているのは、すべて照準眼鏡なんだ。

「照準なら照星や照門がいるはずじゃないか。しかし、ここには円い視界に浮かんだ十字線しかない」

もとは照準にはみなきみらの知ってる照門や照星を使っていたんだ。ぼくらが照門を通して照星を見るということは、銃身に平行した直線を得るということで、その直線の延長上に標的が来るように銃口を向ければ、すなわち照準したということになるのだからね。しかし、ぼくらには両眼による視差というものがあり、それを克服するためにはすくなくとも片眼を閉じなければならない。片眼を閉じたにしても、照門、照星、標的のいずれか一つを見定めようとして、眼の焦点を合わせると、他の二つを見ることが困難になるんだよ。ところが、凸レンズには極めて簡単な性能があるんだ。

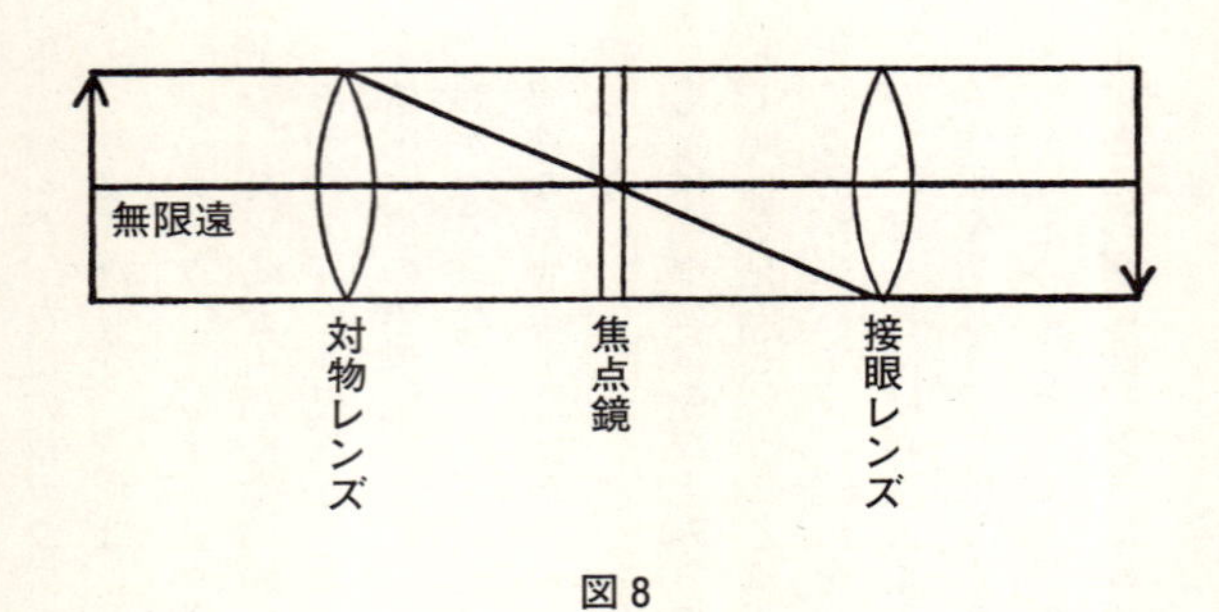

図8

対物レンズは凸レンズだから、無限遠にあるものをその焦点面に結像させる。なお、望遠鏡においては、一点より放射される光線が、平行とみなされるとき、その一点を無限遠にあるという。

これを利用して倍率一倍の望遠鏡はつくられる。

倍率一倍のこの望遠鏡は互いにその焦点面を合致させ、これと対称的な位置にそれぞれ対物レンズ、接眼レンズとして、相等しい焦点距離を持った凸レンズを置いたものである。

このような倍率一倍の望遠鏡においては、外部は焦点面上に実現される。したがって、焦点面上に十字線を刻んだ焦点鏡を置けば、ただ十字線の交点その一点だけを見ればいいということになるが、それでは外部は倒立したものになる。そこで、ちょっとした幻術を使う。とい

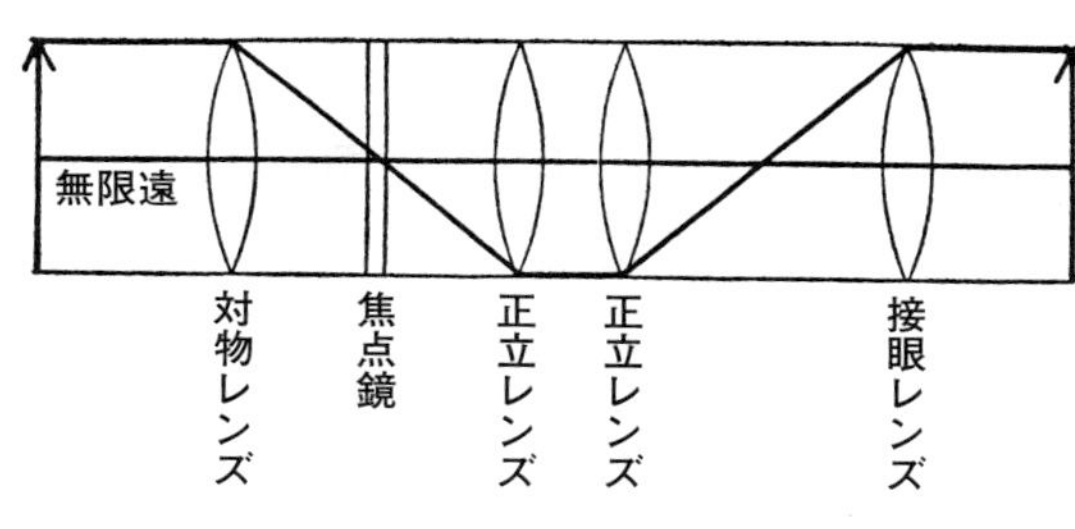

図9　望遠鏡式照準眼鏡

って、驚くほどのものではないが、正立レンズを使って、倒立したものを更に倒立させて正立させる。きみが覗いているのがそれなんだ。

「内部外部が互いに対偶空間をなすからかね」

　面白いね。さっきからきみはそんなこと言ってたが、考えてもいなかった。ひとつ、考えてみよう。

「いやア、きみが『未ダ生ヲ知ラズ。焉ゾ死ヲ知ラン』から、いつの間にか『既ニ死ヲ知ラバ何ゾ生ヲ知ラザラン』を引き出して来たのに驚かされたんだよ」

　まア、きみがそれを覗くために閉じていた、片方の眼もあけてみたまえ。

「片方の眼もあけろというと、両方の眼で同時に内と外を見るのかね。……なんのことはない。円い視界もなくなって、まるで望遠鏡なしで見てるようだ」

　それが倍率一倍の望遠鏡たるゆえんで、これからして望遠鏡の倍率なるものを定義することができる。

望遠鏡によって得られた外部の実現が、見た眼の現実と接続するとき、その倍率を一倍という。

「接続？　じゃア、これからして他の倍率も定義することができるわけだ。

望遠鏡によって得られた外部の実現が、見た眼の現実と断絶するとき、その倍率はもはやすくなくとも一倍ではない。

このようにして、倍率一倍の望遠鏡から発達して、次第に高い倍率の望遠鏡ができていったんだね」

それが必ずしもそうではない。望遠鏡によった実現が、見た眼の現実より大きく見えるからこそ、珍重されたのだからね。ガリレイがはじめてつくったのも、倍率九倍ぐらいの望遠鏡じゃなかったのかな。そして、たしか倍率二十数倍の望遠鏡までつくったはずだよ。それがあまりに素晴らしかったので、学者たちから幻術扱いされた。彼等はこの眼で見たように見えなければ、真実とは思えなかったんだろう。いわば実現と現実が断絶していたために、実現のいかなるものかを考えてみようとはしなかったのさ。ガリレイはむしろ望遠鏡の倍率を低くして、ついに倍率一倍に至ったとき、実現と現実が接続し得るものだということを示してやるべきだったのだ。

「どうして、ガリレイほどのものがそうしてみせなかったんだろう」

そりゃア、ガリレイその人がだれよりも、この眼で見るより大きく見えるからこそ、望遠鏡の望遠鏡たるゆえんがあると信じていたからさ。倍率一倍の望遠鏡はたしか、ガリレイがはじめて倍率九倍の望遠鏡をつくってから、七十年もしてようやくファインダーとして、つくられたんじゃなかったのかな。きみたちがリアリズムに到達するまでに、おどろくべき時間を要したようにね。

「してみると、きみはリアリズムは謂わば倍率一倍で、

外部の実現が内部の現実と接続するとき、これをリアリズムという。

と考えようとしてるんだな。それにしても、倍率一倍の望遠鏡がつくられるまで、どうして七十年もかかったのだろう」

それは望遠鏡の倍率がいよいよ高くなり、所要の天体の探索が不可能になるほど、実現と現実との断絶が激しくなるのを待たなければならなかったからさ。そのときに至って、はじめてファインダーとして低倍率の望遠鏡を、大望遠鏡と平行にとりつけることが考えられたのだ。

「どうして平行に……」

　さっきも言ったように、一点より放射される光線が平行とみなされるとき、その一点を無限遠にあるといってよい。とすれば、ファインダーとしての低倍率の望遠鏡と、大望遠鏡を平行にとりつけておけば、おなじ無限遠にある一点をとらえることになるだろう。しかし、そうした低倍率の望遠鏡も、まだまだきみが覗いているような、倍率一倍の望遠鏡になるには至らなかった。じつは、それは照準眼鏡として戦闘機の機関砲に、平行に装備されるものなんだ。

「戦闘機の機関砲に？」

　うん、その照準眼鏡が戦闘機の機関砲に、平行に装備される意味についてはもう言うまでもないだろう。しかも、その倍率一倍もそう称するだけで、実は倍率一・二五倍なのだ。正確に倍率一倍だと、ものがなんだか小さく感じられて、接続しないような気がするんだ。

「きみは外部は境界がそれに属する領域だと言った。それが実現されるからかな」

　境界は内部を外部に、外部を内部に変換する恐るべき意味を持っているが、たんなる概念だよ。ただ、枠を通して見ると、ものはなんだか小さく感じられ、接続しないような気がする。それを克服しようというまでのことだ。きみたちのリアリズムだって、多少の誇張はいるだろう。

「そうか。

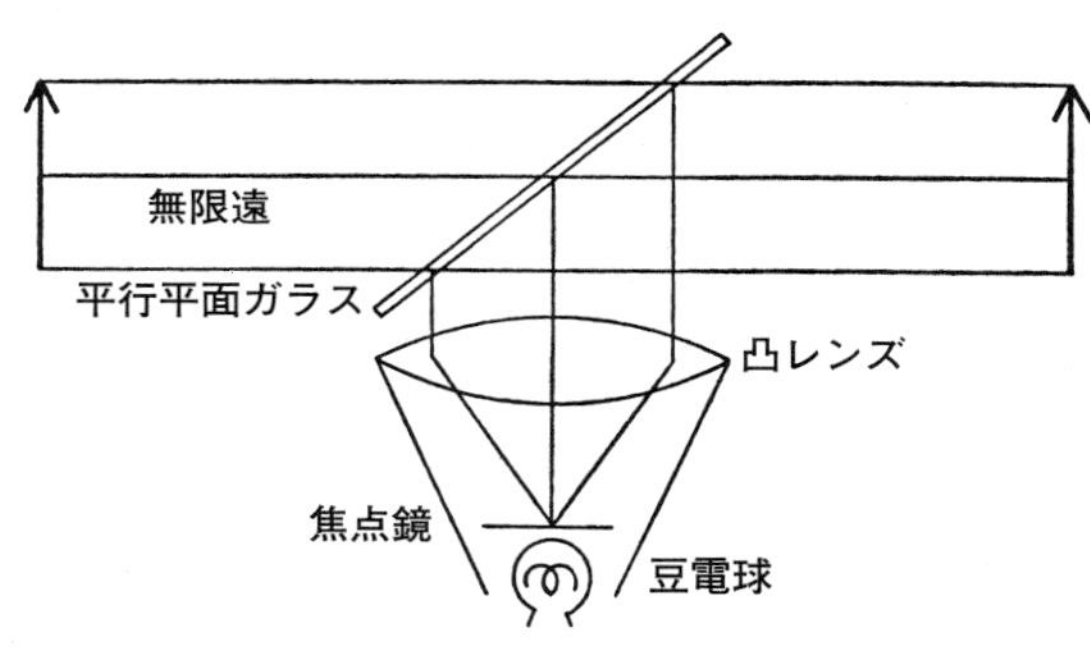

図10　光像式照準器

われわれのリアリズムは倍率一倍と称する倍率一・二五倍である。

いや、納得が行くよ。われわれだっていささかの幻術もなくそうとすると、なにもできなくなる」

ところが、それができるんだ。

凸レンズの焦点に焦点鏡を置き、下から豆電球で照射する。すると焦点鏡の十字線は平行線になって出ていく。これを四十五度に倒した平行平面ガラスで受ければ、無限遠点に十字線が浮き上がる。これを光像式照準器という。

ここでは内部と外部が反転して、内部が外部に実現されている。そこにはものを小さく感じさせる枠など必要としないから、さまたげられることなく実現と現実が接続する。きみの横にあるのがそれだ。もう倍率一・二五倍と称する倍率一倍なのではない。正真正銘の倍率一倍だ。豆電球にスイッチを入れた。むろん、片眼をつむることはない。そのままで見てみたまえ。

「きれいだね。十字線がキラキラと浮かんで、彼方の教会の尖塔の十字架にかかっている」

そうだろう。それで射撃の精度は飛躍的に上がったのだ。

「なんだか、空恐ろしいような気がして来るね」

幻術がまったくないのは、かえって恐ろしいことだよ。ぼくはそのとき戦闘機に乗っていて、もうそろそろ引き返そうと思いながら、哨戒圏を飛行していた。あたりはまだ暗くなってしまったというのではないが、照準器の十字線がキラキラとみょうに明るく、行く手の空間に浮かんでいるように見える。ふと気がつくと、これもおそらく哨戒していたのだろうね、十字線のあたりに敵の機影が見え、見えたと思うとそれが零点の上で、みるみる大きくなって来るんだ。まるで、零点に向かって迫って来るようにね。恐ろしい賭だ。恐れのためか、恐れまいとするためか、それはわからない。そうだ、これはぼくの機体も敵の十字線の上の、零点にあるということだろう。そう思うと、ぼくには零点にあるその機体がぼくの機体のように思え、そこでぼくが照準器を見つめながら、じっとりと汗ばむ手で操縦桿を握りしめ、引き金のボタンを押そうとしているような気がしはじめた。突然、十字線の零点から曳光弾が発射され、それが光跡を曳きながら、ぼくの眉間に近づいて来るように思われた。が、零点にある機影は翼を傾け、気づいたときはもう振り返らねばならぬような遥か後ろにあった。それはもうぼくの機体でもなければ、そこにいるのはぼくでもない。火を噴きながら暗い現実へと墜落して行く敵の機体であり、敵だったのだ。おお、まさに幽明境がそれに属する領域としての死から、そのままで幽明境がそれに属せざる領域としての生に蘇ったのだ。

「とすると、きみはその瞬間、そのようにして死者の眼を持ったと言うのかね」

それはわからない。ぼくはぼくに死をもたらそうとする敵を、まるでぼく自身のように思い、ぼく自身をぼくに死をもたらそうとするものの実現のように思ったのだが、ほんとにそのときそう思ったのかどうかわからない。ぼくたちはあとから想いだして、よくそんなときそんな気がしたように考えるが、実際はそれを想いだすことにおいて、そんな気がしたのだというようなことがよくあるから。教会が鐘でも鳴らしてるのかね。いまのいままで鐘が鳴ってるとも思わなかったが、気づいてみると、たしかに鳴ってるね。このところ、禁止されているはずだが。

「そうだ。ぼくも気づかなかったが、たしかに鳴ってる」

不思議だな。人家にもすっかり明かりがついて来た。かえって部屋が暗くなってしまったようだ。

闇が覆って来た
生命ある樹々は姿を隠し
死んだ木が白く浮き上がって
生命の形を現す

いや、こんな話をするつもりじゃなかったんだが。待ってくれたまえ。ぼくが先にはいって部屋に明かりをつけるから。

宇宙の樹

乾杯！　まず一杯キューッとやってくれたまえ。

「じゃア、遠慮なく。それにしても、立派なホールだね」

みな一応は教養のある連中だ。それが家族から遠く離れて、こんな山の中にいるんだから。施設をよくして、気分だけでも都会を味わってもらおうというのさ。途中、中継所から電話を入れたら、きみがもう来ているというんで、ずいぶんジープを飛ばさせたんだが、だいぶ待たせたろう。

「河原を見せて貰ったりしていたんだ。みな親切な人たちでね」

人懐かしいんだよ、彼等は。

「それにしても有難かったよ。おや、せせらぎが聞こえるようだな」

昼間はこんな山の中でも、この世の音で満たされている。それがこの世の音がなくなって夜になると、せせらぎが聞こえる。樹々がざわめく。沢鳴りで眠れないようなときもあるんだよ。

「そうかね。さっき見せてもらったとき、河原はただ一面のグリ石だろう。山というより、海のない海岸に出たようだったが、あれでどこかに流れがあったのかね」

あるんだよ、いつ洪水になるかもしれない流れがね。あの一面のグリ石は、じつはそうした洪水に押し流され、揉まれ揉まれてグリ石になったんだからね。ところが、それでもグリ石にならず、ひとり流れの中に居坐っている巨大なやつがいる。

「そりゃ、そうだろう」

いや、居坐っているばかりでない。そういう巨大なやつは、洪水のあるたびに溯って来る。

「溯って来る？」

うん。そういう巨大なやつには、いかな洪水も上流側の土砂を抉って去るしかない。その抉れに向かって、やつはゴロンところがる。こうして洪水のあるたびに溯って来るんだ。愉快だろう。なんだか、哄笑が聞こえて来るような気はしなかったかね。

「哄笑が？」

うん。それで、ぼくらはあのグリ石の河原を、天の河原なんて言ってるんだ。

「天空は山と山とに狭められているが、土地そのものは天空に近いんだろうからね」

このあたりの住民は、山の上を指さして、山の上とは言わず、空のほうと言う。

「それで、神々があそこで酒宴を張るという、伝説ができたんだな」

いや、ここの連中がそんな気どりで、酒宴を張ったりするというだけだよ。

「そんな気どりで?」

謂わば、洪水は天の哄笑だろう。グリ石はその証(あかし)だ。ところが、グリ石も哄笑しやがるんだ。グリ石はダムの絶好の骨材になる。ぼくらは居坐っているあの巨大なやつのように、いつかは天の哄笑を捕らえ、天の哄笑を哄笑してやろうと集まって来た連中だからな。

「その暁には、居坐っている巨大なやつが、晴れて天下を取るというわけだ」

冗談じゃない。きみ、大根の話を覚えているかい。大根は一枚の硝子板を撥ねのけたとき、天を哄笑するがごとく歓喜したじゃないか。あれだよ。巨大なやつもすでに粉砕されて、骨材にされてしまっているさ。ぼくらだっていずれはそんなもんだ。

「なんだか、荒涼として来るな。実は、きみを光学工場に訪ねたことを想いだして、あの丘の上に行ったんだよ」

見る限り、瓦礫と化していただろう。あのとき、鐘が鳴ったね。

「あれはいったいどうしたんだろう。しかし、ポツンとひとつ、尖塔に十字架のついた教会が残っていなかったら、とても彼方の丘から窪地にかけて人家が埋まり、あの光学工場があったとは信じられないくらいだったよ」

そりゃ、尖塔に十字架のついた教会によって、近傍がつくられていたからだよ。

「近傍?」

なあに、あたり近辺ということだよ。あたり近辺だから、どんなに小さくても、近傍と考えることができる。また、どんなに大きくても、近傍と考えることができる。きみは山を越え、川を渡って来る間、どこからがダムをつくる連中の会社だとわかったかね。ここに着いて、やっとそんな気がして来たんだろう。すなわち、きみはここに至って、はじめて近傍という認識を得たんだ。しかし、すでに近傍のなんたるやには近づいて来たはずだよ。

「そうかな」

そうだよ。

任意の一点を中心とし、任意の半径を以て円周を描く。そうすると、円周を境界として、全体概念は二つの領域に分かたれる。境界はこの二つの領域のいずれかに属さねばならぬ。このとき、境界がそれに属せざるところの領域を内部といい、境界がそれに属するところの領域を外部という。

なんでもない、この内部なるものが近傍なんだ。ただし、ここでは全体概念と呼ばず、いつぞやきみが言ったように世界と呼ぼう。また、中心と呼ばず原点と呼び、外部と呼ばず域外と呼ぼう。理由はやがて分かってもらえると思う。

任意の一点を原点とし、任意の半径を以て円周を描く。そうすると、円周を境界として、世界は二つの領域に分かたれる。境界はこの二つの領域のいずれかに属さねばならぬ。このとき、境界がそれに属せざるところの領域を近傍といい、境界がそれに属するところの領域を域外という。

いや、こんなことも言わなかっただろうか。

内部は境界がそれに属せざる領域なるが故に密蔽されているという。且つ、内部は境界がそれに属せざる領域なるが故に開かれているという。つまりは、密蔽され且つ開かれてさえいれば内部といえるのだから、内部にあっては、任意の点を中心とすることができる。

これを以て近傍の定義を、更に拡大してみよう。厳密に数学を語るひとは賛成しないかもしれない。

近傍は境界がそれに属せざる領域なるが故に密蔽されているという。且つ、近傍は境界

がそれに属せざる領域なるが故に開かれているという。つまりは、密蔽され且つ開かれてさえいれば近傍といえるのだから、近傍にあっては、任意の点を原点とすることができる。境界も円である必要もないばかりか、場合によっては域外の任意の点も原点となる。これも近傍をなし結合するから。

「域外における任意の点も？」

まア、宇宙の樹とでも言うかな。どこかにあるに違いないが、どこにあるともわからない、そういうものによる没個性的連帯は、きみらのとうに否定したところだろうがね。ぼくらは力んでおれは洪水を溯ると言っても、所詮はグリ石となんら変わらぬ連中だからな。

「きみがグリ石？　いつだったか、きみはぼくに『革の口輪をはめられた犬の話』をしてくれたことがあったね」

焼け跡の闇市の屋台で、焼酎をやりながらかい。そんなこともあったな。

「しかし、あのときは嬉しくもあり、驚きもしたよ。あの丘に立ったときは、もうきみに会えないような気がしていたのに、どうしてあんなところで会ったんだろう」

みなが堕ちて、おなじようなところに溜まったんだ。

「想いだしたよ。

《夜だったからあんなところで飲めたものの、朝は朝霧の中からヴァキューム・カーが何十台となくやって来て、あの裏の汚水の溜まりのような河に舫(もや)っている、オワイ舟に空けるんだろう。やがて、まだそこらに残っている闇市の食べもののにおいに混じって、生温かく屎尿がにおいはじめる。そのにおいに憧れて来た野良犬どもが群れをなして横行し、ヴァキューム・カーの運転手たちも、車を止めて大声で罵らねばならぬほどだった。》

そうじゃなかったかね」

そうだったよ。

「それそれ。あの屋台で焼酎に酔ったのが、ペッと唾をはいて、

——近ごろ、動物愛護団体ってのができたってよ。

なんて言ったのがいたじゃないか。すると、だれかが台を叩いて怒鳴った。

——なに、動物愛護団体？　おれたちだって野良犬となんの変わりはねえじゃないか。それなのに、おれたちをさしおいて動物愛護団体？　やつらには犬殺しの棍棒や針金だって、あきたらねえと思っているのに。

——いやア、犬殺しの棍棒や針金も、間に合わなくなったってまでのことよ。動物愛護団体の名による病院の愛のメスで去勢して、闇成金の飼い犬におっつけようってわけさ。

——愛のメスだと。そんなことで、闇成金の飼い犬になれるってなら、おれもいっそその愛のメスとやらで、去勢してもれえてえよ。

と、こうなんだろう」

あのころはだれもが野良犬で、野良犬から脱けだそうともしなかった。あれを絶望というんだろう。しかし、みょうな楽しみがあったな。

「しかし、きみは違っていた」

そんなことはないよ。

「じゃア、どうしてあんな話をしたんだい。

《いつからとなく、そんな野良犬の間に、革の口輪をはめられた犬が現れて来た。そぎ立った耳と長い脚を持ち、狼に似た姿をしているが、全身疥癬に犯されて毛は抜け落ち、あちこち爛れた肉をむき出しにして、とぼとぼと歩いている。かつては、野良犬どもが及びもつかぬ容姿をしていただろうことが、かえって野良犬ばかりか、野良犬にも劣る人間どもを嘲笑させた。》

きみはあのころ、『ヨブ記』を想いだしていたんじゃなかったかね。神に敵する者、神の前より出でて、悪腫もてヨブを打つ。すなわち、ヨブは陶器のかけらをもてか、ら、だを掻きむしり、灰の上に坐れり。ヨブが訪れて来た三人の友の言葉を聞き入れなかったように。

《革の口輪をはめられた犬には、もはやおのれに対する嘲笑など念頭にもなかった。ひとたびなにかを思いだすと、それがすべて革の口輪につながって来、そのために痒いところが嚙めぬということが、ことさらに痒さを想いださせる。といって、この汚い犬も痒いところが、まったく掻けぬわけではなかった。からだを曲げれば後ろ脚で背筋をすら掻けるのだが、さアその後ろ脚の痒さをどうすることもできない。つまり、どこかがどうしようもないということが、どこもがどうしようもないように思わせるのだ。いっそ、われとわが後ろ脚を食いちぎってしまいたい。そう考えて、ときには革の口輪のあることも忘れて輪を描いて走り、ときには革の口輪のあることに気づいて激しく首を振るのだが、革の口輪は口から離れぬばかりか、進んでも退いてもひっついて来て、いたずらにこの汚い犬を絶望させた。これでも、神があるだろうか！　この汚い犬は自らの怒りに疲れ果て、もがいても、あばれても、取ることのできぬ革の口輪をはめられたわが身を思い、神から見放されて声も届かぬところへ、追いやられてしまったように考えていた。》

まさに、われとわが肉をわが歯に嚙ませ、わがいのちをわが掌におかんとす、だ」

あれはきみ、そんな犬がほんとにいたまでのことだよ。
「そうかな。あれこそ寓話によってきみ自身を実現しようとしたんじゃないのかね。しかも、革の口輪をはめられた犬を絶望させた革の口輪こそ、じつはたんなる野良犬と区別させ、いかに神に敵する者から悪腫もて打たれるところになったとしても、依然として飼われた犬として、犬殺しの棍棒や針金ばかりか、動物愛護団体の名による病院の愛のメスをも、逃れさせたというんだろう。まさにきみはそういう革の口輪をはめられた犬に革の口輪をはめた主は、いったい、だれだと問おうとしていたのじゃなかったのかね。神に敵する者に悪腫もて打たせながら、われとわが肉をわが歯に嚙ませぬのが、神だといおうとしたんじゃなかったかね。

《ところがある朝、革の口輪をはめられていたはずの犬は、ふと口に革の口輪がないことに気がついた。いや、夢の中でも革の口輪は口にはめられていて離れなかったから、目が覚めても革の口輪は当然口にはめられていると思い込んで、すぐ鼻先の地面に落ちているのが、あれほど自分を苦しめた革の口輪だとも気づかずにいた。しかし、それがまぎれもなく革の口輪だと知ったとき、革の口輪から解き放たれた犬はあざ笑わずにいられなかった。なんて薄汚い滑稽な革切れだろう。これがいままで落ちずにいたのが、おかしいぐらいだ。もうこの革切れがどんなに望んだとしても、おれの口輪になれまいと考えると、革の口輪から解き放たれた犬は、も一度この革切れを口にはめてやりたくなるほどだったが、思えばこんなものにかまっていることもないのだ。》

やるなあ」

よく覚えているね。

「覚えているさ。ぼくはあの話を想いだすと、不思議に勇気づけられたんだ。

《革の口輪から解き放たれた犬はもはや野良犬以外のなにものでもなくなったとも悟らず、身をおおう疥癬の堪えがたい痒さも忘れて起き上がった。背をのし、ノドを伸ばして遠吠えすると、歓喜に思わず身震いし、足をかかげて放尿し、朝霧の中を走りはじめた。朝霧は左右に流れ去り、僅かな風にも吹雪の吹き立つ、酷寒の雪の曠野のように心地よい。じじつ、そうして走るうちに、かつて自分がそんな雪の曠野にいたことがあるような気がしはじめた。いや、かつてはほんとうにそんな雪の曠野にいたのに、いつとなく忘れ去っていたような気すらしはじめた。その雪の曠野にはトナカイの群れの散らしていったフンが、まだ埋もれもせず、黒々と雪の中にころがっているはずだった。それは移動して行ったトナカイの群れが、まだそう遠く離れていないことを教えるもので、はやくもその群れのトナカイを倒してむさぼり食うときの、ハラワタの味わいを想いだ

させずにおかなかった。》

そういえば、きみはまだ若いころ、雪の原野にトナカイを放牧する北方民族たちと生活したことがあったね。きみはそれが忘れられないんだと思ったよ」

そう。いまこうしていても想いだすくらいだからね。

「そうだろう。

《突然、革の口輪から解き放たれた犬は、ハッとして飛びのいた。朝霧の中からぬうッとヴァキューム・カーが現れて来たのだ。しかし、激しいブレーキの音がしてヴァキューム・カーは止まり、運転手が薄汚い身を乗りだして、大声で口ぎたなく罵ったと思うとまた動きはじめ、気づいたときはなにやら胸の悪くなるような生温かいにおいを残して、朝霧の中へと消えようとしていた。革の口輪から解き放たれた犬には、運転手の口ぎたない罵りよりも、罵りにおびえたように飛びのいた自分が許せなかった。もはや痒みも感じないそのために、依然として身を疥癬におおわれているのも忘れ、そぎ立った耳と長い脚を持ち、狼に似た姿をした誇り高い自分に戻った気でいたからかもしれない。思わずあとを追って猛然と吠えかかったが、朝霧の中からまたもヴァキューム・カーが現れて引き倒し、革の口輪から解き放たれた犬から、手もなく後ろ脚のひとつをもぎ取ってしまった。悲鳴を上げてやっと起き上がると、もぎ取られた後ろ脚は道路に散ったいささかの血シブキと血糊の中にころがっている。革の口輪から解き放たれた犬は、ももから血をしたたらせながらも、痛みを忘れて咄嗟にこれをくわえ上げ、逃れるべきところを求めるように目を配った。なにかもう、その後ろ脚が狙われていそうな気がしたのだ。果たして、まさに逃れようとする朝霧の彼方には、一匹の野良犬がかすかな唸り声を上げている。あわてて他方をうかがったが、そこにもまた一本の骨つき肉に変わった、みじめな後ろ脚を狙う野良犬がいた。ついきのうまでは、みずから食いちぎりたいとすら思ったその後ろ脚を、狙う野良犬どもから奪われまいとして必死になりながら、この汚い犬はももから血をしたたらせて、飛び飛びに走りはじめた。あるいは、あの野良犬どもは口にくわえたこの後ろ脚よりも、ももから血をしたたらして逃れようとするこの自分を狙っているのかもしれない。朝霧の中にそうした野良犬が見る見る数を増して来るのを感じながら、革の口輪から解き放たれた犬は、ついに心に叫ばずにいられなかった。これでも神があるだろうか！》

こうしてきみは革の口輪から解き放たれた犬に、二度、これでも神があるだろうかと叫ばせたのだ。一度は食いちぎろうにも食いちぎることもできぬ後ろ脚のために。また、一度はおなじその後ろ脚をもぎ取られてしまったために。しかし、ヨブにおけるようには神は現れなかった。きみはこれで神はいないと言おうとしていたのかね」

いや、神もまた矛盾として実存する。境界が矛盾を孕むということは、原点が矛盾を孕むということだ。われわれはわれわれの近傍の原点に、矛盾として実存する。矛盾として実存する私が神に対するという以上、神もまた矛盾として、実存するものでなければならない。ここに絶望がある。

「しかし、革の口輪から解き放たれた犬は、なぜ自分のもぎ取られた後ろ脚をくわえ上げ、それを狙う野良犬どもから逃れようとしたのだろう」

それでもまだなんとかして、私になりたいという絶望だよ。しかし、人は決して私があくまで私であろうとすれば、必ずおちいる絶望など望んでいない。なんでまた、あんなことを喋ったのだろう。きっとぼくも絶望していたんだな。人はみな壮麗な蛇が、壮麗なるに似た蛇になろうとする願望があるように、グリ石になろうとする願望がある。ぼくもこれでようやくグリ石になれたのだ。ゆめ、居坐ってグリ石の間を溯って来るような、巨大なやつになりたいなどとは思わない。

「そこで、グリ石の哄笑というのかね」

そうだよ。ぼくがグリ石になりたかったのは、私が矛盾として実存することから逃れたかったからだ。ところが、やっと逃れてなることのできたグリ石の仕事は、いかにして大きな矛盾をつくるかということだった。いいかね、われわれはまずできる限り、広大な流域を探す。それは水を堰いて密蔽し、できる限り広大な近傍を得ようとするためだ。その堰いて密蔽するのも、また山間の迫った頑強な岩盤を持つところが望ましい。ここで天空が山と山とに狭められているのはそのせいだよ。

「じゃ、このあたりにダムができるんだな」

このあたりにもできる。

「とすると、あの山間の向こうには、堰いて密蔽されることによって、広大な近傍となる流域があるんだな」

あるある。しかも、ぼくは言ったろう。

…………………………………………

近傍は境界がそれに属せざる領域なるが故に密蔽されているという。且つ、近傍は境界がそれに属せざる領域なるが故に開かれているという。

…………………………………………

すくなくとも、ここに論理的矛盾があるとは思わないかね。

矛盾はつねに無矛盾であろうとする方向を持つ。

そこで、われわれはこの矛盾を強調して、無矛盾であろうとする方向を強調させる。おなじ理念によって且つは密蔽され、且つは開かれるとは明らかに矛盾だが、これを強調すれば必ず無矛盾になろうとして、密蔽されることと開かれていることとは、両分された二つの概念になる。しかも、密蔽されることが強調されれば、開かれていることも強調される。こうした矛盾の強調には落差が必要だ。これがこの土地そのものも、天空に近いというゆえんだよ。

「きみはやっぱりただの野良犬じゃなかった。もともとそぎ立った耳をした、脚の長い狼に似た姿の犬だったのだ。きみがこうした立派なホールで飲みながら、むかしと変わらぬ話をしているのを聞いていると、きみもとうとうきみの来るべきところに来たって気がするよ」

しかし、ここにこうしていることが、野良犬だということなんだ。見てくれはいいが、ここは謂わば国家的につくられた、野良犬たちのための動物愛護団体の事業のようなもんだからね。いっぱしの男が生休(せいきゅう)を待ちかねるようにして、この山の中から帰省して行くのを見ると、いっそおれもその愛のメスとやらで、去勢してもらいたいと言ってるように思えるよ。それに、ここの物語はどの人物を登場させたにしても、違った世界がつくられるというわけではない。すなわち、ここではどこかにあるには違いないが、どこにあるともわからない、謂わば宇宙の樹への連帯感によっているだけで、幸いにも私が私になるなどという必要がまったくないということさ。

「そんな願望がきみにあるというだけで、きみがそんな人間でないことを示しているよ。それにしても、光学工場にいたきみが、よくこんな山奥で、まったく違ったダムをつくるなどといった仕事をしていられるもんだな」

どうしてだね。天に挑み天の哄笑に答えて、哄笑しようとするものであることでは、なんの違いもないだろう。望遠鏡は内部に外部を実現する。同じように、山また山の間を流れる川を堰きとめてつくられた広大な流域を、発電所において他の山また山の間を流れる川を堰きとめてつくられた他の広大な流域に変換する。あるいは、おなじ川をことさらに分断し、発電所においてひとつの広大な流域から、他の広大な流域へと変換する。したがって、

ダムは、発電所において矛盾が矛盾でなくなろうとする方向のもたらす、もっとも大きな電力を得るために、いかなる洪水をも堰きとめることによって、いかなる洪水にもまさる洪水をつくりださねばならぬという、もっとも大きな矛盾を孕む境界としてあるものでなければならない。

「………」

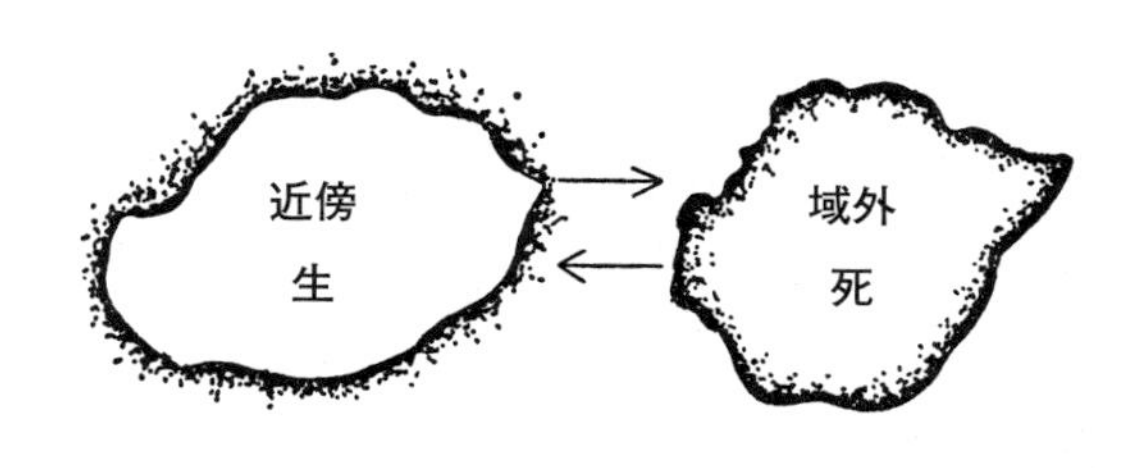

図11

だから、この矛盾の強調、落差を大にするために、流域変更といって、山を圧力トンネルで貫き、遥かに標高の低い他の川に落とそうというんだ。ただし、これじゃ、生から死への変換、ただそれだけだからね。

「生から死への変換？　つまり死ぬことかね」

ところが、いまはピーク発電といって、一定量の電力は火力発電でまかない、それでまかなえなくなったとき、ダムの水を放流しておぎなうんだ。そして、火力発電で電力があまると、放流した水をポンプ・アップして、放流したダムの水をまた満たしては落とす。つまり、死から生へ、生から死へと輪廻させるんだ。輪廻についてはきみとまた語ろう。暇なんだろう、きっと。よくそんなことを考えるんだ。そうしたダムがつくられるにはこれほどいいところはない。ダムは近代のピラミッドといわれるが、あの果てしない砂漠の中に悠遠の過去を示すごとくピラミッドが立ち並んでいるように、やがてこの広大な山々の中にダムが幾つも幾つもつくられる日が来るだろう。

「来るだろうって、まだつくられてはいないのかい。きみがここにいると風の便りに聞いてからでも、ずいぶんたつように思うがな」

いや、ダムは悠遠の未来を示すように、まだまだそこへ達しようとする道路をつくっているところなのだ。こういう道路をつくるためには、その道路をつくるための道路がつくられねばならない。そんな道路は行きどまりになって立ち消え、やがて忘れられて廃道ですらなくなってしまうかもしれない。

「…………」

そうだ、ジープの用意をしてもらおう。ぼくらの仕事はね、まず測量からはじまる。測量とは大小無数の三角形を地上に想定して、真の面積に迫ろうとする技術だよ。あらゆる三角形は、頂点より底辺に垂線を下ろすことによって、直角三角形に分割することができる。この直角三角形について面白いことが言えるんだ。

直角三角形ABCの斜辺ACを分割して、分割されたACの部分の上に、二辺がAB、BCと平行な小三角形をつくる。むろん、このようにしてつくられた小三角形の二辺、AB、BCに平行なものの総和はAB＋BCに等しく、ACはAB＋BCより小さい。しかし、ACが更に無数に分割され、ついに無限に至った瞬間、小三角形の二辺、AB、

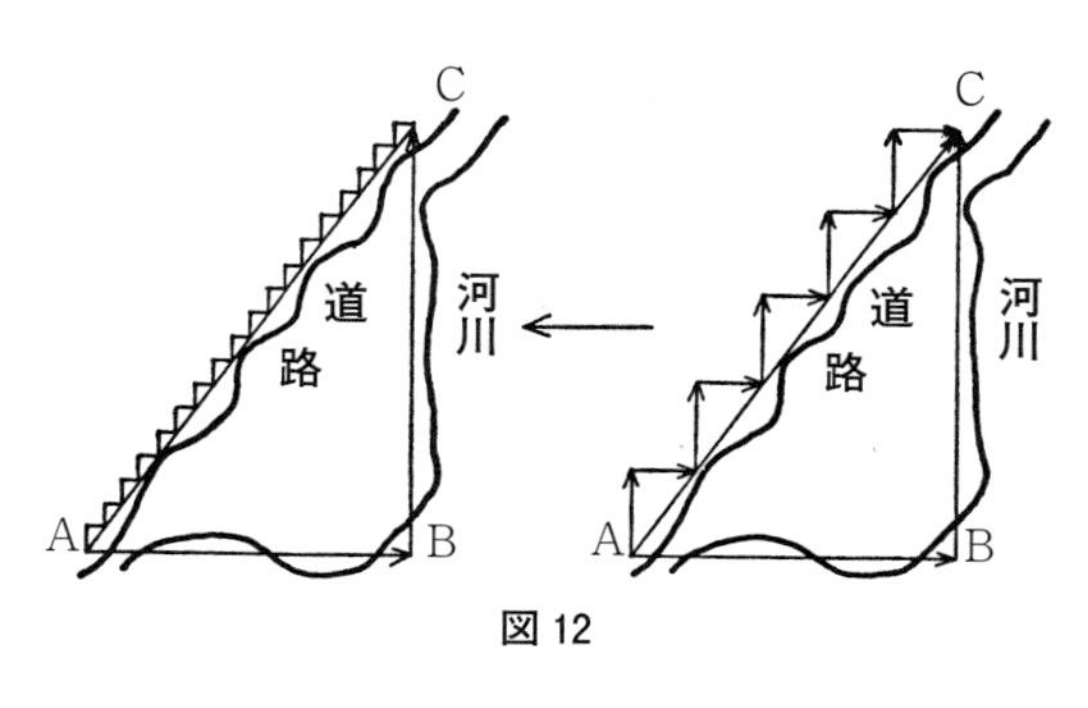

図12

BCに平行なるものの総和はACに吸収される。したがって、AB、BCはACに吸収され、ACはAB＋BCに等しくなる。

ただし、それは瞬間であって、瞬間を過ぎれば依然として、ACはAB＋BCより小になることは言うまでもない。しかし、この変容の示現(じげん)する瞬間の幻術の生成する時間が、驚くべき吸収性を持ち、おそらくは想像を絶する、高い濃度を持つであろうことを暗示するように思われる。したがって今まで述べてきた矛盾論のごときは、時間にとっては、まったく問題ではない。これはむろんパラドックスだ。しかし、近代数学はこのパラドックスの克服に出発している。しかも、いかに完璧な公理群を以てした論理空間も、このパラドックスを免かれ得ないということが、証明されるに至ったんだよ。こうして数論の根幹が揺るがされ、証明系の必ずしも憑依すべからざることが示された。さア、いよいよジープが来たようだ。不思議な木があるんだ。枯れてしまって、白骨のように白くなっている。それがだんだん暗くなると、みょうに輝いたように見えて来るんだ。

「きみはぼくに詩を聞かせてくれたじゃないか。そう、『死者の眼』だ。

闇が覆って来た
生命ある樹々は姿を隠し
死んだ木が白く浮き上がって
生命の形を現す

むろん、きみはそんな木を見て、『死者の眼』をつくったんじゃない。きみの詩から実現して来たんだ。それこそ、きみの宇宙の樹だ」

ぼくもあの木を思うと、すべてが裏返って見えて来るんだ。道路をつくるための道路は行きどまりになって立ち消え、やがて忘れられて廃道ですらなくなるのではない。行きどまりになって立ち消え、やがて忘れられて廃道ですらなくなることによって、本然の道路に蘇ったのだ。もともと本然の道路があって、それに吸収されたのだ。もともと本然の時間があって、ぼくの死、きみの死も吸収されるんだ。その濃度において比較を絶するが、道路はまったく時間に似ている。いずれもそれから抽出して一次元空間と見做すことができる。
「時間が？　時間も空間なのかい」
そうだよ。時間もまた空間と見做すことができる。

任意の一点を原点として、境界がそれに属せざるところの近傍と、境界がそれに属するところの域外に分かたれる構造をもつものを空間という。

とすれば、時間もまた近傍と域外に分かたれる、構造を持っていないだろうか。しかも、現瞬間を原点としてなすところの近傍には、いくらそれを小さくしても、その中に過去と未来が含まれる。過去と未来はあきらかに対立矛盾するものだ。矛盾はつねに無矛盾であろうとする方向を持つ。かくて道がつくられる。その行く先が未来であるのではなく、それを未来と呼んでいるのだ。

道は二点を結ぶ最短距離としての直線でなければならぬ。また、道はもっとも高低のない等高線に沿った曲線でなければならぬ。したがって、この矛盾を原点とする近傍としての一次元空間と見做されるものでなければならぬ。

時間もおそらくこのように設計されようとしているだろう。それが矛盾が無矛盾になろうとするもっとも自然な道だから。道が変われば世界が変わる。世界を変えるためには、道を変えねばならぬ。すなわち、道と世界とは関数関係にあるばかりでなく、道を以て世界を意味させることすらある。もしそれ、時間を以て世界を意味することができるとすれば、世界を変えることによって、時間もまた変えることができるか。興味ある問題だが、それはできない。そうだ。道路と時間には、ただひとつ違ったところがある。

「違ったところが?」

うん。われわれはつねに、われを原点とした近傍にいる。近傍は境界がそれに属せざる領域だ。いかなる道路も、その境界に達することはできない。しかし、……

「しかし?」

しかし、境界に達することのできる道路が一つある。それはわれわれを幽明境にも導く、時間という道路だ。

暗くなって来たな。ヘッド・ライトの中に、大きな舗装道路が白く拡がっている。時速百キロ、いやそれ以上飛ばしているのに、飛ばしても飛ばしても、ただ白く拡がった道路だということが、そう思わすのかね。戻ることも到達することもできないというように、白く拡がった道路はシンとして延び、まるで止まってでもいるようだろう。それどころか、後退しているような気はしないかね。それなのに、白木の墓標が現れて来たと思うと消え、消えたと思うとまた現れる。え？　どうしてこんなものが、立てられているかって。そこで人が死んだからさ。ぼくらは工費いくらにつき、なん人死ぬとあらかじめ見積もっているくらいだからね。こうして白木の墓標が現れては消え、消えては現れするのをみても、いかに莫大な工費が道路にかけられているかがわかるだろう。それにね、ぼくらの見積もりが当たらずといえども遠からずというように、時計時間のようだとはいえないまでも、白木の墓標はほとんど等間隔に立てられているんだよ。そうそう、こんなこともあった。ぼくの目の前を走っていた自動車が、いつとなく見えなくなってしまった。いや、こんなジープではない。水没地域の人のひとりが、用地買収で手に入れたカネで、素晴らしい外車を街で買い、一家総員を乗せてぼくらを追い抜いて行ったんだ。後ろの窓からはこれ見よがしに、嬉しげに手を振るじいさんやばあさんの姿もあった。むろん、子供たちもはしゃいでいたようだったが、そのままスーッと消えてしまった。へんだなとは思ったが、そのまま忘れてしまってね。おそらく、そこにもあらたな白木の墓標が立てられたんだろうが、どれがそれなり深い谷底へと消えた素晴らしい外車のためのものか気づきようもない。こうした山の中では、山を切って道路がつくられる。その土砂はそのまま道路わきの深い谷へと捨てられるので、道路の幅が広ければ広いほど、深い谷へと捨てられる土砂の量は多くなり、ときに道路は実際の五倍も、六倍もの見せかけの広さを持っていて、そこを走る自動車を道路の外におびき出そうとするのだからね。時間だって、むろんそうだよ。幻術？　そう、自然はこれと戦おうとすると、必ずそれなりの手を使う。いきおい、こちらもなんらかの手を打たねばならない。騙しすかしだよ。ああ、コンクリートの側壁につくられた祠が現れて来た。地蔵尊や不動尊が置いてあるんだ。もともと、廃道になってしまった道路につくられていたものさ。なにしろ、このあたりは沢登り、谷渡りをして来たものが、出て行ったまま戻らない。おそらく、着くべきところに着いたのだろうと思っていると、谷の鉄砲水に攫われて、白骨になっていたと言われていたところだからね。いずれはこうした地蔵尊や不動尊もやがては忘れられ、すべての潰え崩れるものがほほ笑んでみえるように、ほほ笑みながら亡び去って行くんだろうがね。それでも白木の墓標のために移されて来たと思うものもあるかもしれない。闇に枝がざわめく。そら、あっちでもこっちでも。猿どもが恐れて、闇に飛び込むんだな。おや、ヘッド・ライトの中に浮かんで来た。牝鹿だ。なんという素晴らしい牝鹿だろう。なに？　いっちょ、やりますかだって。禁止されてるんだろう。だから、やりたいってのか。牝鹿はヘッド・ライトの中にはいると、ヘッド・ライトの外に出ることを知らない。牝鹿にはもうヘッド・ライトが時間であり、道であり、世界なんだ。必死になって駆けている。あ、牝鹿がヘッド・ライトからそれた。おや、また時間を道を世界を失いでもしたように、あわててヘッド・ライトの中に飛び込んで来た。牝鹿は恐怖の極にあるんだな。美しいまっ白な尻の毛を扇形に拡げた。

あれは牡に追われて必死になって逃げながらも、なおそうすることによって誘惑するときの姿じゃないか。獰猛な欲求を満たそうとする猛犬のように、はやくも牙をむき、唾を飛ばそうとするお前はだれだ。お前はいつこんな気持ちになって来たのか。一体、なにになって行くのだ。なにになろうと、それが山を崩し、河を乾し上げようとする者の言葉か。殺れ。いまだ。殺ったな。血は無惨に闇に飛び散っているに違いない。おお、戦慄すべき殺戮者の歓び！　なに、ジープを止める？　その必要はない。急げ。なんだか、いよいよ遠くなって行くようじゃないか、宇宙の樹は。

アルカディヤ

覚えているかね。ここがきみと屋台で焼酎をやった、焼け跡の闇市のあったあたりだよ。

「そうかね。そういえば、あの汚水の溜まりのような河も暗渠に変わり、立派な道路になって、自動車の洪水になってるようだし」

あの山奥でさえあんな道路ができる御時勢だからな。

「そんな山奥でダムをつくっていたきみから、このあたりのことを想いだされるようじゃ、ぼくもどうかしているな」

ここにはきみに、近傍をなさしめてくれるようななにものもないんだ。尖塔に十字架のついた教会もない。むろん、宇宙の樹なんてものもない。

「宇宙の樹か。あれはなんだったんだろう。闇の彼方にあんなにもはっきりと現れて来た巨大樹、死の象徴だったのかね。あるいは、死の裏返しとしての生の象徴だったのかね。きみにはいろんなものを見せてもらったが、いまはみな遠い話になった。こうして、コーヒーを飲んでいてもビルばかりで、野良犬どころか、紐で曳かれた飼い犬の姿もない。ヴアキューム・カーや、野良犬どもの群れが懐かしくさえなるね。いやア、変わったもんだ」

しかし、それも表だけだよ。一歩ビルの裏にはいればきみも見て来たように、ゴミゴミした小さな印刷屋や製本屋ばかりさ。

「もとから、あのあたりはそうだったのかね」

そうだったらしい。みな古ぼけて、笑いながら老い朽ちてしまいそうな建物だからね。

「なまじい、戦災を免かれたからかな」

それもあるだろう。しかし、あれが新築されたとしても、依然として小さな印刷屋か製本屋で、それ以上のことはないよ。みな下請で喘いでいる。

「しかし、いつかは下請から抜け出して、ビルを建ててやろうというようなのはいないのかね」

まず、いないね。いてもあの界隈には建てないよ。

「じゃ、変わっているのは表だけで、本質的にはなにも変わっちゃいないというのかい」

そうなんだ。

「それなりに、うまくやってるからかな」

そうでもないよ。ただ、みんなこんなものだと思ってるんだ。定年なんかむろんない。いや、定年があるなんて思っているものもない。なんとなく勤めて、もう八十になっているものもいるんだ。つまり、他の世界を知らない、というより、もう知ろうともしないんだな。ぼくが光学の話をしても聞こうともしない。ダムの話をしても聞こうともしない。そんな話をするぼくを、うさん臭いと思ってるかもしれないよ。ただ、社長だけは聞いて喜んでるが、これも八十いくつで、うちもそのうちストライキぐらいは起こる、工場にしたいなんて笑ってる人だ。つまり、絶望にあまんじてるんだな。ただ、すべての潰え崩れるものがほほ笑んでいるように、ほほ笑んでるんだ。そうだ。きみもひとつ、『どん底』のようなもの書いてみたら。登場人物には事欠かないよ。

「そうか、『どん底』か。しかし、瓦礫と化したあの光学工場などは、素晴らしい蘇りをみせてるんだろう」

ところが、そうじゃないんだ。戦争と共に幻のように大きくなり、瓦礫に化したまま幻のように消え去ったよ。

「しかし、きみが近代のピラミッドと呼んでいた、ダムのほうはできただろう」

それはできた、三つも四つもね。ぼくはあのときあんなことを言ったが、ダムも不滅ではない。ようやく人の命ほどの命を保つと、土砂に埋没してしまうんだ。ぼくもぼくの受け持つダムができると、それなり去って日本海沿いの村々を転々としていたから、それからのことはわからないがね。

「そのきみがどうしてまたそんな小さな印刷屋なんかに来たんかね」

友人が手紙をくれたんだ。なんでもない小さな印刷屋だ。きみに勤めろとは言わない。また、ぼくが売り込んだのでもない。たまたま、こうした印刷屋にきみの話をしたら、あ、あ、そんな人に来てもらいたい。とても来てはもらえないでしょうな、とこうなんだ。もうそろそろ遊んではいられない、と思っていたところだろう。友人の気配りも、とても温かく感じられてね。

「それにしても、惜しいじゃないか。きみは光学工場にいた。ダムを造る仕事もしていた」

それがあんな小さな印刷屋にって言うんだろう。世界としては、あの小さな印刷屋もおなじ世界だよ。

大小はただ外部から見て言えることであって、内部にはいれば大小はない。なぜなら、境界は外部に属し、外部から見た内部の大小は、この境界によって判断される。しかし、内部には境界が属しないから、いわば無限であり、無限には大小がない。

「よくきみはそんなことが言っていられるね。光学工場でもそんなことを言っていた。ダムを造るときもそんなことを言っていた。いまもまだそんなことを言っている」

だって、きみも作品を創造するのは境界がそれに属しない、大小のない無限の内部を実現しようとしているんじゃないのかね。そうであればこそ、光学工場も書いて、内部といわれる世界になる。ダムの現場も書いて、内部といわれる世界になる。小さな印刷屋も書いて、内部といわれる世界になろうというものじゃないか。外部から見て大小を言う読者を内部といわれる世界に引き入れて、大小を言わせぬようにしなければならない。これを魅了するというのだ。

「その魅了するというのがまた難しい」

そりゃア、そうだ。きみがただ、ぼくがこのコップをとってコーヒーを飲んだと書くなら、それでいいのだし、なんのことはない。それはきみにとっての関係はただこのぼくだけであり、コップはたんなる対応をなすもので、きみとなんらの関係をなすものではない。しかし、ひとたびきみがコップそのものを書こうとするなら、話はまったく違って来る。

「そうだな。卒然として見ればなんでもないものも、これを書こうとして立ち向かえば全然違った相貌を呈して来る」

そうだろう。そうなればこの私と私以外といえば全世界であるように、このコップとコップ以外といえば全世界になるんだ。書こうとすると書かせまいとするコップのために、幻術が必要になって来るのさ。

「幻術？」

うん。ぼくはいつか映画で、白熊とセイウチの格闘を見たんだがね。白熊は後ろ脚で立ち上がる。セイウチも立ち上がろうとする。セイウチはもともと怯懦な動物だが、なにしろからだは巨大で、ながい牙をもっている。白熊は両手を上げてジッと構えながら、突然徐々に顔をそむけてあらぬ方を見る。その瞬間、セイウチは襲いかかるのだが、白熊はわざと隙を見せてセイウチの襲いかかるのを待っていたのだ。そのとき、間髪を入れずあげていた片手で撲りつけて、セイウチを倒してしまう。

「じゃア、コップひとつ書くにも、隙ならぬ隙をみせて討ちとらねばならぬというんだな。なぜそんなことになるんだろう」

ぼくはこう思う。対決しようとすると、対象は必ず私と対等な生きものとして、関係して来る。


関係とはたんなる対応ではない。おのおのそれみずからが矛盾を孕む実存として対応するとき、はじめて関係となる。


すでに述べたように、矛盾は矛盾でなくなろうとする方向を持つ。さきに日月星辰の運行にも、説き及ぼすことができるだろう、と言ったのもここから来ているんだ。

「関係か」

きみはあの薄暗い部屋の蛍光灯の下で、工員たちが黙々と活字を拾っているのを見ただろう。あれは文選工というんだ。文選工にとって、ケースにつめられる活字はたんに座標上の一点に過ぎない。また、座標上の一点に過ぎないようになるのでなければ、その文選工はまだ熟練工ということはできない。文選工はこうして活字を文選箱に満たすと、植字工に渡す。植字工はこれをステッキに移し、符号化し、記号化して、組みゲラの上に構造し、はじめて意味を生ずるものになるのだ。すなわち、

いかなるものも、まずその意味を取り去らなければ対応するものとすることができない。対応するものとすることができなければ構造することができず、構造することができなければ、いかなるものもその意味を持つことができない。

しかし、その意味も工員たちには、なんの関係するものとはならない。殊に、熟練工ほどね。

「空しいもんだね」

空しい？　そうだ。きみに北方民族の話をしたことはなかったね。

「きみは北方民族と言うだけで、それ以上は話してくれなかった」

そうか。あれはやっぱり、ぼくにとってアルカディヤだったんだな。まず、橇犬の話からはじめよう。橇犬は実におとなしく、忠実で、人なつっこいんだ。ところが、ぼくの前

に現れて来たのは、そうじゃなかった。あれは仲間を呼ぶんだろうか。声を限りに八方に吠えながら、疾風のように駆けて来る。あたりが雪のせいか、その口がまた恐ろしく赤いんだ。もう鞭も手綱も眼中にない。あとでわかったんだが、数個のトナカイのフンが、橇犬たちの野性を呼び覚ましたんだ。おそらく、橇犬たちはトナカイを屠って、そのハラワタを貪ったことはないだろう。にもかかわらず、貪ったことがあるように、橇犬たちを狂わせてしまったのだ。ようやくにして、投げ縄が雪の舞う鈍色（にびいろ）の空に投げられ、嚮導犬（きょうどう）が縛り上げられて、ことなきを得たが、なお昂奮を鎮めることはできなかった。ほっておけばいよいよ昂奮に駆られて、橇犬たちは果てもなくトナカイを追うという。これじゃ、トナカイを放牧する北方民族が、橇犬を駆使するアイヌ民族とタライカで戦ったというのも、たんなる夢物語じゃないと思ったよ。

「かつてはいずれも武勇の民族だったろうからね」

そうだろう。しかし、いまはいずれの民族も衰えて、互いに遠く離れて争うこともない。あるいは、互いに互いを忘れてしまったのかも知れない。聞いてはみたが、みな想いだしたような、想いださないような顔をしていた。いまや、あの果てもない雪原は、アルカディヤだよ。

「そういう意味か。きみがアルカディヤというのは」

といって、北方民族にもまったく犬がいないわけではない。ただ、仔犬でない小犬で、口輪こそはめられていないが、首輪から下げられた紐に横木が結ばれている。それが前脚の関節にあたって、走ろうにも走れないようになっているんだ。そりゃア、可愛がってはいるんだよ。可愛がりながらも、なにかが目覚めて来るのを、かすかに恐れている。なにがあんな小犬に、目覚めて来るというんだろう。いや、北方民族たちもそれを言うと、おかしがって笑うんだがね。ただ、たまたま地吹雪が襲って来る。乾燥地帯で雪はさして深くはないのだが、あちらの雪はぼくらが考えているような六方晶系の美しい花ではない。尻のえぐられた小さな弾丸のような形をし、これが風をはらんで吹いて来ると、おどろくような遠くから飛んで来て、あたりはいちめんの雪煙になる。しかし、天は晴れているので、透して来る日の光で、目前にはいたるところに小さな虹ができる。気を奪われるように美しいが、危ない。じじつ、探検家たちがよく遭難しているんだ。そんなとき、トナカイの肉を食い、トナカイの皮を着ている彼等には、トナカイを神としてひたすらに縋るほかになんの幻術をなそうようもない。すなわち、彼等は手綱を捨て、橇に身を伏せてトナカイの集団が走るにまかせてしまうのだ。雪煙の無数の小さな虹の中から、トナカイの尻がぼうっと現れる。現れたと思うとぼうっと消える。ぼくらはただそれに導かれている。如来マスガ如シと書いて如来と読む。これだなという気すらしたよ。ん？　そりゃア小犬だって乗せてやってるさ。ちゃんと縛ってね。あんな足枷をされたんじゃ、どこへ行こうもどうしようもなかろうじゃないか。トナカイたちにはこんな地吹雪の中でも、どの方向にシェルターがあるかが分かるんだ。やがて、雪のツンドラ地帯に、そんなものがあったとも思えぬようなトド松の林にたどりつく。彼等はそこでテントを張り、トド松の枝をしいて坐る。白樺の枝を燃して、串にさしたパンを焼きはじめる。まるで遠いむかしからそこに住み、またいつまでもそこに住もうとでもしているようにね。小犬もまたなにかをねだって、小犬らしく吠えたりしていたが、トナカイは気にする風もなく、首の鈴を鳴らしてキュッキュッと雪を踏んで歩いている。それにしてもどうしてあの印刷屋にいて、北方民族のことを想いだすのだろう。それもたんに想い出としてではない。あの界隈やあの界隈に働く連中には、そんなことを想いださせるようなものが、あるような気がするんだ。

「『どん底』かい。いや、きみの言葉を借りただけだがね」

かまわない、かまわない。『どん底』は『どん底』なんだから。しかし、ぼくたちはそこにいるから、あながちそうとは感じないが、もはやだれもが忘れ去っている遠い世界であることに、変わりがないのではあるまいか。といって、今日はこのようにあるので、やがては自分たちも忘れられて行くだろうと、考える者はひとりもない。おお、もし忘れられて行く幸福といったようなことが言えるなら、まさにあそこにも忘れられて行く幸福があるんだよ。

「きみが言うんだ。そうかもしれない。しかし、ここにも地吹雪はあるんだろう」

ある、ある。なんたって、ここも広漠たる荒野の中だからね。つい、こないだも手形が落とせなくて倒産した。社長は八十いくつの老人だろう。あきらめたのかね、絶望したのかね、ただほほ笑んでるんだ。それ、廃道から移されて来、やがては忘れられ潰え崩れようとする、あの地蔵尊や不動尊のようにね。工員たちは案ずることもなく散って行くだけで、なんの関係するところもない。おお、これがアルカディヤか。トド松の林に憩うた北方民族たちも小犬とともに、トナカイの赴くままに、果てしない雪のツンドラ地帯へとただ消え去った。一体、どうしているだろうか。おそらく、昨日のごとく今日があり、今日のごとく明日がある。彼等のようにそうある以外求めようとしないのが、ひとの本然というものだろう。そんなことを思っていると、突然かすかな哄笑が聞こえた。そんな気がしただけかもしれないが、それがぼくに忘れかけていた、さまざまな過去を呼び起こしたのだ。

「………」

友人からカネを借りてやろうという気になった。成算がなかったのではない。そうなったのは収入がないのではない。ただその収入を待ち切れないために、そうなったと見ていたんだ。そこで、呼び水を入れてやれば、この有為転変、諸行無常も円環してなんとかなると思った。ちょうど、諸行無常が、実は輪廻になるようにね。そうそう、

円周上に一点を取り、これを回転させれば、この一点は時間軸にそってサイン線を描く。

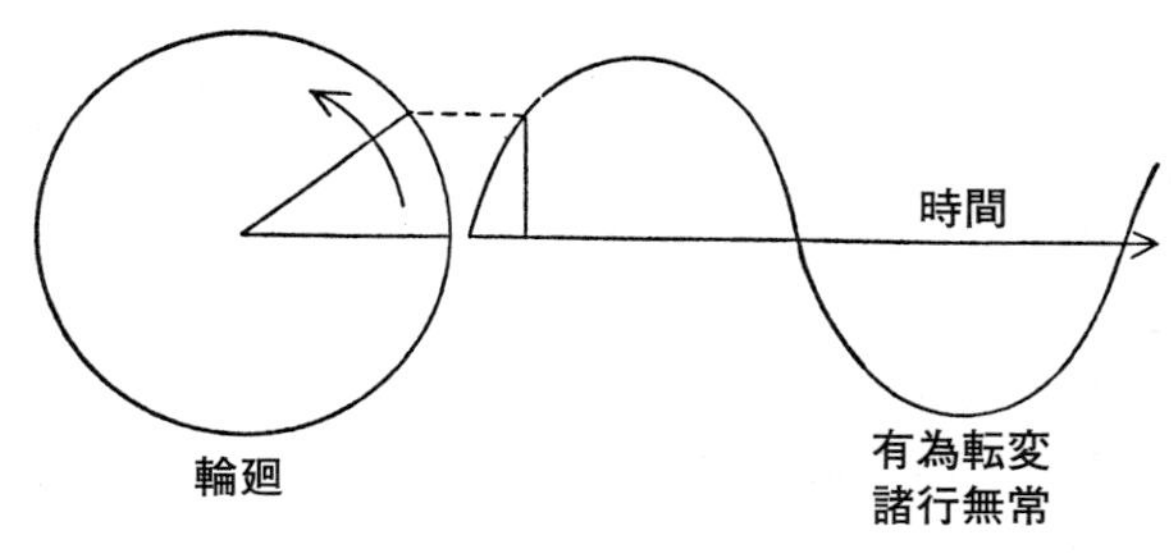

図 13

有為転変、諸行無常はしかく単純ではない。しかし、これを合成して行けば、限りなくそれに近づくことができる。

きみ、これを見ても輪廻から有為転変、諸行無常を考えることは易しいが、有為転変、諸行無常が輪廻であることを悟るのは難しい。有為転変、諸行無常は現実だが、輪廻は実現だからね。とまア、こういう訳で友人からそれぞれ三十万円、五十万円といったカネを借りて行って、二千万近く集めたんだ。もっとも、日歩五銭の利息をつけるといってね。

「日歩五銭？　セイウチを打ち倒そうとする白熊のように、隙を見せたわけだな」

そりゃ、そのものを書こうとすれば、コップだって話はまったく違ってくるからな。しかし、友人はみな電話一本で、確実に返してくれるなら、利子などいらぬといって応じてくれた。ぼくはいちいち約束手形を書いて、キチンと日歩五銭の利子をつけて支払ったばかりか、支払った利子はこちらでは益金にして、損金として落とさないから、税務署に申告してもらうことはない。この申告がみなのほんとに嫌がるところだからね。

「そんなことをしてやって行けるのかな。銀行が日歩三銭、しかも利子は損金として落とせるのに、それでもなかなか大変だというじゃないか」

ところが、そうしてもカネがいるのは二十三日の手形落ち、小切手支払いと、月末の給料の支払いで、それを切り抜ければ、円環するのだから、あとはカネの必要はない。そこで、たとえ銀行から日歩三銭で借りられ、その利子は損金として落とせたとしても、そういうカネはその期間中借り通しに借りておかねばならぬから、こちらにとってはなお損失なのだが、友人たちはなにか日歩五銭の上に税を逃れたような気になるんだな。

「きみならそれぐらいの才覚はあるだろう。しかし、ほのかなるアルカディヤに思いをやってるというきみが、えらい幻術をやるじゃないか。いまもやってるのかい」

いや、地吹雪は去った。でなきゃア、また襲われたときに、友人に安心してシェルターになってもらえないだろう。きみとも会社はどこ吹く風で、こうして話していられないじゃないか。そもそも、幻術はいかにして幻術でなくすかというところに、幻術の幻術たるゆえんがある。哄笑はやがて遠ざからねばならぬ。

「哄笑が?」

得るところはあるもんだね。もしカネは貸す、しかしあすは返せと言われたらキツイことを言うなと思うだろう。これが二カ月でも三カ月でも貸すといわれたら、まあ心豊かな人だと思うだろう。二年でも三年でもいいと言われたら、もっとそうだと思うだろう。いや、あるときでいいんだよ、いつまででも貸してやるといわれたら、いよいよもってそう思うだろう。ところが、どうだろう。生きてるうちはいいから、死んだら絶対に落とさねばならない約束手形を書けといわれたら。

「死んだら絶対に落とさねばならない約束手形？」

もはや幻術はきかない。ずいぶんながい道のりだったが、ぼくはここに至って、ようやく死生観というべきものに達したよ。生きているうちはとにかく、死んだら絶対に落とせという約束手形、そういう賭をするものは、だれだろう。ここに意味は変容して宗教となる。かかる意味の変容は、時間が驚くべき吸収性を持ち、想像を絶する濃度を有するばかりでなく、幽明境に達しうる、したがって通過しうる唯一の道をなすからだ。百年の目を以て見る人は、十年の目を以て見る人とはおのずから違う。千年の目を以て見る人とはさらに違う。なぜなら、このようにして歴史すら意味を変容して哲学になっていく。その理はまったく同じだ。このような例は枚挙に暇がない。したがって、すくなくとも、ぼくらはまず極小において見、極大において見、はじめて思考の指針を現実に向けて、その意味を変容において捉えなければならぬ。もし、ぼくがきみの驥尾に付して、何か書くようなことがあったら、この意味の変容において書くだろう。

エリ・エリ・レマ・サバクタニ

黒人サキソフォニスト、サミューエル・ジョンスンの名は、まだ多くの人々に記憶されているであろう。サキソフォンと呼ばれる当時の新楽器が、毀誉褒貶にさらされながらも、ジャズの代表楽器とされるようになったのは、サミューエルの出現によるものだから。

だが、そのサミューエルがいまも生きていると思っているものはなかった。生きていれば、あれだけ熱狂されたサミューエルの消息を聞かぬはずがない。たまたま想いだされて話題にのぼっても、だれもがそう言ってその生存を信じようともしないのである。しかし、サミューエルは生きていて、いつもスラム街の酒場に入りびたっていた。酒がなければいっときもいられない癖に、飲めばすぐ酔って、たわいなくなるのである。

浮浪者たちは、このたわいもない酔っぱらいをサミューエルと呼び、

「似ているね。まるで、サミューエルが蘇ったみてえだ」

と、言った。現に、サミューエルがそこにそうしている酒場でさえ、サミューエルはサミューエルと思われていないのである。なんと思われようとかまわないが、この蘇ったに

は、サミューエルも苦笑せずにいられなかった。冗談じゃねえ。なんだか、おれが死んでるみてえじゃないか。

「そんなに似てるかね。似てると言ってくれるのはありがたいが、ビルと呼んでもれえてえな。ビルがおれのほんとの名だから」

「ビルがお前のほんとの名？　ビルはサミューエルのほんとの名じゃねえか」

どっと哄笑が巻き起こった。ちょうど、神たちが哄笑でもするように。ビルと呼ばれたいなら、サミューエルになれといわんばかりである。

なんてことだ。おれはもうただのビルになるつもりだったのに、それもできないとは。と、サミューエルは考えた。おれはもうなにものでもなくなったのではあるまいか。死とはなにものでもなくなることではなく、すくなくともなんぴとかにとって、現実としてあったものが、実現と呼ばれるところのものになることだ、とあの人は言っていた。しかし、それもただ他人様にとってのことだけじゃねえか。こりゃあ、驚いた。

サミューエルはおどけて太い両腕を拡げ、黒人特有の白いたなごころを見せながら、煤けた天井を仰いでつぶやいた。

「エリ・エリ・レマ・サバクタニ（Eli, Eli, Lāma Sabachthani）？」

言うまでもなく、イエスが十字架上で言った言葉で、「神よ。神よ。なんぞわれを見捨て給うや」との意である。ちょっとイエスを気取ったままのことだが、なんだ、まだ飲みてえのかというように、哄笑の中から浮浪者のひとりが、半飲みのコップを差し出した。

「なにも、エリアを呼ぶこたアねえさ。さ、これでもキューッとやって、そこにあるのを吹いてみな。サミューエルのサキソフォンは、ちょっとそこらの真似のできねえものだったよ」

聞いたふうなそんな口をききながらも、ただそんな口をきいてるだけで、むろんサミューエルの吹奏を聴いていようはずもなかった。

だれかが飲みしろのかたに置いて行ったのであろう。汚れた壁にはずっと前から古いサキソフォンが掛けられていたが、これもいまでは埃をかぶった壁飾りのように忘れられ、いたずらにも手に取ろうとする者もいなかった。こんなところでも、サキソフォンは歓迎されなくなり、往年の栄光になろうとしていたのである。というのも、サキソフォンは精妙巧緻、クラシックのそれを凌ぐという意味で、斬新な楽器とされていた。しかし、ジャズは必ずしも斬新であろうとするものではない。クラシックの精妙巧緻を粉砕して、始原をとり戻そうとするものである。サキソフォンに対する毀誉褒貶も、むしろサミューエルによって、その精妙さが極度に発揮されるという矛盾から来ていたのだ。

だが、サミューエルが浮浪者の仲間におちたのは、サキソフォンが往年の栄光になったからではなかった。毀誉褒貶をしり目にサキソフォンが脚光を浴びたのは、サミューエルによってサキソフォンの領域が切り開かれたからである。もし、サミューエルがサキソフォンを捨てなければ、サキソフォンはいよいよその領域を切り開いて、忘れられることはなかったであろう。

といって、サミューエルがその吹奏する精妙な音色が、その精妙さのゆえに誹謗されるという矛盾に、いや気がさしたのではない。しかもなおジャズとして、クラシックに受け入れられぬのを、あきたらずとしたのではない。いかに精妙な音色をもってする吹奏も、ただ群集にむなしい問いを問うにすぎないことに絶望したのである。

だが、問いを問うということこそ、この私が近傍の中心に矛盾として実存するということではなかったのか。かくてサミューエルによってサキソフォンの領域が開かれたので、問うことをやめると、サミューエルはじじつなにものでもなくなってしまったのだ。とすれば、立って壁からサキソフォンをとり、口にあてて音色を出してみせたとしても、もはやなんの証明になるだろう。そういえば、あのサミューエルという名にしてからが、もとからの自分の名ではなかった。あの人を懐かしんでその名を借りたのだが、こうしてあの人のことを考えていると、恍惚として自分があのころのビルになる思いがするのである。ちょうど、サミューエルになれたので、ビルと呼ばれることができたというように。

なんといっても、あの人は世界が広く、どこに行っても同胞がいるということを、教えてくれた最初の人だった。死ですらもまるでこの世のように語ったのだ。若く、明るく、だれともよく話してくれたから、子供たちはみな牧師さまというよりも、友だちと思っていた。その上、あの人は見掛けによらぬ力持ちで、軽く手でリンゴをぱんと二つに割り、その一つをくれて左の肱を曲げ、手の甲を腰にあて、右膝をまっすぐ立った左脚にちょっと掛けて、さも愉快げに自分もほおばりながら、分かちあうことを喜んでいるようだった。みなが驚きの目を見張ると、あの人は哄笑して、

「そりゃあ、サミューエルだもの」

と、言った。そしてあの人は、サミューエルという名は、きみたちの知っている力持ちのサムソンから来たのさなどと教えてくれた。

だが、あの人はいつからともなくいなくなった。すると、あれはほんとの牧師さまではなかったので、教会にいられなくなったのだと言う者がいた。そう言えば、あの人には牧師さまらしいところがすこしもなかった。そうではなくて、差別することを知らなかったからだと言う者がいた。あの人は街のマリアたちとも楽しげに話していた。いや、ほんとうは黒人差別と戦うために、途方もなく恐ろしいことをたくらんでいたので、かえってあんなになに気もなく、楽しげにみせていたのかもしれない、とさも恐ろしげに言う者すらあった。そう言われると、ビルにはサミューエルというのが、いかにもそんな人にふさわしい名のような気がしたのだ。

べつに取り立ててなにをしたという訳でもないのに、だれもがあの人のことを忘れず、バルチモアに行ったとか、ラスベガスにいたとか言っていた。サミューエルはそれをふと

興行先で想いだして尋ねてみたが、心当たりのあるようなことを言う人は、バルチモアにもラスベガスにもいなかった。それもそのはず、あの人がバルチモアにいるとか、ラスベガスにいるとか聞いたのは、遠いむかしのまだ子供のころだった。あるいは、もう死んだのかもしれぬ。そんな気もしたが、思いがけずあの人が手紙をくれたのだ。むろん、まだサミューエルが全盛のころで、いまではもうあの人も生きていようはずもないのに、そのことを想いだすとサミューエルはまさに自分があの世にいて、かえって遠いこの世からの声を聞くような気がするのである。

なつかしいビル！　わたしがあのサミューエルだと言ったら、きみはかつてのビルのように、わたしを想いだしてくれるだろうか。すくなくとも、わたしはきみがサミューエルだと知ったとき、呆然としていつかわたし自身がビルになり、かつてきみが年少の日に夢見たであろうところのものになって、脚光の中に立っているように思われた。

なんとすばらしい吹奏だったろう。わたしもきみたち子供らに、よく口ラッパを吹いて聴かせてやったことがあった。物語を読んで聞かせてやったことがあった。しかし、わたしはこうして発達して来た芸術に、二つの大きなジャンルがあると思っていた。たとえば、絵画や詩や彫刻は目にパッと飛び込んで来る。音楽は否応もなく耳にはいって来る。芸術はいわばこうしたそれみずからが強制力を持つところのジャンルと、物語のように一頁一頁めくってもらわねばならぬジャンルに分かたれるのだ、と。

わたしはそうした自覚によって、せめてひとつの物語をものし、できないまでもこの人生を反復してみたいと思ったのだ。反復は過去のある一点からはじめるにしても、すでにわたしはその一点から、未来に向かって立つように立たねばならぬ。ちょうど、現瞬間に立ち、ただ演繹によって未来に立ち向かわねばならぬように。しかも、いかなる川がわたしを遮り、いかなる山がそばだつかもしれぬように、反復にあってもいかなる川がわたしを遮り、いかなる山がそばだつかもしれぬようであらねばならぬので、それが帰納的事実としての川であり、山であるときは、たちまちたんに想い出にすぎないものとなってしまうのである。

きみもむろんなにか遠い感動的な想い出が、まずきみにある音を吹奏させるに違いない。しかも、きみはきみの未来にきみを遮る川を予感し、きみの前にそばだつ山を予感するがごとく、川を再現し山を再現して行く。おそらく、きみはいかなるものからもその意味を取り去ることによって構造し、構造することによって意味を見いだしているのであろう。そこでは、まさに時間という一次元空間が、いかなる空間の矛盾も遅速の矛盾に置き換えられて直進し、この直進によってあらゆるものが整列され、整列されたことによって時間を感じさせて行くように現れては消え、消えては現れて来る。

わたしはふと考えた。わたしは一頁一頁めくってもらわねばならぬジャンルとして、物語なるものを考えていたが、これが朗読されて声となるとき、それはもはや変換して、それみずからが強制力をもつところのジャンルになるのではあるまいか。もともと、そうした強制力を持とうとして、文体にリズムをもたせ、メロディーをもたそうとしていたのに、さようなものを捨ててもなお強制力をもつことの可能性をさぐろうとして、考えられたところのジャンルにすぎなかったのではなかろうか。

そんなことを考えるうちに、考えることすらも忘れて恍惚とし、ふと女たちの叫びを耳にして、イエスの発した声を想いだした。「エリ・エリ・レマ・サバクタニ？」あれは果たしてイエスの声だったのか。マリアと呼ばれる女たちの、われともなく発した心の声ではなかったのか。ともあれ、蘇りの願望と合一するとき、恍惚の叫びになることを教えるものである。

感動のあまり、わたしもきみと相擁（あいよう）したいと思ったが、きみに近づこうとする群集が、わたしのきみに近づくことを妨げた。せめてわが名を叫んで、わたしがここにいることをきみに知らせたかったが、ひとはこの老人もまた、きみの名を呼んでいると言って哄笑するであろう。おなじサミユーエルという名が、きみとわたしを分かつ境界をなしているように、このサミユーエルという名に、わたしはおろおろするばかりだった。

だが、きみとわたしを分かつ境界が、このサミユーエルという名であることに、感謝しなければならぬ。分かたれながらも、きみとわたしはおなじサミユーエルと呼ばれるものであり、わたしはわたしのあるところ、きみもあるような喜びを持つことができるのだから。しかし、いまや境界はもっぱらわたし自身に属するところのものとなり、わたしはきみがはるかにわたしを、想い描いてくれることを望んでいるだけかもしれぬ。

わたしはすでに老い、きみにこの手でぱんとリンゴを二つに割り、そりゃアわたしはサミューエルだものと笑ってみせるような力もない。いかなるものからもその意味を取り去ることによって構造し、構造することによって意味を見いだそう。そうしてすべての概念なるものを変換しようと考えたこともあったのだが、もはやサミューエルのサミューエルたるゆえんを失ったのかもしれない。あるいは、すでにこの世のものでないかもしれないが、孤独なわたしの食卓にはなお一個のリンゴがあり、使いならしたナイフがある。当時をしのんで、ひとつリンゴを味わおうではないか。わたしのリンゴをむく手ぎわは、まだまんざらではないのである。

この真っ赤な皮をむくには、リンゴを切ろうとしてはいけない。こうナイフの刃の根元を果柄(かへい)にあて、それを中心にして、なめらかにリンゴのほうを回すのだ。リンゴの全面をおおう真っ赤な皮がたえず細い帯となって、ナイフの刃から生まれ出て来るように見えるだろう。されば、わたしはリンゴの白い果肉であるところの領域を得ようとして、むしろ真っ赤な皮におおわれてあるところの領域をつくろうとしているので、これら二つの領域をなす境界は、白い果肉であるところの領域に属し、外部と呼ばれるところのものと見做すことができるであろう。

してみれば、白い果肉に属する境界は、幽明の境になぞらえてもいいのではあるまいか。このリンゴの果柄に根元をあてて、次第にその先端へと伸ばしつつあるナイフの刃渡りを時間と呼ばれる一次元空間とすれば、リンゴの果柄はまさに時間と呼ばれる一次元空間が、ふたたび戻れぬ方向をとりつつも、円環をなしてふたたび戻って来る無限遠点となる。このようにして、境界がそれに属せざる領域として無限であるところの内部は、境界がそれに属する領域ではあるが無限遠点を持つところの外部の鏡像とされ、また同様にして外部は内部の鏡像とされるのである。したがって、わたしは生からして死を論ずることが許されるように、このように死からして生を論ずることが許されるだろう。

いま、外部とされる両域に属する境界に、時間と呼ばれる一次元空間が直交するとすれば、それは唯一の大円を描いて円環するであろう。しかし、もしそれが必ずしも境界と直交しないとすれば無数の円環の想定を可能とするであろう。ある宗教は時間と呼ばれる一次元空間が唯一の大円を描いて円環するところのものをもって世界とし、ある宗教はその無数の円環するところのものをそれぞれ世界として包含する。しかし、それがいかなる世界であったにしても、わたしがそこにいるというとき、すでに世界は内部なるものに変換し、境界がそれに属せざるものとして無限なるものとなるから、そこに大小なく対等とされねばならぬ。

きみはまだ小さくなにも知らなかっただろう。わたしが愛するきみたちのもとを去らなければならなかったのは、なにものもその意味を取り去らなければ、構造することができないとしたことが許されなかったのだ。そして、構造しなければ意味をなすことができなだったのであろう。なぜなら、彼等には意味を取り去ることは不敬であり、こうして得られた構造によって、新しい意味を見いだそうとすることは恐れであったからだ。だが、いったい、わたしはだれに対して、なにをなし得たというのであろう。わたしはただこのむかれ行くリンゴの真っ赤な皮のように、ひっそりとこの生を狭めて行くばかりではないか。

しかし、このようにして狭められて行く生も、じつはたえず死によって彫塑され、実現されようとしていると言えなくもない。してみれば、実現とは死であるのか。ここに生がつねに問わねばならぬ問いがあるのだ。なぜなら、現実は実現されることによって、はじめて実存するところのものとなるのだから。だが、もしこの問いをむなしとして、問うことを放棄すれば、わたしはただあるがままにあるにすぎないものとなって、なにものでもないものになってしまうであろう。

ちょうど、このリンゴの白い果肉をあの世に譬え、幽明の境ともいうべき境界がこれに属するといっても、それはわたしが否応もなく拡がって迫って来る白い果肉を得ようとして、生になぞらえた真っ赤な皮を時間の刃でむこうとするかぎりのことである。むくことをやめれば、境界はそのいずれの領域に属するということができず、したがって白い果肉も真っ赤な皮も、もはやいずれが内部とも外部ともいわれず、ただあるがままにあるにすぎないものとなって、なにものでもないものになってしまうであろうように。

しかし、問うことを放棄しなければ、どうであろう。実現されていく空間はつねに境界より一次元高い。たとえば、一次元空間をなさしめる境界が0次元空間であり、二次元空間をなさしめる境界が一次元空間であり、三次元空間をなさしめる境界が二次元空間であるように。しからば、一次元空間にすぎなかった幽明境に実現されたにすぎなかったいままでの生が失われたのではなく、更に次元を高められた幽明境とする高次元空間に蘇ったのではなかろうか。ここに恍惚の可能性がある。ピラトがイエスに問うたのもここである。

イエスは答えなかった。イエスにとって答えとは、問いを問うて大いなる問いに至ることでなければならぬ。それはあたかもわたしが、リンゴの真っ赤な皮をむき終わった瞬間に、似ているといえるであろう。そうだ、きみに一個のリンゴも、リンゴとリンゴ以外のものというとき、全宇宙になるということを話さなかったろうか。境界すなわちリンゴの全表面を覆う二次曲面は、リンゴ以外の全宇宙に属する領域となってリンゴは蘇る。ここに更に空間次元を高めることによる蘇りの可能と恍惚があり、リンゴもはじめて蜜流れるものになるのである。

だが、天に対して大いなる問いになろうとするイエスの試みも、ある人々の目にはゴルゴタの安っぽい野外劇とも映ったであろう。事実、イエスを誹謗した祭司長や律法学者、長老たちは兵士らとともに、イエスもまたかくて死ぬにすぎないことを嘲笑したというが、彼等はどうして天の哄笑を聞かなかったのだろう。

しかし、かのマリアたちは耳をかさなかった。彼女らは知っていたのだ。死ぬということこそ、現実が現実であることを失って、まったき実現になることを。したがってまた、みずからも現実であることを失い、高次元空間へと変換して、まったき実現になろうとするその瞬間こそ、イエスと合一することができるということを。すなわち、「エリ・エリ・レマ・サバクタニ?」とは、この合一における彼女らの恍惚の叫びでもあったといえるであろう。

安息日を過ぎた朝、彼女らはイエスのなきがらを求めて来たといわれる。そこはもうハネた小屋のようにむなしかったであろう。イエスはすでに蘇り、ガリラヤに去ったとか、聞かされたであろう。だが、かのマリアたちはあの恍惚を想いだし、絶望にも似た疲労の中に、ほのかなる受胎を感じてほほ笑んだであろう。なぜなら、現実はつねに実現たろうとするように、実現はつねに現実たろうとし、かくてこそわたしはこの存在において、実存するところのものとなるのだから。

意味の変容　覚書

『意味の変容』を出版することになった。この出版に踏み切ったのは、柄谷行人さんの慫慂によるものである。柄谷行人さんはたんに慫慂して下さったばかりでなく、わたしがもし出版に踏み切らぬようなら、自分たちで出版するがいいかとまで言って下さった。また大学で『意味の変容』について、学生たちに話して下さったので、学生たちの間には、複写したものではあるが、『意味の変容』が僅かながらも拡がりはじめた。わたしとしてはむしろ望むところで、冥利に尽きるとさえ思っていた。

『意味の変容』は、かつて幾月かに亘って、『群像』に連載されたものである。そこまでしながら、なお出版しようと思いさえしなかったのは、どうみても統一がとれず、渾然として体をなしていなかったからである。それにはむろんそれなりの理由がある。世間ではわたしが二十歳で『酩酊船』を発表してから、六十歳で『月山』を発表するまで、筆を折って沈黙を守っていたように言っている。しかし、ほんとうは学校をやめると、すぐ奈良に行って遊び、光学会社にはいったが、これもやめて遊ぶ。更にダム会社にいて後、遊ぶ。

つまり、およそ十年区切りで遊びまた働いていた。

　雲を見、山を見、川を見ながら転々としていたときは、むろん愉快な日々だったが、光学会社でも、ダム会社でも充実した日々だった。どれ一つとして満足し切ってやめなかったところはなかったほどである。ではなぜやめたのかと不審がられる向きもあるかもしれない。むろん、生活のためであったには違いないが、それ以上になにか得るところあろうとして勤めたのである。したがって、なにか得るところがあったと思うとやめた。なにごとも十年かからなくちゃアとよく言われる。勤めてなにか得るためには、わたしにもその十年がかかったというまでのことである。

　わたしは遊んでいる間、勤めによってなにか得るところがあったと思った、そのなにかとはなんであるかとよく考えた。わたしは学生のころから数学が好きで、数学だけはよく勉強した。しかし、学校をやめて奈良に行ってからは、手許に学ぶべき数学書もなく、次第に忘れ去ってしまって、忘れようにも忘れ切れない初歩的なことしか、頭に残らなくなった。それでも、なにか得るところがあると思ったそのなにかを、ようやくにして頭に残った、初歩的なことで考えた。それがまたわたしには楽しかったのである。

　わたしは謄写版が好きだった。註文を受けて一夜で仕上げる。そうした仕事は、とてもわたしにできなかったが、手製の道具で時間を惜しまず、文字を書いたり、色を重ねて絵を描いたりすることにかけては、人後に落ちぬと思っていた。仕事といっては他にない。

暇にまかせて光学会社について考えたことを謄写版にし、ほんのごく少数の友人に送った。鳥海山の麓にある農漁村吹浦(ふくら)にいたときのことで、これが光学会社について書かれたもので、『意味の変容』における「死者の眼」である。

友人たちはみな親しい間柄であったから、厚意にあふれた返事をくれないものはなかった。しかし、世間には数学と聞いただけで、忌避するものがある。かと思えば、数学を以て語られているというだけで、信用せずにいられなくなるひとがある。厚意にあふれた返事の中にも、はやくもそうした傾向がうかがわれた。してみれば、『意味の変容』の出版には、そうした傾向が更に歴然として来るだろう。ただ、わたしとしては『意味の変容』は、『月山』『鳥海山』に書かれずにいた、わたしの生涯ともいうべきものを書き綴ったものである。数学めいたものに論拠を置いて語られているからといって、忌避されることのないように祈りたい。また、数学に通暁される方には、この数学めいたもののあまりにも初歩的なものだと言って、憫笑せられざるように願うものである。

わたしはやがてダム会社に勤め、勤め上げて越後一の宮弥彦(やひこ)神社に近い山中に遊ぶ身となった。当然のことながら、わたしはダム会社で得て来たものはなにかと考えた。光学会社とダム会社では、その仕事の性質から言っても、まったく違う。にもかかわらず、いずれにも言えることがひとつある。それは外部から見ればどちらが大きい、こちらが小さいということは言える。しかし、内部から見れば等しく世界であって、どちらが大きい、こちらが小さいなどということは言えない。これはなぜか。いずれにしてもわたしたちは近傍を世界としているからである。

現代数学の枠といわれるトポロジーは、一言でいえば近傍の一語に尽きるとされている。わたしはそういう観点に立つことを避けて、もっとも分かりやすく説くためには、どうすべきかと考えた。いま任意の円を描けば、内部といわれるものができ、外部といわれるものができる。ところで、内部といわれ、外部といわれるものに分かった円周をなす境界は、内部、外部のいずれに属するか。境界は外部に属して、内部に属しないとするとき、この内部を近傍という。数学といってもただこれだけのことを知って戴ければいいのである。この考えからして、『意味の変容』の「宇宙の樹」が生まれた。

但し、この近傍は双曲線空間、すなわち非ユークリッド空間をなす。わたしたちはつねにかかる空間に、矛盾として実存するが故に、かえって理想空間としての、ユークリッド空間を構築したのである。しかし、近傍を壺中の天になぞらえたのみで、敢えてこの問題に触れなかった。譬喩(ひゆ)を以て逃れようとしたのではない、煩を恐れたのである。

わたしは月山を望む大山(おおやま)という町から、上京して印刷屋に勤めた。むろん、光学会社やダム会社とは比較もできぬ小さな工場だったが、その小ささがかえってわたしの近傍という考えを不動のものにした。たまたま『群像』に連載の機を得たので、全篇に亘ってこの考えを浸透させた。それから十年、このたびの出版に踏み切るにあたって、面目を一新させるほど筆を加えた。それはわたしにとって苦しい作業だったが、いま大いなる歓びにある。柄谷行人さんへの感謝の念を、新たにせずにはいられない。

一九八四年八月十五日

森　敦

マンダラ紀行

大日のいますところにありながら
それとも知らず去りにけるかな

伊丹政太郎さんはわたしの敬愛するひとである。さきにわたしがNHKで「おくのほそ道」を撮ったときの指揮者のひとりであり、四度にわたる放映の後、更に総集篇にまとめて放映して下さったひとである。わたしはすでに天命を知らざるを得ないほど、心身の衰えを感じていた。そんなわたしが出演させていただいたとしても、ご迷惑をかけるばかりだと分かっていたが、「おくのほそ道」なら行ってみたい気持ちがある。このみずからの誘惑に負けて、出演させていただくことにした。果たして、ご迷惑をかけるなんてものじゃなかった。なんでもないついそこに行くにも、車椅子を押していただかねばならなかった。

しかし、いい思い出にはなった。これをいい思い出にして、もはやテレビに出演させていただくようなことはすまいと思っていたところ、また伊丹政太郎さんがみえ、なんとしても「マンダラ紀行」をやってみてくれないかと言われる。伊丹政太郎さんは限りなくやさしい人である。それでいて、言いだしたらきかない人である。わたしは伊丹政太郎さんのこの相反する性格を怪訝に思っていた。そして、ようやくにして気がついた。こんなことを言ったら、伊丹政太郎さんはどう思われるか知れないが、これが仏というものの性質である。そうであることをわたしはこんどの「マンダラ紀行」でとくと知った。

「おくのほそ道」のときもそうだったが、伊丹政太郎さんは本番に先立って実に綿密なロケハンをし、写真を撮り、ことごとくノートして来られる。また一方、出来る限りの著書を集められ、わたしに読めと言われる。わたしはその厚意を謝して、いずれの著書をも手には取ったが、数頁にしてはやくも絶望せずにいられなかった。「おくのほそ道」のごときは、一点一画まで調べ上げられているのである。いまさら、わたしになんのつけ加えるところがあるだろう。それならばいっそそれらの著書を捨て、ただ原文を読みながら旅して、わたしの感じるままを語るしかない。

「マンダラ紀行」となると、またこれと比較にならない。わたしの心身は更に衰えている。伊丹政太郎さんもそれを知っていられ、車椅子はおろか、いかなる手をつくしても、わたしに心配させぬと言われる。そんなにまで言っていただいてお断りできるだろうか。四国八十八カ所の巡礼者たちは中途で斃れた者も多い。巡礼者たちはむろん中途で斃れると知って巡礼に出たのだ。

勇を振るいはしたものの、伊丹政太郎さんがれいによって、両手に下げ切れぬほどの著書を持ってみえたときには、驚かずにいられなかった。これだけの著書がわたしに読めるだろうか。読めないとすれば、これも地図に導かれてわたしの感じるままを語るしかないが、こんどはそれですまされるだろうか。マンダラは真言密教の秘奥とするところで、謂わば神秘な暗号に満ちている。誤って迂闊に語れば諸先生の憫笑するところとなるだけであろう。しかし、わたしもそういう世界にいなかったわけではない。たとえ遠く過ぎ去ってしまったことにせよ、忘却の彼方にそれを求めてそこから出発するしかない。

　かつて、わたしは月山の山ふところなる注連寺にい、豪雪に耐えてほとんど一年を過ごした。注連寺の前には鶴岡から湯殿山（ゆどのさん）を結ぶ参詣街道六十里越街道（ろくじゅうりごえかいどう）があった。すなわち、鶴岡を出て十王峠に至れば、縹渺（ひょうびょう）たる山ふところが開けて眼下に注連寺がある。参詣者はみなここに泊まるか、すこしく脚を伸ばして大日坊に泊まり、湯殿山参詣の足がかりにした。わたしが注連寺を訪れたときは、大日坊はバス道に沿っていたので、からくも余喘（よぜん）を保っていたが、注連寺のごときは荒廃しきっていた。伽藍も広大なだけにそれが目立つのである。

　ところで、その注連寺に寄るところの集落を七五三掛（しめかけ）という。注連も七五三（しめ）もシメ縄のシメである。これから先は禁域であることを示す、結界以外のなにものでもない。なんのために結界し、禁域をつくろうとするのか。湯殿山あるがためである。湯殿山は胎蔵界大日如来とされる大岩石をご神体とする。そうしたおよそは集落の人たちから聞いたが、わたしは格別気にとめることなく注連寺を去った。

しかし、その後縁あって毎夏注連寺で「月山祭」が行われるようになったので、湯殿山へも毎年のように詣っている。芭蕉もここで詣でることを念願としていたから、むろんNHKで「おくのほそ道」を撮っていただいたときも詣った。しかし、一体わたしがはじめて詣ったのはいつのことだったのか。もはや定かには覚えていない。冬のまさに来らんとするころで、参籠所のあたりまではなんとか車ではいれたが、社務所までは歩かなければならぬ。一面に薄い雪があたりを覆い、それで凍って青く光っていた。敢えて乗り入れた車も動きがとれず、二、三台放置されていたものの、わたしもそのころは足が強かった。その足の強かったわたしが苦労して、ご神域に辿りつくと、何人かの若い神官が待っていられ、お祓いをして下さった。

それからは跣詣り（はだし）である。青く光る凍った雪は冷たかったが、眼前に現れた巨大な岩石は熱湯を湧出し、赤褐色に染まっている。それを攀（よ）じ登ると、耐えがたいほど熱い。見おろせば岩石は眼下遥かな渓流より聳え立ち、足もと近くから、縦に深い亀裂があって、まさに爛熟した驚くべき女陰である。これを胎蔵界大日如来と崇めるならば、胎蔵界大日如来は女陰なのか。女陰ならばなにを胎蔵するのか。言うまでもない宇宙種である。この宇宙種がやがて昼の夜を生みだすように、金剛界になって行くのである。

目を上げれば急峻な月光坂（がっこうざか）で、それもすでに雲霧に隠れようとしているが、登ればすなわち月山である。金剛界は月輪（がちりん）を以て象徴される。してみれば、湯殿山に至ったわたしはすでに胎蔵界を極め、金剛界を望んでいるのではないだろうか。

月山はこれに湯殿山、羽黒山を加えて出羽三山と称し、出羽三山は挙げて真言密教を奉じていた。ところが、羽黒山に宥誉なる傑僧が現れ、黒衣の宰相と呼ばれた天海をいただいて天宥と称し、出羽三山すべてを天台密教に改宗させようとした。しかし、注連寺、大日坊をはじめとする真言四カ寺が承服せず、これに抗してこもごも幕府に公訴した。

公訴はながきに及んだが、羽黒山は天台密教たるを許されたものの、天宥は伊豆新島に流された。真言四カ寺は真言密教を死守したばかりか、湯殿山への参拝は真言密教の修法を以てすることになった。幕府はひとり羽黒山の強大になるのを恐れたのである。注連寺、大日坊から即身仏と称する入定ミイラが続出したのも、信仰によって羽黒山に対抗しようとしたことに起因すると言っていいであろう。後述するように弥勒信仰によったもので、真言密教の教えによるとばかりは言い切れないが、煩を避けるためいまは大筋を取って深くは語るまい。しかし、すべては廃仏毀釈によって、槿花一朝の夢と化した。羽黒山に三山神社が建立され、出羽三山を統括するようになったのである。

もしこうした変遷がなかったとしたら、ふとわたしの脳裏を掠めたように、出羽三山は金胎両部の一大マンダラと見做されていたかも知れない。また、ある人は言う。湯殿山は大渓谷であって山ではない。もと出羽三山は庄内平野に立ち、左よりはじめて羽黒山、月山、そして月山の右に連亙する葉山の謂であったのだと。もしそうだとするなら、出羽三山は金胎両部の一大マンダラとしてより完璧な姿を現し、その悠揚たる稜線を庄内平野の空に曳いたであろう。因みに、胎蔵界はつねに向かって右にあり、金剛界はつねに向かって左にあるとされる。

月山を例にひくまでもなく、真言密教と天台密教との争いは、すでに空海と最澄にはじまっている。はじめこの二人は極めて親密で、最澄はすでに隆々たる名声を得ていながら、高雄山神護寺において、諸弟子と共に空海から灌頂まで受けている。深く立ち入らず割り切って言えば、灌頂とはキリスト教の洗礼のようなものである。したがって、真言密教と天台密教とは、前者を東密、後者を台密といい、共に密教を称するばかりか類似するところが頗る多い。いや、なまじい類似するところが多いから争いが起こるのである。最澄は南都七大寺を論難してやまなかった。南都七大寺はこの論難に耐えなかった。空海が招じられて、南都七大寺の筆頭ともいうべき東大寺の別当になったのも、いまに東大寺に真言院が存するのもこのためである。空海ならば最澄の論難に耐え得ると思われたのだ。すでにして、空海には最澄と和合する気持ちは寸毫もなかった。その論難はいよいよ尖鋭化して行かざるを得なかったであろう。

わたしは不用意に密教なる語を使って来た。密教とは秘密仏教ということで、仏教にさまざまな教えのある中でも深遠で、その秘奥を会得した者でなければ窺い知ることが出来ない教えだという意味である。したがって、わたしたち凡俗のよく説き得るところでないが、早い話が難行苦行によって験を得ようとするものである。その霊験によって一切の神仏を勧請しようとするものである。その勧請された姿がマンダラで、これに祈って天変地異人災を除去し、現世に利益(りやく)をもたらそうとするものである。謂わば深奥な呪術で、呪術は秘密ならざれば、その験を失わざるを得ないであろう。

また、みずからはその勧請された神仏、なかんずく敷(しき)マンダラへの投華(とうけ)によって定められた神仏と合一すれば、この身そのままで神仏になり得るはずである。これを即身成仏といい、これがいつか即身仏と称する入定ミイラを出すことになった。空海にすでにその伝説があり、釈迦仏の予言によって五十六億七千万年後、弥勒菩薩が兜率天(とそつてん)より下降して、龍華樹下三会(りゅうげじゅかさんえ)の説法をする。それを高野山の霊廟にあって待っていられるといい、いまも生けるがごとく仕えられている。すでに述べた注連寺、大日坊系の幾多の即身仏も、これにあやかろうとしたものであることは言うまでもない。

それにしても、東大寺はなんと懐かしい寺であろう。わたしはまだ二十のころ、温かく迎えられて、そこの勧進所で一年を過ごした。勧進所は東大寺では赤門と呼ばれていた。門が赤く塗られていたからだそうだが、そのとき色はもう剝落して赤くはなかった。しかし、庭は美しく門に立つと、金色の鴟尾(しび)をいただいた大仏殿の悠大な屋根が眺められた。わたしは晴れてさえいれば、毎日のように大仏殿に行った。大仏はビルシャナ仏と呼ばれる。仰いでビルシャナ仏を見れば、高い明かり窓からビルシャナ仏の豊かな肩のあたりに光が射して来る。その光の移ろいの中で、わたしはよく蓮華蔵世界なるものに想いを馳せた。蓮華蔵世界とはいかなるものなのか。則天武后がそれを法蔵に問うたとき、法蔵は八方に鏡を立て、これに灯火（ともしび）を入れた。灯火は相映じて、無限の灯火を現出する。則天武后はこれに恍惚としたであろう。

言うまでもなく、法蔵のなせることは譬喩（ひゆ）であるが、仏教においては譬喩は方便であり、方便は譬喩である。おそらく、法蔵は「華厳経」の結経たる「梵網経（ぼんもう）」に則って、譬喩方便としたに相違ない。「梵網経」ではビルシャナ仏が自身を変化させ、千釈迦、百億小釈迦となって現れるという。かくてつくられる蓮華蔵世界を、目のあたりにしたときの恍惚の目覚めを説くのが、「華厳経」だとわたしは聞いた。

則天武后は光明皇后の理想とした人である。聖武天皇の発願（ほつがん）によって、東大寺を総国分寺とし、ビルシャナ仏を造立し、あまねく全国に釈迦を本尊とする国分寺、国分尼寺を建立せしめた。まさに蓮華蔵世界を実現しようとしたもので、これほど壮大な試みは他に類をみない。

ビルシャナ仏とはこれを訳すれば大日如来だが、東密と台密では見解が違う。東密では大日如来を顕教の教主釈迦とは別体とし、台密では大日如来を釈迦と法身（ほっしん）、応身（おうじん）の同体とする。このように見解は異にしながら、いずれも蓮華蔵世界をマンダラとしてとらえようとしていることが分かる。では、どのようにしてとらえようとしたのか。

そこまでは考えようともしなかったが、わたしもまんざらマンダラに興味がなかったわけではない。空間は境界によって二分されるばかりか、境界によって二分されるものを空間というのである。ただ、マンダラのなす金胎両部はわたしたちの理解の根元ともいうべきこの二分法によっており、二分法としては陰陽二気の考えに沿いながらも、比較にならぬほど包括的な、精緻なものだろうぐらいにしか思っていなかった。

しかし、胎蔵界マンダラには興亡幾千年の歴史を見る思いがしていた。おそらくは、敵対していた部族の神や仏らしいものがいる。戦って降伏(ごうぶく)させるためには、まずその神とし、仏とするものを奪い取るか、抹殺するかしなければならぬからだ。

しかも、それぞれの部族を持ってマンダラをなす別尊を統括するためには、それを統括するところの神格仏格の次元を、いよいよ高くしなければならぬ。しかし、次元があまりに高くなれば、部族は独立して、その神や仏はふたたび別尊マンダラをなし、それぞれの部族を率いて行くことになるだろう。ダキニ天が豊川稲荷として、大いに民衆の信仰を得ているなどということも、ささやかなその一例である。

わたしはさきに東密、台密に触れ、なまじい類似するところ多いが故に、争いが起ると言った。しかし、その反対の例もむろんある。わが国固有の修験道はもともと山岳によって八百万(やおよろず)の神々を信じていた。もともとそうした要因があった上に、東密といい台密というも共に山岳宗教であるばかりか、信ずる仏たちは無数である。容易に神仏を習合して、本地垂迹説も成立した。でなかったら、ここにも争いが起こり、ながく災いを及ぼしたかも知れない。もっとも、修験道には験を以てする加持祈禱はあっても、そのよるところの論理哲学はなく、東密、台密には論理哲学があるばかりか、加持祈禱を疎かにしなかったから、修験道にもまた東密、台密の浸透することになった。

繰り返す。わたしはみずからの神格、仏格の次元を高めて行くことが部族を解き放ったと言った。すでに空海みずからがそれを示している。善男善女が求めるものは、もはやまったく空海ではないとまでは言わないが、ほとんど「弘法さん」であり、「お大師さま」である。わたしが蓮華蔵世界を金胎両部観がどう対処しようとしたか考えようともしなかったのは、わたしの中にあるものがもはや空海ではなく、「弘法さん」であり、「お大師さま」であったからではあるまいか。ところが、「マンダラ紀行」をするとなればもはやそう言ってはいられない。

わたしは胎蔵界、金剛界なる両部マンダラに立ち向かわなければならぬ。胎蔵界マンダラは「大日経」に拠っているといわれる。ところが、わたしは「大日経」なるものを知らない。とすれば、胎蔵界マンダラによって、「大日経」を類推する他はない。金剛界マンダラは「金剛頂経」に拠っているといわれる。ところが、わたしは「金剛頂経」なるものを知らない。とすれば、金剛界マンダラによって、「金剛頂経」を類推する他はない。両部マンダラに立ち向かうと言っても、かかる浅学菲才のわたしにその資格があるだろうか。むろん、ない。ただ、暴虎馮河の勇を以て挑むのみである。

　両部マンダラはいずれも絢爛眼を奪う彩色に満ちている。この彩色はむろんなにごとかを語っている。しかし、これに眩惑されず、その暗号の真意に迫るために、かくて語ろうとするところを沈黙させねばならぬ。諸仏はそれぞれ微妙な変化を見せる形姿をとり、その形姿を以てなにごとかを語っている。伊丹政太郎さんはその一つ一つをフィルムに収め、適当に配列すれば素晴らしい動きを見せるのではないかとさえ言った。しかし、これに眩惑されず、その暗号の真意に迫るために、かくて語ろうとするところを沈黙させねばならぬ。諸仏はすでにその名によって、神秘深奥を語ろうとしている。しかし、これに眩惑されず、その暗号の真意に迫るために、かくて語ろうとするところをすら沈黙させねばならぬ。すなわち、暗号が発するところの信号を拒絶し、記号としてわたしは凝視した。

　真言密教といわず、天台密教といわず、すべて仏教は山に関係がある。寺が宗派を問わず、山号寺号を持っているのを見ても知られるであろう。ひところ山号を廃した寺も出るには出たが、すぐまた復活して山号を持つようになった。この山号あるはインドに世界の高峰ヒマラヤがあったためであることは言うまでもない。インドではこれを宗教的に理想化して須弥山と称し、これを中央に据えて宇宙論を形成した。仏教、殊に大乗仏教ともなれば、宇宙論なくしては成り立ち得ない。どの寺にも須弥壇があるのも、須弥山にあやかっているのである。

すでに出羽三山で見て来たように、マンダラは図絵に見られるように、二次元空間（面）にあると限られてはいない。むしろ、三次元空間（立体）をなすのが本源である。次頁に掲げる胎蔵界マンダラ図において、太線で描かれたところを等高線と見做せば、容易に三次元空間に復元でき、四面四階段の山をなすことが分かるであろう。困難はむしろこれを胎蔵界マンダラ図のように二次元空間に表すところにあった。なぜなら、そのためには垂直視されねばならない。一体、これをいかにしてなし得たのか。天動説を信じる者にとって、天空は無限の後方にある球面である。まず、この球面に宇宙論の教うるところを投影すれば、いかなる点に立っていずれに眼をやっても、垂直視することになる。人々は天を仰いでさまざまな想いを描く。天は人々の想いにしたがってさまざまな形象を現す。おそらく、垂直視はこのような宇宙交感よりして、おのずから得られたのであろう。

なお、須弥山は忉利天をいただく四面よりなる山だといわれる。とすれば、中台八葉院をいただき、胎蔵界マンダラをなす山とは須弥山なのではあるまいか。この須弥山を中心とする世界が千個集まって小千世界をなす。小千世界が千個集まって中千世界をなし、中千世界が千個集まって大千世界をなす。この十億小世界を三千大千世界と呼ぶが、そのひとつひとつに大中小の釈迦を出現させれば、ビルシャナ仏が自身を変化させて一千中釈迦、

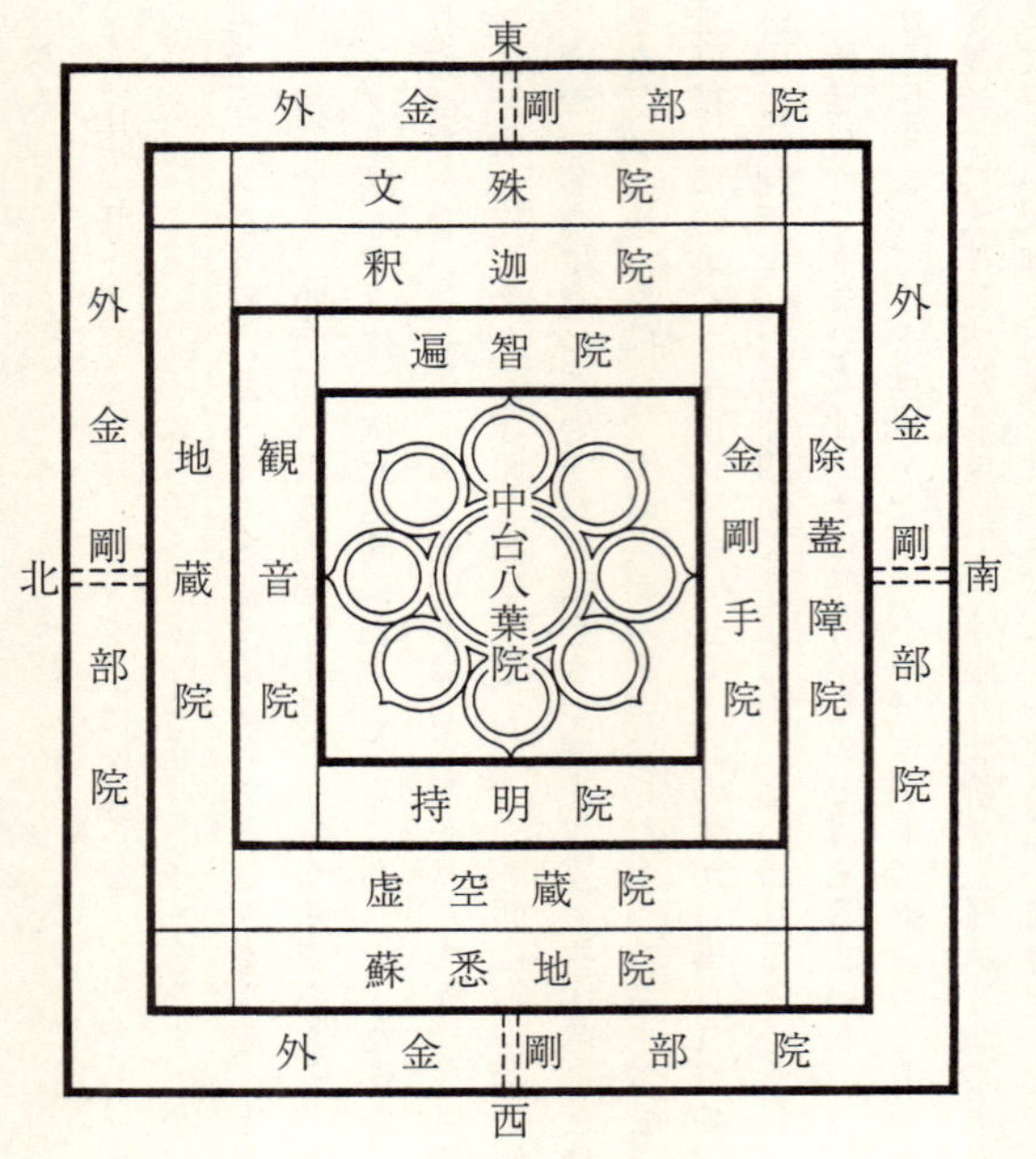
東
外 金 剛 部 院
文 殊 院
釈 迦 院
遍 智 院
外金剛部院
地蔵院
観音院
中台八葉院
金剛手院
除蓋障院
外金剛部院
北
南
持 明 院
虚 空 蔵 院
蘇 悉 地 院
外 金 剛 部 院
西

胎蔵界マンダラ

百億小釈迦となって現れるという蓮華蔵世界と比べることが出来るだろうか。そのスケールはいずれも無限に近く、無限なるものの大小を言えというがごとくである。さきごろ、わたしは宇宙飛行士が語るのを聞いた。わたしたちが死と思っているものは、単に宇宙の細胞剝落交代である。宇宙種ともいうべきわたしたちがすでにみずからの細胞剝落交代によって生成して行くように、かくて宇宙も生成して行くのだ。宇宙を遊泳しながら、そう感じたというのである。仏教が山の宗教であるが故にもたらされた無限と空への悟入に近い。

さきにわたしは湯殿山に詣でて、驚くべき女陰を見たと言った。その奥に胎蔵するものは、宇宙種であらねばならぬと言った。ちょうど、わたしたちが生まれ出るために、母の胎中に育まれて来たように、これを至上の慈悲として、胎蔵界マンダラを以て慈悲を現すものとするのは当然である。「般若理趣経」を読むがいい。その説くところ行為にまで及んで、これほど徹底したものはない。

では、宇宙種は生まれ出て、なにになるのか。金剛界マンダラに見られるように、これが生みなされて九山（くせん）となる。むろん、九山は須弥山を含む。その子はすべてとは言わないが親に似ており、胎蔵界の根源をなす中台八葉院と金剛界九会（くえ）の始源をなす成身会（じょうじんえ）とを対応せしむることが出来る。成身会は実に八会を以て囲繞（いにょう）され、これまた八葉蓮弁の八の字を彷彿せしめる。

それでは九山八海(はっかい)とはなんであろう。中央の須弥山を、海を隔てて七つの金山(こんせん)が取り巻き、更に鉄囲山(てっちせん)が取り巻いて結界されている。これらはいずれも取り巻いているので点在しているのではない。しかし、これを記号化するときには、須弥山みずからを加えて九つの山があることを強調すればよい。いや、金剛界マンダラそのものも、九つに区分され、かそけくも九山の面影を偲ばせる。あるいは、陰陽二気を唱える九曜星(くようせい)などとも互いに影響しあっているかも知れないが、とまれこうして慈悲の胎蔵界マンダラから生まれ出た金剛界マンダラが、理智を現すものとされるのもまた当然であろう。

このようにして、胎蔵界マンダラから金剛界マンダラが生まれ出たとすれば、胎蔵界大日如来が金剛界大日如来となって、厳しく諸会の諸尊を統括しなければならぬ。欲、触、愛、慢の諸尊を現す理趣会を傍らに置き、定印(じょういん)を解いて金剛拳を結び、ひとり一印会にあるのもこのためである。更に諸尊ことごとく月輪と称する円光の中にいることに注目すべきであろう。これを以て思いを致せば、金剛界マンダラは夜の光景であるかも知れない。もしそうだとすると、胎蔵界マンダラは昼の光景であるかも知れない。すなわちまた、金胎両部マンダラは昼夜を分かつ全天の光景であるかも知れない。

インドでは日月星辰は須弥山の中腹を回るものと考えられていた。信じるところは天動説であるから、胎蔵界マンダラと見ているものが、同一平面を滑っていつしか金剛界マンダラとなり、金剛界マンダラと見ていたものが、これまた同一平面を滑っていつしかもと

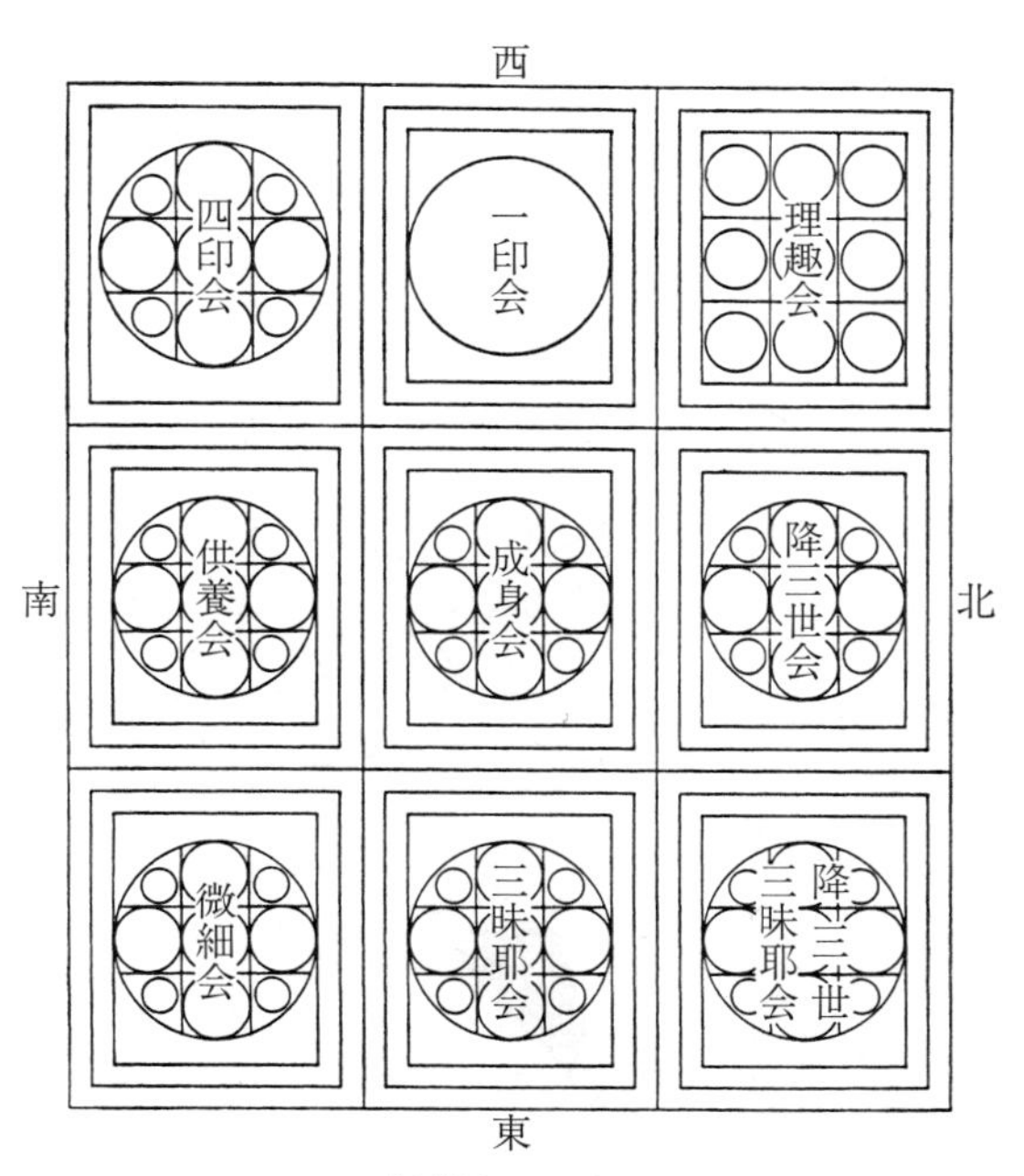

金剛界マンダラ

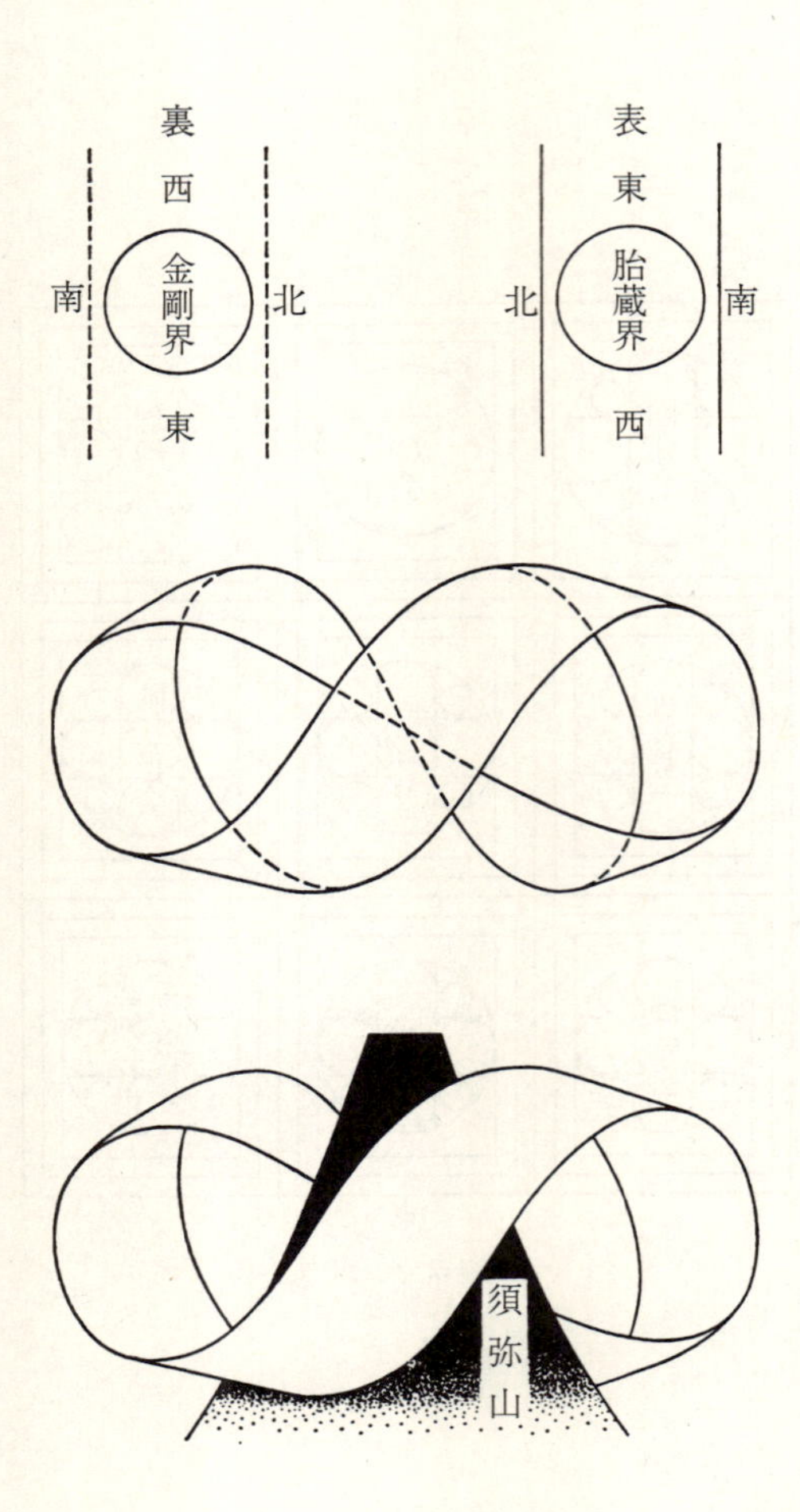
表
東
北
胎蔵界
南
西
裏
西
南
金剛界
北
東
須弥山

の胎蔵界マンダラに戻っていなければならない。いつも同一平面を見ているのだから、胎蔵界マンダラを裏返せば金剛界マンダラになり、金剛界マンダラを裏返せば胎蔵界マンダラになるというふうであってはならぬのである。しかし、こうしたことが果たして可能だろうか。

前頁を見ていただきたい。いま紙を切って細長い短冊をつくり、表に胎蔵界を描き、その裏に金剛界を描く。胎蔵界は上が東で、金剛界は下が東である。次にその短冊を百八十度ひねって、表を裏に貼りつける。これをメービウスの帯といい、もはや表裏はない。かりに一方を表とすればどこまでも表であり、裏とすればどこまでも裏である。しかし、これを手繰って行けば胎蔵界は同一平面を滑って金剛界になり、更に手繰って行けば金剛界はそのまま同一平面を滑ってふたたび胎蔵界になるであろう。これが完結しながら無限であり、無限でありながら完結する二次元の仏教空間である。天動説を信じた人々はこのような軌道をとって須弥山を廻って太陽神胎蔵界大日如来の昼になり、またいつとなく月輪にいます金剛界大日如来の夜になる、全天の光景を眺めていたのだ。しかも、メービウスの帯は表裏のない二次元空間であるから、須弥山にいます諸尊よりする眺めも胎蔵界が金剛界に、金剛界が胎蔵界にずれるだけでまったく変わらない。

なお、メービウスの帯を描くことは思うほど容易でない。しかし、これを素直に折って行けば、図のように三角形になるか、８の字らしきものになる。

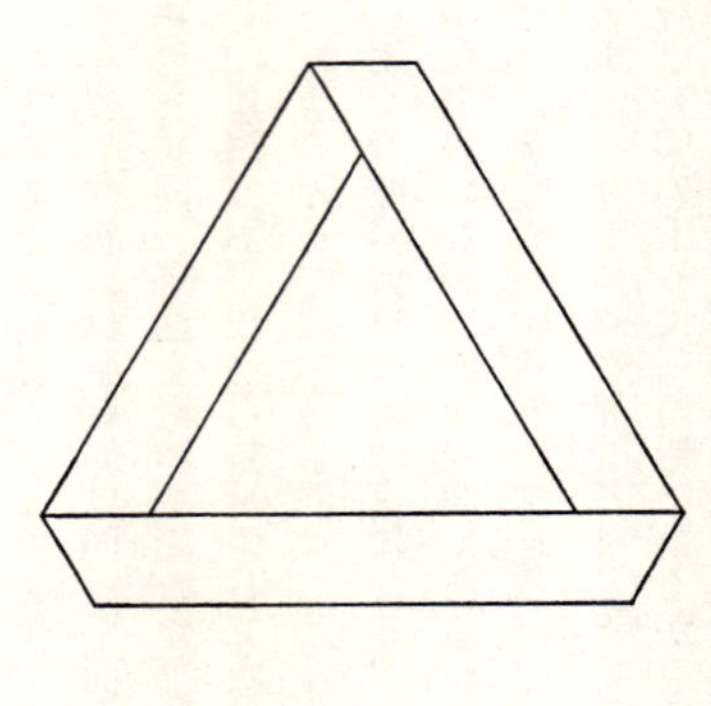

いま、三角形と四角形で8の字らしいものをつくった。その折り数は$\{3+4\}-2=5$である。

これを一般化すれば

$$\{a+(a+1)\}-2=(2a-1)$$

となる。メービウスの帯は右ねじりに貼り合わせても、左ねじりに貼り合わせてもつくられ、一方を$+180°$とすれば、他方は$-180°$で表される。aもまた$+180°$か、$-180°$の折りであるから、

$$\pm 180°(2a-1)=\pm 360°a\mp 180°$$

となる。

$$\pm 360°=0°$$

である。つまり、

$$\pm 360°a\mp 180°=\mp 180°$$

で、右ねじりの場合は左ねじりの、左ねじりの場合は右ねじりの$180°$が残る。$180°$は三角形の内角の和に等しく、三角形が根元をなすこ

とを語るばかりか、胎蔵界を金剛界に、金剛界を胎蔵界になさしめるところのものである。aは3より大きい整数であればよいから、aを限りなく大きくすることによって、8の字らしきものは限りなく滑らかな8の字に近づく。もし一年に一折りすれば、弥勒下生(げしょう)の時は五十六億七千万折りになり、ついに玲瓏(れいろう)たる8の字になるであろう。

この8の字、三角形、および百八十度は、真言密教の背後からつねに隠然として現れる秘鑰(ひやく)なのだ。これらがなんらかの意味で、すべてメービウスの帯に関わって来るのである。

大日はいまだ雲霧におはすれど
ひかり漏れ来よ橋を渡らむ

鴨川に架かる三条大橋は、朝の勤め人で混雑していた。伊丹政太郎さんはその混雑を避けるため、携帯床几を出してしばらくわたしに掛けさせた。空には密雲が垂れ込めていた。しかし、わたしには昨夜招かれて遊んだ祇園での楽しい余韻があった。なぜあんなに楽しかったのだろう。むろん、祇園での持てなしがよかったからだが、それだけではない。二十歳のころ、よく東大寺の上司海雲さんに祇園に連れて行かれた。その人はこの世を去ったが、あそこにはその雰囲気がそのまま残ってい、あたかもその人と共にあるような心地がしたのである。

伊丹政太郎さんが来て、わたしにこの橋を歩いて渡ってくれと言う。成程、混雑はやや疎らになり、密雲からはかすかながら光が漏れて来る。わたしはいよいよマンダラの世界へと、一歩を踏み込んだ自分を感じた。踏み込んだからには、なんとしても耐え通さなければならぬ。

高雄山神護寺に妙秀尼が、生涯をかけた両部マンダラがある。両部マンダラは枚挙にいとまがないほどあるが、そのほとんどが重宝で撮影は不可能である。それならばいっそ妙秀尼のマンダラをぶつけて、両部マンダラがいかにして描かれて行くかを見せたほうがよい、と伊丹政太郎さんは考えたのだ。そのためにわたしになにを喋らせるかはすでに伊丹政太郎さんの方寸にあり、台本も出来ている。ただ、テレビではそれをどんな景観の中でするかを考えねばならぬ。

三条大橋を渡るとわたしはみなと車で河原の小公園に連れて行かれた。風もなくほどよく日が射して来て、枯れ芝もほの温かく感じられた。若い女性から散歩に連れて来られた犬が、紐を解かれて川縁を駆け回っていた。わたしは妙秀尼の筆になる何枚かの彩色した色紙と、墨絵の軸を見せられた。すべて観音を描いたものである。わたしは墨絵の観音図を選んだ。彩色した色紙は美し過ぎるように思われたからだ。わたしはベンチに腰を下ろし、軸を拡げながらはじめた。

森　柳原秀子は明治二十四年、土佐に生まれ、のち出家して妙秀尼と名乗られました。妙秀尼は発願してマンダラを描こうとするに先立って、修行のために描いて京の人々に寄進して歩いたという、三万三千枚の観音図の中の一枚がこれです。妙秀尼がマンダラを描こうと発願されたのが二十代のはじめ、マンダラに手をつけられたのが三十歳のころ。そして、マンダラを描き終えたのは四十五歳でした。妙秀尼は実に一生をかけてマンダラを描かれたのです。一人の女性にその生涯をかけさせたマンダラとは、一体どんなものでしょう。妙秀尼の描いたマンダラは、いま高雄山神護寺にあります。神護寺は弘法大師空海ゆかりの寺です。大同元年（八〇六）に唐から帰朝した空海が、真言密教を広めるための根拠地とした寺です。密教を伝える灌頂（かんじょう）という儀式が最初に行われたのもこの神護寺なのです。

分かり切ったこれだけのことを喋るのに、どんなに苦労したことだろう。かつてわたしは台本を渡されても、目を通すこともなく思うままに語って、求められても言い直すことはしなかった。それで驚かれもしたのだが、いまはそうは行かない。行かないからあなた任せに台本を頼ろうとする。頼ろうとすると、台本どおりに語ることが容易でない。鈴木大拙が書いていた。他力本願を易行（いぎょう）というが、難行の自力本願に比べて決して易しくない。むしろ、かえって難しいのだ、と。易行の他力本願も心気の衰えから自力本願の難行に耐えず、おのずからそうなったようなものであってはならないと言うのであろう。まさにそのようにしてあなた任せになったわたしに、この先「マンダラ紀行」をやって行けるだろうか。「マンダラ紀行」に踏み切ったと知った若い友人がわたしに言った。それでは、神護寺などにもお出でにならねばなりませんね。あそこの石段は高いですよ。

車に戻ると伊丹政太郎さんが早速紅茶を入れて下さった。伊丹政太郎さんはわたしの紅茶好きを知っていて、東京からポットや紅茶茶碗を用意して来られたばかりでなく、京都駅に着くやいなや専門店に走って、そのもっとも上質なものを手に入れて来られた。しかも、「マンダラ紀行」をつづける間、終始こうした心やりをやめられなかった。伊丹政太郎さんは厳しいが優しいのである。いや、優しいが厳しいと言ったほうが、もっと感じが出るだろう。それで、わたしは伊丹政太郎さんを仏さまのようだと言ったのだが、そのためにふと薄気味悪くなることすらある。まあ、待ってもらいたい。仏さまは元来薄気味悪いもので、ひょっとすると常人の及び難いことをして下さるような気にさせる。しかし、やがて四国は鳴門に至って、まざまざとそれをこの目で見ようとは、そのときはまだ思ってもいなかった。

雑多な家の並ぶ坂を上り下りしているうちに、みなは神護寺の古びた石段下に出た。高いとは聞いたが、目も遥かに連なっているのではない。山裾を巡っているのか、すぐその崖のあたりから見えなくなっている。せめて見えるまでのその半分でも登ってくれ。あとは見た目で写して、登ったように思わせるからと言われた。見た目とはわたしをある程度登らせ、後から撮りながら追って来てわたしと並び、あとはわたしを残し、あたかもわたしが見ているように、カメラをわたしの目の高さに保って写して行くことである。それならとやってみたが、それすらも楽でなかった。

しかし、このごろはどこの寺でも、消防車を通す防火用の道がつくられている。許可を得ているからというのでそこを走らすと、車は樹々の繁みを潜って忽ち広い境内に出た。いや、格別豪壮な伽藍があるわけでもなく、いずれもほどよい大きさで、片寄せて建てられているから、なおのこと広く見えたのかも知れない。彼方の楼門の下に立っている人がいる。みなを認めると気さくに寄って来られた。住職の谷内乾岳さんだが、着飾らぬ黒い法服で仰々しいところはすこしもない。

案内されて金堂に昇ると、右手すなわち東に胎蔵界マンダラ、左手すなわち西に金剛界マンダラが向かい合わせに掛けられていた。言うまでもなく、妙秀尼の筆になる大きなものである。谷内乾岳さんは合掌された。わたしもそれに倣って合掌し、しばらくマンダラに見入った。いずれも絢爛で、かすかながらも音楽が聞こえて来るようである。しかも、それがいかにも優しいのである。わたしは鴨川のほとりで、敢えて彩色された色紙を取らなかったことに、後悔めいたものを感じた。あのとき、わたしには彩色を拒絶する心があったからであろう。そういうところがわたしにはある。法隆寺なども彩色が褪せ、荒廃していたときは、言いようもなく心ひかれていたが、再建されて絢爛な姿が蘇るとなじめなくなった。それだけにかえって、これではいけない。むしろ、この彩色絢爛こそもともとの姿だったのだと、われとわれに言い聞かす気持ちもあったのだ。カメラが回りはじめた。

森　ご住職、ここにございますのが妙秀さんのマンダラでございますね。これがどういうわけで神護寺さんの金堂に掛かっているのですか。

谷内　高知でお生まれになった妙秀さんは、かねてから仏教を深く信仰しておられたようですけども、娘時代に東京国立博物館で、こちらに伝わっている高雄（たかお）マンダラをご覧になりましてね。実は、高雄マンダラといいますのは、弘法大師がこちらにいられたときにお描きになったとされているもので、現存しているマンダラの中では日本最古、しかも最大のものでございます。こういう極彩色ではなく金銀泥画（きんぎんでいえ）ですが、筆致が雄渾（ゆうこん）で、それをご覧になった感銘からこういう本格的なマンダラを描いてみたいと発願され、仏画師として立とうとの気持ちを強められたようでしてね。発願修行されてからほぼ三十年ほどかかって描き上げられました。高雄マンダラを拝見して感激して描いたんだから、こちらへ奉納しますということで、昭和十年たまたまこちらの金堂が再建されたのを機に、奉納していただきました。

高雄マンダラは写真でしか見たことはないが、写真で見てすらその生気にわたしは気を奪われた。伊丹政太郎さんが連写按配して、躍動する形姿（なりかたち）の仏を撮ってみたいと言われたのも、この高雄マンダラである。

森　こちらさまでこのマンダラを受け入れてやろうとおっしゃったわけですね。そうすると、一生をこのマンダラのために費やした妙秀さんはご幸福な方ですね。

谷内　そうですね。このマンダラの中に生涯を込められたのですからね。マンダラの中に妙秀さんの心が生きているのですからね。妙秀さんは奉納の前後からずっとこちらにおられました。わたしがこちらにまいりましたのは戦後三年ほどたってからですが、そのころも一緒に生活しておりましてね。わたしはまだ二十歳台のころで、ずいぶんおばあさんだなあと思ったんですけれど、実際はそれほどのおばあさんでもなかったようです。大変すばらしいお人柄でしてね。生活のための絵は、一枚も描いておりませんとご自分でおっしゃっておりました。マンダラを描くために修行された観音さんの絵の数が、三万三千枚といわれます。マンダラを完成されてからも日々観音さまを描いておられまして、何枚か出来たら京都の街へ行って、みなさんにもらっていただいて生活しておられました。

それにしても、金胎（こんたい）両部のマンダラをなす夥しい仏像群は統領の仏画師がい、一門多数の仏画師集団を宰領して、描かれるものと思っていた。三万三千枚の観音像もさることながら、これを三十年の歳月をかけ、一人の手で描きおおせられたとは驚きである。

森　これをよく拝見いたしますと、あらゆる仏さまに何となく女性的な観音の面影がありますね。優しい。

谷内　そうですね。本来、仏教の立場から見れば、如来さんとか菩薩さんは性を超越しておられるので、描かれる人によっては同じ観音さんでも、聖観音さんのように非常に厳しい観音さんになるわけですけど、妙秀さんという女性のお心を通じて描かれたからでしょう。こういう優しさが感じられるのだと思いますね。

森　マンダラというのは一つの宇宙観だと思うんですね。そういう信仰的宇宙観を感得するために、妙秀さんがそれだけ生涯を費やしておられるんだということになると、ご自分はこのマンダラの中に没入したということになりますね。

谷内　そうですね。宇宙観という確固たる思想的なものの研鑽というよりも、とにかくマンダラを描きたいんだ。仏さんを描かしていただくんだという思いが強かったんじゃないかと思いますね。ですから、単なる絵かきでなくて仏さんを描かしていただくという、そういうお心がこのマンダラにこもっていると思いますね。

森　なるほど。それが信仰ですね。そうしますと信仰というものは、やっぱり信仰する人でなければ分かりませんね。

谷内　そうですね。学問だけで信仰が深まってゆくということもありませんから。学問するに越したことはないんですけれども、やっぱり体験ですね。それが何よりも貴重なものではないかと思いますし、そういう点で妙秀さんは、信仰に徹していられたと思いますね。

森　一生おひとりでしたか。

谷内　ええ、そうです。もとは秀子さんとおっしゃってたんですが、出家されて妙秀とおっしゃって、生涯独身で過ごされました。

金堂の前右手には金堂に劣らぬ、華美な建物が建てられようとしていた。その後ろに大師堂がある。空海の起居されたところだそうで、堅牢な造りながら広からぬ低い平家建てである。回り縁になっている。いつ来たのか、若い僧たちが四方の戸板を開けはじめた。谷内乾岳さんも上がって来られ、回り縁を後ろに回って、近頃は樹が伸びて眺めがなくなったと言われた。ただそれだけである。まだ仕事のあるらしいみなを残して、わたしはお住まいのほうに案内された。広い境内を渡るとき、しるしの石柱を見かけた。和気氏の神社があるらしい。神護寺はもともと和気氏の氏寺だったからであろう。

お住まいは楼門の外、すぐそこにあった。座敷には電気ゴタツが用意されていた。寒くはないがまだ電気ゴタツが心地よいのである。さまざまな貴重な教えをいただいたが、わたしには忘れられぬ言葉があった。妙秀尼は念を凝らし、観音が現れるのを待って絵筆をとり、観音が消えると絵筆をおいた。後、美濃の夕田観音庵の庵主になったが、眼を患われて絵筆がとれなくなった。人、あるいは言うであろう。観音を念じて患った眼が治ってこそ利益(りやく)というものではないか、と。しかし、わたしはそうは思わない。妙秀尼は眼を患ったのではない。観音だけしか見なくなったのである。そして、すべてこれ観音であるマンダラの世界に行ったのである。利益とはそうしたものなのだ。

神護寺を辞し再び車であの石段下に戻ったとき、わたしははじめて清滝川(きよたきがわ)を挟んで、茶店がひしめいているのに気がついた。茶店はことごとく戸を閉ざしていたが、いずれも「紅葉名所」の看板を掲げていた。もはやここに来ることはあるまいと思いながらも、錦織りなす紅葉のころを心に描いた。

大日のもとに至るか弘法の
市にぎはひて心たのしむ

列車で京都を通過する人で、街衢の中に聳立する五重塔を見ないものはないであろう。それが東寺である。東寺とはいまは焼失した西寺に対して言われたもので、弘仁十四年（八二三）に空海が嵯峨天皇から賜った寺である。空海はこれを教王護国寺と名づけ、鎮護国家の根本道場とした。二十一日はすなわち空海の命日だというので、この日に毎月市が立つ。人々はこれを「弘法さん」と呼び、数千の露店が並び、十万を越す人出で賑わう。なお、この市を「弘法さん」と呼ぶばかりでなく、東寺そのものも「弘法さん」と言って親しまれている。

わたしはかつて招かれて、種智院大学で講演した。綜芸種智院は藤原三守の旧宅を、空海が貰い受けて開いたわが国最古の普通教育施設である。空海の没後衰亡したが、いまは種智院大学として東寺にある。しかし、そのときは広い境内に建ち並ぶ堂塔を遠望しただけで去った。神護寺の座敷に通されたとき、わたしは谷内乾岳さんに不用意にも、真言密教は貴族仏教だと言った。わたしは歴史的にもそうだが、その行法には必ず深遠な論理があり、その論理が秘密の奥深く潜んで、容易に近づき難いものにしていると言いたかったのである。しかし、谷内乾岳さんはただちに綜芸種智院の例を引き、それがいかに広く一般に開かれたものであったか、それがまたいかに合理的なものであったかを教えられた。

わたしはその規約制度運営の意外な新しさに驚きながらも、漠然と成田の「不動さま」や、川崎の「お大師さま」のことを思いだした。しかも、なんどかその盛観に接しながら、いたずらに真言密教などと論理に拘(こだわ)って、これが「不動さま」「お大師さま」として広く民衆に浸透しているのを、実感するには至らなかった。しかし、わたしはいまそれに類する「弘法さん」のまっただ中に向かおうとしている。伊丹政太郎(まさたろう)さんがこの日を選んだのは、むろんテレビ的な効果を狙ってのこともあったろう。しかし、真言密教はさて置いて、「弘法さん」のあることをまず如実に示したかったのではあるまいか。とすれば、伊丹政太郎さんはやがてわたしを四国八十八カ所に連れて回ろうとしている。それと照応させようと考えているに違いない。

車椅子のわたしの前には、植木が通りの壁に寄せて目も遥かに並んでいる。石油鑵を持ちだして薪を燃しながら、手をあぶっている者がいる。降ってはいないが晴れるに至らず、客待ちの露店商にはまだ寒いのである。ぼんやり植木を眺めていると買わないかと言う。買おうにも土地の者ではないからと答えると、どんな遠くでも運ぶと言いながら敢えては勧めず、気楽に雑談して来てまことに気持ちがいい。これが「弘法さん」なのであろう。

門をはいると境内には、犇く露店がおのずから八方に路地をつくっている。綿菓子、飴、骨董、老眼鏡、誇張して言えば売っていないものはない。素焼きの大きな壺が地べたにならべてある。さすがにテントも張られていず、客も集まっていないが、客を呼ぶ気配もなく、中年の男がひとり立っている。おお、東大寺の上司海雲さんが、所狭しとこんな壺を観音院の中庭に並べていた。知っているかとわたしが問うと、知っているどころではない。壺を愛するほどの人はみな知っている。と、中年の男は懐かしげに話しかけて来たが、これも敢えて買えと言うのではない。

東寺がすめば東大寺に行く。上司海雲さんは亡くなられたが、せめて上司寿美子さんにお会いしたい。お会いしておかねばもうお会いする機会はないかも知れない。ふとそんなことを思った。

「弘法さん」の銅像の前に善男善女が集まっている。そこで、わたしが拝んでいるところを撮ろうと、伊丹政太郎さんに言われた。行くとその善男善女なるものが容易な数ではない。「弘法さん」の銅像は菅笠に杖の行脚姿で高い所に立っていられるが、渦巻く大香炉の煙に霞んでお顔も定かでない。茫然としていると、神護寺の大師堂にあった空海の板の浮き彫りの柔和なお顔が浮かんで来た。あのときはさして気にも留めず、見過ごしていたのに不思議である。

神護寺もしばしば火に見舞われたらしいから、あの板の浮き彫りを以てその真影を偲んでいいかどうか分からないが、あれで見る限りわたしには、空海は西安青龍寺の碑の毛彫りに見るような、迫力にみちた逞しい偉丈夫とは思われなかった。むしろ、柔和な小柄な人のようだが、それでいて隙がない。あるいは、西安の碑の毛彫りは弘法大師空海で、神護寺の板の浮き彫りは「弘法さん」であったかも知れない。

翌日はすでに市の賑わいはなく、掃き清められて広々とした境内には、かつて遠望したのみで去った堂塔が整然と蘇っていた。わたしたちは岩橋政寛（せいかん）さんに迎えられ宝物殿にはいった。空海によって請来された両部マンダラは、その後十八年を待たずして絹本破損し、彩色剝落したが、連綿として図写され、この系統を現図（げんず）マンダラと称して今日に至っている。東寺の秘蔵する現図マンダラは元禄六年（一六九三）、徳川綱吉の母桂昌院を檀主とし、絵師宗覚によって図写されたもので、両部各高さは一丈三尺六寸、横は一丈二尺五寸あるという。わたしたちはまずこれを拝観させていただきたかったのである。

階段を登って宝物殿の一室に案内されるとすでに礼壇が設けられ、十数人の若い僧侶が明らかにマンダラの掛軸が収納されていると知られる、長大な漆塗りの黒い櫃を二つ運んで来た。果たして蓋があけられると、その各々から巨大な掛軸が現れ、若い僧侶が二手に分かれて、礼壇の左右にそれらを掛けて下さろうという。しかし、それがまた容易でない。まず一つの軸を左右から二人で持たねばならない。次に他の二人が天井から下がったロープに掛けて引かねばならない。それを更に一人が見まもって、傾(かし)がぬように指揮しなければならない。一つの軸を掛けるのすらこれである。二つの軸が掛けられるとすればその労や思うべしであるが、それだけに掛け終わったときの壮観は言いようもない。礼壇の右に掛けられたのは胎蔵界マンダラで、左に掛けられたのは金剛界マンダラである。一体、神護寺のマンダラもこんな大きさがあったのか。あれは儀軌にしたがって、右の胎蔵界マンダラと左の金剛界マンダラが向かい合わせに掛けられていたから、こうは感じなかったのか。神護寺でわたしを感動させたものは、マンダラというよりも一念を凝らした妙秀尼(みょうしゅうに)その人の生涯ではなかったのか。

若い僧侶たちは礼壇の前に整列して、「摩訶般若波羅蜜多心経」を誦しはじめた。おそらく、マンダラを掛け終わったからであろう。天井は高いが鉄筋コンクリートの一室で、読経の声がよく響く。わたしも東大寺に厄介になっていたから、「摩訶般若波羅蜜多心経」ぐらいなら誦和することができる。いや、注連寺にいたとき、雪を踏んで若いかあちゃんがばさまが死んだと知らせに来た。わたしはカンジキを踏んでついて行き、枕経(まくらぎょう)にこの経を読んだばかりか、出棺にも立ち会ってこの経を読んだ。墓地は彼方の森にある。あのとき、その森のほうからやがて聞こえて来た雪を掘る音をいまも忘れない。

森　いや摩訶とは大きいという意味だと聞きましたが、これはまた大きなものですね。

岩橋　そうですね。弘法大師が持って帰られたのも、大体こういう大きさだったと言われています。

空海はこんな大きなものを、西安からどうして運ばせて来たのだろうとわたしは思った。目録によれば空海の請来したものは、これのみか他にも夥しい祭器、経巻がある。まず胎蔵界マンダラに近寄って、外金剛部院（げこんごうぶいん）に目を向けた。外金剛部院は最外周をなすもので、商人のような者がいるかと思えば魚屋のような者がいる。わたしは思いだした。剣を振わんとするものは楯を構える。街中に城を築くわが国とは異なり、大陸では広く堅固な城壁を回（めぐ）らせ、時を定めて東西南北の城門を開閉し、万民を出入りせしめる。ひょっとすると、すでに語った十王峠も、天然の城壁に擬せられたものではなかったろうか。

森　先ほど宝探しとおっしゃいましたが、まったく全天に星を見つけて行くようなもんですね。

岩橋　はあそうです。一つ一つ見つめていると、それぞれに意味が現れて来るようです。あそこが中台八葉院ですが、蓮の花を上から見下ろしたような恰好で、花弁の一つ一つに仏が現れて来ている。真ん中が実です。実を宿した穴です。

岩橋政寛さんは辺幅にむけられたわたしの視線を中央へと誘った。当然のことながら、わたしは湯殿山(ゆどのさん)が胎蔵界大日如来と称してご神体としている、熱湯の湧出する赤爛れた大岩石を思い浮かべた。あの大岩石の頂上よりすこし下がったところに穴があり、巨大な女陰の形をなしていた。そこに宿るところのものをわたしは宇宙種と呼んだが、真言密教では宇宙種と呼ばず種子と言っている。いや、若い僧侶たちはもっと露骨にザーメンと言っている。

岩橋　なにか水面を見ていて、下から現れて来たような感じがしませんか。こう浮かび上がって来るような……。

森　そうですね。おなじことでしょうが、この覆いかぶさって来るような感じですね。わたしは全天を仰ぎ見ていて、そこから現れて来るように感じていたのです。投華(とうけ)と言って花を投げ、自分の仏さまをきめる儀式があるそうですね。あれなども望遠鏡を覗いていて自分の星を見つけるような気がするのです。

岩橋政寛さんは先に立って、わたしを胎蔵界マンダラの前に連れて行かれた。

岩橋　ここに武器がありますね、三鈷杵(さんこしょ)。これをどう思われますか。

森　激しいものだと思いますね。愛情も激しさの内になければ情熱にならず、情熱に至らなければ、踏み越えて人を救うには至らないでしょうからね。そのお人柄からして、弘法大師もそう考えていられたのではないでしょうか。

宗教には軍隊の組織をとるものはいくらもある。そもそも敵はすべて魔性であり、魔性を撃つことは敵を撃つことなのだ。これが武器そのものをも、神仏として崇める所以で、修験道のごときは真剣を振るって、「臨兵闘者皆陣列在前」の九字を唱える。これ金剛の法である。いまわたしは語るにその人を得ている。岩橋政寛さんと武器をもってするところの戦闘、結界、禁域等々について存分に語りたかったが、カメラが回っている。ひとところに止まって深く語ることは、伊丹政太郎さんも望まぬであろう。

森　金剛界、胎蔵界、この二つのマンダラをどこでどういうふうに使って灌頂（かんじょう）するんですか。

岩橋　はい、東寺の灌頂院は板壁でこのぐらいの大きさですが、東に胎蔵界マンダラ、西に金剛界マンダラを掛け、その前で礼壇を組んで、阿闍梨が修法（しゅほう）するのです。

森　そうですか。いや、いいものを拝ませていただきました。

灌頂のなんたるかを敢えて問わなかった。真言密教ではそれを語るのを好まぬことを知っていたからである。しかし、すでに述べたように早い話は洗礼で、灌頂の水と護摩の火とはもっとも重んじられるものなのだ。灌頂院は高い土壁に囲まれていた。毎年正月「後七日御修法」が行われ、去年五月五十年振りで結縁灌頂が行われたという。結縁灌頂とは広く在家に仏縁を結ばせようとするもので、目隠しして灌頂壇上から敷マンダラに花を投げさせ、当たった仏を有縁のものとしてその尊号を唱えさせ、その間に行われる灌頂のことである。空海も西安青龍寺で金胎両部への投華によっていずれも大日如来と合一し、恵果より伝法灌頂を受けて、ひとびとを驚かせたといわれる。

灌頂院は東寺の禁域とされているから、内を観せてもらえるはずもない。観せてもらえたとしても、いまはただガランとして暗く、なにもないであろう。わたしたちが講堂にはいったときは、せめて外観だけでも撮ろうと言ったひとたちは、すでに撮り終わって待っていた。わたしは伊丹政太郎さんから今後の足ならしに、歩いてみよと言われ、みなと分かれて直接行ったにも拘らず、遅れてしまったのである。

講堂には羯磨マンダラと称する仏像群がある。わたしはなによりもこれが観たかった。講堂にはいるとまず明王部と称せられる一群の忿怒像が現れる。彼方には如来の一群が、更に彼方には菩薩の一群が眺められる。

森　なんとも言えない緊迫感ですね。この緊迫感を出すために、なにか工夫が凝らされているんですか。
岩橋　はい。まず天井が塀よりも低いですね。同時に大日如来を中心に諸尊が密集しているばかりか、その大日如来が智拳印を結んでいる。
森　そうすると、この仏像群は金剛界マンダラをなしているわけですか。
岩橋　はい、そうですね。

わたしは周囲を見て回った。須弥山(しゅみせん)は中腹の四天王によって結界され、頂上には帝釈天、梵天がいて支配している。ところが、帝釈天、梵天は押しのけられ、頂上を占拠した形で仏像による金剛界マンダラは展開されている。まず四天王の踏みつけている天邪鬼がわたしの眼にはいった。わたしはこれほど強く反抗している天邪鬼を見たことがない。それだけ四天王も躍動的である。このような躍動感は諸尊のすべてに行き渡っている。おそらく、こうした景観を空海に見せられた当時の人々は、その斬新さに眼を奪われたであろう。

語るべきこともなく、語らるべきこともなく凝視しているうちに、わたしにはなにか想念のようなものが浮かんで来た。三輪身(さんりんしん)という言葉である。大日如来を中心とする如来部を自性輪身(じしょう)という。自性輪身とは仏そのものだということである。金剛波羅蜜多菩薩を中心とする菩薩部を正法（しょうぼう）輪身という。正法輪身とは仏が菩薩の姿を現して来るということである。不動明王を中心とする明王部を教令（きょうりょう）輪身という。教令輪身とは仏が忿怒の姿を現して来るということである。

諸尊はそれぞれ方位を持っている。いま尊名を方位をもって表せば次に示す1図は2図のようになり、自性輪身および正法輪身は南西を、教令輪身は東南を見ている。これを須弥上に置けば、3図のように羯磨金剛をなすことが分かるであろう。羯磨金剛とは三鈷杵を十字に組み合わせたもので、自性輪身と正法輪身は同質のものであることを、教令輪身はそれらのものとは異質のものであることを歴然と示している。

これ以上説くことはあるまいが、いま東南を以て東とし、南西を以て南とし、西北を以て西とし、北東を以て北とすれば、4図のごとく東を下にして、羯磨金剛が現れ、理智を示す金剛界マンダラとなる。もしそうならこれがメービウスの帯の表面を滑り行くうちにはいつしか百八十度ねじれて5図のごとく胎蔵界マンダラとなるはずである。すなわち、わたしの見る仏像群はいつ胎蔵界になるかも知れぬものを含む金剛界マンダラなのだ。秘密は神秘荘厳の呪術のために欠くべからざるものかも知れないが、ほんとの秘密はこうした問いかけの中にあるのだ。

なお、わたしは九山八海（くせんはっかい）について触れた。大日如来と金剛波羅蜜多菩薩とは輪身同体である。これを一つと見做せば、如来部、菩薩部合わせて九体の尊像となる。また、大日如

1図　東寺講堂の諸尊配置図

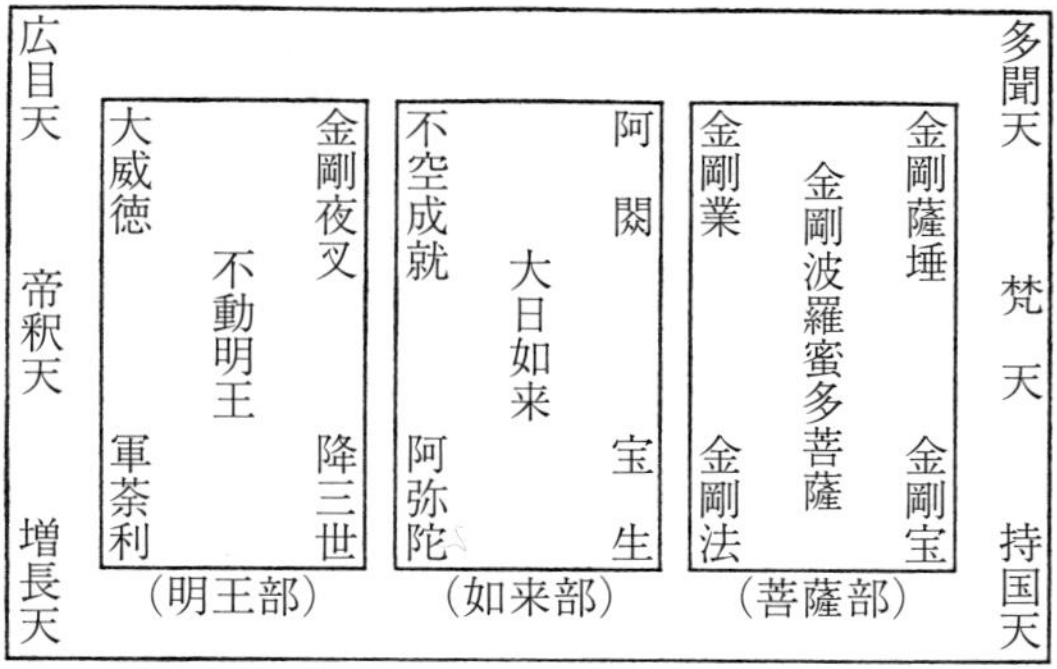

多聞天　梵天　持国天

金剛薩埵　金剛波羅蜜多菩薩　金剛宝　金剛業　金剛法

（菩薩部）

阿閦　大日如来　宝生　不空成就　阿弥陀

（如来部）

金剛夜叉　不動明王　降三世　大威徳　軍荼利

（明王部）

広目天　帝釈天　増長天

2図

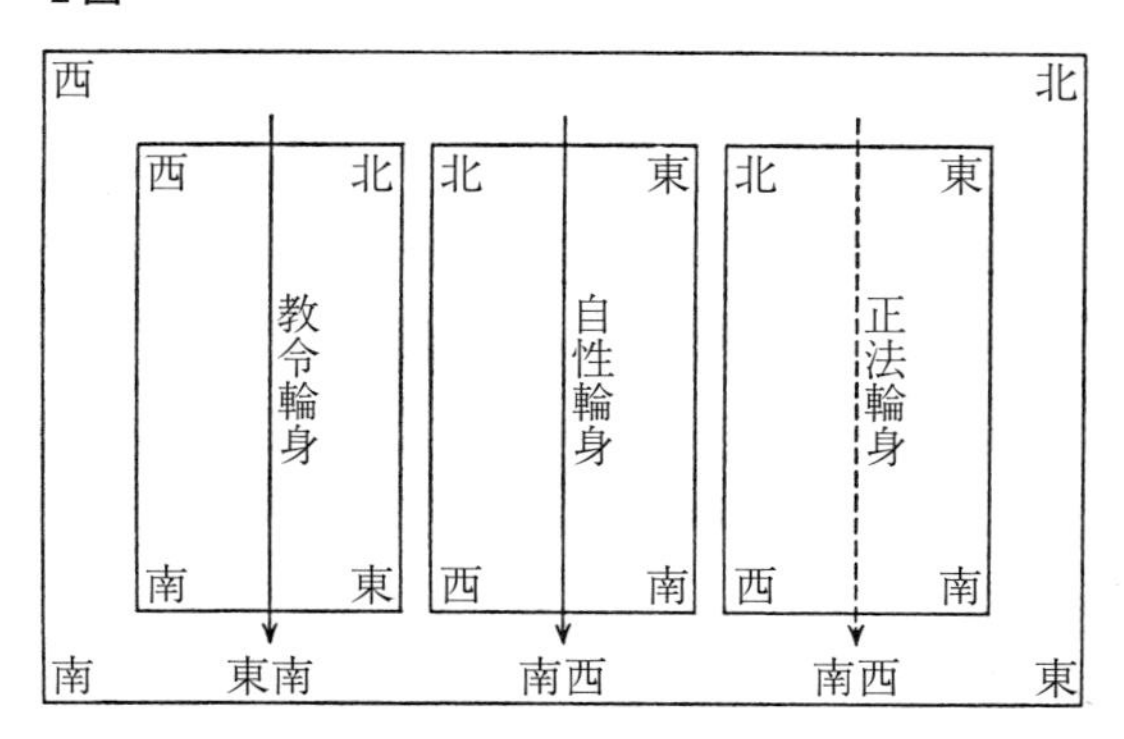

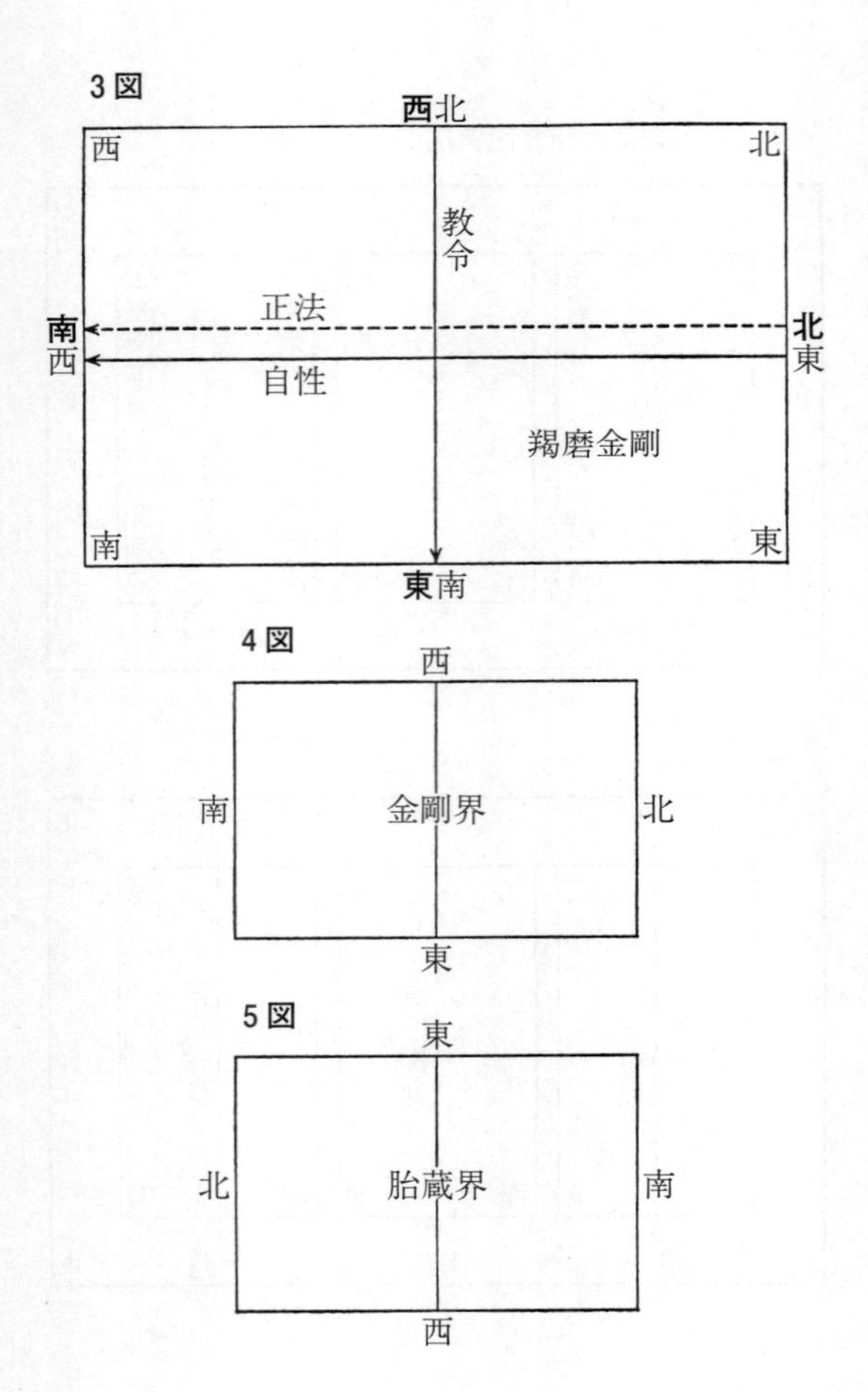
3図
西北
西
北
教
令
正法
南
北
西
東
自性
羯磨金剛
南
東
東南
4図
西
南
金剛界
北
東
5図
東
北
胎蔵界
南
西

来と不動明王は輪身同体である。これを一つと見做せば如来部、明王部合わせて九体の尊像となる。これを九山の九とすれば、八海の八はどこにあるのか。それは意外にも胎蔵界にあり、中台八葉院となってあらゆるものを生みなすものとなると思うのだが、断言を憚る。敢えて触れることのなかった所以である。

大日は大仏なりや半眼に
いとおほらけくここにましします

南大門が現れるとわたしはいつも壮麗な七重塔を想像する。東大寺はその建立によって国を傾け、律令制を危うくしたが、一方空前の天平文化の花を開かせたといわれる。しかし、度重なる兵火、地震、落雷で、七重塔は言うまでもなく、数知れぬ堂宇を失った。興福寺との争いひとつを例にとっても、羽黒の天台、湯殿の真言とのそれの比ではない。しかも、なおかつての広大な結構を偲ばせるものの残っているのがむしろ不思議である。南大門は天竺様の巨大な二重門で、左右両脇に阿吽の仁王が忿怒(ふんぬ)の形相で立っている。わたしはこれほど素晴らしい仁王を見たことがない。しばらく車を停めてもらって仰ぎ見た。わたしが東大寺で遊ばせてもらったころからもう五十年になる。あのころは奈良ものんびりしたもので、観光客の案内はみな人力車の車夫がやっていた。その人力車の車夫がこの仁王を説明して、右は運慶、左は快慶、共に左甚五郎の作ですねん、などと言ってすましていたのである。

大仏殿の入口は遠く、回廊のもっとも向こうにある。そこから受付にはいって、わたしはまずなによりも観音院に連絡をとり、わたしが会いたがっていると上司(かみつかさ)寿美子さんに伝えてほしいと言った。上司寿美子さんはわたしが二十のころ、まだ勧進所にいた上司海雲(かいうん)さんにお嫁に来られたひとである。髪はすっかり白くなられたが、お顔はすこしも変わらず美しく、隠居仕事にお花やお茶を教えに出ていられる。そもそも、上司海雲さんがお花やお茶に素質のあるひとだった。何流というわけではない。思いつくと、勧進所の庭に出て木の枝ぶりを見て回り、これというのを切って来て水盤に生ける。ただそれだけのことだが、それだけで様(さま)になっている。客が来れば必ず煎茶を出す。それがまた捨てがたい味があった。

　観音院と連絡はとれたが、上司寿美子さんはちょうど上司海雲さんの遺墨展があって、名古屋のほうに行かれたという。上司海雲さんは若いころからその人柄のように、平和な書をかく人だった。からだが大きく背の高い人で、龍谷大学ではテニスの主将をしていたというのに根が優しく、その優しさが書ばかりかお花にもお茶にも一貫していたのだ。伊丹政太郎(まさたろう)さんが東大寺にロケハンに行ったとき、わたしが来ると聞いて、もし父がいたらさぞ懐かしがったでしょうな、といわれましたよと言っていた。それがだれであったか聞きもらしたが、いま先に立って案内して下さっている、狭川宗玄(さがわそうげん)さんがその人だったのかも知れない。知るほどの人はほとんど管長になられ、長老になられ、物故してしまわれて、わたしがお会いした人はほとんどそのご子息たちである。しかも、そのご子息たちもやがて来る二月堂のお水取りのために、潔斎していられてお会いすることができない。
大仏殿はすでに眼前にあり、大香炉からは香煙が渦巻いている。金色の鴟尾を輝かす大屋根や伽藍があまりに大きいから、回廊に囲まれた中庭も小さく見える。しかし、わたしの足で歩ける距離ではない。車椅子に助けられて伽藍にはいったが、あの巨大な大仏がまた相当高い壇上にある。わたしはなんとしてもあの壇上に登らねばならぬ。大仏は地震でみ頭の落ちたこともあった。雨乞いをしてあまりに験がありすぎ、呼び寄せた黒雲から雷光が走って、み頭の一部を溶かされたこともあった。平重衡の焼打ち、三好、松永の兵火にかかったこともあった。枚挙にいとまがないほどの災害を被り、いまの大仏のお顔のごときも徳川のころのものである。しかもなお、天平のころのまま残ったものが蓮華座に一枚ある。そこに蓮華蔵世界が毛彫りにされている。これについてはすでに述べたが、ここはなんとしても狭川宗玄さんの口から語ってもらわねばならぬ。それがテレビなのだ。

狭川　東大寺が所依の経典としておりますのは「華厳経」、それから「梵網経」。この二つのお経の説くところにしたがってとらえているのが、蓮華蔵世界でございます。特に「梵網経」によりますとビルシャナ仏——大仏さまのことで大きなお釈迦さま——の坐っておられる台座のぐるりには千枚の蓮の花びらがあり、そのそれぞれに中くらいな千のお釈迦さまがいらっしゃって、それがまたそれぞれに小さなお釈迦さまのいられる百億の世界を見そなわしていられるというわけです。考えてみますと、この百億の小さなお釈迦さまというのは結局われわれ人間なんですね。

結局われわれ人間だ、とは仏性を持たぬものはないということであろう。素晴らしい教えである。それにしても、何度わたしはこの蓮弁を見たことであろう。上司海雲さんは遠来の客があれば、必ず大仏殿に案内した。大仏殿に案内すれば、必ず壇上に登らせてこの蓮弁を見せ、狭川宗玄さんの謂わゆる大きなお釈迦さまを指さして、大仏さんのお顔も天平のころはこんなだったんでっしゃろなと言った。わたしは「弘法さん」の市で壺売りの露店商と上司海雲さんの話をした。一体、上司海雲さんはいつごろからどうして壺が好きになったのか。わたしが勧進所で遊ばせてもらっていたころはそうとも見えなかったから、観音院に移られてからのことではあるまいか。壺は空なるにしたがって、受容する水は多くなり、ついには壺を満たす。満たされた水も卒然としてこれを見れば、1図のごとくたんに満たされた水に過ぎない。

しかし、壺に満たされた水は、一切である1と見做すことができる。$\frac{1}{n}$の1がそれで、「華厳経」のいわゆる一即一切の一である。とすれば、一切とはなんであろう。境界がそれに属せざるところの領域をなす1である。これを内部という。内部は境界がそれに属せざるところの領域であるから、開かれており無辺際である。すなわち、領域内のいかなる点を取っても中心と見做すことのできる自由にある。これをアルキメデスの足と呼ぶ。↑印を以て境界がその方向の領域に属することを示すベクトルと約束すれば、卒然と1をなすものはたちまちにして2図のごとく内部と呼ばるべきものとなる。

いま↑印を百八十度ねじって3図を描く。

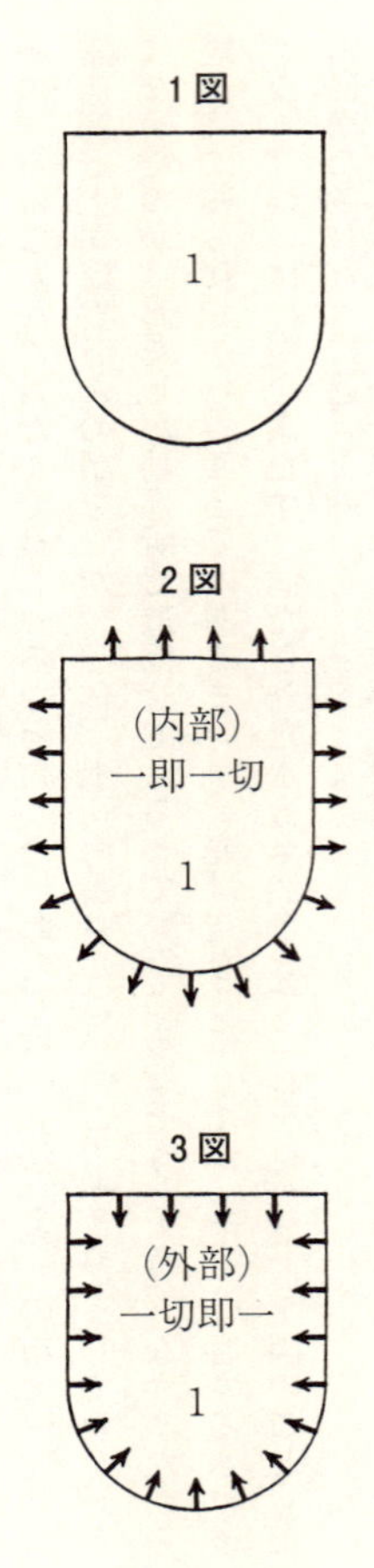

おなじ1でありながら、境界がそれに属せざるところの領域として、内部と呼ばるべきものから意味を変容し、境界がそれに属するところの領域となる。これを外部という。外部は境界がそれに属するところの領域であるから、閉ざされており無辺際ではない。すなわち、中心はここにおいてはじめて不動のものとなる。$\frac{n}{1}$の1として、単位をなす1がそれで、「華厳経」のいわゆる一切即一の一である。

いま、この一切即一としての一が次第に充実して、一即一切としての一に合一した瞬間、4図のごとく、↑印は相殺されて空より本然（ほんねん）の姿が再生される。5図のように1は $\frac{1}{n}$

×$\frac{n}{1}$＝$\frac{1}{1}$＝1の一。「華厳経」のいわゆる一即一切、一切即一としての一として再生し、本然の姿を現す。乗法の根元が1であり、ベクトル百八十度回転は符号の変換、−1を掛けることで、その互いの和は相殺されて加法の根元0であることを思いだしてもらいたい。わたしたちはつねにこのようにして自由から不動のものを得る。この不動を得たとき、たんなる壺の水も恍惚たる蓮華蔵世界を現前するかも知れない。これぞ法悦である。

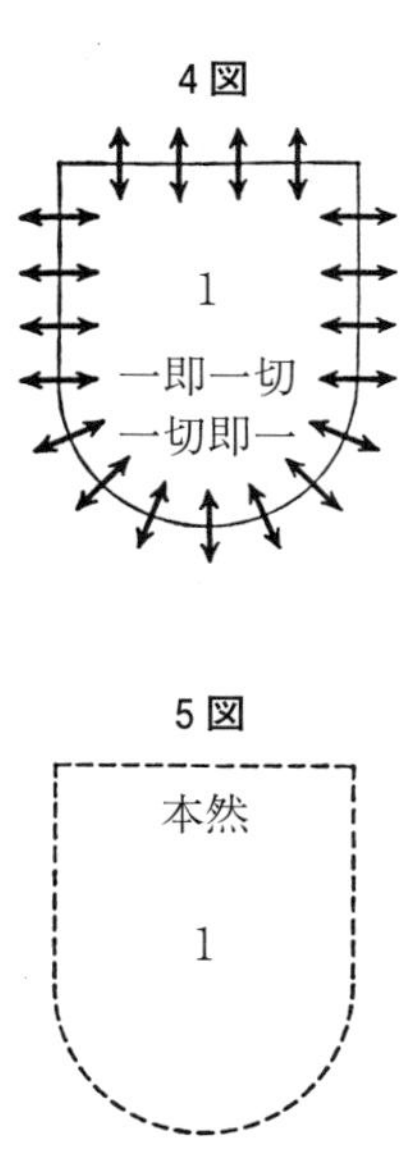

ところで、ここで考えねばならぬことがある。nはたんなる手だてである。方便と言ってもいいかも知れぬ。しかも、いかなる1も1＝$\frac{1}{n}$×$\frac{n}{1}$となり、これがまた$\frac{1}{n}$×$\frac{n}{1}$＝1となる。境界は内部を外部に、外部を内部に意味を変容し得るといっても、領域を増減するものではない。それによって1が本然の1になることが出来るといっても、本然の1になれたかどうか分からない。かくて、このわたしがわたしにおいて、本然のわたしになれたかどうか分からない。なぜなら空たらしめる相反するベクトルの合一は、一

にかかって念力にありその証（あかし）は恍惚にある。ここが難しいのである。密教に大いに関係のある修験道の擬死再生儀礼などもまた、このわたしが本然のわたしを再生しようとする方便であろう。上司海雲さんにとって、壺はたんなる手だてとして任意に選べるnだったであろう。しかし、上司海雲さんはそれによって本然の姿を再生し、いまは恍惚たる蓮華蔵世界にいられることを信じて疑わない。

わたしは壺を思いだすままに三次元空間において1を語った。しかし、真理としての1は、何次元空間においてするも然りである。なぜなら、

0次元空間は$1^0=1$である。この場合、点として認識される。
1次元空間は$1^1=1$である。この場合、線として認識される。
2次元空間は$1^2=1$である。この場合、面として認識される。
3次元空間は$1^3=1$である。この場合、量として認識される。
…………

以下同様にn次元空間も$1^n=1$となるからだが、もはや量として認識されぬとき、仏教では摩訶という。このようにして、「華厳経」は一微塵も宇宙を映し、一瞬も永遠を含むと教える。

壇上に登るときもそうであったが、伊丹政太郎さんに助けられ、ようやくにして壇上か

ら降りた。もはや見ることもあるまいと思いながら仰ぎみると、大仏は懐かしく、ゆったりとしてまことに大きい。右手は掌を外に向けて上にあげる施無畏印を結び、左手は膝にもたせて掌を上向きにした与願印を結んでいる。釈迦の印相である。これを太陽神ビルシャナ仏とするならば、明らかに釈迦が昇華したものであり、国分寺、国分尼寺はすべて釈迦をいただいたことを示している。現に、わたしが若狭を旅したときの遥かな記憶を辿ってもそうであった。太陽神ビルシャナ仏は大日如来と同義である。だとすれば、智拳印を結ぶ金剛界大日如来より、法界定印を結ぶ胎蔵界大日如来に似ている。

そう思って見ると、大仏の脇士をなす右の如意輪観音も、左の虚空蔵菩薩も、ともに胎蔵界マンダラの諸尊のそれのように、上下二つの光背を背負っている。のみならず、胎蔵界大日如来はすべてを生みなすところとされている。しかも、その生みなすところの行為から説き起こす「般若理趣経」を東大寺では唱える。とすれば、わが国のすべてをそれに生まれかわらそうとした蓮華蔵世界は、慈悲を示す胎蔵界マンダラと照応するものではなかったのか。わたしは東寺の講堂の仏像群が理智を示す金剛界、羯磨マンダラであったことを改めて思いだした。

東大寺には早くから密教がはいっていた。空海を受け入れる下地は充分出来ていたばかりか、空海は東大寺戒壇院において具足戒を受け、優婆塞から僧になったのである。大日如来を法身、応身の釈迦と同体であるとする台密に対して、東密は別体とする。そこに最澄と空海の考えが現れているとすれば、胎蔵界に擬しているかも知れぬ蓮華蔵世界のビルシャナ仏である大仏は、空海にとって釈迦のそれよりも高い、究極の次元になければならなかったのだ。空海は嵯峨天皇より東寺を下賜されるや、八宗兼学(はっしゅうけんがく)の東大寺を離れて真言一宗の寺とし、更に高野山を乞うて勅許されるに至ったのである。

わたしたちはすでに大仏殿を離れて、真言院の前にあった。言うまでもなく空海が創建したもので、灌頂(かんじょう)も行われたが、土壁の門から古めいた建物が見えるだけで、なにがあるとも思えなかった。それにしてもわたしは東寺に行った。明日はまた高野山に行く。カメラマンも真言院から空しく戻って来たので、みなと戒壇院に向かった。土壁に沿うて疎らな松林があり、わたしは若き日ここでよく松風の音を聞いたものである。松林はあったが、松風の音はなかった。戒壇院は決して大きな建物ではない。手すりを回(めぐ)らせた壇があり、四天王に囲まれて中央に宝塔が置かれている。まさに須弥壇(しゅみだん)であり、須弥山(しゅみせん)である。古い建物の中には古い匂いがする。大仏殿の中にもあったが、それとはまた違う。

ここの四天王こそは天平の塑像としても比類のないものだ。戒壇院も東大寺とともに幾度か兵火にあいながら、これがどうしてそれを免れて来たのだろう。動の中に静があり、静の中に動がある。静寂な薄明の中をギシギシと革の鐙(あぶみ)を鳴らして、四方から迫って来るようである。それでいてわれに返ると依然として静かにそこにある。むろん、いずれも天邪鬼を踏まえている。それがまたなんとも言えず柔らかで絶妙なのだ。改めて東寺の頑強に抵抗している天邪鬼を思いだし、あの仏たちの躍動感はインドのものだと空海の視線を追った。わたしはふと思い立ち、近よって増長天の脇の下を見た。四天王はいずれも彩色剝落して石膏のようだが、更にほの暗いそのあたりには繊細微妙な天平の模様が、美しくも幽かに残っているのである。

絶巓（ぜってん）にいます大日いや遠く
足なへわれにいよよ幽（かそけ）し

河幅は広く至るところ洲をつくって、水は涸々に流れている。河向こうには大工場が小さく見える。いまはただ痕跡を残すにすぎない紀ノ川の渡船場に立ったとき、わたしは感慨なきを得なかった。この水は大台ヶ原山より此方に流れここに来ている。彼方に流れては熊野川の源流をなす。高血圧に倒れた母のためには温暖な地がいいというので、わたしはそこでダムを造る仕事に携わる決意をしたが、携わったときは母はすでにこの世の人ではなかった。

わたしたちはいま女人高野といわれる慈尊院に行こうとしている。慈尊院は空海が母阿刀氏のために建立した慈尊寺と、大明神十二所権現を勧請した神通寺の総称である。慈尊とは弥勒菩薩のことである。空海は高野山頂の御霊廟にあって、五十六億七千万年後の弥勒下生を待っている。そのとき、母と共に龍華樹下三会の説法を聞こうというのであろう。

しかし、慈尊院はおそらく七堂伽藍の威容を誇ったであろう、かつての姿を偲ぶべくもない。僅かに母阿刀氏を祠ったという小さなお堂があり、お守りの類を並べた建物が接近して向かい合っている。成程、回らされた粗壁の土壁は厚く、片寄せて多宝塔が建てられているが、それも不似合いなくらいである。いま高野山に詣でるほどの人は、みな高野線極楽橋駅からケーブルカーを利用する。表参道とされた慈尊院から山道を登るものはほとんどない。道が変われば世界が変わるのだ。

若い女性がお堂を拝みに来た。お堂には沢山絵馬が掛かっている。絵馬といっても絵が描かれているのではない。白やピンクの丸い袋をふっくらと二つ並べて、乳房のような具合になっている。ちょうど、お守りの類を並べた建物から、元気そうな小肥りの中年の僧侶が出て来た。やがて、わたしはその人が住職の安念清邦さんであることを知った。

森　絵馬でございますか。変わったものですね。

安念　乳房型と申しまして、中にお米がはいっているんです。安産を願われる方は五カ月の腹帯を掛けるころ、この乳房のお米をいただいて、朝ご飯にして食べる。ご利益をいただいたら、またお礼に乳房型をお納めする。

とすると、拝みに来た若い女性はまだ未婚のように見えるが、すでに新妻なのであろう。空海が「弘法さん」としていまも生き、真言密教などと難しいことを知らぬ民衆にまったく別な信仰を拡げて行く。そのように阿刀氏も「弘法さん」のお母さんとして、そうした信仰の輪を拡げているのかも知れない。

森　まだ町中で山とも思えませんが、どうして九度山（くどやま）というのですか。

安念　後ろがそのままずっと高野山になっていますからね。ここからは女人禁制で、お母さまもここまでしかはいれなかった。九度というのは孝行な「弘法さま」が、月に九度下って見舞いにみえたからです。

わたしのいた月山の注連寺でも、これより女人禁制で女人は湯殿山（ゆどのさん）に近づけない。だから、注連というのだと聞いたが、湯殿山にかけてはまだ幾つかの集落があった。わたしは高野山のほとんど山頂近く、登山道七口のそれぞれに女人堂があることを知っていた。そこまでは女人も登れたはずだと思ったが、敢えては問わなかった。

森　ここを女人高野というのだそうですね。この慈尊院を指図所（さしずしょ）として高野山が建設され、また政所（まんどころ）として高野山の諸事が賄われて来たと聞きました。ずいぶん、盛んだったんでしょうね。

安念　はあ、渡船場跡のところから向こうに六百メートル四方の七堂伽藍があって、三十二カ寺の末寺を擁しとったんです。それが鎌倉時代十年に亙（わた）って、火災にあったり、洪水で流されたりしてしまいました。しかし、いまでもこの門前の町には旅籠をしていた角屋とか、醤油屋とか、米屋とか、そんな家号がみなついています。

わたしは改めてお堂を拝ませていただき、住職の安念清邦さんにいよいよ町石道を辿ると告げて、多宝塔の横の石段を登った。石段はかなりの幅で丹生官省符神社に通じるというが、ところどころに雑草が顔を出し、社殿らしいものは目に映らなかった。みなはすでに集まって撮影の準備にかかっていた。町石は正しくは町石卒都婆といい、石段を登り切るとすぐ右にあった。五輪を象り、地輪を方形にして水輪、火輪、風輪、空輪をいただいた石材である。高さ一丈一尺、幅一尺余、百八十町石と刻して、高野山頂根本大塔まで百八十町あることを教え、毘沙門天の種子をもってすでに胎蔵界マンダラに一歩を印したことを語っている。

わたしはさきに金胎両部マンダラは、おそらく三次元空間を以てはじまっただろうと言った。これが二次元空間に描かれるようになったとすれば、一次元空間においてもマンダラをなさねばならぬ。そして、わたしはいま一次元空間におけるマンダラにある。わたしは勇んだ。しかし、わたしは次の百七十九町石に辿りつくのがやっとだった。生憎、その種子がいかなる尊名を語るか分からぬという。わたしは絶望し、山際にもたれて腰をおろした。

すでに、樹の鬱蒼と茂る山中で、前にはあおみどろ濃き池があった。あちこちから角度を選んでカメラを構えて歩く人がいる。もう若いとは言えないが贅肉がなく、その脚が実に軽々としている。町石は道しるべである。それによって行くことを導かれるという。しかも、町石は仏である。仏が導こうとしているのに、わたしはその導きすら受けることが出来ない。百八十町石から百七十九町石、おそらくは一町にも足らぬのにすでにこれである。前途を思って思いあまっていたが、伊丹政太郎(まさたろう)さんはそんなことはさせなかった。あらかじめ車の走れる道を調べ上げ、これぞと目をつけた町石まで近づけるだけ近づいて、車椅子で運んで下さったのである。ときには前に二人、後に二人もつけて下さって、車椅子ごと持ち上げるようにして運んでいただいた。百六十一町石鼓天まで来た。まだ僅か十九町しか登っていないが、眺望が素晴らしい。前方には遠く山並みが連なり、眼下を流れる紀ノ川の向こうのあの大工場も小さく見える。みなはこの展望の撮影にかかり、わたしも一服して煙草を心ゆくまで楽しんだ。しかし、道はまだまだこれからなのである。

車はふたたび眺望を捨て、わたしは車椅子に移されたが、前にも町石は見えず、後にも町石は見えない。みなはわたしの歩きを撮影する適当な場所を探しに行って、ひとりわたしが残されたのである。わたしは東寺の岩橋政寛(せいかん)さんから、武器をどう思うかと訊かれた。両部マンダラの諸尊がことごとく金剛杵(こんごうしょ)で結界されていたからであろう。金剛杵は堅固なものを打ち砕く飛び道具である。武器は神聖なものと見做されたばかりか、武器そのものが神であり、仏であるとされる。東寺の講堂の諸尊は身を以て羯磨金剛をなすことを示していた。羯磨金剛とは三鈷杵を十字に組み合わせたものである。三鈷杵は先が三つに分かれた武器で三密三身、なおつけ加えれば先の分かれていない独鈷杵は一真如、五つに分かれている五鈷杵は五智五仏を表す。そう答えようとしたが差し控えた。岩橋政寛さんには百も承知のことである。いま胎蔵界マンダラの中台八葉院の蓮の花びらの間からは鋭く五鈷杵が外に向けられている。もし外に向けられていなければ、それはただ領域としての円板に過ぎない。いま理解を容易にするために、壺に譬えて語ったところをしるす（1図）。

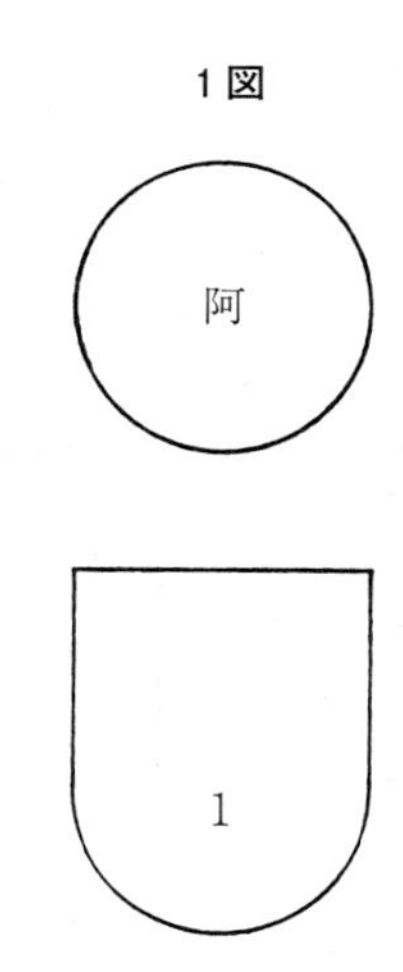

1図

そこで、外に向けられたこの五鈷杵に代えうるに、↑印のベクトルを以てする。ただの円板に過ぎないものが、忽焉として内部と呼ばるべきものとなる（2図）。既述の約束にしたがえば、内部はすなわち境界がそれに属せざるところの領域であり、開かれていて無辺際である。したがって、領域内のいかなる点もアルキメデスの足として、中心になり得る自由にある。わたしたちの認識はまずこの一即一切の一ではじまる。

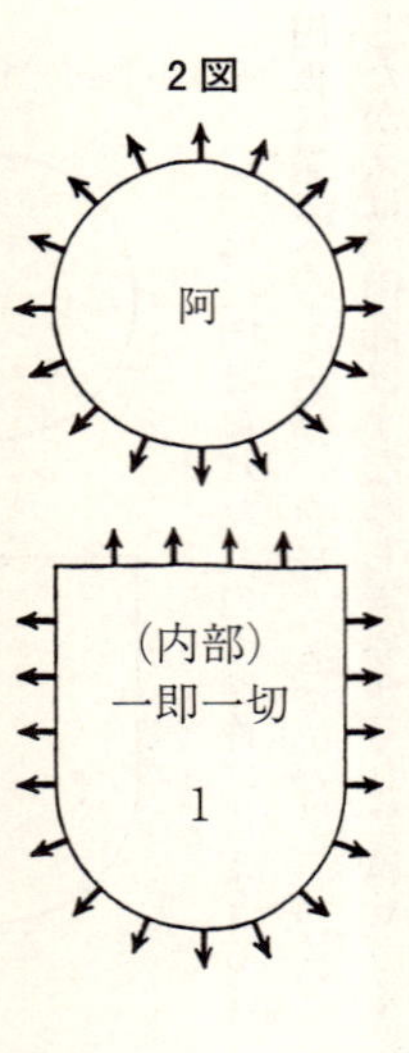

2図

次にこの↑印を百八十度回転して、内に向けられたとする（3図）。内部は一転して外部と呼ばるべきものとなる。外部はすなわち境界がそれに属するところの領域であり、閉ざされていて、もはや無辺際でない。中心はここにおいてはじめて不動のものとなり、わたしたちの認識は一切即一の一として完結する。

かくて、この内部と外部が合一し、一即一切、一切即一となった瞬間（4図）、↑印が相殺されて、空（くう）より本然（ほんねん）の姿が再生される（5図）。敢えて壺の図を並記したのは、理解しやすからしめんためである。真言密教ではかくて得られた不動の中心を得るために阿字を置く。阿字は大日如来である。かくて、大日如来と合一することを阿字観という。

道は一次元空間である。一次元空間でも同じことが言える。すでにしばしば語って来た

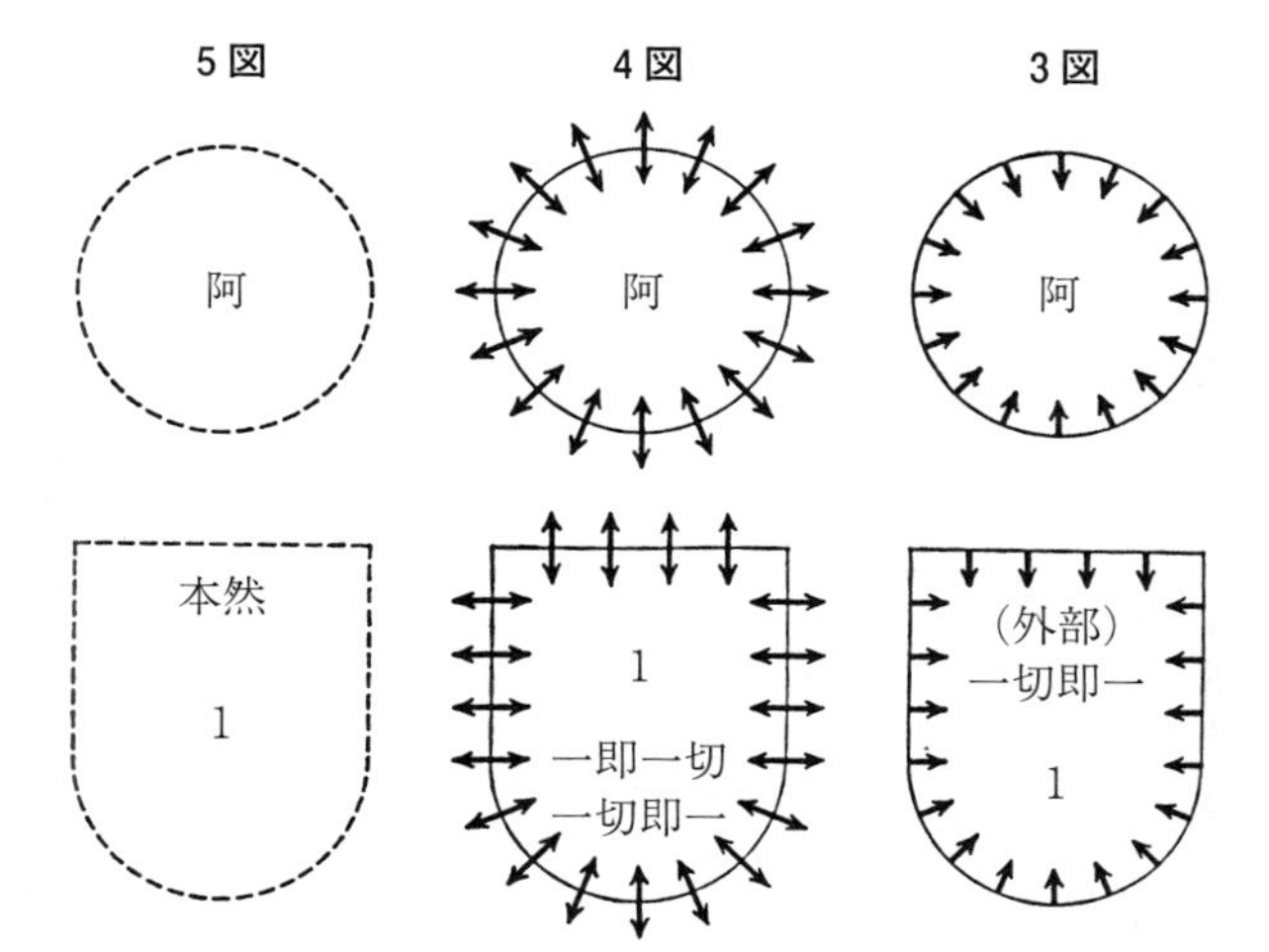
5図
4図
3図
阿
阿
阿
本然
1
1
一即一切
一切即一
(外部)
一切即一
1

ところであるから、図のみを以て後は省略する（1図〜5図）。

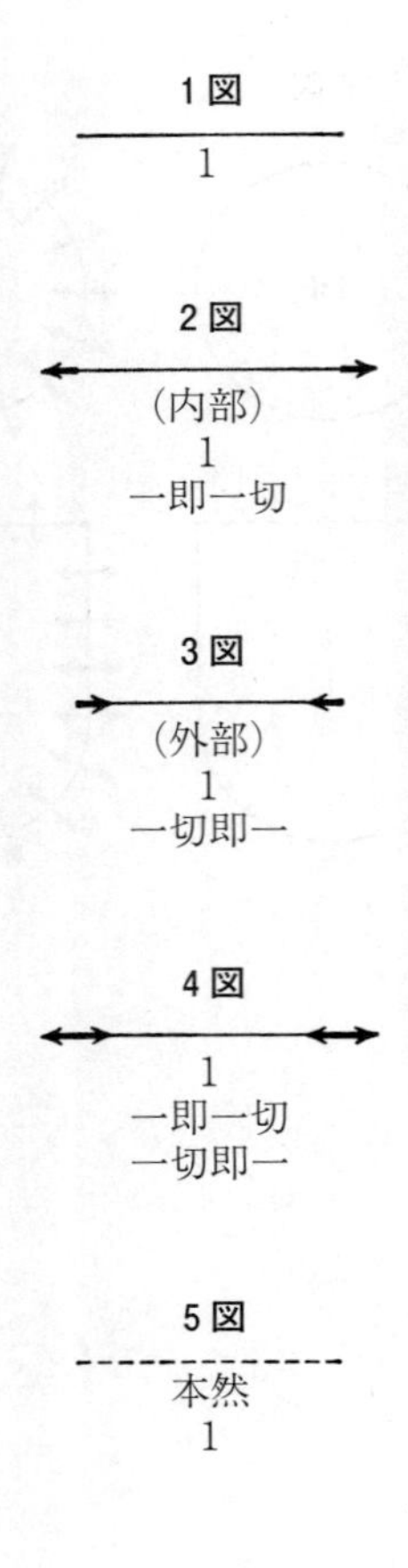

かくて、到達せんとする本然を禅では前後截断という。前後截断とは一次元空間における阿字観である。ただし、禅では座禅によってそれをなさしめる。

真実歩むことは容易でない。真実歩んだように見せることはなお容易でない。ようやくにして百三十二町石千手千眼観自在菩薩、まだ慈尊院より四十八町しか登っていない。引き返したい思いで、いまさらのように百六十一町石鼓天での眺望を恋しく思っていると、車はそれて天野の集落に出、やがて太鼓橋の向こうから華麗な神社が見えて来た。丹生都比売神社である。太鼓橋は修理中で渡れない。渡れても見上げるようなこの高さでは、わたしには無理である。幸い、下の鏡池は干され、御禊川も流れというほどでもない。四棟並んだ社殿を拝んでいると、だれかと立ち話をしていた宮司らしい人が来て教えて下さった。右から左へ丹生都比売、狩場明神、気比大食都比売、市杵島比売。狩場明神は道を拓いて空海を高野へと導いた人、わたしも犬を引いた狩人姿の絵を写真で見たことがある。おそらくはマタギを業とする先住民の統領である。空海が高野山の開山に勅許を得たといっても、先住民の協力なしには、なにごともなし得るものではない。ダムを造る仕事に携わったとき、わたしはいやというほどそれを知った。丹生都比売とはおそらく水銀を求めて山々を跋渉した丹生族から来たものであろう。そのために、空海の活動の背後にはいつも水銀がある。若き日を山岳斗藪に過ごした空海が、それらの族長と深くかかわっていたことは想像するに難くない。そんなことを思いながら、宮司らしい人に名を訊くと、丹生広良と言われる。驚いてあの丹生族のと問い返すと、そうです。百二十八代目ですとのお答えで、市杵島比売は平家の、気比大食都比売は源氏の、太鼓橋は淀君の寄進だと教えて下さった。

それから、みなはわたしを入れて、何箇所で町石を写したろう。町石の番号が減り、次第に頂に近づくにつれて、深々と積もった落葉が淡い腐植土のにおいを漂わせ、茨が伸びて行く手を遮る。しかも道は次第に嶮しくなるのが道理である。道理ではあるが、嶮しくなるにつれて道は次第に等高線に沿ってつくられて行く。つまり、道理にかなっているのだ。伊丹政太郎さんもつくづく感じ入った様子である。それでもわたしにはほとんど高低のないその道が辛かった。こうして歩けばと伊丹政太郎さんはお能のように、踵から先につけながら猫背気味に歩いてみせてくれた。霊長類研究所に教えられたそうで、これが足ならしで四国八十八カ所が本番ですよと言った。それでも駄目なわたしを、わたしは笑うしかなかった。伊丹政太郎さんも笑った。しかし、そうしたわたしを笑ったのではない。そうして猫背気味にわたしに歩いてみせ、わたしを励ます自分が可笑しくなったのだ。つまり、匙を投げたのである。

ようやくにして五町石普賢菩薩まで来、息をのむような風景を見た。百六十一町石鼓天でのそれとはまたまったく違うのである。もはや眼下を流れる紀ノ川はない。紀ノ川の向こうに小さく見えた大工場もない。ただ大空間があり、おそらくはあのとき見た山々であろうが、まったく違った相貌を見せ、青く霞みながら連なっている。高野山は内八葉、外八葉の中にあり、おのずから胎蔵界をなすという。あの山々はすくなくともその一部をなしているに違いないが、すでに日は暮れなずもうとして、だれも指さして教えてくれるものもない。しかし、後ろには修理中ですっぽりとシートで覆われた大門がある。もう着いたようなものだと思うと、急に元気が出た。

その夜はみなと別れて、わたしだけ蓮華乗院に泊めていただいた。高野の夜は寒い。そこには暖房の施設があるというので、伊丹政太郎さんが特に配慮して下さったのだ。もしわたしがみんなに助けられて来た町石道が一次元空間におけるマンダラだとすれば、二次元空間におけるマンダラに復元することが出来なければならぬ。むろん外金剛部院から中台八葉院に至っていることは分かっているが、外金剛部院だけでも百八十町石から百五十六町石まで二十五尊ある。これをいちいち胎蔵界マンダラの図面の上であたって行くことは難しい。そこでおおまかに表をつくってみることにした。

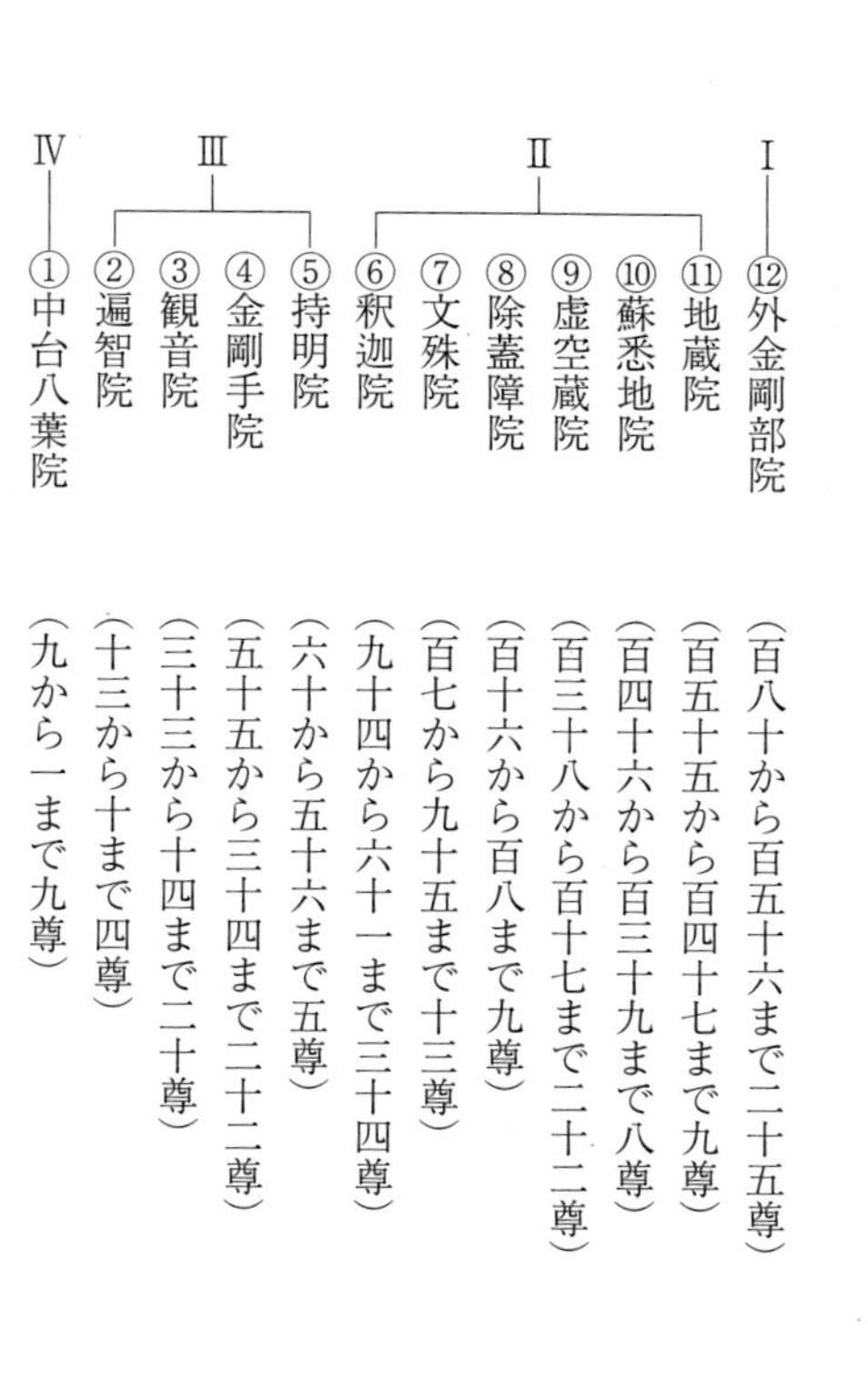

これを二次元マンダラに置き直せば、わたしがすでに予測したように、太線で示した等高線が歴然と現れ、三次元空間における胎蔵界マンダラも想像させる。これを須弥山だと言ったことをも首肯されるであろう（1図）。

明日はいよいよ町石も胎蔵界から金剛界にかからなければならぬ。金剛界は一町石からはじまって、三十七町石で御霊廟に至っているという。わたしはこの三十七に目をつけた。金剛界マンダラのそれを以てはじまる成身会は五仏、十六菩薩、四波羅蜜菩薩、八供養菩薩、四摂菩薩の三十七尊からなっている。あるいはこれではあるまいか。当てはめてみると、ぴたりとそうである（2図）。

もしわたしが中台八葉院の八葉が九山八海の八海から来たという推測が正しいとすれば、八海の生みなすところは九山八海の九山でなければならぬ。しかも、その成身会もまたおなじ山をなしているのである（3図）。

翌朝、法会部長和田有玄さんにお会いした。百八十町の町石道もお詣りしながらだと一日はかかるが、ただ登るだけなら半日もいらないと言われて驚かないではいられなかった。たまたま愛甲昇寛さんの「高野山町石の研究」を読んでいた。わたしもその精密なデータによって発明するところがあったのだが、「後宇多院御幸記」が引いてあり、これを読んで思い半ばに過ぎるものがあったのである。「太上法皇、霊像御拝見の後、丑の剋、慈尊

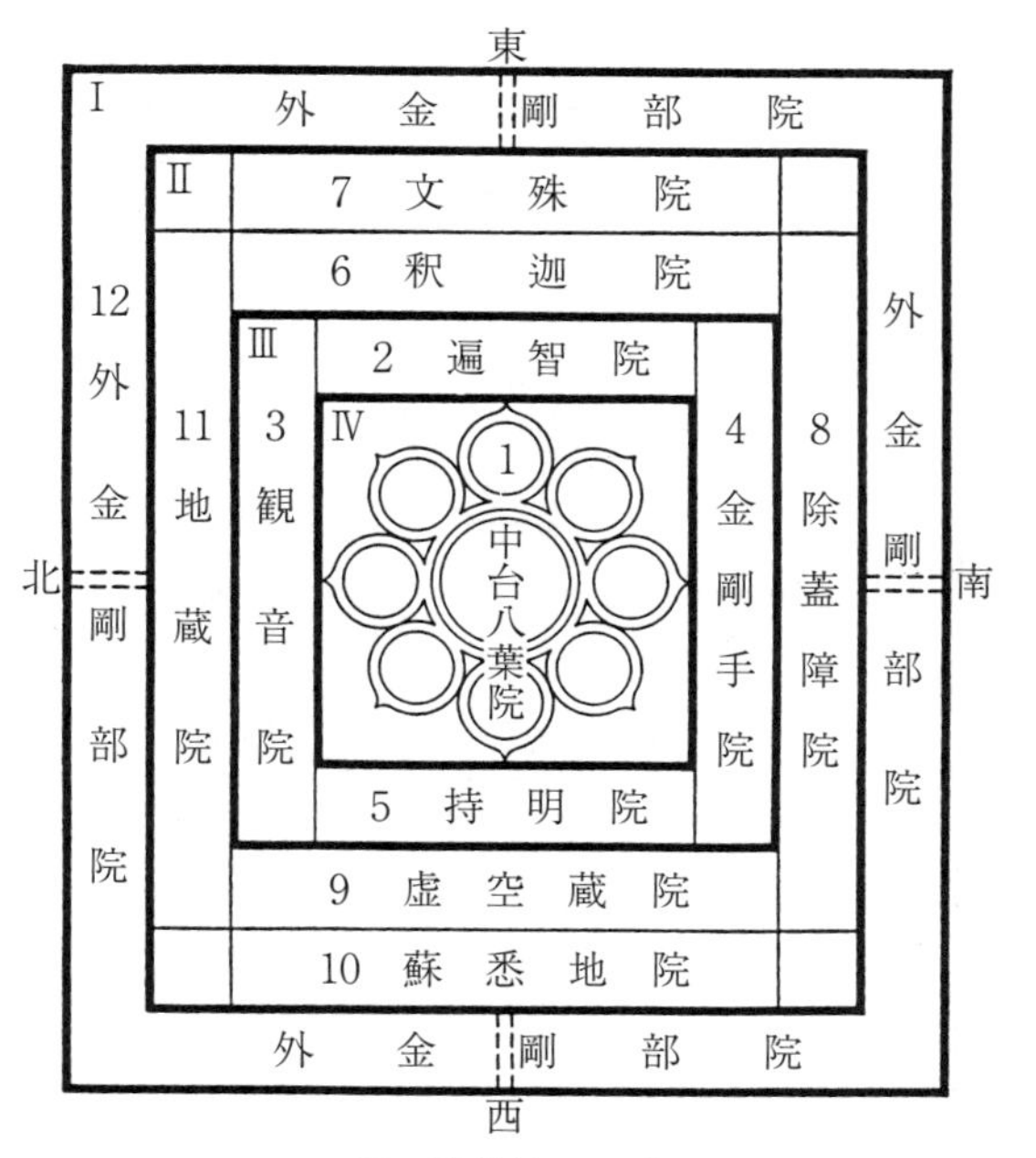
東
西
北
南
I
II
III
IV
外金剛部院
外金剛部院
12 外金剛部院
外金剛部院
7 文殊院
6 釈迦院
2 遍智院
1
中台八葉院
11 地蔵院
3 観音院
4 金剛手院
8 除蓋障院
5 持明院
9 虚空蔵院
10 蘇悉地院

1図　胎蔵界マンダラ

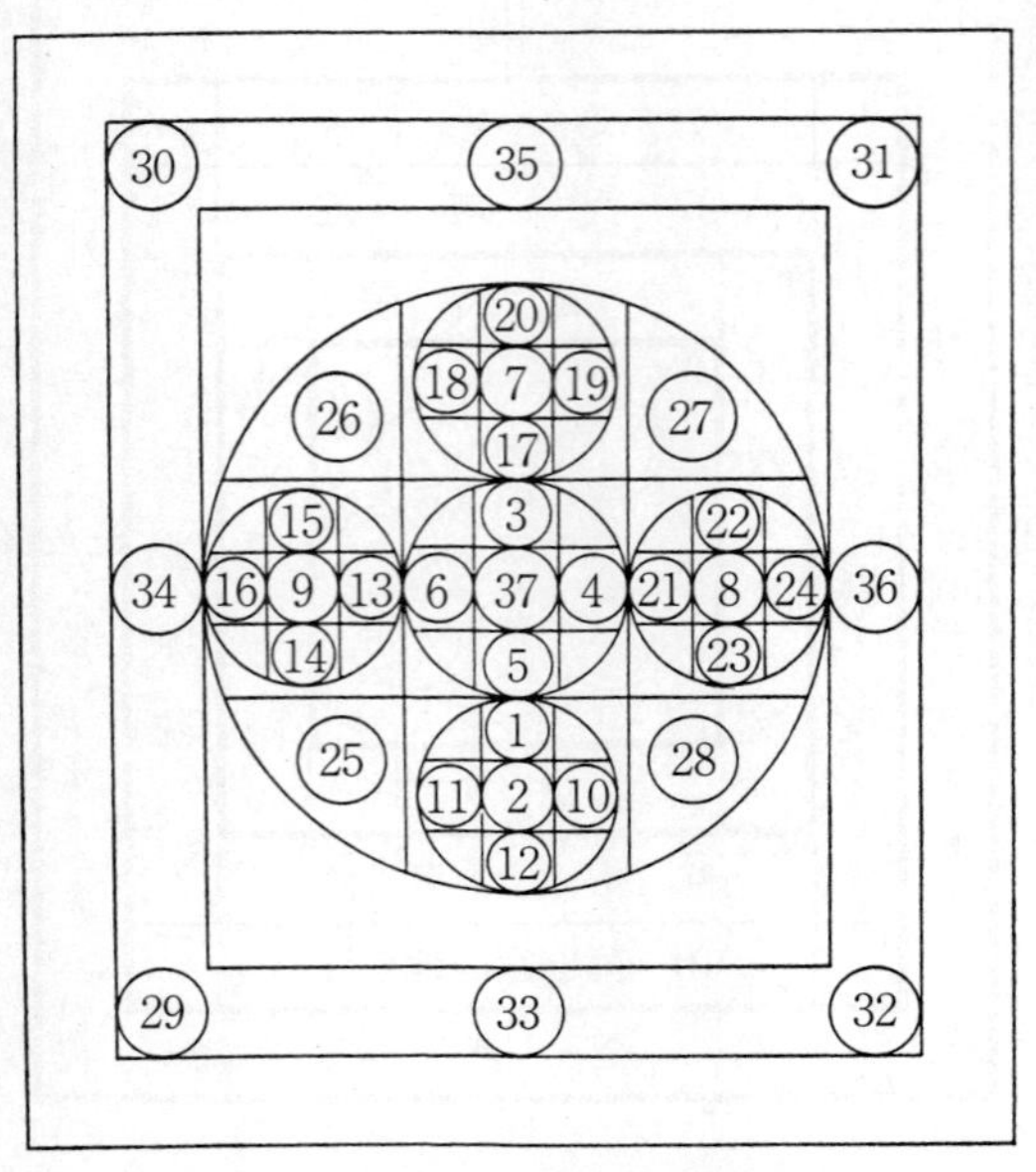

2図　金剛界マンダラ成身会

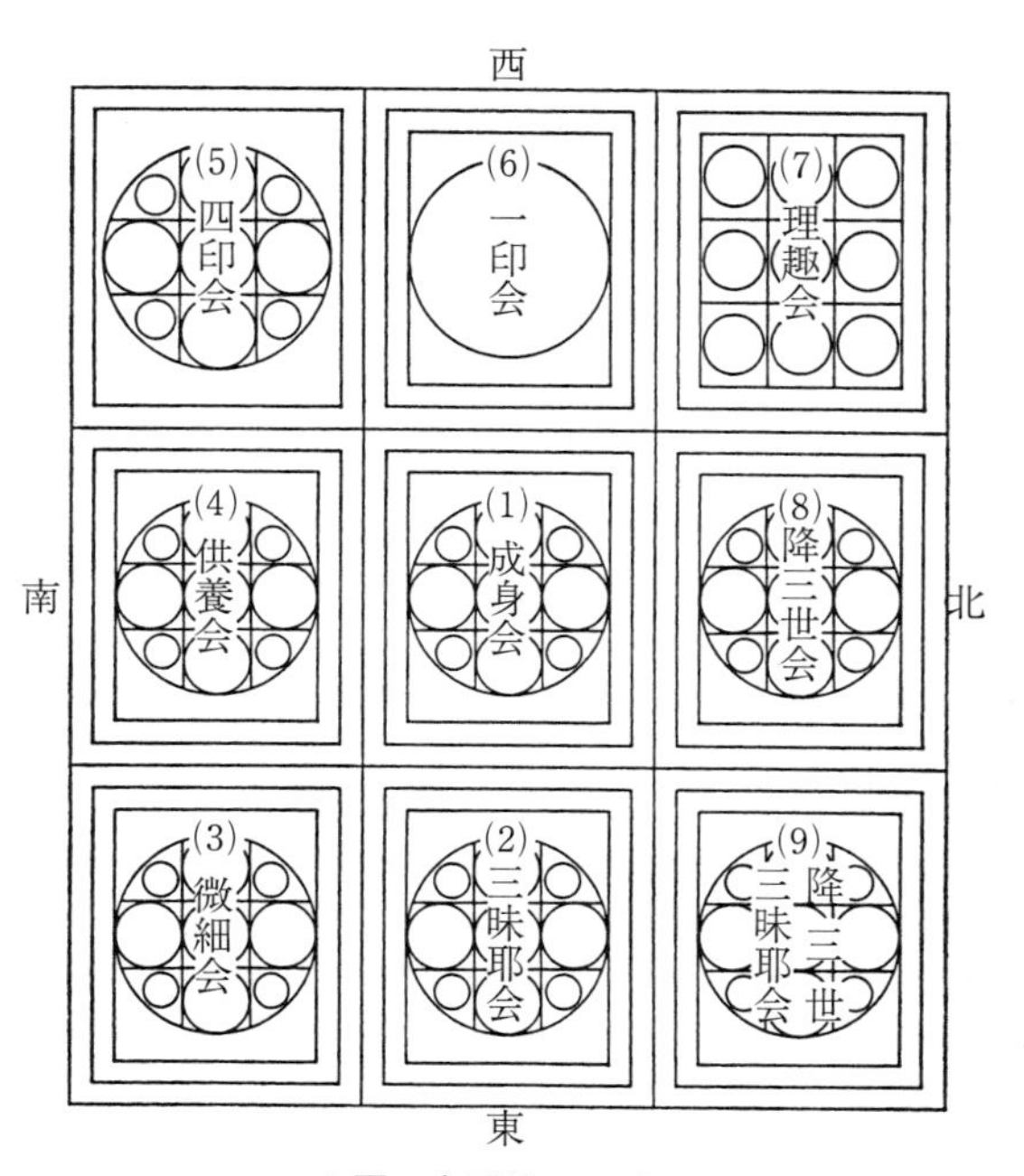

3図　金剛界マンダラ

院を御出ありけり。四隣参議の随従を相待たず、百練千研の玉輦を奉らずして、草履と云ふものを、忝くも十善の御足に奉りて、僅かに御続松持ち二人、殿上人一両人計りを召し具し、御歩行にて、五里の嶮難に趣く御幸なりけり。先づ退凡下乗の率都婆を礼拝して曰く。朕今已に宝山に入る。喜ばしき哉。多生の宿縁に非ざるよりは争でか此地に趣くことを得んやとて、屢歓喜の御涙を流し御座けるぞ哀れなる。月卿雲客及び供奉の諸人等、続松の火光を見て、御幸既に成りぬとて、周章度を失ひ、我先に争ひ参られける。笠置（笠木）辺にして夜曙ければ、其所にして御粥を参りけり。然して慈尊院より、金剛峯寺中門に至る百八十本の石町（ママ）率都婆の（一）本ごとに立ち留まらせ玉うて、聊か御念誦ありける間、御幸殊の外遅遅にして夜に入りにける。日中計り神鳴して、俄か雨一しきり灑げる間、上皇いよいよ御究窟ありけるに依つて、鼻底（花坂）辻辺にして、御絶に及び入らせければ、医師参り、御薬を進め参りけり。暫く御休息の後、程無く御心地常の如く成らせ給ひければ、春宮大夫師信奏し申されけるは、是より高野山迄は六十余町に候云々、雷光頻りにして雨降るの故、山水路辺に流れ、沙石深泥に混るの間、夜に入りて後、十善の御躰嶮路に疲れ御すべし。痛まし哉。我君鎮へに玉楼鳳闕の玉床に座し御て、輙ち下地咫尺寸歩の御幸を拝し奉らず。争でか遼遠数里の嶮難に堪へ御ますべき。早く鳳輦を奉るべく候なり。御力者を召し、御輦を差し寄せ奉りければ、上皇是を聞召して曰く。汝未だ知らず哉、慈尊院より壇上に至る百八十本町（石）率都婆と云ふは、是れ則ち胎蔵界百八十尊を顕すなり。奥院より壇上に至る三十七本の塔婆は、又是れ金剛界三十七本なり。故に率塔婆の面に其の種子を顕す所なり。多年の宿願、斗藪の本意、偏にもつてこの事に在り。朕今度十善の家に生まれしは、是れ戒行の薫習たりと雖も、今生若し結界の霊地を歩まずんば、当来争でか覚王の華台に昇ることを得むや。故に深雨を厭ふべからず。何ぞ況むや物(ママ)諸は、穢土より浄土に詣づる心なり。念々の心底に無量の罪垢を滅ぼし、歩々の足下に八葉の蓮台を開くと云々。仮ひ我れ途中に於て日数を送ると雖も、此行を緩るべからざるなりとて、御衣の裾は半ば泥土の為に黷れ、雨露の為に打ちしほれても、尚歩行にて御幸を成し給ひける。目近に候ひける月卿雲客四隣参議等、勅語を聞きて、皆共に涙を掩ひ駈け旋る。御自随身及び、北面の輩あやしの人夫迄、各退心を翻し、随喜を生ず。然れば則ち、見物の緇素これを聞いていよいよ渇仰を致し、遠近の老若これに感じ同じく讃嘆を成す。今此の事を思ふに儂業卑劣愚昧の信心猶浅しと雖も、霊地幽閑の気味いよいよ深し(以下略)」

森　わたしも熊野川の上流で、ダムをつくるための道をつくって来ました。道をつくるということは世界をつくるということで、いい世界をつくるためには、なんとしてもいい道がつくられねばならない。むかしの人がよくあんなにうまく道をつくったもんだと感心しましたが、感心させられながらも、みなに助けられてやっと登って来ました。

和田　その道も面影を残すだけで荒廃してしまいましたからね。なんとか修復して、若い人たちのハイキング・コースにでもなればと思っているんですよ。

森　そうなれば、こちらさまもいよいよ繁栄なさることでしょう。むかしの人があれだけの石を運んで来た。それに思いを至すだけでも、信仰がどんなものか、いい教えになりますよ。いや、驚きました。あれだけの石を、どこからどうして運んで来たんでしょうか。

和田　このあたりには石材がありませんが、幸い紀ノ川がある。奈良とかもっと遠くから運んで来ました。もっとも、最初は木の塔婆だったんです。それを遍照（へんじょう）金剛院の覚斅（かくきょう）が発願（ほつがん）勧進し、安達泰盛等が合力したんです。泰盛といえば執権北条時宗の舅、鎌倉幕府の要人ですからね。われもわれもで。胎蔵界町石の中には時宗そのひとの寄進によるものもあります。

昼近く約束の時間に、真鍋俊照（しゅんしょう）さんが根本大塔の前に来られた。わたしはこの人の数多い著書によって、多くを教えられた。根本大塔といっても、慈尊院で見た多宝塔と変わらない。ただコンクリート建てで、比較にならぬほどスケールが大きい。二層になった軒に吊るされた風鐸が、あるともない風に実に美しく鳴っている。

森　ほんとに澄んだいい音ですね。

真鍋　根本大塔は大日如来のシンボルですから、あれは大日如来の発する音であり、声なのです。密教の認識の中には、常に生きた人間と自然が一体になるような、手だてが必ず介在しているんです。それがどんなものにもあるんです。四国八十八カ所を巡礼なさると聞きましたが、おなじように鈴を振りますね。あれもそうです。

手だてと聞いてわたしは口を出そうとしたが、差し控えた。口を出すには風鐸の音があまりに美しかったからである。

森　あの根本大塔はどうしてあんな不思議な形をしているんでしょうか。

真鍋　空海の「秘密曼荼羅教付法伝」によりますとね。真言密教の創成期の話になるんですが、龍猛（りゅうみょう）菩薩が南インドのクリシュナ川を川沿いに歩いておりました。ちょうど丘のようなところでしょうか。人里離れた荒涼とした中に、これとおなじ塔を見たというのです。ところが、固い扉があってはいれません。そこで、白い芥子粒を七つ投げました。すると、「開け、胡麻」じゃないが、扉が開きました。中には幾人も魔性がいた。しかし、奥には密教の根本経典「金剛頂経」があったのです。高さ十六丈といいますから、四十八メートルぐらいでしょうか。アマラーバティーなどに現存している土饅頭型もこの形式だといわれています。御覧なさい。いま扉をあけてくれようとしている塔、あれが西塔です。

森　すると、東の根本大塔が胎蔵界、西の西塔が金剛界ということですね。

真鍋　はい。この東と西、謂わゆる両部マンダラが一つになりまして、不二をなす。これが真言密教の根本をなす問題でもあるんです。

わたしはメービウスの帯を思いだした。しかし、それは真鍋俊照さんに、伊丹政太郎さんから伝えてあるはずだ。根本大塔の中は太い柱が多く、それが多くの仏像を取り巻いていてギッシリつまった感じだが、彩色に満ち、もはや単なる音楽ではない。交響楽の中にいるようである。ただそれを模したというクリシュナ川沿いの塔には、「金剛頂経」があったという。それならば、本尊は金剛界大日如来かと思ったが定印を結んでいる。胎蔵界大日如来である。

真鍋　しかし、周囲に侍っているのは金剛界四仏です。更に十六大菩薩が取り巻いている。これも金剛界の仏です。このようにして、金胎不二を表現しようとしているのです。

森　まわりの柱は絵になっているが、美しいですね。
真鍋　これがその金剛界十六大菩薩です。われわれ衆生に仏の側から利益を与えながら、死まで導いて下さるのです。だから、金剛愛だとか、金剛光だとか、金剛笑だとか。笑っているのもあるでしょう。

真鍋俊照さんはマンダラを研鑽する、その方面の第一人者である。わたしは詩を感じながらも、このように胎蔵界大日如来を取り巻くのは、金剛界成身会の諸尊ではないかという気がしたが、問うことを差し控えた。あるいは、わたしはさきに胎蔵界の根源をなす中台八葉院と、金剛界九会の始源をなす成身会を対応せしめることができると言った。それは成身会にあるべき金剛界大日如来に代えうるに、胎蔵界大日如来を以てすることなのか。

真鍋　人生の縮図のような表現を全部とっているのです。堂本印象画伯が描かれたもので五彩色。それに、暈繝彩色といいまして、彩色を一つ一つ区切って強い色、弱い色を組み合わせてある。こうして、わたしたちが死の世界にはいり、宇宙のなにかしら不思議な力に吸い寄せられて消えて行く。そうわたしは理解しています。

いい言葉だ。空海は言っている。生まれ生まれ生まれ生まれて生の始めに暗く、死に死に死んで死の終わりに冥し、と。しかし、あれは決して明るい言葉ではない。真鍋俊照さんの話を聞きながら、真鍋俊照さんの言われるように、あれをもっと明るく表現できぬものかとわたしは思った。

真鍋俊照さんと別れ、館長山本智教さんに案内されて霊宝館を拝観した。さまざまな仏像が通路の左右に並べられている。わたしはマンダラから仏を選べば、いかなる宗派も出て来ると思っていた。仏像を見ながら、わたしが誤っていないことを、あらためて痛感せずにはいられなかった。実に各宗派の仏像があり、殊に浄土宗を思わすものが多い。高野山の谷々にも念仏坊主の声が響き渡ったそうですね。そうわたしが言うと、響き渡ったどころの話じゃない。乗っ取られかけましたよと山本智教さんは笑われたが、じつはこれが弥勒信仰を拡めたのだ。高野山にしてすでにそうである。ひとり出羽三山がどうして、そうでないと言えるであろう。湯殿山注連寺、大日坊に多くの即身仏を出したのも、むろんこれらが大きく原因している。

蓮華乗院に戻ると、副住職の添田隆昭さんが見えた。住職はお父さまがしていられるのであろう。からだが大きく終始笑顔で、言われることがいかにもさばさばしている。わたしは若き日の上司海雲さんを想いだしながら、この人ならばなんでも訊けると思った。

わたしたちが根本大塔を出たときは、すでに西塔の扉は開かれていた。中にはいらなかったが、智拳印を結んだ金色の金剛界大日如来のお姿が見えた。根本大塔の胎蔵界大日如来は金剛界の諸尊に取り巻かれていた。それならば西塔の大日如来は胎蔵界の諸尊に取り巻かれていたのだろうか。そう訊くと添田隆昭さんは笑って言下に答えた。それがそうではないのです。もともと根本大塔を中にして、東塔西塔があったんですが、東塔が燃えたんであんなことになったんです。それならば、わたしにも分かるような気がするのである。夜が更けたが蓮華乗院は心地よく暖房されている。

墓地群の中を通って、御霊廟に詣でるのがほんとうかも知れない。しかし、御供所から朝の御供を御霊廟にそなえるところを撮りたかったからであろう。翌朝は早目に出て、御供所に行った。玉川に掛けられた御霊橋からは、車椅子のわたしにははいれない。雨が降りはじめた。わたしは空しくその雨の中に消えて行く御供を運ぶ若い僧たちを見送った。あれからどのぐらいたったろうか。これもＮＨＫの番組で五来重さんと対談した。すでに述べたように、わたしは空海が即身仏としていまもいるとされるようになったのは、高野山に浄土信仰がはいり込み、弥勒信仰が拡まってからのことだと思っていた。「続日本後紀」には空海が火葬になったように書いてありましたね。わたしがそう言うと、五来重さんは即座に答えられた。そんなことは出鱈目です。空海はいまも石こづめになって、御霊廟に眠っています。この目でしかと見たんですから。わたしは恐れ入って答えようもなかった。

いよいよ墓地群の中に立つことになった。雨はやまないがひどくもならず、あたりに煙って幽邃（ゆうすい）の趣を呈していた。ここに眠る人々はみな空海に結縁（けちえん）して、五十六億七千万年後の弥勒菩薩の下生（げしょう）を待って、共に龍華樹下三会の説法を聞こうというのであろう。わたしは煙雨の中にあの華麗な丹生都比売神社を思い浮かべた。四棟の御神体のうち、市杵島比売は平家によって、気比大食都比売は源氏によって勧請されたと言っていた。

平清盛は焼失した根本大塔を建立したばかりか、血マンダラを奉納した。しかし、根本大塔落慶後二十五年にして死に、三十五年にして一族は壇浦（だんのうら）に亡びた。翌年、平家ゆかりの根本大塔で、頼朝によって怨霊追善法要が行われた。この頼朝は平家の炎上せしめた東大寺の大仏殿も落慶し、千僧供養を行っている。仏が忿怒（ふんぬ）の姿を現して令を発するという教令輪身（きょうりょうりんしん）を目のあたりにして、おののいたのは清盛よりもむしろ頼朝であったかも知れない。町石建立には開眼供養が行われるまで、じつに二十五年のながきを要した。これが完成にもっとも尽瘁（じんすい）した北条時宗の舅安達泰盛も、完成後おなじく執権の御内人（みうちびと）平頼綱と争い、ひと月を経るか経ずして族滅された。ここに平氏の名が出るのを、不審に思われる向きもあるかも知れない。しかし、頼朝を助けたのは、ほとんど関東にある平家の末流であったのだ。

もっとも、安達泰盛には逆修（ぎゃくしゅ）の心構えがあったかも知れない。逆修とは生前よりして、死後の冥福を祈っておくことである。そこには明日は、わが身になるかも知れぬという覚悟がある。武士たちは死の世界を信ぜずにいられぬほど、死と隣り合わせに生きていたのだ。

大日の分かつ金胎求め来て
坂を下ればへうべうの海

淡路島は緑濃く間近にあって、鳴門から望む紺青の海は洋々たる河のようである。鳴門大橋はまだ施工中ながら、鉄骨は組み立てを終わって、すでに竣工時の偉容を偲ばせる。やがて渦潮がはじまるというのであろう。何台もの観光バスに分乗して来た客たちが、さながらに展望台になっている、コンクリートの岸壁の柵のあちこちに群がっている。

わたしたちはこの客たちが立ち去るのを待った。客たちの間から歓声が上がった。いよいよ渦潮になったのだ。岸壁の柵に並んだ望遠鏡に駆け寄るものがいる。遊覧船も出て来たようだ。やがて歓声が収まると団体は次々と台に上がって、専門の業者に記念写真を撮ってもらう。それが終わっても、手持ちのカメラで互いにシャッターを切り合っている。しかし、観光バスは一台一台と発って行き、いつとなく客たちは見えなくなった。

いよいよ撮影にかかろうとしたが、かかろうとすると、思わぬ轟音がするのである。おそらく、後ろの山に鳴門大橋の工事現場があって、鉄材をどうかしているに違いない。ひょっとすると、昼食の休憩が終わって、仕事にかかりはじめたのではないだろうか。それならいくら待っても無駄である。そう思っていたが、幸いにして轟音が途切れ、撮影をすますことが出来た。わたしたちも傍らの土産物屋の二階で昼食をとった。

さて、これでいよいよわたしたちも四国八十八カ所のお遍路をはじめる。ともかくも高野山の町石道を登り、一次元空間におけるマンダラを見たからには、四国八十八カ所にもこの理を当てはめることができないだろうか。なにはともあれ、第一番札所霊山寺の門をくぐらねばならぬ。霊山寺は鳴門のはずれにある。かつてはみな淡路島に渡り、淡路島から更に鳴門に渡ってお遍路をはじめた。それにならって、伊丹政太郎さんはまず鳴門の海から撮らせたのだ。

霊山寺はさすがに立派な寺だった。門も仁王門で、左手に多宝塔が建っている。境内がその割に狭く見えたのは、釈迦如来を安置した本堂と大師堂がある上に、大小の松が立ち並んでいたためかも知れない。いつかもう暮れようとしていた。それに雨も降って来た。雨のときＮＨＫは必ず透明な白いビニールの傘を使わせる。いくらかでも被写体を明るくするためである。

わたしは毎夜翌朝のために多量の下剤を飲む。翌朝はその効果を圧えなければならぬので、またその薬を多量に飲む。ところが、今日に限ってそれを忘れていたばかりか、鳴門で昼食のときも、それをしなかった。礼拝を終わると急に思いだし、思いだすと耐えられず一刻も待てなくなった。あるいは、ご住職芳村超全さんの奥さまだったかも知れない。

優しげなご婦人がただならぬ気配を察しられ、先に立ってわたしを売店に、売店から庫裡へと小走りに導いて下さった。その廊下がまた長いのである。ついに間に合わず、なるがままに任せるより他なくなった。

　庫裡にはお年寄りのお遍路さんたちが大勢いるらしく、遠く楽しげな笑い声が聞こえる。わたしは茫然としていたが、ふと気がつくと伊丹政太郎さんが優しげなご婦人と寸毫の嫌う様子もなく、目もそむけたくなるような足もとの汚穢（おわい）を懸命に始末して下さっている。地獄で仏とはこのことかと思いながらも、あまりのことにお礼の言葉も出ないのである。やがて優しげなご婦人は美しい風呂場に連れて行って下さった。そればかりか、洗い終わるとま新しい下着一式が揃えられていた。心身洗い清められた気持ちで風呂場を出ると、廊下を走って来た老婆からいきなり訊かれた。わたしは老婆から訊かれたところから来、迷惑を掛けて親切を尽くされながら、方向を失ってそこに老婆を導くことが出来ない。ご利益（りやく）をいただいて、お返しが出来ないのである。

　芳村超全さんは僧衣を整え、きらびやかなお堂の上座に坐っていられた。痩せてもいられず肥ってもいられない。隙のない精悍な感じの方である。撞木（しゅもく）を取って布団に据えられた大きな鐘を鳴らすと、「受戒」がはじまった。わたしは前に置かれた数珠を持った。

芳村　お数珠はふだんお持ち歩きのときは、二重に致しまして房を上にし、左手でお持ちいただきます。仏前でお使いいただくときは、まず左手の人さし指に掛けて下さい。次にひとひねりして8の字になるようにし、右手の中指に掛けます。そして、掌の中で静かに三度ほどおすり合わせていただきます。おすみになりましたら、お祈りしている間は左手に一重、胸の前に手を合わせて下さい。

南無大師遍照金剛……

いよいよ「十善戒」がはじまった。一句お読みになるごとに、それをお導きに復唱させていただくのである。

弟子　森
尽未来際　未来際の尽くるまで
不殺生　殺生せず
不偸盗　偸盗せず
不邪婬　邪婬せず
不妄語　妄語せず
不綺語　綺語せず

不悪口（ふあつく）　悪口せず
不両舌（ふりょうぜつ）　両舌せず
不慳貪（ふけんどん）　慳貪せず
不瞋恚（ふしんに）　瞋恚せず
不邪見（ふじゃけん）　邪見せじ

「受戒」が終わると芳村超全さんは、先に立ってわたしを売店に連れて行かれた。売店の半ばは畳敷きの応接間になっていて、みずから笈摺（おいずる）を着せて下さった。すでに菅笠も金剛杖も用意されている。金剛杖には鈴がついてい、高野山の根本大塔で教えられた真鍋俊照（しゅんしょう）さんの言葉が懐かしく思いだされた。これからはこの金剛杖が「お大師さま」である。この鈴の音が「お大師さま」の声である。かくて、これからは同行二人（どうぎょうににん）で行くのである。

芳村超全さんは椅子を勧めて下さって、ご自分もテーブルに向かわれた。まるでさきほどのことなど、お気づきもしていられないようなご様子である。わたしは悔い多き生涯を送って来た。そのわたしが聖域にはいってお遍路の真似事をしようとしている。さきほどのことは仏罰を蒙ったのだと思っていたが、芳村超全さんと向かい合っていると、次第に考えが変わって来た。あれこそは仏恩で一切の汚穢を禊（みそ）いでいただいたのだ。この出合いを忘れてはならぬと心から思った。わたしは真実、二人の仏さまを見た。伊丹政太郎さんとあの優しげなご婦人である。いや、それを知って知らぬがごとく椅子に掛けていられるひと、そのひともまたわたしにとって仏さまでなくて、なんであろう。

「お大師さま」のお姿を描いて、八十八カ所の札所印をもれなく押した軸が掛かっている。わたしは八十八カ所の札所もマンダラをなしていると思って来たのですがと伺うと、芳村超全さんは即座に答えられた。ええ、胎蔵界マンダラです。ですから、ここが四国のま東で、お遍路は四国を時計回りに回るのです。

わたしたちはいまのうち第三番札所金泉寺まで行かねばならぬ。せめても、わたしのために取り揃えていただいた、ま新しい下着一式の代金を。と、伊丹政太郎さんが頼んで下さったが、あの優しげなご婦人はなんとしても受け取ろうとはなさらなかった。やむなく深謝して仁王門を出た。第九番札所法輪寺あたりまでは吉野川沿いに建てられていて、道は坦々としているという。こうしてお遍路はまず優しく迎えられる。成程なあといまさらのように思いだしたが、そうした感じを伊丹政太郎さんも出したいのである。しかし、第三番札所金泉寺はおろか、第二番札所極楽寺に着いたときはすでに暗く、雨はいよいよ濃くなった。

ホテルの食堂でも、伊丹政太郎さんはわたしのために湯を取り寄せ、紅茶を入れて下さった。紅茶は京都の名店街で特に選んでいただき、車の中でも時をみては入れて下さったあの紅茶であることは言うまでもない。「受戒」の話になった。あのとき、芳村超全さんは数珠を左の人さし指に掛け、ひとひねりして8の字になるようにせよと言われたが、あれは一次元空間におけるメービウスの帯ではなかったのか。むろん、厳密に言えばメービウスの帯は二次元空間である。しかし、メービウスの帯が持つところの性質を、一次元空間に移行して、しか言うことは出来ないであろうか。出来るとすれば、それも完結しながら無限であり、無限でありながら完結する仏教空間である。

わたしがそう言うと、伊丹政太郎さんも頷いて芳村超全さんを想いだすふうであった。いやア、めずらしく垂直思考の出来る人ですな。芳村超全さんが四国八十八カ所の札所を胎蔵界マンダラだとずばりと言い切られた、そのことをさしているのであろう。わたしは翌朝もれいの薬は飲まなかった。心して昨夜今朝のための下剤を飲まなかったからである。

伊丹政太郎さんにはあらかじめ幾つかの狙いがあった。その一つが衛門三郎の伝説である。衛門三郎は荏原（えばら）の里の強欲の長者であった。ある日、托鉢の僧が現れて喜捨を乞うたが、むろん受けつけない。ついに喜捨を乞うこと七度に及んだとき、怒って衛門三郎が竹箒で打ってかかったが、托鉢の僧ははっしと鉄鉢で受け止めた。鉄鉢は八つに割れ、その日から八人いる子が次々に死んだ。衛門三郎ははじめて托鉢の僧が「お大師さま」だったと気づき、許しを乞おうとお姿を求めて、順すなわち時計回りに、逆すなわち反時計回りに二十一回四国を回った。これが四国お遍路のはじまりだという。

精も根も尽き果ててまさに死のうとしている衛門三郎の前に、「お大師さま」が現れてなにか望みがあるかと問われた。衛門三郎はせめてのことに伊予の豪族河野の家に生まれ変わりたいと答えた。「お大師さま」はこれを哀れみ、墓をつくって衛門三郎の杉の杖を立てた。これがやがて芽ぶいて大樹になった。いまは第十二番札所焼山寺の下に杖杉庵なる小堂が建てられているといわれる。一方、豪族河野の家に子供が生まれた。しかし、子供は手を握ったまま開かないので、祈ってもらった。子供の手はやっと開き、衛門三郎再生と書かれた石が出て来た。第五十一番札所が石手寺と名づけられたのは、この縁起によるものである。利益を得るためには、死をかけるほど苦しまねばならぬという教えなのか。伝説としてもあまりに酷い。こんなところにも教令輪身がいかなるものであるかがまざまざと読みとれる。

他は省いても、わたしは当然第十二番札所焼山寺には行くものと思っていた。しかし、先発していた人たちが、ナレーションですますつもりで、すでに撮影はすませているという。わたしの足をいたわって下さったのである。また、おなじ理由で第五十一番札所石手寺にも行かなかった。こうしてわたしたちはいきなり第二十一番札所太龍寺に向かった。太龍寺は太龍ヶ岳にある。車は山門まではいった。山門をはいると庫裡があり、広々とした前庭にベンチが置いてある。

やれやれという思いで一服し、勇気を出して幅広い石段に向かった。まん中に縦に鉄の手摺が通されている。それに縋ってなんとか登ったが、やっと登ったと思うとまたおなじような石段がある。行きの登りはなんとか我慢しても、帰りの下りは果たして降りられるだろうか。お遍路さんの団体が金剛杖の鈴を鳴らして登って来、元気に声を掛けてくれながら、楽しげにどんどんわたしを追い抜いて行く。みなお年寄りのようである。中には腰の曲がった人もいる。腰は曲がっていながらも、脚は強いのだ。わたしはようやくにして楼門に辿りついた。

　多宝塔がある。本堂がある。大師堂がある。求聞持堂がある。弘法大師は師の勤操僧都から虚空蔵求聞持法の伝授を受け、「若し人、法に依つて此の真言一百万遍を誦すれば、即ち一切の教法の文義、諳記することを得」と言われたと「三教指帰」に書いていられる。「焉に大聖の誠言を信じて飛燄を鑽燧に望む。阿国大瀧岳に躋り攀ぢ、土州室戸崎に勤念す。谷響を惜しまず、明星来影す」。

　伊丹政太郎さんが近寄って来た。わたしは言った。いよいよ室戸ですね。ここ太龍ヶ岳に来たからには、次は室戸岬でなければならぬと思ったからである。第二十一番札所太龍寺を去って車を走らすうち、やがて見覚えのある風景が開けて来た。左手に岬が伸び、緑におおわれて島のようにみえる。白い灯台がある。わたしは真言宗豊山派に頼まれて、何年か前、室戸市で講演をさせてもらった。四国八十八カ所の札所の寺々は、高野山霊宝館の蔵収する仏像を見ても分かるように、必ずしも真言宗とのみ限られているのではないが、真言宗は豊山派が圧倒的に多いのである。

森　室戸の皆さん。わたしはただいまお昼のご馳走をいただいて来ました。こう申してはなんですが、連れて行っていただいたところは、ただの大衆食堂のようなところです。なんだと思いました。ところが、海と空の景観が大きく素晴らしいばかりか、魚がなんとも言えず旨いのです。元来、わたしは魚は嫌いです。なぜ嫌いだったのか、それがはじめて分かりました。わたしの父は天草の人間で、天草も魚が大変旨いのです。旨い魚ばかり食べさせられていましたから、不味い魚はすぐ分かるのです。おそらく、皆さんもそうであるに違いありません。そんな皆さんに不味い話をして帰るのではないか、とまず恐れるものであります。（笑）

しかし、わたしもまんざらご当地にご縁のないものではありません。母は讃岐の出で佐伯と申します。讃岐の佐伯といえば弘法大師の俗姓です。むろん、なんの関係もあるはずがありませんが、高野山には袈裟掛け石という石があるそうです。弘法大師が高野山を開かれたとき、お母さまがとても喜ばれ登って来られました。弘法大師は女人禁制の山だからと止められましたが、お母さまは聞き入れられず、なおも登ろうとされる。困った弘法大師が袈裟を横の石に掛けられた。それで、その石を袈裟掛け石と呼ぶことになったと聞きました。

それでも、お母さまがなおも登ろうとされる。すると、百雷一時に轟いて火の雨から龍が現れ、一歩も進むことが出来ない。怒って石をねじられた。それで捻り石というのがあると言います。そのとき、弘法大師が真言を唱え、右手で磐を押し上げてお母さまを庇われた。それで、押し上げ石というのもあるそうです。

弘法大師のお母さまはきかん気で、滑稽なところのある方ですね。この話を聞きまして、わたしは気性だけはわたしの母も似ているなと思いました。わたしの母もきかん気で、滑稽なところがあったのです。その上、縮れっ毛でしたから、弘法大師のお母さまも縮れっ毛だったんじゃないかな、なんて思っています。（笑）とにかく、わたしの母はそんなひとでしたから、二こと目には弘法大師を持ち出すのです。それで、有り難い思いをしたかというと反対で、ひどい目に合ったのです。（笑）すこし勉強しないと、弘法大師を見習えです。それはまだいいとしても、弘法大師に負けるなです。（笑）負けるなったって、弘法大師に勝てるはずがありません。（笑）その上、頭がよくなるように、「お大師さま」のお灸を据えるというのです。（笑）こりゃかなわんと思いましたが、謂わば温灸で据えるとほの温かく、意外に気持ちがいいのです。「お大師さま」のお灸なら、いまでも据えてもらいたいと思います。（笑）

といって、皆さんからほんとに熱いお灸を据えられるといけませんから、馬鹿なことはこれぐらいにしておきます。失礼ですが、皆さんは四国のことを知っていられるでしょうか。なぜ八十八カ所があるのか、お考えになったことがあるでしょうか。むろん、知ってもいられなければ、お考えになったこともないでしょう。でなければ、わたしなどをお呼びになるはずがない。（笑）ところが、わたしも知らなければ考えたこともないのです。ただ、室戸は日本でも有数な美しいところだ。弘法大師が悟りを開かれたところだ。行ってごらんになれば、なにか得るところがあるかも知れない。そう言われて来たのです。（笑）

ほんとにそうだ。来たからにはなにか得るところがなければならぬと思って、着くとすぐ弘法大師が籠られたという御庫洞（みくらどう）に連れて行っていただきました。すると洞穴が二つありました。マンダラなどの考えからしますと、右は胎蔵界、すなわち女性でありますす。左は金剛界、すなわち男性であります。だから、みな右の女性のほうにはいって行くのかと思っていましたら、左の男性のほうにはいって行くのです。（笑）わたしも不本意ながら、左の男性のほうにはいって参りました。（笑）

もともと、わが国では熊野詣でが盛んであって、それが四国八十八カ所のお遍路の淵源をなすとお考えになっている学者がおられます。わたしもそうかなと敬服しているものです。しかし、わたしはわたしなりに、馬鹿なことを考えているのです。成程、四国お遍路は熊野詣でに比べれば遥かに近世のことであります。そもそも、真言密教は山の宗教です。おなじく修験道も山の宗教です。ただすら融合しやすいところへもって来て、弘法大師は本地垂迹を唱えて、その融合を見事に論理づけた方です。おそらく、もとは神社だった修験道の寺もあったでしょう。それらを合わせれば、その数は八十八より多くこそあれ、少なくはなかったと思います。それならば、八十八は選んだ数です。選んだ数である以上、それなりの根拠がなければなりません。

「古事記」によりますと、伊邪那岐命と伊邪那美命とが御合、すなわち相交わって、まず淡路之穂之狭別島をお生みになりました。いまの淡路島です。そして、ここ四国のことをこう言っております。「次に伊予之二名島を生みき。此の島は身一つにして面四つ有り。面毎に名有り。故、伊予国は愛比売と謂ひ、讃岐国は飯依比古と謂ひ、粟国は大宜都比売と謂ひ、土佐国は建依別と謂ふ」。

面白いですね。伊予国は愛比売ですから、女性です。讃岐国は飯依比古ですから、男性です。粟国は大宜都比売ですから、女性です。ご当地土佐国は建依別ですから、お気の毒ながら男性です。（笑）それでいて、御厨洞では女性である右の洞穴にははいらないのです。（笑）しかし、なお気の毒なのは「古事記」の文面からすると、女性上位なのです。（笑）

ともあれ、みな独身ですから、だれかと御合しなければなりません。だれとどう御合して、二名となったか知りませんが、四国ですから計八人になり、大八州の八が出て来ます。

さて、「身一つにして面四つ有り」に立ち戻りましょう。これを見て、本地垂迹を唱える真言密教の高僧たちが、どうして須弥山を想いださないでしょうか。須弥山は仏教宇宙観の根幹をなす山で四面四段をなすといわれています。しかも、その頂上に忉利天を戴いている。この忉利天に中台八葉院をあてて、胎蔵界マンダラは考えられているのです。わたしは中台八葉院の八葉は九山八海の八海から来ていると思っています。なぜなら、中台八葉院はすべてを生みなすところで、海もまたすべてを生みなすところだからです。わたしは弘法大師が空海といわれたのは、じつは山と海のことで、御廟洞で渺々の海を前にして明星の来影を念じられたのも、中台八葉院におられるお心地であったのではないか、という気さえするのです。すでにして、ここに蓮弁八葉の八が出て来ました。

しかも、四国の四はこれを二倍、すなわち御合して八が出て来ました。どうしてこれが蓮弁八葉の八の垂迹として、融合しないでいられましょう。八を十一倍すれば八十八になります。ただえ、八十八は八十八歳を米寿などというくらいでお目出度い数です。十一は一かそれ自身でしか割れない素数、不壊金剛の数です。四国八十八カ所の札所は胎蔵界マンダラと言われていますが、この不壊金剛の数あるが故に、必ず金剛界マンダラが含まれていると思うのです。また、八十八なら四つの面の一つ一つに二十二を配分することが出来ます。二十二ならこれまた女性、男性が御合してもう

まくおさまるではありませんか。(笑)では、ほんとうにそうなっているかと言いますと、

阿波は第一番札所から第二十三番札所までで、これを発心の道場といわれる方がありますが、二十二には一つ多い。

土佐は第二十四番札所から第三十九番札所までで、これを修行の道場といわれる方がありますが、二十二には六つ足りない。

伊予は第四十番札所から第六十五番札所までで、菩提の道場といわれる方がありますが、二十二には四つ多い。

讃岐は第六十六番札所から第八十八番札所までで、涅槃の道場といわれる方がありますが、二十二には一つ多い。

繰り返しますが、仏教の信仰の山はすべて須弥山に擬せられます。そして、それを登る信仰もあれば、その麓を巡る信仰もあります。その麓を巡っても、発心、修行、菩提、涅槃という具合に、四段を登りつめて行くと考えられぬことはありません。そもそも須弥山に擬した雄なるものとしての胎蔵界マンダラが、四層四面四段をなしているといわれています。そうお考えになった方も、そうしたところから来ているのではないでしょうか。その過不足はそうしなければならぬ現実があったからで、八十八を四で割って二十二にしていることに変わりはありません。とすると、この二十二に

も必ず意味があるでしょう。二は思考の根元ともいうべき陰陽二気、金胎（こんたい）両部の分割あるいは合体を意味するもので、これまたそれに不壊金剛の素数十一を掛けたことになるのです。しかも、なにかまだ意味がありそうですが、分かりません。みなさまのほうでもしお分かりになりましたら葉書ででもお教え下さい。住所は主催者の方が知っておられます。またもし、わたしのほうで分かりましたら、それをお教えするために、こんどは手弁当でやって来ます。（笑）

わたしがなぜこんなにも数に拘（こだわ）るかと申しますと、真言秘密の背後には必ず数の神秘が動いているからです。方向も一種の数ですから、この神秘に加わっています。こうした神秘を背後にして、真言密教は荘厳されています。ところで、このお遍路の菅笠にはこう書かれています。これは西国三十三カ所巡拝の菅笠にも書いてあるものですが、

本来無東西　本来東西無し
何処有南北　何処にか南北有らむ
迷故三界城　迷ふが故に三界城
悟故十方空　悟るが故に十方空

この詩は果たして弘法大師空海のお書きになったものかどうか分かりません。大変深い意味を持っていると思われますが、それを解釈するには、他に適当な方がいられるでしょう。ただこの詩は菅笠の中心から四方に向けて書いてある。どこから始めても意味が通じるばかりか、逆に読んでも意味が通じるのです。

悟故十方空　悟るが故に十方空
迷故三界城　迷ふが故に三界城
何処有南北　何処にか南北有らむ
本来無東西　本来東西無し

この菅笠は須弥山、それをめぐる昼としての胎蔵界、夜としての金剛界を表し、私の講演もここに至ろうとするものですが、これはしばらく措きます。

まず、この図をご覧下さい（既出故略す）。胎蔵界マンダラは中台八葉院から始まって、遍智院、観音院、金剛手院、持明院、釈迦院、文殊院、除蓋障院、虚空蔵院、蘇(そ)悉地院(しつじいん)、地蔵院、外金剛部院(げこんごうぶいん)と、順すなわち時計回りに須弥山を下って行くのです。胎蔵界マンダラの中台八葉院が生みなすものは、金剛界マンダラの成身会(じょうじんえ)です。成身会も三昧耶(さんまや)会、微細(みさい)会、供養会、四印会、一印会、理趣会、降三世(ごうざんぜ)会、降三世三昧耶

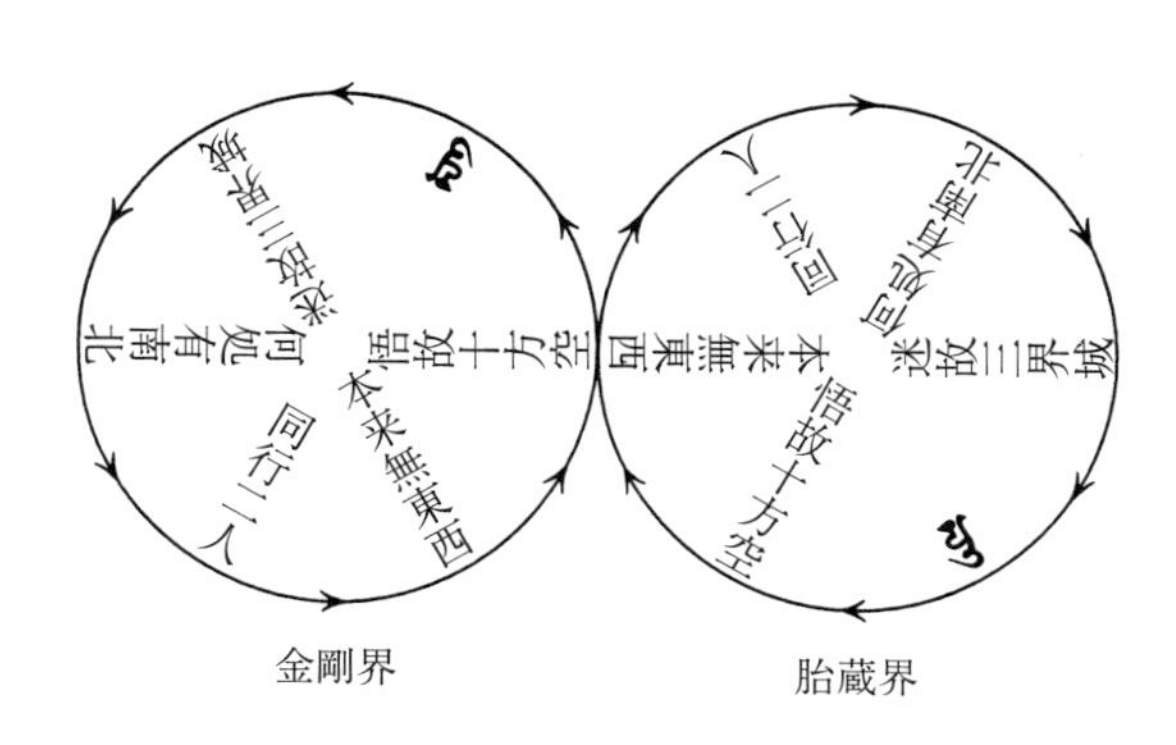

金剛界　　胎蔵界

会と、順すなわち時計回りに拡がって行きます。とすれば、金剛界マンダラを遍歴して成身会に至ろうとすれば、逆すなわち反時計回りに辿らなければなりません。したがって、わたしたちはさきの詩によって時計回りに胎蔵界マンダラの中台八葉院を下り、後の詩によって反時計回りに上って金剛界マンダラの成身会に至ると考えてもいいでしょう。これをさきの菅笠の詩に当てはめれば図のように胎蔵界、金剛界で8の字になります。面白いでしょう。

（ユ）は弥勒菩薩の種子（しゅじ）だそうで、同行二人「お大師さま」に導かれて、釈迦入滅後五十六億七千万年、兜率天（とそつてん）より下生（げしょう）する、弥勒菩薩の龍華樹下三会（りゅうげじゅかさんえ）の説法を聞こうとの願いを込めているのです。

しかも、この8の字は真言密教の背後から

しばしば現れてくるものですが、こんな事は遊戯だと思われる方がいられるかもしれません。しかし、今子供たちに玩具を与えます。子供たちはこれによって遊び、いろいろと空想するでしょう。空想するうちには、玩具は次第に真実のものとなってきます。この子供たちがわたしたち善男善女で、こうして導かれて玩具は次第に真実の仏になっていくのだと思います。

この8の字をなす二つの円で結ばれたもう一つの菅笠は、ひょっとすると「お大師さま」の笠かもしれません。御合、御合と繰り返し申し上げて来ました。御合もここに至れば極まれりと言うべきで、敷(しき)マンダラへの投華(とうけ)による神仏との合一もこれです。真言密教で「般若理趣経」を誦するのも、ここのところを悟らせていただこうがためです。しかし、真理は両刃の剣で、真言密教で唯一弾圧された武蔵国の陰陽師見蓮のごとく金胎両部を以て、男女交合無我歓喜を秘境とし、浄土宗、真宗等にも影響を及ぼした立川(たちかわ)流などといったおそるべきものも出て来たのであります。(以下略)

御庫洞は海洋を望む洞穴である。相接して二つ並んでいるが、みな左のほうを見て、右のほうは顧みるものも少ない。それは講演で述べたとおりだが、あのときは洞穴のそばに掛けられた小屋から白衣の人が出て来た。どこかの大学の先生で、実際に虚空蔵求聞持法を修法(しゅほう)していられるところだという。からだが大きく、まだ老いには至っていないが、おなじような白衣の若者数人に支えられ、木柵で結界された中に、よろよろとはいって行った。

いまはもうその小屋もなければ木柵もない。しかし、こんどはわたしがすくなくとも、虚空蔵求聞持法の真似事をやらねばならぬ。岩盤から水滴でも落ちそうに湿気ている。奥には石の壇があり、祠のようなものがある。壇に掛けると入口には空が見えるが、意外に暗い。ライトが向けられ撮影がはじまった。しかし、わたしが虚空蔵求聞持法なるものを知ろうはずはない。ただ虚空蔵菩薩の真言は聞いていた。「おんばざらあらたんのうおんたらくそわか」というのである。

合掌して唱えていると、待ったが掛かった。団体のお遍路さんが来たと言う。こうして何度かやりなおしをさせられているうちに、声が出なくなり、いまさらのようにあの白衣の人を思いだした。あの白衣の人は、空海を慕って虚空蔵求聞持法一百万遍を唱えたのだろう。一百万遍といえば、一日一万遍としても、百日はかかるのである。

御庫洞の前は道を越えて、灌頂(かんじょう)の浜という公園になっている。何組かの若い男女があちこちを歩いている。その波打ち際にちょっとした岩がある。そこにわたしを立たせて撮ろうということになった。むろん、そこまで車椅子で、岩に上がるのもみなの世話にならねばならなかった。やっと終わって、どうして下りたものかと思っていると、伊丹政太郎さんが軽々と上がって来た。しばらく見晴るかすようにしていたが、やがて感じ入ったように言った。空海とはよくいったものだな。しかし、雲は低く寄せて来るように見える。そのため、こちらが動いて足もとがふらつくような気がするのだ。

第二十四番札所最御崎寺（ほつみさきじ）は御厨洞の山の上にあった。道は削られて下に人家がある。頗る急だが、幸い車で登ることが出来る。山門をはいるとユースホステルをやっておられるのか、そんな立て札があり、赤い涎掛けをした小さな石地蔵のずらりと並んだ、細い道のような境内の向こうに本堂が見える。本堂は決して大きくないが、ここにも多宝塔がある。そう思っていると、本堂のほうから痩せた老人が下駄を鳴らしてやって来られた。住職の島田信保さんで、頗るお元気なようである。撮影はすぐ本堂の前で行われた。

森　いま御厨洞に行って来ました。弘法大師が虚空蔵求聞持法を修せられ、明星が来影したといわれるのはあすこだそうですね。明星来影とはどんな意味があるのでしょうか。

島田　明星は虚空蔵菩薩だからです。

森　そうしますと、明星来影は虚空蔵菩薩からすると「願いは聞き届けたぞ」、弘法大師からすると「お聞き届け下さいましたか」ということですね。

島田　それに、弘法大師は宝亀五年六月二十日、すなわち寅の年の寅の日にお生まれになりました。

ご命日は二十一日だったな、とわたしは東寺で見た「弘法さん」の市の賑わいを遠い日のことのように思いだした。

島田　寅の年の守り本尊は虚空蔵菩薩で、明星は虚空蔵菩薩の化身です。それで、「これだ」というものを摑まれたんです。それにしても、千年以上も前のことです。道をつけるだけでも大したものですよ。わたくし、住職をして早五十年になりますが、住職になった日、あの灯台に登りました。

と、島田信保さんは室戸岬のほうを指さしてみせた。むろん、見えるはずはないのである。

島田　三百四十度水平線で、見渡す限り海です。弘法大師もこれをご覧になったのだという感激は、いまもよう忘れません。ここは風の強いところですが、きょうはとても穏やかですね。

わたしは思わず空を仰いだ。その風を避けるためだろう。たださえ細い道のような境内の海側は木立になっていて、極めて狭い。指さされた灯台が見えなかったのもそのためである。しかし、雲はいよいよ低く、速くなっていた。

みなで車に乗ったが、こんどは遠いのである。伊丹政太郎さんがポットを開けて、また親切に紅茶を入れて下さった。海の眺めにようやく倦(う)んで眠りかけたとき、見なれない鬱然たる樹林の彼方から、堂塔が現れて来た。樹林は亜熱帯のもので、塔はむろん多宝塔である。と思うと、道は樹林にはいり堂塔は失せたが、やがてまた現れて来た。

それにしても、第三十八番札所金剛福寺は広大な境内を持つ寺で、ここには補陀洛(ふだらく)信仰があり、「補陀洛東門」なる嵯峨天皇の勅額があるという。みなはそれを撮ろうと本堂に駆けて行った。補陀洛山(ふだらくせん)は南インドにあると信じられている観音菩薩の霊場である。ここを訪れるものはお遍路ばかりではないらしい。伊丹政太郎さんにつき添われて、及ばずながらみなに続こうとしていると、親しげに寄って来られた方がある。住職の長崎勝憲(しょうけん)さんで、室戸市でのわたしの話を聴いて下さり、書いたものまで読んで下さっているという。どこにどんな方がいられるか分からない。迂闊なことは出来ぬものだと思いながらも、わたしは百年の知己にお会いしたような気がして来た。長崎勝憲さんもおなじお気持ちでいられるようである。ご本尊を拝ませていただきたいとお願いすると、なんなく承知されて本堂にともなわれ、開帳して下さった。観音菩薩を中心に、金色燦然と仏像が並んでいる。わたしたちが訪れたところ、ご本尊はみな秘仏になっていて、こんなことはかつてなかった。あるところではその撮影をお願いして、いきなり電話を切られ、あの伊丹政太郎さんを恐縮させた。ところが、お訪ねしてみると、案に相違したお人柄で、みなそれぞれにお札までいただいた。長崎勝憲さんにも記念の絵葉書など頂戴したばかりか、別れを惜しむように帰りには山門までお送りいただいた。お会いしてみればみなこういうお人柄なのだ、札所の寺々のご住職たちは。

わたしは車椅子に乗った。やがて椿の中の小路になった。椿は低く密集して灌木のように見えたが、もう花をつけていた。春はこうしてはじまって行くのだ。やっと足摺岬の展望台に辿り着いたが、風はいよいよ強くなって下は目もくらむような断崖である。白い波頭立て濃紺の海が水平線まで拡がっている。雲はいよいよ低く、赤く夕焼けて来た。凄いのである。たしかにわたしたちを追い抜いて行った若い二人連れもいなくなり、カメラを構えるのも危ない。わたしは「とはずがたり」に補陀洛渡海の聞き書きがあったのを思いだした。あれにはたしか補陀洛に渡海しようとした僧が、遠ざかる小舟の上で、見る見る観音菩薩になって行ったように書いてあったと思う。この「とはずがたり」の作者こそはかの立川流に心酔した宮廷の女性である。ふと、諸尊すべてが観音菩薩のような、神護寺の華麗な妙秀尼のマンダラが浮かんで来た。おそらく、妙秀尼がそのために三万三千枚の観音菩薩を描き、ついには観音菩薩しか見えぬ彼方に行ってしまわれたという感動が、甦って来たからであろう。神護寺はもはや思い出の中の遠い世界になってしまったが、あのマンダラが不思議にアリアリと浮かんできたのである。

第七十五番札所善通寺までは、これまた遠かった。しかし、讃岐は備前と相対して、古墳時代からの遺跡が密集し、はやくから中央文化の洗礼を受けていたところだという。賑やかな商店街のま向こうに、「五岳山」ときらびやかな横額を掲げた山門があった。わたしは商店街を僅かに歩き、山門にはいるところを撮らされたが、ふたたび車で土壁沿いに左手の別の門に回った。その門前もやはり賑々しい商店街になっている。しかし、そこが勝手口とでもいうべきところで、その門からしか車が乗り入れられないという。

さすがに、善通寺は堂塔の結構も、まるで東寺を見るような大きな寺である。広い境内のあちこちに、子供たちが嬉々として遊んでいるのが見える。弘法大師のお父さまは佐伯善通といわれる。善通寺はその名から来たもので、弘法大師もむろんここでお生まれになった。「性霊集」にも記されているという巨大な楠の神木を仰いでいると、管長の蓮生善隆さんがおみえになった。お痩せになったご老人だが、盛装をしていられる。僧衣も盛装となると美しい。善通寺は真言密教でも、善通寺派なる一派をなし、ために蓮生善隆さんは管長を称していられるのである。

蓮生　足摺岬のほうからいらっしゃったそうですね。

森　ええ、ご住職の長崎勝憲さんに、大変よくしていただきました。

蓮生　それはよろしゅうございました。晴れていると、あんな素晴らしいところはないんですがね。そのほうはどうでした？

森　雲が速くて立っていられぬほどでしたが、眺めが凄まじく、かえって忘れられぬ光景を見た思いです。わたしなどお札所のお寺のところどころを、ただ車で垣間見て来ただけですが、いたるところで団体のお遍路さんに会いました。真言密教などと難しいことは言わず、民衆のものとしての「お大師さま」信仰をもっと考えなければいけない。神護寺のご住職谷内乾岳（たにうちけんがく）さんからもそう言われました。

蓮生　それは弘法大師さまのお優しいお人柄です。そのお人柄はいつまでも生きていて、どこへでも行きますからね。

森　ほんとにそうですね。わたしは月山という山にいましたが、梵字川という川があります。「お大師さま」が梵字がキラキラと流れて来るのをご覧になって溯られ、湯殿山（ゆどのさん）の胎蔵界大日如来と称される、熱湯の湧出する大岩石を発見された。梵字川の名もそこから来ているので、その川に沿ってずっと弘法伝説があります。わたしもきれいな湧き水があったので、「弘法の水」という札を立てておきましたが、いまではほ

んとに「弘法の水」になっているんです。(笑)

蓮生　それはご奇特なことで。(笑)

森　なにかそんな話がこちらさまにもございますか。

蓮生　まあ、お母さまとの話ですな。お母さまが仏さまを石ごとに描かれ、弘法大師さまがまたそれに一字ずつ書かれた、一字一仏の法華経というのが国宝になって残っています。それから、そこに池があるでしょう。傍にまだ株が残っていますけど、その木が傘のように池を覆っていた。弘法大師が唐にお渡りになるとき、お母さまがあまり名残を惜しまれるので、それに上がってお姿を映して、描かれたという絵が残っています。慈尊院に行かれましたか。

森　参りました。

蓮生　あそこを九度山というのをみても、弘法大師さまのお母さまへのお心がお分りでしょう。

しかし、高野山には弘法大師さまのお母さまの面目を躍如として語る袈裟掛け石、捻り石、押し上げ石がある。母の思い出と共にほほえましく思いだされた。

森　高松工芸高等学校の教諭をしていられる、笠井則男さんという方が言いだされたそうですが、長安と善通寺と高野山の御霊廟はいずれも北緯三十四度十三分にあるそうです。つまり、長安の真東に善通寺、善通寺の真東に高野山の御霊廟があるということになりますね。

蓮生　そうなりますな。

空海は学ばんとして胎蔵界より金剛界に行ったのか。学んで金剛界より胎蔵界に立ち戻ったのか。それならば、わたしもこのお遍路で、おのずからそうして来たのである。

阿字の子が阿字の古里立ち出でてまた立ち還る阿字の古里

胎蔵界は東方にあり、金剛界は西方にある。恍惚として足摺岬より眺めた、異様な光景が甦って来た。あれこそわたしがまさにあるところの胎蔵界に示現した、金剛界ではなかったか。すでにそこにあった寺は「補陀洛東門」なる嵯峨天皇の勅額を掲げ、金剛福寺を称していた。ただ菲才浅学にして、観音菩薩は胎蔵界中台八葉院の西北にいますも、観音院のごときものの金剛界にあるを知らない。しかし、観音菩薩こそ、薬師如来、阿弥陀如来、地蔵菩薩、不動明王、帝釈天、梵天、弁才天、大黒天、馬頭観音、等々と共にそれぞれ別尊マンダラをなしているばかりか、その信仰はもっとも盛大なもののひとつである。

もはや金胎両部マンダラとは独立したものかも知れない。すでに西国三十三カ所がそうであり、ここ善通寺にも観音巡拝所なる立て札があった。

森　それでふと頭に浮かんだことがあるんですが、こちらさまは山号を五岳山とおっしゃる。あそこに見えるあの山々に由来しているんですか。

蓮生　あれを当方では五智如来としているんです。

森　してみると、大日、阿閦（あしゅく）、宝生、阿弥陀、不空成就（ふくうじょうじゅ）。金剛界マンダラの五仏ですね。やっぱり、そうか。いや、有り難うございました。

わたしの心は弾んだ。善通寺を辞すると、みなは街を離れてまだ株の刈りとられたまま残っている田地に出、適当な場所を探して、五岳山の撮影にかかった。伊丹政太郎さんもロケハンのときからこれに眼をつけていた。敏感な人である。はやくもなにかあると睨んでいたのだ。よく見ると、五岳山の中に三角形の山がある。筆山（ふでのやま）というのだそうだが、三角智印を思わせる。三角智印は胎蔵界大日如来の象徴である。

高野山の根本大塔では金剛界マンダラ成身会にいます阿閦、宝生、阿弥陀、不空成就に囲まれ、本来いますべき金剛界大日如来に代わって、胎蔵界大日如来がましました。そのようにして、胎蔵界の中台八葉院と、金剛界の成身会と対応するのではないかということもすでに述べた。あるいは、添田隆昭(そえだりゅうしょう)さんが言われたように、東塔の炎上のためそうならざるを得なかったとしても、真言密教にそれなりの論理が秘められていないはずがない。おなじ一次元空間におけるマンダラである町石道によって、胎蔵界が根本大塔に至っているように、お遍路のそれが第七十五番札所五岳山善通寺に至っていると考えてもいいであろう。

さすれば五智如来といわれる五岳山を眺め過ぎれば、第八十八番札所大窪寺(おおくぼじ)まで寺数は十三となる。突然、啓示のごとく二十二なる数が浮かんで来た。わたしが室戸市の講演で、みずから問うて答え得なかったあの数である。牽強付会だと思いはするものの、しばらくは実感をもってわたしを酔わせた。二十二になるためには、九が残る。この九は九つの世界を表すと同時に、九番目の世界を表す。すなわち、この九つで九会の金剛界をなすと同時に、その究極としての成身会を以て、金剛界のすべてを象徴することができる。高野山町石道の金剛界は、こうして成身会をなしていたのではあるまいか。わたしもそれに従う。いま五岳山五智如来と根本大塔を対応させ、入定(にゅうじょう)と結願(けちがん)を対応させ、扇形をつくって、中心から径を引き右から左へと回転させる。五岳山五智如来から第八十八番札所大窪寺に至ることは、金剛界として根本大塔から御霊廟に至ることと対応する。

わたしは早くも疲れて来た。疲労は恍惚に似ている。恍惚にも似た疲労の中で、芳村超

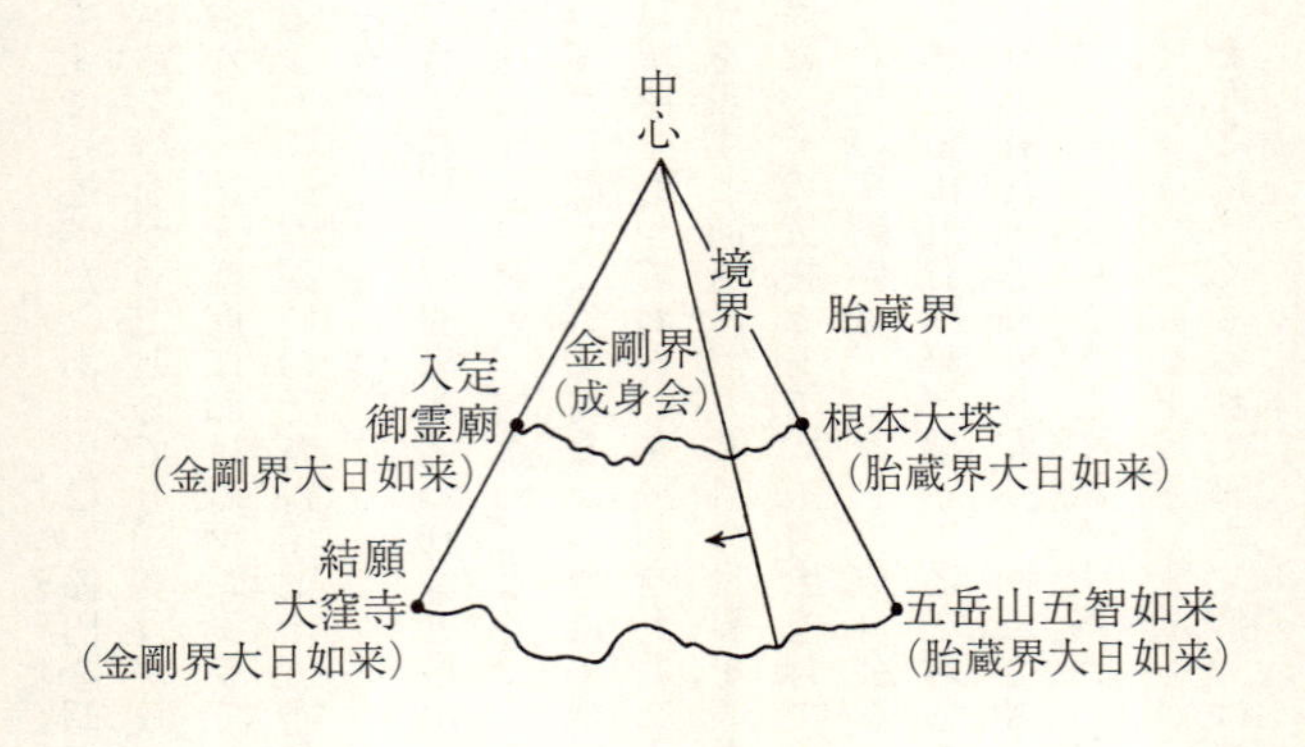

全さんから、数珠で8の字をつくれといわれたのを思いだした。鳴門のホテルの食堂で、わたしは伊丹政太郎さんに語った。厳密に言えばメービウスの帯は二次元空間である。しかし、メービウスの帯が持つところの性質を、一次元空間に移行して、しか言うことは出来ないであろうか、と。いまこそ、それを試みる時が来たのである。

わたしは一年に一折りしても、五十六億七千万年たてばメービウスの帯も玲瓏たる8の字になると言った。しかし、無限に近い年月を待つまでもない。

数珠は百八煩悩を消滅退散させる。百八は偶数である。その半分は菩薩の五十四位、五十四も偶数である。しかし、その半分は二十七聖賢、二十七は奇数である。このように奇数と偶数は交じり合う。

ひるがえっていま次頁のごとく短冊をつくる（1図）。境界は短冊の中央にあらしめ、ベクトル↑印を以て、境界はその指さす方向の領域に属するものとする。この短冊をして表裏のある捻りのない円筒状をなさしめて次のごとく折れば（2図）、↑印はただちにひと捻りした数珠に移行し得ることを知るであろう。

この数珠のおのおのに掌を入れて合掌すれば、↑印は相殺されて、1は空より本然の1に、わたしは空より本然のわたしに再生されることは、すでにしばしば述べたとおりである（3図）。

合掌は慴伏である。本然のわたしに再生してなにに向かって慴伏せんとするのか。わたしたちを降伏せんとするものに対してである。わたしたちを降伏せしめんとするものは大日如来である。大日如来は三角智印△で表される。三角形は奇数$2a\pm1$であるから、これこそメービウスの帯でなければならない。既述の短冊を使えば、4図右図であると同時に左図となる。

これが合一すれば↑印は相殺され、大日如来もまた空より本然の姿を現す（5図）。

わたしたちが本然の姿を以て慴伏すれば、大日如来も本然の姿を以て降伏せんとする。したがってメービウスの帯を加えれば、あらゆる折りの図形が可能であり、あらゆる折りの図形を可能ならしめるためには、メービウスの帯を加えなければならぬことが分かるであろう。但し、メービウスの帯のみを以てしてもその中央線で両分すれば奇数の折りを偶

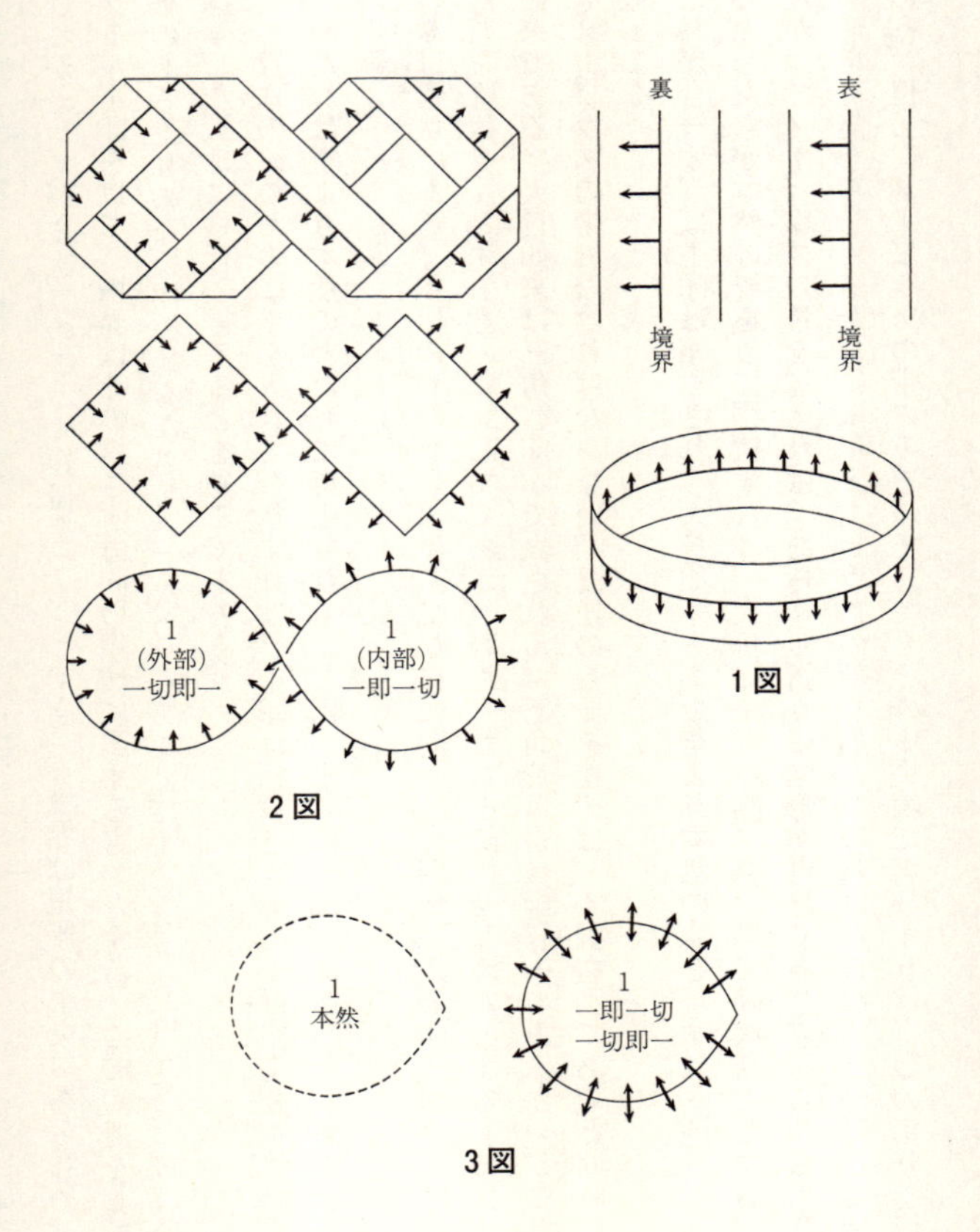

1図
2図
3図

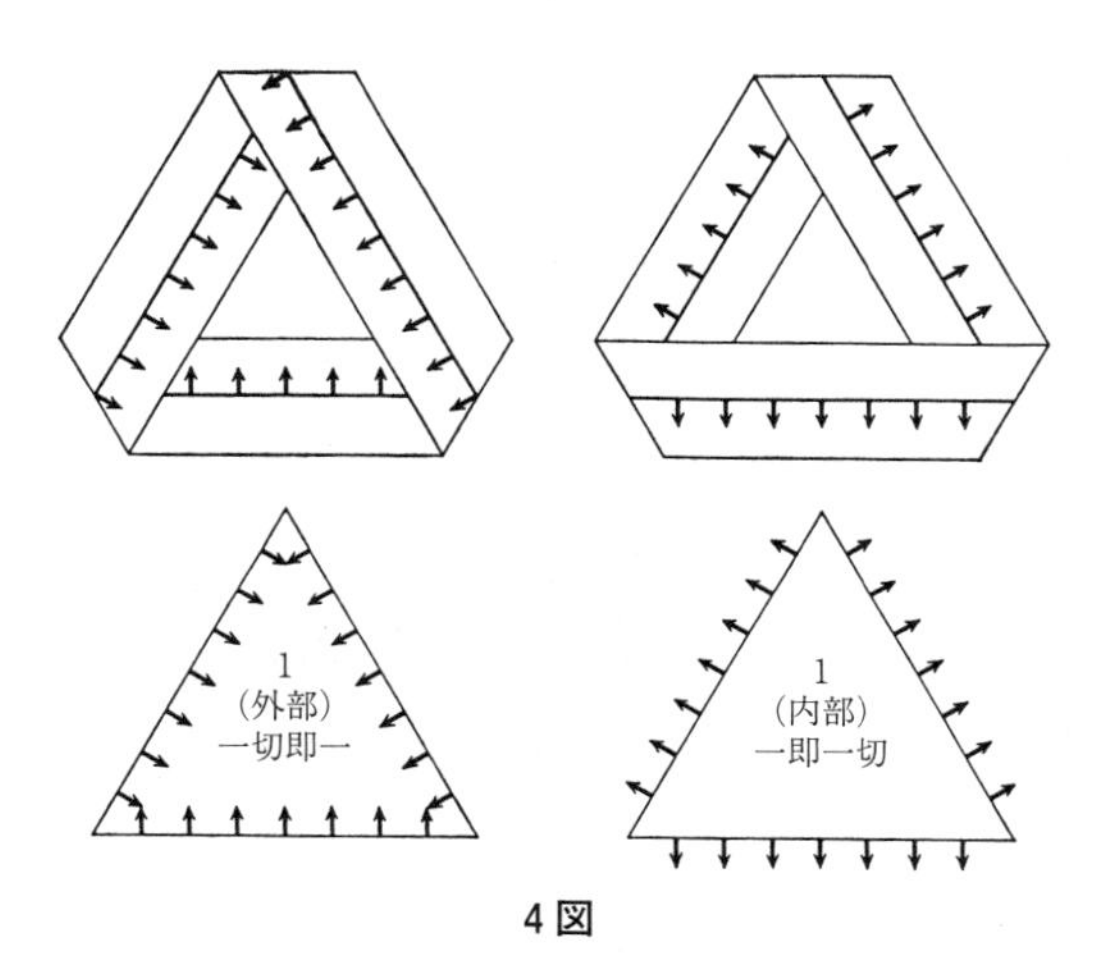

4 図

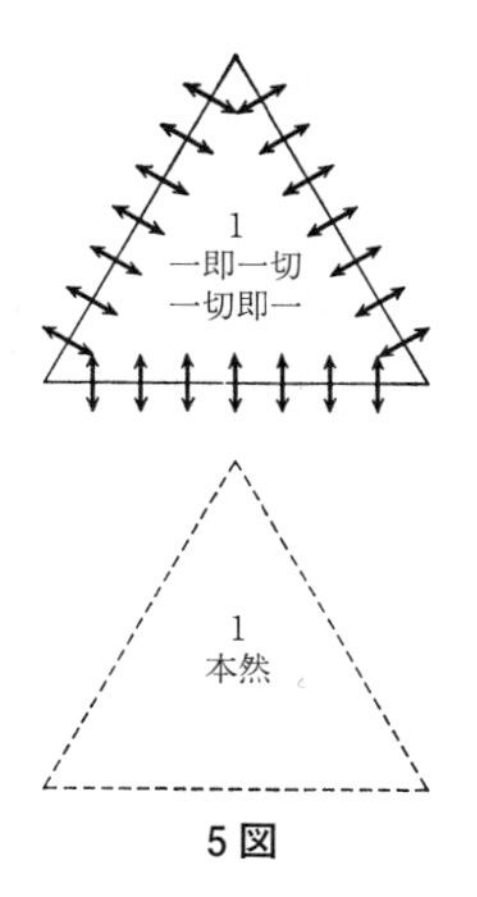

5 図

数の折りに変換出来る。そればかりでなく、中央線を避けて両分すれば奇数の折りをなすメービウスの帯と偶数の折りをなす帯が鎖となる。かくて奇数偶数は手をつないで無限に至る。これをなさなかったのは理解を容易ならしめんがためである。いかにメービウスの帯が重要であるか知られるであろう。

大日如来は三角形として四角形の須弥山を生みなしたのである。かくて三角形は万有の根元をなす図形であるばかりか、これを以て、あらゆる奇偶を象徴することが出来る。すなわち降伏と慴伏の中には奇偶を問わず、あらゆる図形があると見做すことが出来るのではなかろうか。それがマンダラをなす無限の仏たちである。しかもメービウスの帯も年に一折り、五十六億七千万年後には玲瓏たる8の字をなすであろうと言った。この奇偶融合こそ龍華樹下三会の説法、すなわち胎蔵界は内部をなす無限の集積、金剛界は外部をなすその快答である。繰り返す、空海は密教を深い神秘の雲霧に隠している。もし隠していなければ、あるいは験を失うことを恐れたのかもしれないのだ。

ここにおいて、あらためて問われねばならぬ。しからば、外部として単位をなす1とはなんであるか。わたしである。わたしであるばかりか、わたしによって宇宙に中心あらしめるわたしである。しからば、内部として一切をなす1とはなんであるか。宇宙である。宇宙であるばかりか、わたしによって中心あらしめられる宇宙である。いま、1として中心をなすところのわたしが、一即一切の一であるとき、わたしは宇宙に信号する。また、1として中心あらしめられた宇宙が、一切即一の一であるとき、宇宙はわたしに信号する。かくて、わたしは宇宙と、宇宙はわたしと交感する。明星来影とはまさにこれである。

ともあれ、弘法大師空海もわたしが胎蔵界とすれば金剛界、金剛界とすれば胎蔵界をなす同じ菅笠をかぶっている。わたしはこの一本の金剛杖をつく。金剛杖は弘法大師空海である。その鈴の音は弘法大師空海の声だという。かくて同行二人、その声はつねに語って金剛杖のつくところ、すべて地球の中心、天動説を信じる者にはまさに天球の中心であることを告げる。

四国八十八カ所お遍路の旅も、ようやく終わりに近づこうとしている。わたしたちは鳴門海峡の景観を満喫して、第一番札所霊山寺に詣でて、親切をいただいた。お遍路は四国を一周している。すくなくともまた、渦潮を見るあのような海の景観が開けて来るであろう。そう思い心をはずませていたが、車は嶮しいとは言えぬものの山路にはいるばかりで、第八十八番札所大窪寺は意外にも山中にあった。

わたしたちはまず門前の茶屋にはいった。次のお遍路さんの観光バスが来るまでにまだ一時間ある。いままでカメラはお遍路さんの団体は極力避けていたのに、こんどは盛大に撮ろうというのである。茶屋の入口にはいろんな人の名を染め抜いた暖簾が懸かっていた。

中には懐かしい人の名もある。ようやくにして観光バスが着き、お遍路さんの団体が前の石段を駆けるように、どんどん登って行く。わたしもそれに加わらねばならない。

見たところ、本堂は寺というよりお堂といった感じである。よく登れましたね。お遍路さんの混み合う中で、伊丹政太郎さんにそう言われ、わたしはどうして登れたかも知らずにいた自分に気がついた。四国八十八カ所の巡礼はここで結願である。結願に安堵してここまで来ながら、斃れた人々もすくなくないという。それらの人々の墓もつくられていると聞いた。

その狭いお堂のような本堂の格子の中に、蠟燭に照らされたお遍路さんたちが、すし詰めになっている。誦和する読経の声が聞こえる。「摩訶般若波羅蜜多心経」のようである。わたしは札所の寺のいたるところで、これを唱えるお遍路さんたちを見、そのご詠歌ならざるを不思議に思った。

この混雑に諦めたのか、本堂前で合掌しただけで、すでに本堂わきに山積みされている笈摺、菅笠、金剛杖の上に、自分のそれを置いて行くお遍路さんたちもいる。カメラにはいってくれと言われて、そうしたお遍路さんたちが、どっと寄って来る。案内人の叫ぶ声がする。そんなことしとったら遅れまっせ。急がな、急がな。

ごったがえしに揉まれながら仰ぎ見ると、岩山が覆いかぶさるように聳えている。お遍路さんたちの一人に訊くと、もうなんべんも来ているのだろう。胎蔵ヶ峰と言う。胎蔵ヶ峰？　金剛ヶ峰なら、まことに都合がいいんだがな。いや、なんのためにわたしはあんなことを考えたのか。見たところ、だれも仏のなんたるかを問おうとするものはない。おそらく、ここ結願の大窪寺にいかなる仏のいますかも知るまいが、ただそのいますことを信じている。それでみなお遍路さんたちは救われて行く。

右ほとけ左われぞと合はす手の中ぞゆかしき南無の一声

ひとりそう思って笑いながら、更にお遍路さんに訊いた。これでもうおしまいですか。いいえ、これからまだ高野山の御霊廟に行くんです。しかし、わたしたちはこれで結願です。引きとって優しくそう言ってくれたのは、伊丹政太郎さんである。このながい旅路、わたしがどんなにご迷惑を掛けたかということなど色にも出さず、伊丹政太郎さんは言った。みなはまだ仕事があるので残りますが、わたしはお供します。湯は茶店でポットに入れてもらっておきました。また車で楽しく紅茶でも飲みましょう。

十二夜　月山注連寺にて

生まれ生まれ生まれ生まれて生の始めに暗く
死に死に死に死んで死の終わりに冥し

講演　第一夜　わが人生

わたしはこの十年、実に様々なところで講演をさせて戴きました。その演題はおおむねここにありますように、『わが人生』であります。初めは適当な演題が思い浮かばないま、『わが人生』という演題にさせて戴いたのですが、やがては演題を『わが人生』とさせて戴いときさえすれば、わが人生を語る限りなにを話してもいいということに気がつきました。(笑) そればかりか、講演を依頼して下さる方が、どなたもみな『わが人生』をやってくれと言われるようになってしまいましたから、『わが人生』以外をやろうにもやれなくなりました。(笑) 今夜もまたなにか他の講演をしましょうかと申しましたところ、いや、『わが人生』をやってくれとのことでしたが、それではなんだか面映ゆい。十二夜にわたって話させて戴くつもりですから、シェイクスピアの顰(ひそみ)にならって、演題だけでも『十二夜』とさせて戴きたいと思うのですが、いかがでしょうか。(拍手)

わたしなどは取り立てて皆さんに聴いて戴くような、人生を過ごして来たわけではありません。いまもそうだと思いますが、二十歳(はたち)を過ぎなければ酒を飲むことも、煙草を吸うことも国が許していなかったのです。そんなことをすると、すぐ警官から「ちょっと来い」と言われて、お咎めを受けるのです。ところが、旧制の高等学校にはいり、その制服制帽をつけていれば、酒を飲もうと煙草を吸おうと、警官は途端に大目に見て、「ちょっと来い」などとは言わないのです。（笑）わたくしどものころは飛び級というものがありまして、小学校は六年生から中学校にはいるべきところを、入学試験さえ受かれば五年生からはいれるのです。中学校は五年生から高等学校にはいるべきところを、入学試験さえ受かれば四年生からはいれるのです。それに早生まれ、遅生まれというのがありましたから、早生まれで飛び級でもしたものなら、実に十六歳で高等学校の生徒になることが出来るのです。すなわち、十六歳であっても高等学校の生徒であるのですから、酒を飲もうと煙草を吸おうと、警官から「ちょっと来い」と言われることはないのであります。（笑）

むろん、わたしは十六歳で酒も煙草も御免というほどの秀才ではありませんでしたが、それでも二十歳前から公然と国禁を破り、酒も煙草も大いにやり、いまでは煙草のごときはわたしのトレード・マークになった観があります。（笑）NHKで出演させて戴いていたとき、ふと気がつくとディレクターが、スタジオの向こうからわたしを指さして、右手の人さし指と中指を合わせて、盛んに口のあたりに持って行くのです。妙なことをするなと思って見ていましたが、ハッと気がつきました。煙草を吸ってくれと言っているのです。（笑）わたしが煙草を吸っていなければ、様（さま）にならぬと言っているのです。（笑）そう言われれば、わたしの前にはちゃんと灰皿が置いてあります。いや、NHKばかりでありません。どこの民放に行っても、わたしの前には灰皿が置いてあります。灰皿が置いてあるからには煙草を吸えということで、吸わなければ、NHKでそうされたようにディレクターに注意されるかも知れぬ。そう思って、注意されぬ前に吸うことにしています。（笑）あ、この演壇にも灰皿が置いてありますね。講演を依頼された方から注意される前に、皆さまのお許しを戴いて煙草を吸いながら講演させて戴きましょう。（笑）

近頃はとみに煙害が叫ばれるようになりました。わたしもまた心ではそう思っているので、こうして煙草を吸いながらお話するからといって、敢えてこの風潮に反抗しようというのではありません。ただどうも、煙草をお吸いにならぬ方がお吸いにならぬのはいいとして、煙草を吸う者に怨恨を感じていられるように見える。（笑）もしわたしがこうして煙草を吸いながら話すことに怨恨を感じられるような方がおありでしたら、手をお上げになって下さい。わたしはまだたった一本ですが、その一本を深く吸わせて戴きましたから、この講演が終わるころまでは、吸わなくてもなんとか持てるはずです。（笑）わたしはこれでも皆さまに、歓迎されるつもりで来たのです。それが怨恨を持たれるとあっては、わたしも面白くないのです。（笑）わたしがこうして呼ばれて来、かくも多くの方々が来て下さったからには、この一夜を記念すべき楽しい一夜にしたいのです。

こういうわたしとて、酒や煙草は決して良くはないと、思うことは思っていたのです。

わたしにひとり弟がおりました。これが小さいときから、なんでも大人の真似をしたがって、小学校にもはいらぬころから、ぼくも鼻から煙が出せる、口から煙を吹いて輪もつくれる、などと言って、盛んに煙草を吸っていたのです。（笑）酒のほうもむろんです。（笑）隣りに日置といい、布袋さまのようなおじさんがいて、ひどく弟を可愛がり、毎夜のようにおばさんに呼びに来させる。日置のおじさん、おばさんは子がなかったからかも知れないが、弟を入れて晩酌をやり、夕食をするのです。（笑）それで、弟は夜も更けてから、「今夜もご馳走でした」と言いながら、千鳥足で帰って来るのです。（笑）

ところが、ある夜いくら待っても帰って来ない。心配した母が日置さんを訪ねて行くと、弟はもうとっくに帰ったと言うのです。母は気が気でなくなって、やきもきしていましたが、やがて押入れの中から鼾（いびき）が聞こえて来ました。襖を開けて見ると、いつ帰ってもぐり込んだのか、弟は重ね合わせた布団の上に大の字になって眠り、大人のような鼾をかいていたのです。（笑）母も怒るというより、やきもきしていた自分が可笑しくなったのでしょう。いきなり笑いだし、みなもそれにつれて笑ったので、弟はキョトンとして起きて来ました。（笑）弟は機転のきく子供でした。当意即妙、なんと言ってもうまく答える。子供がまるで大人のような口をきくので、小憎らしいと言えば小憎らしくもあるが、可愛いと言えば可愛くもあるのです。それで、日置のおじさんも弟を毎夜のように迎えに来、晩酌をやったり、夕食をしたりしたのでしょうが、よくまあ両親がいて、そんなことをさせとくもんだと思われる方がいられるかも知れません。(笑) あるいは、そんな弟よりも両親も両親だと言われる方が、いられるかも知れません。(笑)

わたくしの父は小学校が出来てから間もないころのひとで、どういうわけかみなが先生をやっつけろということになり、父は先生をやっつける決死隊に選ばれたそうです。父は竹槍をつくり、便所の下の蓋を開け、竹槍を構えて時の来るのを待っていました。やがて先生がはいって来、跨がったそのとき、間髪を入れず竹槍で突き上げたのです。幸い大事には至りませんでしたが、即座に退学させられたのです。(笑) 父は小学二年生でしたから、小学校も二年生までしか行かずにしまいました。ところが、たまたま玉木西涯という先生に会い、玉木先生から小学二年生でそんなことをしでかすようなら、将来大いに見込みがある (笑) と言って可愛がられ、それから人が変わったように勉学に励み、漢学と書道を以て生涯を終えるようになったのです。父はつねに自分の今日あるは玉木先生のお蔭と思っていたらしく、写真を大きく引伸し、額に収めて座敷に掛けていました。なんでも玉木先生が京都で人力車に乗っておられたとき、あまり立派な風貌をしていられるので、写真館の主人が後ろから追って来て、一枚撮らせてくれと頼むので、撮らせてやったその一枚を引伸したものだそうです。悠然とマントを着、マントの上に豊かな白鬚を流したお姿は、まことに立派で神々しくすらあって、いまもわたしの目に焼きついています。また父は亀井昭陽先生の書を床の間に掛け、よく亀井南溟先生や亀井昭陽先生の話をしていました。いずれも名だたる漢学者です。とすれば、玉木先生は亀井学派の人であったか、父みずからも玉木先生のみちびきで、亀井家で学んだのかも知れません。

それぐらいですから、厳格も厳格、厳格そのものと言っていいような父親でした。もしわたしが弟のするようなことをしたら、どんなにひどく怒られたかも知れません。ところが、弟はわたしならどんなに怒られるかしれないようなことをしても怒られないばかりか、ようおれに似とると言って面白がっているのです。（笑）そう、こんなことがありました。わたしは玩具屋に行って子供タイプライターを見つけました。わたしは毎日のように玩具屋に行って子供タイプライターをいじっているうちに、なんとしても子供タイプライターを買ってもらいたくなりました。恐る恐る子供タイプライターを買ってもらいたいと言うと、果たして父は怒って「子供タイプライターを買ってなにする、子供タイプライターなどを買ってタイプライターを習うより、タイプライターなどは他人(ひと)に打たせるような人物になることを心掛けんといかん」と、こうなのです。（笑）

ところが、弟も玩具屋で子供タイプライターを見つけ、子供タイプライターを買ってくれと言うと、さっそく母がついて行って、子供タイプライターを買ってやったのです。父に言わせれば、これが兄と弟の違い、当然なことで、依怙ひいきなどと思っていないのですから、兄たるものはたまったものでありません。（笑）いや、父はよく勇将ノモトニ弱卒ナシなんて言っていましたから、兄のわたしがよく勉強し良い子になれば、下ハ上ニ倣(ナラ)

ウテ弟もよく勉強し良い子になると考えていたのかも知れません。しかし、それは後から思ったことで、そのときはそんなふうには考えませんでした。弟に子供タイプライターを買ってやりながら、わたしに買ってくれないのは、弟がほんとの子供で、わたしがほんとの子供でないからではないだろうか。（笑）そんなことを思って鏡まで見たことがあります。（笑）見てみると、わたしの顔は弟の顔とはどこやら違うのであります。（笑）ソクラテスはお前にとてもよく似た男がいると言われてわざわざ見に行き、なるほどおれはこんな顔かと感心したと言いますが、それはソクラテスだから出来ることです。（笑）

とにかく、わたしはそうした不満も手伝って、こんなことでは弟も碌なことにならぬと思っていました。しかし、そう悪い成績でもなく、なんとか京城中学にはいりました。京城中学とは現在の韓国のソウル高校であります。あの弟がよく京城中学にはいれたなと思っていましたが、すでに上京して第一高等学校にいたわたしに京城中学からえらいことを言って来たのです。君の弟は退学してもらう。ただし、どこか東京の中学校にでも転校するというのなら、一年は無事修了したことにしてやる、とこうなのです。驚いて東京に呼び寄せ、弟に聞いてみると、放課後にはみなをチャンパン屋に連れて行き、二十五円も借金したと言うのです。チャンパンとはメリケン粉を練って、黒砂糖かなんかを入れ、練り棒でのしてコークスの竈（かまど）に入れて焼き上げたパンのことで、中国ウドンも出してくれるのです。たいていは汚れた小さな店ですが、チャンパンにしても中国ウドンにしても、注文してから悠然とメリケン粉から練りはじめ、中国ウドンともなれば更にそれを打つのですから、無限大に待たされなければなりません。（笑）そのかわり、それが出されるのを待つだけでも腹がすいていますからなかなか旨いのです。（笑）

京城中学は厳しい学校です。「三好野」で団子を食っているところを見つかって停学を食らった生徒もいたほどです。実はチャンパン屋にはわたしもなんども行きましたが、ただ見つからなかっただけです。（笑）しかし、わたしは弟になぜ見つからないようにしなかったかとは言いませんでした。（笑）まるで、わたしは行ったこともないような顔をして、なぜそんなところに行くようになったのかと訊きました。弟はハッキリしたことは言いませんでしたが、ふたこと目には先生がたから、兄を見習え兄を見習えと言われてむくれたらしいのです。すなわち、下ハ上ニ倣ウどころでなかったわけで、わたしは弟に、そうだろう、おれを見習え、おれを見習っとけば間違いないんだと言ってやりました。（笑）

弟は小学校にはいる前から、煙草も吸えば酒も飲んでいたのです。ところが、だれもなんとも言わないのに、弟は煙草も吸わなければ酒も飲まなくなっていたので、それが京城中学にはいってから、また煙草を吸ったり酒を飲んだりしはじめたとは思いませんでしたが、転校するなら退学をさせずに進級させてやる、と言われて来たような生徒を引き受けてくれるような学校に、碌な学校があるはずがありません。そこには不良少年たちも沢山いるだろう。そんな不良少年たちは煙草も吸えば、酒も飲むだろう。下地（シタジ）ハ好（ス）キナリ御意（ギョイ）

ハヨシ。たちまち一緒になって、煙草も吸えば酒も飲み、不良少年になるだろう。

こいつはひとつそうならぬ前に教訓を与えて置かねばと思って、弟に言ってやりました。おれはこうして煙草を吸っとる。したがって、煙草のよくないことはだれよりもよく知っとる。よく知っとるから言うんだが、お前は決して煙草を吸ってはならぬ。（笑）おれは大いに酒を飲む。したがって、酒のよくないことはだれよりもよく知っとる。よく知っとるから言うんだが、お前は決して酒を飲んではならぬ。（笑）ついでに言っとくが、お前はこれから一年、死んだつもりになって勉強しろ。なにも、それからもそうしろと言うのではない。一年でいいのだ。一年ぐらいなら我慢出来んことはないだろう。弟は京城中学を追い出されたことがこたえたのでしょう。弟はおそらく不良少年に誘われもしたのでしょうが、煙草も吸いませんでした。酒も飲みませんでした。そればかりか、一生煙草も吸わなければ、酒も飲まなかったのです。

その上、わたしの教訓を守ってほんとうに一年死んだつもりになって勉強し、驚くほど素晴らしい成績を上げたのです。その成績を見て自信もつけば、勉強も面白くなって来たのでしょう。煙草は吸うな、酒は飲むな、一年でいいから死んだつもりになって勉強しろと言ったわたしが、大いに煙草を吸い、大いに酒を飲んで、一年もたたぬまに第一高等学校をおん出てしまったのです。（笑）しかし、弟は一生勉強をつづけ、高等学校はむろん大学も優秀な成績で卒業して、わたしが人生を半ば放浪のうちに過ごしているうちに、立派な社会人となり、生涯を通したのです。熊谷守一さんと言えば、皆さんみなご存知でしょう。しかし、ひょっとしてご存知でない方もいられるかも知れないと思い、その片鱗を紹介させて戴きます。文化勲章をやろうというのに、おれは文化に貢献したことなんかないと言われてお断りになった洋画家で、書もまた素晴らしいのです。わたしには画のことを言う資格がありませんが、いろいろと拝見しているうちに、

子曰、詩三百、一言以蔽レ之、曰思無レ邪。

子ノ曰ワク、詩三百、一言以テ之ヲ蔽エバ、曰ク思イ邪ナシ。

という句が思い浮かんで来るのです。これは『論語』「為政第二」にある孔子の言葉です。いまさら御説明申し上げるまでもないと思いますが、『詩経』という本には中国の古代民謡が三百篇収められている。実際は『詩経』には三百六篇収められているそうでありますが、それを孔子は三百と言い切ったのです。この三百の詩をただひとことでいえば、思イ邪ナシとでも言うのかなというほどの意味です。思イ邪ナシとはすなわち無邪気ということで、無邪気といえば軽々しく思われる方があるかも知れませんが、それはわたしした

ちが平素そんな意味で使っているからで、ほんとうはむしろ人間が修練を積んで、ようやくにして到達すべき境地のことであります。

熊谷守一さんはあれだけの境地に達せられた方ですから、むろんはじめから抜群の画才を持っていられたのです。それを思うにつけても、このような境地に到達されるまでの修練のほども知られようというものです。わたしはその熊谷守一さんとテレビ対談をすることになり、二度ほどお目に掛かることが出来ました。しかし、お目に掛かろうとして、まずお宅を見つけるのに困ったのです。やっと見つかってみると、むかしながらの平屋で、庭も広くはないのに、やたらに木が茂って埋もれそうになっています。その木もそこらの夜店で買って植えて置いたのが、いつの間にかこんなになってしまったのだそうで、あたりはみな今風の建築です。それならすぐ見つかりそうなものなのに、いまどきこんなお宅があるとも思っていなかったので、かえって見過ごしてしまっていたのです。

熊谷守一さんは玄関からすぐそこに見える座敷に、ジンベイを着て炬燵にはいっていられました。手入れをしたとも思えないまだ黒いものが残った白い髪や鬚が、立派なお顔をなお立派にし、はばかりにでも行かれるのかお立ちになると、低い天井が一段と低く見えるほど、大きなからだをしていられます。歩かれるときのために医者がつくってくれたという、二本の丁字型の杖をお持ちになられましたが、それをつかれもせず、二本束ねて片手で持って歩いて行かれるのです。炬燵に戻られると慌てて紙煙草をほぐして、くわえたパイプにパラパラと振り掛けられるのです。それも、ひと吸いふた吸いしたと思うと、もうまたパラパラと振り掛けて、間断もなくパイプを吸い、問いもせぬのにこんなことを言われるのです。「医者はからだに悪いから、煙草をやめろやめろと言うが、十六歳から吸いはじめて今年で九十四歳になるんだよ。九十四歳にもなっていまさら煙草をやめろと言われてもね」

柔らかい笑いでした。わたしはなんとなく弟のことを思いだしたのです。そりゃ、小学校にもはいらぬうちから、煙草を吸ったり酒を飲んだりするのは、いけないでしょう。しかし、三ツ子ノ魂百マデという譬えがあります。煙草や酒を好む素質はあったでしょう。弟は大学を出て社会人になり、まずまァそれなりの地位についてこの世から去ってしまいましたが、会えば必ず煙草を出し、ライターで火までつけてくれました。また必ず酒を出し、酌までしてくれました。それなのに、わたしはその煙草を大いに吸いながら、なぜお前も一本吸ってみんかと言ってやらなかったのでしょう。ただされ、母はこんなことを言っていたのです。「男に生まれたからには、煙草も吸わん、酒も飲まんというような人間にだけはなってくれるな」とね。

芸術家の中でももっとも長命なのは彫刻家で、次は画家、困ったことにもっとも短命なのは作家だそうです。(笑) 熊谷さんは画をお描きになるとき、クレヨンのようなもので線を引かれ、その描線を避けて丹念に色を塗られるのです。「そんなもので線描されれば、やがて消えて色と色との境界はなくなってしまうのではないか」そうお訊きすると熊谷さんは笑顔で、「なくなってしまうでしょうね。しかし、境界などなくていいものなら、ないほうがいい」と言われました。わたしには熊谷さんが幽明の境のことを、境界といっていられるように聞きとれました。熊谷さんもまた亡くなってしまいましたが、あのときすでに幽明の境を超越していられたような気がするのです。

いや、つまらん話をしてしまいました。明夜またお会い致しましょう。(拍手)

講演　第二夜　学ぶは遊ぶなり

昨夜、主催者の方からわたしは熊本県の生まれだと紹介されました。生まれといえば、わたしは熊本県ではなく長崎市です。長崎市の銀屋町です。「熊本日日新聞」の方が見えたのでそう申しますと、長崎市の地図を持って来られ、長崎市には銀屋町なんて町はないと言われるのです。（笑）成程、見てみると銀屋町なんて町はないのです。しかし、変だぞ。たしか、母からお前は長崎市の銀屋町で生まれたと聞いたがと思いながら、よくよく見ると銀屋町という町はないが、銀屋町教会という教会があります。（笑）おそらく、もとはこのあたりを銀屋町といったのだろうと思い、講演を頼まれて長崎市に行ったとき、まっ先にそれを尋ねました。果たしてそうで、わたしはその銀屋町教会に、連れて行かれたのです。（笑）雨が降っていました。坂道がかった薄暗い通りに沿って、木造の古い教会が建っている。その教会が銀屋町教会で、薄暗い通りがかつては銀屋町と呼ばれていたのだそうです。

長崎市から、岬を越えると、茂木（もぎ）という港があります。茂木に至れば千々石灘（ちぢわなだ）を隔てて、天草は一衣帯水の間にあります。その最も近きところの城下町富岡がわたしの両親の生まれたところです。もっとも、これもあたりの町村を合併して、苓北町（れいほくまち）と呼ぶようになりました。苓とは訓でアマクサと読みます。すなわち、苓北とは天草のもっと北にある町ということです。むかしの人は戸籍を大切にしたのでしょう。わたしの出生は長崎市から千々石灘を渡って、この苓北町富岡に届けられたばかりか、戸籍を見ると明治四十五年一月二十二日富岡ニ生ルと明記されています。「朝日新聞」に「新人国記」という連載がありました。各県それぞれの人々を紹介して、いよいよ熊本県になろうというとき、熊本支局の方が取材のために上京して来られましたが、熊本県の欄にわたしのことを書いて下さりようがないのです。（笑）いよいよ長崎県になろうというとき、長崎支局の方が取材のために上京して来られましたが、長崎県の欄にわたしのことを書いて下さりようがないのです。（笑）

ところが、いよいよ山形県になろうというとき、山形支局の方がこんどは上京して取材に来られるということもなく、勢いのいい電話が掛かって来ました。「こんどは大いに書かせてもらいますぞ」（笑）果たして、山形県の欄には劈頭から多大の行数を費やして、わたしのことが書かれています。（笑）その書き出しがまた振るっているのです。「森敦は山形県人ではない」（笑）こういうのを「人間（ジンカン）到ル処、青山有リ」というのであります。（笑）いや、つまらん冗談を申しました。誤解されるといけませんから、ちょっと説明さ

せて戴きますが、これは釈月性(げっしょう)の詩から来ているので、その本文は、

将二東遊一題レ壁
男児立レ志出二郷関一
学若無レ成不二復還一
埋レ骨何期墳墓地
人間到処有二青山一

将(マサ)ニ東遊(トウユウ)セントシテ壁(カベ)ニ題(ダイ)ス
男児(ダンジ)志(ココロザシ)ヲ立(タ)テテ郷関(キョウカン)ヲ出(イ)ズ
学(ガク)若(モ)シ成(ナ)ル無(ナ)クンバ復(マ)タ還(カエ)ラズ
骨(ホネ)ヲ埋(ウズ)ムル何(ナン)ゾ期(キ)セン墳墓(フンボ)ノ地(チ)
人間(ジンカン)到(イタ)ル処(トコロ)青山(セイザン)有(ア)リ

男子たるもの志を立てて故郷を出たからには、学問をなしとげないうちは、断じて帰らない。死んで骨を埋めるとて、どうして故郷の墓でなければならんということがあろうか。人の世にはどこに行っても、青々とした山があるではないか、というほどの意味です。わ

たしはよくこの詩を持ち出されて、ひどい目に合いましたからよく覚えています。なかんずく、この東遊の遊には参りました。父は遊ぶの遊を学ぶとおなじ意味にとって、いくら勉強しても遊んだとしか思ってくれないのです。（笑）子供心にも癪にさわって、漢和辞典を引いてみましたが、成程、遊の字にはわたしたちが思っている遊ぶという意味の他に学ぶという意味があるのです。それにしても、体操とはからだを動かすことだ。おなじからだを動かすなら、畑でも耕せと言うのですから、たまったもんじゃありません。（笑）家には広い庭がありましたが、幸い畑がなかったのがせめてもの救いでした。（笑）

といって、父は語学を軽んじていたのではありません。どこで勉強したのか、なんて発音しているのか分かりませんが、洋書を読んで意味だけ分かっていたようです。（笑）それですから、わたしも小学校にはいる前に一度、中学校にはいってから一度、二度も外人教師のもとに通わされました。しかし、二度ともほとんど学ぶことなくやめてしまいました。外人教師のもとに通うに先立って、挨拶かたがた母がついて来るのです。母はサンキユウとか、ノウ・サンキユウとか、エキスキューズ・ミイとか、プリーズ・シッダウンとか、ほんのいくつかの単語しか知りません。中学にはいってからはわたしはもうなん冊かリーダーを読んでいましたから、いくらかは分かるはずなのに、外人教師からなんと言われても言葉が出て来ません。（笑）あるいは、父からの遺伝かも知れません。（笑）ところが、母はそのいくつかしか知らない単語を駆使してペラペラとやるのです。（笑）ついに外人教師が笑って日本語で言うのです。「お母さん、イングリッシュ大変上手、あなたイングリッシュ下手ね」これでは通いたくなくなるのも当然でしょう。(笑) ところが、母は上機嫌で得意になってこんなことを言うのです。「母さんははじめてサンキュウって言葉を覚えたときには嬉しくって。早く使ってみたいと思っていたら、外国人が通り掛かったのよ。(笑) だから、またサンキュウと言ったら外国人は目を丸くして驚いていたの。走って行って頭を下げて、サンキュウと言って頭を下げて逃げて来たの。あのころは、わたしも大胆だったわね」(笑)

母も戸籍では天草の苓北町富岡に生まれたことになっています。しかし、自分では牛深町に生まれたようなことを言っていましたし、話といえば牛深町のことばかりでしたから、ほんとうは牛深町で生まれたのかも知れません。牛深町は天草の北端にある苓北町富岡とは反対に、天草の南端に近いところにある盛んな漁港です。なぜわたしがこんなことを取り立てて言うかと申しますと、戦前はみな戸籍で通したのに、戦後は生まれを書くように要求されて来たからです。それでしばしば困惑することがあるからです。ある国語の教科書を見たら、日本地図が書かれていまして、各県ごとにそこから出た作家の写真がのっていました。ふと福島県を見ると中山義秀の写真が出ています。義秀さんは自分でも福島県の者だと言い、福島県の話をしていましたからいいとしても、義秀さんと並んで横光利一の写真が出ています。わたしはオヤと思いました。わたしは横光さんに可愛がられて来た者です。毎夜のように銀座を連れて歩かれましたが、福島県の話など聞いたこともありません。あまつさえ、自分は大分県の者だとたえず言い、大分県に行って見給え、大分県では金光、重光、横光ってんだ、とさも愉快げに笑っていられたのが、いまも耳に残っているのです。（笑）

母は日本赤十字社の看護婦だったことを、誇りにしていました。なかんずく、従軍看護婦として博愛丸に乗り組み、日本海海戦と危うくも遭遇しかけたことを、とても自慢にしていました。その夜、博愛丸は消灯し、従軍看護婦はすべて盛装し、万一の場合を覚悟していたそうです。すると、どうやら闇夜を突いて後ろから駆逐艦が二隻追って来るのです。もしやバルチック艦隊の脱走艦ではないかと思って、博愛丸は全速力で逃げました。全速力で逃げだすと、駆逐艦も博愛丸をバルチック艦隊の脱走艦かと思って、二隻で全速力で追って来るのです。とうとう博愛丸は二隻の駆逐艦に挟まれ、左右から二本のサーチライトを浴びました。二隻の駆逐艦が博愛丸をバルチック艦隊の脱走艦ではなく、日本の病院船だと知ったときには、博愛丸のほうでも二隻の駆逐艦はバルチック艦隊の脱走艦ではなく、日本海軍の駆逐艦だと分かったのです。そうと分かると、駆逐艦はサーチライトを明滅させて信号を送って来ました。「バルチックカンタイゼンメツ」甲板に整列していた従軍看護婦たちは一斉に声を上げて、バンザイを叫んだそうで、あんなに嬉しかったことはないと死ぬまで誇らしげに言っていました。

いました。とすると、小学校を出るとすぐ日赤にはいったのです。母は従軍看護婦になって、いくらかまとまったカネを貰ったので、実践女学校にはいりました。卒業すると手に職を持つために、更に共立職業学校にはいりました。そこで、造花を覚えたらしく、長崎市のおすわさんのおくんちには造花の桜で傘鉾をつくり、大観衆から大いにもてはやされ、あの大きな長い石段をなんどもなんども呼び戻されたと得意になっていました。おすわさんとは諏訪神社のこと、おくんちとはその大祭のある九月九日のことであります。そんな母ですから児童教育には熱心で、おなじような奥さまたちとペスタロッチやフレーベル、エレン・ケーなどの話をしていましたから、わたしもその名や業績のあらましはいまも覚えています。

母がそんなふうでしたから、わたしは当然他の子供たちのように幼稚園にやってもらえるものと思い、その日の来るのを指折り数えて待っていました。ところが、父は幼稚園などやってはならんと言うのです。（笑）「ただきえ子供は遊びたがって困るじゃないか。それなのに幼稚園では遊び方ばかし教えとる。（笑）その上、幼稚園では子供をちやほやしとる。ちやほやしようもんならつけ上がって、子供はなにをするか分からん。（笑）しかも、幼稚園では子供たちに先生をよい友だちと思うようにし向けている。それでは小学校に行ってからも、先生をよい友だちとしか思わなくなる。（笑）そもそも、先生は厳父のごとくあらねばならぬ。厳父のごとくあらねばならぬのに、厳父のごとくあろうとすれば、そんな子供はかえってひねくれて、ろくな者にはならん」（笑）なにしろ、体操とはからだを動かすことだ。おなじからだを動かすなら、畑でも耕せ（笑）という父ですから、ペスタロッチも、フレーベルも、エレン・ケーもいっぺんに消し飛んでしまいました。

父は幼稚園に行くくらいなら、菅原ブッチュウのところに行って、『論語』を習えと言うのです。（笑）菅原ブッチュウがどんな人かいまもって分かりません。（笑）家ではただブッチュウさん、ブッチュウさんと言っていましたが、そのブッチュウさんのブッチュウがどんな字を書くのかも分からないのです。なんとかして知りたいと思って、講演のたびごとに名を出すのですが、どなたも心当たりはないようです。（笑）もし、ここにいられる皆さんの中に、お心当たりの方がいらっしゃいましたらお教え下さい。しかし、ブッチュウさんその人はいまも生けるがごとく覚えています。よく光る頭をし、眩しいばかりの白い鬚をした老人で、なんでも光頭会のような会があって優勝したことがあるそうです。（笑）そんなに見事に頭を光らせ、白い鬚を輝かすには大変な手入れをしなければならないそうで、卵の白身でよく磨き、寝るときは鬚を鬚袋に入れて大切にするのだと言っていました。（笑）

チイちゃんと言う可愛い孫娘と二人暮らしで、チイちゃんが先生から「おじいさんはなにをしているか」と訊かれたとき、チイちゃんは「おじいさんは他人に法螺を吹いて食べてる」と答えたそうです。(笑)チイちゃんの先生が来て、「孫娘にそんな答えをさすようなことを、言ってもらっちゃ困る」(笑)と注意されたと笑っていましたから、あるいは易者のようなことをしていたのかも知れません。いろいろと面白いことを考える人で、その一、二を挙げれば、まず菅原式歩行法です。菅原式歩行法とはまず右足を一歩踏み出すと、左足をその前に踏み出さず右足のところで一旦止める。そこでまた右足を踏み出すというふうにして、疲れれば左足から踏み出すようにする。実際高い石段を登るときなどそうしているので、半分しか疲れないから倍歩けるというのです。(笑)倍歩けるにしても、半歩ずつ歩いたんじゃ倍歩かなければならない。おなじことだと思いましたが、弟はすっかり感心してこの菅原式歩行法をやりはじめましたから、一時は近所の子供たちがみな菅原式歩行法をするようになりました。(笑)

次に挙げるとすれば菅原式消化法です。いまと違ってそのころは白米によく石が混っていました。どこの米屋でも緩く傾斜させたガラス枠を置いて、すこしずつ米を滑らせながら、その中から一つ一つ石を拾うのです。しかし、その石が白く米粒に似ているので、どうしても混るのです。ご飯を戴いていて、ザリッと噛み当てると、あわてて口から取って捨てるのですが、ブッチュウさんはそんなことをせず、そのまま飲み込んでしまうのです。(笑)ブッチュウさんは笑って、鶏を見ろというのです。鶏は石が混っていても平気で飲み込んでしまうばかりか、わざわざ石まで拾って飲み込んでいる。(笑)それでいて、フンを見ればこれほどこなれているものはない。(笑)すべからくご飯は石と共に食うべきだというのです。(笑)弟はこれにもすっかり感心し、ご飯と共に食べてしまうので、わざわざ石まで食べるようになるのかも知れぬと思ったのでしょう。(笑)母が慌てて、鶏には歯がない。歯がないかわりに砂嚢(すなぶくろ)があってそれで消化するのだと言っても、弟は鶏にあって人間にないはずがないと頑張って母を手こずらせたものです。(笑)

菅原ブッチュウさんは家に来ると、いつも父のことを先生、先生と呼んでいました。それくらいですから、『論語』を習わすのになにも月謝まで払って、わたしを菅原ブッチュウさんのところへ通わす必要はないはずです。しかし、父は学者は自分の子を教えてはならない。医者は自分の子を診てはならないと言っていました。教エテ厳ナラザレバ師ノ誤リとさえ言うのに、わが子となれば愛がかかって、どうしても手ぬるくなると言うのです。与えられた『論語』はここにあるB5判の四倍以上もある大きな本で、木版の大きな字で刷ってあるのです。だいたい、父は「字に易しいの難しいのという区別があるはずがない。(笑)ただ字画が少ないか多いかの区別があるだけだ。(笑)だから、字画の多い字は大きな紙いっぱいに書けば、字画の少ない字とおなじことになる」と言うのです。(笑)

子曰、学而時習㆑之、不㆓亦説㆒乎。有㆑朋自㆓遠方㆒来、不㆓亦楽㆒乎。人不㆑知而不㆑慍、不㆓亦君子㆒乎。

子(シ)ノ曰(ノタマ)ワク、学(マナ)ビテ時(トキ)ニ之(コレ)ヲ習(ナロ)ウ、亦(マ)タ説(ヨロコ)バシカラズヤ。朋(トモ)アリ遠方(エンポウ)ヨリ来(キ)タル、亦(マ)タ楽(タノ)シカラズヤ。人知(ヒトシ)ラズシテ慍(ウラ)ミズ、亦(マ)タ君子(クンシ)ナラズヤ。

これが『論語』の劈頭に出て来る言葉です。『論語』では最初の二文字を取って章名としますから、「学而(ガクジ)第一」と申します。そして、次は「為政(イセイ)第二」といい、この第一、第二を以て「巻第一」とし、更に「八佾(ハチイツ)第三」「里仁(リジン)第四」を以て「巻第二」とするというふうにして進むのです。なぜこんなことを申し上げるかと申しますと、卒然としてこれを読みますと、『論語』はランダムに孔子の言葉を並べているかに見えるからです。ランダムに孔子の言葉を並べているかに見えながら、深く読むとそこに意図があり、構造を持っているからです。

菅原ブッチュウさんの家は三間か四間しかない至極普通の小さな家で、べつに「易者」の看板も掛けられていませんでしたが、きちんと掃除され整頓されていました。後に小学校に上がり、整理整頓をやかましく言われたとき、わたしは菅原ブッチュウさんの家を思いだし、勉強するにはまず整理整頓からしてかからねばならんのだなと思いました。いや、いまでは学問も謂わば頭の整理整頓だと思っていますが、わたしはと言えばわたしの書斎など整理整頓どころか、足の踏み場もない有様です。たしかに、ここにあったのにと思うのに、見つからぬものですから、娘の勤め先に電話を掛けて訊きますと、娘は「あの棚のどのあたりを探してご覧なさい」と言うのです。(笑)言われたところを探すとちゃんとそこにあるのです。(笑)「あったよ」と電話を掛けて報告すると、「よかったねえ」と娘は言うのですが、娘とおなじデスクの方々もそれと察して笑っていられるだろうと思いながら、いつも母から言われていたのを思いだすのです。「敦はほんとに不思議な子だね。部屋にはいってなんにもしないのに汚れている」(笑)

わたしが大きな『論語』を小脇にして行くと、ブッチュウ先生は待っていたように、経机に向かって坐っています。困ったことには弟までついて来るのですが、ブッチュウ先生は「小僧も来たか」とむしろ喜んでいるのです。(笑)わたしが向かいに坐って『論語』を開くと、ブッチュウ先生は矢の両端を切った竹を持っていて、『論語』を逆さまに見てその竹で一字、一字押さえながら読んでくれるのです。読んでくれると言っても、先程掲げた部分だけで、その日はそれで先には進まないのです。その日はそれで先には進まないと言っても、読書百遍義自ズカラ現ルと言って、ほんとうに百遍読まされるのです。百遍読めばその意味はおのずから分かるはずだと言って、意味など教えてくれないのです。これを素読と言うのですが、だんだん読み進んで行くうちに、なんとなく意味が分かって来るような気がするものです。意味が分かって来るような気がしはじめると、それがほんとかどうか訊きたくなります。訊くとブッチュウ先生はよくぞ訊いたと褒めてくれるのではありません。(笑)「『論語』をなんと心得ておるか。『論語』には千年、二千年に一度現れるかどうかと言われる聖人の言葉がのせてある。いまだ小学校にも行かざる小僧にその意味が分かってたまるか。(笑)つまらん意味づけなどせずに、ひたすら読むことだ」と、こうなのです。ブッチュウ先生がこんなに恐い人だとは思いませんでした。(笑)

一日に習うところは僅か三十二文字です。皆さんはたったこれだけのものを、百遍も読んだらさぞ完璧に覚えられるとお思いになるでしょう。成程、ブッチュウ先生につづいて二十遍も読むうちには、なんとかひとり立ちで読めるようになります。ところが、ひとり立ちで読めるようになったら、かえって間違って読むようになるのです。(笑)間違って読むと途端にブッチュウ先生から「猫の糞頭!」と言われて竹で頭を叩かれ、間違った字の横にピタリと赤い紙を貼られるのです。(笑)赤い紙は広告かなにかのザラ紙をちぎったもので、親指の爪の上に置き舌で舐めて本の上にこすりつけるのです。そうすると、和紙の本ですからピタリとつき、はごうと思えば爪で弾けばいいのですが、間違いが直るまではがしてくれないのです。

家に帰ると驚いたことに、ブッチュウ先生のところにあったと同じ経机が置いてあり、母はブッチュウ先生なら、そこに坐るべきところにわたしを坐らせ竹を持たせて、「わたしは『論語』を習ったことがないから教えてくれ」というのです。教ウルハ学ブノ半バという言葉が『書経』にあります。おそらく、それに倣ったのでしょうが、謂わば学校ごっこでこれは面白かった。母は一度間違ったことを言うと、どうしても直せないという癖があるのです。直そう直そうと思うと、かえって間違ってしまうのです。（笑）自分でも可笑しがってよく笑い話にしていましたが、台所には七輪（しちりん）という物があります。それをなにかのとき八輪と言ってしまったらどうしても直らず、（笑）七輪と言おうと思っても、つい八輪と言ってしまうと笑っていました。（笑）紫という字があります。それをついムラサケと読んでしまったら、（笑）ムラサキと読もうと思っても、ムラサケと言ってしまうと笑っていました。（笑）あるとき、わたしは横光さんが平然として紫をムラサケと言っているのを聞きました。（笑）それを母に言ってやると母はひどく喜んで、「横光さんもそうかい」と言って、横光さんが大好きになりました。（笑）

喜ぶと言えば、『論語』は劈頭から、不亦説乎、マタヨロコバシカラズヤという句が出て来ます。説の字は悦の字とおなじで、ヨロコバシイと読むのです。それを母はついタノシイと読んでしまいました。（笑）では、次の句の不亦楽乎、マタタノシカラズヤの楽をタノシイと読むかと思うと、説と取りちがえてヨロコバシイと読むのです。（笑）わたしはブッチュウ先生を真似てたちまち赤い紙をちぎって、そこにそれぞれ唾で貼りつけたのです。しかし、なんとしてももう直りません。そこでブッチュウ先生よろしく、「猫の糞頭！」と叫んで、矢の竹で頭を打つ真似をしますと、弟が間髪を入れず赤い紙のちぎれを母の額に貼りました。（笑）ほんとに間違っているのはここだと言うのです。（笑）ぼくだってこのぐらいなことはもう読めると言って読むのを聞いてみると、不亦説乎、マタタノシカラズヤ、不亦楽乎、マタヨロコバシカラズヤ。母が間違ったとおりに得々として大声で読むのです。(笑)

そこまではまァいいとして、母は父から言われたのでしょう。二十色の色鉛筆を用意していて、それを取り出し、これをやるからそのすべての色で習ったことを、声を出して書けと言うのです。僅か三十二文字と言ってもその一つ一つの色で書けばその二十倍、六百四十字書かねばなりません。それだけでも大変なのに學とか樂とかは字画が多いので、「字に易しいの難しいのという区別があるはずがない。ただ字画が少ないか多いかの区別があるだけだ。だから、字画の多い字は大きな紙いっぱいに書けば、字画の少ない字とおなじことになる」という父の論法にしたがって、これとは別に新聞紙を拡げていっぱいに筆で書かねばなりません。こうすれば習字の稽古にもなるというのですが、新聞紙もそうそうはありませんから、まっ黒になるまで書かされるのでなにを書いているのか分からなくなるのです。(笑)弟も二十色の色鉛筆だけはちゃっかりもらっていて、すこしの間はわたしの真似事をやっていますが、すぐ飽きて画なんか描きはじめるのです。弟が画なんか描いてるぶんには父も笑って、よく描けたなんて言っているのです。しかし、わたしがしようものなら、すぐ字ヲ書カズニ頭掻クと言って叱られるのです。(笑)「この世には読むは読んでも書けぬバカがいる。読めるだけで書けんという法はない。それはただ読みっ

ぱなしにしているからだ」そういうのが父の持論なのですから、たまったもんじゃありません。（笑）

母はチンジュ心ヨシと言って、天然パーマを得意になっていました。（笑）チンジュとはおそらく縮れっ毛という天草の方言で、実際はそれでずいぶん苦労をしていたのです。しかし、それを隠しもせず得意になってみせるような滑稽なところがあって、子供たちにはいつも教えられるほうに回って喜ばせてくれたのです。（笑）もしそうでなかったら、わたしはブッチュウ先生のところに通いとおすことは出来なかったでしょう。しかし、幼少にして『論語』を習ったことはなんの益ももたらしませんでした。むしろ、いまさら「ハナ、ハト、マメ」でもあるまいという気になって、かえっていい成績はとれませんでした。それが役に立ったのは中学校にはいり、高等学校に進む受験勉強をしたときぐらいからです。わたしの父が亡くなったのは、わたしがまだ中学校にいるころで、わたしが高等学校に進んだのを喜んでもらうことは出来なかったのです。父が亡くなるときの正月「人生七十古来稀ナリ（ジンセイシチジユウコライマレナリ）」というが、ほんとうに知るほどの人はほとんどなくなった」と言っていました。わたしもまた古稀をとうに過ぎましたが、ここに到っていま更のように『論語』がいかに人生を豊かにしてくれるかを知るのです。

ご清聴を煩わしました。明夜またお会い致しましょう。（拍手）

このごろ、イジメということが問題になって来ました。イジメられて自殺する子供まで出て来ましたから、これはほって置けないというので、社会問題にもなっているようです。しかし、イジメはなにもいまごろ始まったのではありません。小学校に行っても、中学校に行っても、高等学校に行ってもあったばかりか、道を歩いていてさえ他町の子のイジメにあったのです。（笑）イジメをするような子供は決して大胆な子供ではありません。むしろ、臆病な子供なのです。臆病な子供ですが、悪いことはしたいものです。（笑）子供たちにとって悪いことほど面白いことが、他にあるでしょうか。（笑）ですから、臆病な子供は自分より強そうな子供を見ると、その子供のところに集まって徒党を組む。（笑）徒党を組むと臆病であるはずの子供が図に乗って、むしろ率先して悪いことをするのです。（笑）悪いことをして見せて、強そうな子に褒められたいからで、諂（へつら）いと言ってもいいでしょう。

電車に乗ってこうした大学生の徒党をご覧になったことがおありでしょう。いちように黒く長い上衣を着、カラーを立てて我が物顔に振る舞っていますが、どうやら番長らしいものがいて、なによりもまず番長らしいもののために席を取ってやります。（笑）ひとたびその番長らしいものに声を掛けられると、直立不動の姿勢を取って「オス」と答え、一顰一笑に動いて、たとえ無体なことでも犬馬の労を取るのです。（笑）これが驚くなかれ、大学生ですよ。（笑）いや、大学生だからそんなことをするのだと言う方があるかも知れません。子供は天真爛漫なもので諂うなんて気持ちがあるはずがないと言う方があるかも知れません。よく大人が子供の両脇に手を当て、頭の上まで持ち上げて、「タカイ、タカイ」と言っているのを見掛けます。すると、子供は必ず笑います。笑うから喜んでいると思って、また「タカイ、タカイ」をしてやって子供を笑わせるのです。では、なぜ「タカイ、タカイ」をしてやれば子供は笑うのでしょうか。

それは子供は目線が低いから視界が極めて狭い。しかし、「タカイ、タカイ」をしてやれば、目線が高くなるから、視界がグンと広くなる。それが愉快だから笑うのだとおっしゃる方がいますが、それなら子供は広くなった視界を悠然と眺め回しているでしょうか。「タカイ、タカイ」をされた子供は百人が百人「タカイ、タカイ」をした大人の方に手を伸べて、大人に向かって笑っています。あれは恐いから早く下ろしてくれ、と諂って笑っているのです。（笑）しかし、これがいけないとは申しません。子供のころから「タカイ、タカイ」をされていれば、大人になって高所恐怖症にならぬかも知れません。（笑）そう、肩車をしてもらった子供は嬉しそうに、あちこち見回しています。あれは大人に両足をシッカリ握ってもらっているばかりか、肩車をしてくれた大人の頭を抱えているので恐くないからです。(笑)いや、恐くないので頭を抱いている手を放して、身をそらしたりなんかしている子供があります。(笑)あれはつけあがるとまでは申しませんが、嬉しくなっておのれを制し切れなくなっているのです。(笑)わたしは大人の持っているほどの感情は、小型ながら子供はみな持っていると思っています。もしおのれを制し切れなくなると、たとえそれが喜びから出たものであっても、子供は大人も驚くほど残忍なことをしでかすものです。それが徒党を組むとなると、なお更のことです。

土井さんといって、狒々を飼っている家がありました。大変利口な狒々で、もう寝なさいと言うと、ひとりで寝台に戻って行って、頭を枕にのせ赤い毛布をかぶって寝るのです。(笑)朝は紐を引いて鈴を鳴らすと、起きて毛布を畳んでやって来るのです。(笑)客があればお茶を入れてお盆に置いてやれば、そのお盆を持ってノコノコ歩いて客のところに運んで来るのです。(笑)ところが、たまたまこの狒々を叱った客がありました。狒々はその顔を覚えていて、客の前まで来ると、お盆を投げて客に茶をぶッ掛けたそうです。(笑)

母が饅頭をつくって重箱に入れ、わたしに土井さんのところへ持って行けと言いました。すると、弟が持って行くと言ってきかないのです。土井さんのところの狒々が見たいからです。それではおれについて来いとわたしが言っても、弟はなんとしても自分ひとりで行くと言い張るのです。ははあ、自分だけで狒々が見たいんだなと思いましたが、途中いくつもの町を通らなければなりません。（笑）町にはそれぞれ悪童が徒党をなして屯していい、その難関を突破しなければなりません。大丈夫かなと思いましたが、聞きいれないので、勝手にしろ、悪童たちにやられても知らんぞと思って、弟ひとりをやりましたが、土井さんのところまで行ったにしては、馬鹿に早く帰って来ました。どうしたと訊くと、果たして悪童たちに取り囲まれ、重箱を開けさせられ、饅頭を食われてしまったと言うのです。（笑）それればかりか、「あんなやつは相手にならん、負けてやったのだ」と嘯いているのです。（笑）

「そりゃあ、よかった。それでこそ勇気があると言うもんだ」そう言って父が褒めるかと思いきや、たちまち一喝しました。「それでもわしの子か。すぐ行って仕返しをして来い。それも出来んようなら家には帰るな」（笑）「そうよ」と母までが相槌を打つのです。（笑）なにしろ、母はふた言めには日赤で従軍看護婦をしていたことを自慢する女です。「そうよ、そうよ。敵ハ幾万アリトテモ、スベテ烏合ノ衆ナルゾ。邪ハソレ正ニ勝チガタク、味方ニ正シキ道理アリと言うじゃないの」と母までが言うのです。（笑）「ようし、やってやるぞ」と叫んだと思うと弟は母に言うのです。「白い切れがあるか」「なににするの」「鉢巻きにするんだ」（笑）「鉢巻きに？」母は簞笥から晒を取りだして裂いてやりました。弟はそれで鉢巻きをすると、更に言うのです。「もっと細長いのをつくってくれ」「もっと細長いのを？　なににするの」「襷にするんだ」（笑）そのころは尾上松之助の全盛時代で、ときには一家揃って活動写真館に行っていましたから、弟は荒木又右衛門にでもなったつもりでしょう。（笑）「行くぞ！」と叫んで馳け出ようとするのです。（笑）

　こうなると、なにをし出かすか知れません。「待て！」と叫んで追い掛けようとすると、「来るな！」薪を取って馳けて行ってしまいました。（笑）いくら徒党を組んだ悪童にしても、怪我をさせてはこちらもただでは収まらんだろう。それをお前も行けとも言わず、平然としている父を怪訝に思いながらハラハラしていると、弟はやがて意気揚々と引き上げて来て言うのです。「ほんとに烏合の衆だったよ。戦ワズシテ勝ッタ」（笑）母は心配そうに弟から薪を取って見ながら、「どこにも血がついていないわ。ほんとに撲ったりしなかったのね」「しないさ。戦ワズシテ勝ッタんだから」「偉い。それでこそ、わしの子だ」と父が言いました。（笑）父は褒めるときはいつもわしの子だと言い、叱るときはいつもわしの子でないと言うのです。（笑）

　また父は言いました。「徒党ヲ組ンデ派閥ヲナシ、蝸牛角上ノ争イヲナスのはなにも子供の世界ばかりではない。（笑）やがてお前も小学校に行くだろう。小学校でもおなじ目に合うだろう。やがてお前も中学校に行くだろう。中学校でもおなじ目に合うだろう。やがてお前も高等学校に行くだろう。高等学校でもおなじ目に合うだろう。やがてお前も大学に行くだろう。大学でもおなじ目に合うだろう。やがてお前も会社に勤めるだろう。会社でもおなじ目に合うだろう。やがてお前も国会に打って出て代議士になるだろう。国会でもおなじ目に合うだろう」(笑)「おれが代議士になるのか」と弟が問い返すと父は、「おお、代議士になって国会に立つのじゃ。おれも代議士に打って出たが、志を得なかった。父に代って志をなしとげることこそ孝というべきだからな」「そうか、それじゃおれは代議士にならんといかん」(笑)と弟は言いましたが、こと志とは違って理学のほうに行ってしまったのです。(笑)

「しかし、そのためには諂わず毅然としておのれを持し、進み出ておのれの思うところを堂々と述べるような人物にならねばならぬ」と父は言うのです。「そのためには、まず勇気がなければならぬ。お前が徒党を組んだ町の悪童を懲らしめるために、敢然と出て行ったのはすでにして勇気がある証拠だ。それでお前はどうして悪童どもを蹴散らしたんじゃ」(笑)「どうもこうもないよ」と弟は答えました。「悪童どものまん中に威張っていた大将みたいなのがいたんだ」「どうしてそれが大将だと分かったんだ」と父が言うと、弟は得々として、「だって、自分がまっ先に饅頭を食べ、皆にも食えと言っていたから、癪にさわってそいつからやってしまえと思って、まっしぐらに突進したんだ。(笑)そしたら、そいつが逃げ出したものだから、他のやつらも後も見ずに逃げてしまったんだ」「うむ、兵法に適っとる」(笑)父は面白がって頷きました。「それを弱いやつから掛かって行ったら、袋叩きになっていたかも知れん」(笑)と父は笑うのです。「しかし、お前の勇気はまだほんとの勇気ではない。ほんとに勇気ある者となるためには、なんとしても武術を習わねばならぬ。そうすれば敢えて武術をつかわんでもよくなるだろう。まだ子路というところかな」「子路とはなんだ」（笑）と弟は問い返しました。「子路とは孔子のとても可愛がっていた弟子だ。どれ、敦。『論語』を持っとるだろう。『論語』を持って来い」と父が言うので持って行くと、「あれは『述而第七』か」と言いながらパッとそこを開いて読んで見せるのです。

> 子謂二顔淵一曰、用レ之則行、舎レ之則蔵。唯我与爾有レ是夫。子路曰、子行二三軍一、則誰与。子曰、暴虎馮河、死而無レ悔者、吾不レ与也。必也臨レ事而懼、好レ謀而成者也。
>
> 子、顔淵ニ謂イテ曰ワク、之ヲ用ウレバ則チ行ナイ、之ヲ舎ツレバ則チ蔵ル。タダ我レト爾ト是レアルカナ。子路曰ワク、子、三軍ヲ行ナワバ、則チ誰ト与ニセン。子ノ曰ワク、暴虎馮河シテ死シテ悔イナキ者ハ、吾レ与ニセザルナリ。必ズヤ事ニ臨ミテ懼レ、謀ヲ好ミテ成サン者ナリ。

父はこう読んで聞かせてから言うのです。「敦はブッチュウから『論語』を習っとるから分かるだろう」しかし、わたしが習っているのは素読で意味など教えてもらっていなかったばかりか、ブッチュウ先生の教え方たるや牛歩遅々として、とても「述而第七」なんてところまでは行っていないのですが、（笑）父はそんなことには頓着せず、「碩はまだ習っていないから意味は分からんだろう」「意味は分からんが、『論語』は習っとる」弟は即座に言い返しました。（笑）弟はすぐ飽きてしまって画など描いてる癖に、あの二十色の色鉛筆で僅かばかり、わたしの真似事をして自分も『論語』を習ったつもりでいるのです。（笑）「そうか、そうか。習ってはいるが意味は分からんか」（笑）父は笑いました。「それじゃ教えてやる。あまり詳しく言っても、かえって分からんじゃろうから簡単に言う。孔子に顔淵という弟子がいた。孔子は顔淵が若くして死んだとき、天に向かって嘆いたというほど顔淵を愛しもし、信頼もしていた。むろん、一の弟子だ。その顔淵に孔子が、ほんとうに出処進退を過たぬ者は、お前とおれぐらいなものかのうと言った。すると、そばに控えていた、子路が黙っていられなくなった。天真爛漫な男で、自分は武勇においてはだれにも引けを取らぬと自慢していたのだ。『もし先生が大軍をひきいられるようなときには、だれを連れて行かれますか』すると、孔子は笑って答えられた。『ただ蛮勇を振るって顧みないような者とは一緒に行かない。強いてといえば深遠謀慮の人とだな』」「深遠謀慮とはなんだ」と弟が訊きました。父は答えて、「よくよく考えて事を行なうということだ」「そうか、それならぼくはよくよく考えて事を行なうほうだ」（笑）「そうかね。お前も子路だと思うがね。しかし、『論語』の『憲問第十四』にはこういうことが書いてある。

どれ、も一度『論語』を貸してみい」

子曰、君子道者三。我無レ能焉。仁者不レ憂、知者不レ惑、勇者不レ懼。子貢曰、夫子自道也。

子ノ曰ワク、君子ノ道ナル者三ツ。我レ能クスルコト無シ。仁者ハ憂エズ、知者ハ惑ワズ、勇者ハ懼レズ。子貢ガ曰ワク、夫子自ラヲ道ウナリ。

「そうかおれは子路なのか。子路でも偉いのか」と弟が父に言うのです。（笑）父は答えて、「偉い偉い。すくなくともお前は懼れなかった。勇者ハ懼レズの勇者だからな。しかし、多勢に無勢、万が一ということを考えたかな」「考えなかった。あんなやつらと思っていたからね」（笑）「そうだろう。お前は父さんがどうして、あんなにステッキを持っているのか知っとるか」「恰好がいいからだろう」（笑）棚には父の若いときの写真が置いてありました。その写真の父は謂わゆるハイカラといわれる襟の高いワイシャツにダブルの上衣を着、短いマントを掛け、華奢なステッキをついて颯爽と立っています。父は答えて、「そうだ、おれも最初のころはそうだった。しかし、いまは違う」ほんとに、父は髭こそおなじように立てていましたが、いつも羽織袴で若いころには、洋服など着ていたとも思われません。杖も玄関に七、八本も立てられてはいたものの、みな頑丈なもので、写真にあるような華奢なものは一本もありません。

「成程、若いときはそうじゃった」と父は言うのです。「しかし、いまではそうじゃない。いかなる者が襲って来ても、ステッキ一本持っとれば懼るるに足らんと思うからだ。おれもこれで果し合いを三度もやったんだからな」「果し合いってほんとの刀を使ってやったのか」（笑）弟が驚いて問い返しました。「ほんとの刀でなくてなんでする。まさか薪でもやれんじゃないか」（笑）と父は笑いました。「お前がやったのは、果し合いじゃない。ありゃ喧嘩だ」（笑）「喧嘩か。うん、喧嘩だな」（笑）弟はいささか落胆したようであります。「そうだ、喧嘩だ。果し合いなら果し状をつきつけて、介添（かいぞえ）をつけてやらねばならん。なにしろ、正々堂々、卑怯な真似は許されんからな」

更に父はつづけて、「このごろの剣道はメン、コテ、ドウでやっとるようじゃな。わしのころはメン、コテ、ドウ、スネじゃった。どうして、スネをやらんのじゃろう。スネこそ一番取りやすいのにな」「それで、父さんはスネばかりでやったのか」（笑）弟が身を乗り出して訊きました。「スネでやったら、上から切られるような気がするがな」「上から切られそうだが、切られない。相手は飛び上がろうとするからな。飛び上がろうとしても、せいぜい地面から一寸か二寸、活動写真の荒木又右衛門のようにはいかない。（笑）それで二度が二度とも成功して、擦り傷ひとつ負わなかった」

「そうか、父さんは三度果し合いをしたといったね。三度目は手傷を負ったのか」と弟がよく覚えていて突っ込みました。「いや、三度目も擦り傷ひとつ負わなかった。果し合いをするつもりだったが、お流れになったからな」（笑）「どうしてお流れになったのか」「玉木西涯先生の耳にはいったからな」「玉木西涯先生が止めたのか」「玉木西涯先生は止めるどころか、けしかけておれが介添になるから大いにやれと言った」（笑）「それでどうしてやらなかったんだ」「やろうと思ったんだが、遠く離れていざと刀を振り上げたとき、いきなり芸者たちが三味線を弾きはじめたんだ。（笑）玉木西涯がこっそり芸者たちを呼んで置いて、そうさせたのだ。これじゃ果し合いもなにも出来たもんじゃない。お互いに馬鹿臭くなって、笑ってやめてしまったんだ。このとしになっても玉木西涯先生と言えば思いだすな、あのころのことを」

たしか、その夜のことだったと思います。まるで仕掛けたように、深夜の彼方から、「ヒー、人殺し」という声が微かに聞こえて来ました。父は忽ちはね起き、一番太いステッキを持って闇の中に消えて行きました。やがて、「ヒー、人殺し」という声は聞こえなくなりましたが、父がなかなか帰って来ないのです。母はだんだん心配して、ふたことめには日赤の従軍看護婦になってバルチック艦隊に遭遇したと自慢している癖に、恐がって出て行かないのです。（笑）よせばいいのにおれが見て来ると言ってきかない弟を止めるのが精一杯なのです。（笑）やがてのこと父が帰って来ました。なんでもない痴話喧嘩で、酒乱の夫が出刃庖丁を振りかざして、女房を追い回していたそうです。父はなんなく酒乱の夫をやっつけて、酔いが醒めるまではと交番につき出して来たそうです。「馬鹿な奴だ。あんなときは火事だ、火事だと叫べばいいものを、人殺しなんて言うもんだから、巡査までが恐がって出て来よらん」（笑）父がそう言うとすかさず弟が、「父さんはやっぱりスネでやったのか」「むろん」「じゃ、人殺しって聞こえたとき、父さんは深遠謀慮したのか」「深遠謀慮などしていられるか、人が殺されるか知れないというときに」（笑）「じゃ、父さんも子路じゃないか」「子路？　一人前のことを言うな、小僧の癖に」（笑）と言ったと思うと、父は突然愉快げに笑いはじめました。「子路と言えば、おれも子路、子路と呼ばれて玉木西涯先生に可愛がられたもんだ。（笑）すくなくとも、懼れざる人だからな」（笑）

　この懼れざる人で思いだしました。弟のことはこれからも話させて戴くつもりですが、弟は大学を出て召集されて南方の島に赴き、玉砕したと噂されながら戦地から戻って来ました。しかし、戦地の模様など訊いてもただ笑顔でなにも話そうともしないのです。不思議な気がしましたが、これが癌に倒れてまさに死に至ったとき、はじめて分かりました。駆けつけたわたしを見たとき、手を上げてあの笑顔を見せたのです。その死に立ち会って戴いた病院の部長も、あんな患者は見たことがないと言っていられました。それほど弟は激痛を色にも出さず笑顔を以て死を迎えたのです。弟はすでに暴虎馮河の人ではない。懼れざる人だったのです。懼れざる人とは死を知らされて、懼れざる人であることを笑顔を以て教えてくれたのです。

ご清聴感謝します。明夜またお会い致しましょう。（拍手）

師範学校、商業学校等を除けば、京城には二つしか中学校がありません。京城は言うまでもなくいまの韓国のソウルであります。二つの中学校とは京城中学と龍山中学で、他には中学校はありませんでしたから、中学校に進もうとすれば、どうしてもこの二つのうちのいずれかに進むしかないのです。その上、当時は植民地で、官僚万能です。虚栄心が強く、よほどの人でない限り、父兄はみな子弟に教育を受けさせたいと思っていましたから、すでに中学校にはいるときから、相当の受験難であったのです。先年韓国に招かれまして、いまはソウル高校となった京城中学を訪れましたが、校舎もそのままになっており、懐旧の情を禁じ得ませんでした。

中学校にはいりますと、小学校の生徒が子供のように見えて来ますが、実はまだ子供でなくなったわけではありません。ちょうど伸び盛りですから、あとなん年か着られるように、大きめのを買ってやるので、小学生ほどではありませんが、なんだかブカブカな制帽をかぶり、制服を着ているのです。（笑）それがかえって子供らしく見せるのです。（笑）

気ばかりは誇りを持って大人になったつもりでいますと、なん日とたたぬうちに、上級生から「崇政殿の前に集まれ」と言われるのです。

京城中学は慶熙ガ丘と呼ばれ、その傾斜を利用して、校舎の前と下にひろびろとした校庭と運動場があり、この二つが桜並木で区切られているばかりか、到るところに桜が植わっています。それでいて校舎の裏は山になっていて、その山がかったところに崇政殿があるのです。李朝時代はここで政務を司(つかさど)っていたそうで、中は荒廃していましたが、外観は色どり豊かに屋根をそらし、それらしい威容を持っていました。「崇政殿の前に集まれ」と上級生から言われると、一年生たちは色を失って上級生の言葉にしたがい、屠所の羊のように横一列に並ぶのです。みなは上級生から鉄拳制裁の洗礼を受けねばならぬことを知っているからです。いまなら大問題になるところですが、まさに鉄拳を振わんとする上級生たちは、自分も一年生のときはもれなくやられて来たので、伝統にしたがって根性を叩き直してやると思っているのです。(笑)

この伝統にしたがって、根性を叩き直してやると思っている連中はほとんど三年生で、柔道部か応援団の部員で、もう腕力から言っても完全に大人です。いや、三年生になると大量の落第生が出るので、実質は四年生、五年生に相当する者もいます。(笑) そんな連中は不思議に愛校心に燃えていて、愛校心に燃えるのあまり、出来るだけながく学校を卒業したくないと思って、苦心して原級に留まったと広言している者さえありました。(笑)

こんな連中から力いっぱいの鉄拳でやられるのですから、新入生はたまったものではありません。(笑)唯々としてこれを受け、反抗することは許されないのです。また反抗したとてかないっこありませんし、反抗でもしようものなら、それこそ半殺しの目に合うのです。(笑)

この新入生がもれなく受ける鉄拳制裁は、謂わば通過儀礼のようなものですが、この通過儀礼を受ければ鉄拳制裁はそれで終わりというようなものではありません。(笑)通学の途中はむろんのこと、どこで会っても下級生は立ち止まり、制帽を取って敬礼するのが、校則になっていました。これを怠れば「崇政殿の前に来い」です。(笑)これを恐れて立ち止まって制帽を脱ぎ、最敬礼をした新入生がいました。これなら文句は言われまいと思ったのでしょうが大間違いで、(笑)そんなに糞丁寧にやるのは人を馬鹿にしとる証拠だといって、「崇政殿の前に来い」をやられたばかりか、(笑)ひと一倍ひどくやられました。因縁をつけようと思えばなんとでもつくもので、睨まれたら最後です。(笑)

こんなことをどうして教師がほって置くのかと思われるでしょうが、ほって置かぬと教師といえどもなにをされるか知れないのです。(笑)たしか、渡辺先生と言ったと思いますが、ドブネズミという渾名の数学の先生がいました。(笑)どうしてドブネズミなんて言われるようになったのか、おそらくその着ていられた洋服の色がドブネズミを連想させたのでしょう。（笑）この先生が教師といえども「崇政殿の前に来い」をやられかねぬのを察知して、わたしたち新入生の教壇に立つと、開口一番巻き舌でこんなことを言ったのです。「手前（てめえ）ら舐めるなよ。おらァこれでも土方もやって来た人間だ。変な真似しやがると承知しねえぞ」（笑）

この啖呵を三年生の鉄拳組にすればいいものを、わたしたち一年生にしたものですから、伝わり伝わって三年生の鉄拳組の知るところとなり、三年生の鉄拳組をすっかり憤慨させて、「崇政殿の前に来い」になりました。（笑）ドブネズミ先生はむろん崇政殿の前に行き、敢然と派手な立ち回りをやったと聞きましたが、それきり学校に来なくなりました。（笑）不思議ですね。わたしはいまだに数学めいたものに興味を持っていますが、それはこのドブネズミ先生の短い間の薫陶によるものです。（笑）

なお、これに加えて思いだされるのは応援団です。応援団のリーダーの何人かはやはりこの三年生の鉄拳組の連中で、赤旗を振って応援歌を歌わせるのです。それも蛮声を張り上げて力いっぱい歌わないと声が低いぞと怒鳴られ、（笑）怒鳴られても力つきて声が出せなくなっていると、むろん鉄拳を浴びるのです。（笑）わたしが今日に至るまで、歌らしい歌が歌えなくなったのもこのためなのです。（笑）たとえマイクを与えられても、テンポもメロディもあったものではない。ただ無茶苦茶に蛮声を張り上げるしか出来ないからです。（笑）

ＮＨＫに「ビッグ・ショウ」という歌番組がありました。当代切っての一流歌手が一時間に亙って歌うのです。わたしはレギュラーのゲストに選ばれ、突如として「嗚呼玉杯」の歌詞を書いたカンニング・ペーパーが目の前に拡げられ、オーケストラが鳴りはじめました。しかし、わたしの歌はてんでオーケストラに合わないのです。そこで、わたしは言ってやりました。「きみたちバンドの人たちはプロ中のプロではないか。どうしてアマのわたしに合わせられないのか」（笑）どっと笑い声が起こり、無伴奏で歌うことになりましたが、わたしのあまりの下手さにデスクの方が飛んで見え、（笑）「じつに朗々たるものですな。これからは歌えなどとは申しませんから、ご安心下さい」（笑）いや、テンポもメロディもなく、ただ無茶苦茶に蛮声を張り上げるのを、朗々と言われたのには参りました。（笑）

こんなことを申し上げますと、京城中学はずいぶんひどい学校だと思われるかも知れませんが、そうではありません。上級学校への進学からいっても、運動競技の対抗戦からいっても抜群なものがあり、自他ともに許す朝鮮半島の光輝ある存在であったのです。光輝ある京城中学にしてなおそうであるとすれば、他の学校でもこうしたことが行なわれなかったとは言えないでしょう。もし他の学校でもこうしたことが行なわれたとすれば、軍隊から来た悪習によるものだったかも知れません。軍隊では初年兵は廊下に整列させられて、なんの理由もなくビンタを食うと聞きました。（笑）理由があればなお更のことです。

（笑）しかも、将校たちはわたしたちの中学校の教師が一年生への鉄拳制裁を知りながら、知らぬ振りをしているように、黙って見のがしていると聞きました。（笑）しかし、初年兵とおなじ二等兵でも、一等兵になれずにいる古参兵はこのビンタから除外されて、のうのうとしていられたと言います。（笑）これもわたしたち中学校でもおなじで、おなじ一年生でも落第して進級できなかった者は、「崇政殿の前に来い」をやられることはないのです。（笑）

落第といえば今日は六・三制で、義務教育ですから、そんなものはないのではないでしょうか。わたしたちのころ、特に朝鮮半島では小学校から中学校に入学するのも、容易でなかったことはすでに申し上げたとおりですが、小学校ですら義務教育ではありませんでしたから、落第があったのです。印判屋（いんばん）の子供で鉢谷君という少年がいましたが、これが将棋が強いのです。木村屋の親父さんがえらい将棋好きで、いつもアンパンを持って来ては、この鉢谷君に相手になってもらうのです。（笑）しかし、木村屋の親父さんはあまりにながく考え込むものですから、鉢谷君はその間絵本を見ているのです。（笑）木村屋の親父さんはさんざん考えて、「差したよ」と鉢谷君を促すと、鉢谷君は絵本から目を離してチョイと差す。それでいて木村屋の親父さんはどうしても鉢谷君に勝てません。（笑）

その鉢谷君が小学校三年のとき、落第しました。

ちょうど、進級式が講堂で行なわれているとき、講堂を取り囲むようにして建っていた前の校舎のほうから、突然「ワーッ」と泣き叫ぶ鉢谷君の声が聞こえました。（笑）それがまた物凄いのです。（笑）小使さんかなにかが追っているのか泣き叫ぶ声が次第に移って、こんどは右の校舎のほうからし、（笑）また次第に移って後ろの校舎のほうからするのです。（笑）鉢谷君は出て来てはじめて、落第して進級式に出られぬことを知ったのかも知れません。いや、知っているのに無理矢理出て来たかも知れません。父に話しますと、自分は小学校二年生で退校させられたと自慢している癖に腹を立て、（笑）「碁アタマ、将棋アタマといって、それはそれで立派な天才だ。それを落第なんかさせたら、親たちも将棋をやめさせてしまうだろう。将棋で天下に名をなすかも知れぬものを、あたら一介の印判屋で終わらすことになるだろう」鉢谷君が将棋で天下に名をなしたとは聞きません。いたずらに電灯を下げ、机にかがみ込んで印刀にしがみついている鉢谷君の姿が目に浮かぶのです。

しかし、落第も中学生ともなると、それを卑下する様子はありません。況や高等学校ともなると、名士と称して威張ってさえいるのです。（笑）要するに彼等は単純なので、鉄拳制裁にしても、「おれたちもやられたんだから、お前たちがやられるのは当然だ。（笑）悔しかったら、お前たちもおれたちのようになったら、やればいいじゃないか」ということでいわゆる伝統のようになり、やるほうも公然とやりましたし、やられるほうも当然だと諦め切っていた上に、母校に対する誇り、つまり強い愛校心がそれを支えさせていたのです。事実、なにかと言えば愛校心、愛校心と喚（わめ）かれ、かつ喚いていたのです。（笑）これも軍隊で言う愛国心とおなじで、愛国心、愛国心と叫ぶその人が、なにが一体愛国心だか分からずに言っているように、愛校心と喚く生徒たちは、なにが一体愛校心だか分からずに言っていたのです。（笑）わたし自身もそれに似たような目に合いましたから、いま言うイジメのような陰湿なものはまったくなかったとは申しませんが、ほとんどなく、況や自殺者を出すなんてことは考えられもしませんでした。

なにが愛国心だか分からず、愛国心と叫んでいたと申しましたが、愛国心と言えばなにか伝わるものがあり、それが国を過たしめたので、いまでは学校でも愛校心などと言わせないようにしているのではないでしょうか。いまでは愛国心だとか、愛校心だとか叫んだりすると、学生はいわずもがな生徒たちも笑ってしまうでしょう。（笑）しかし、本来愛国心とか愛校心は悪いものではありません。それが国を過たしめたとすれば、それに代わるなにものかを与えなければならないのに、戦後になるとご婦人たちまでが、いたずらに「暴力反対、暴力反対」などと叫んで回っている。（笑）そればかりか、先生が生徒を罰したと言って、親たちが先生にねじ込むと申します。（笑）

罰といってもほどほどにしなければなりませんが、このごろの生徒たちは先生に罰を受けると、親たちに訴えるのでしょうか。わたしたち子供のころは「先生に言うてやろ」という言葉はありましたが、（笑）「父ちゃんに言うてやろ」とか「母ちゃんに言うてやろ」

という言葉はありませんでした。（笑）わたしなどは父が『論語』にもあると言って、盆、暮れには必ず母に応分のものを先生に持って行かせ、他は知らずうちの子だけは手心せず、厳しくやってくれと頼ませたのです。お蔭でわたしは特にビシビシやられ、閉口致しました。（笑）父が『論語』にもあると申しましたのは、その「述而第七（じゅつじ）」にある次の言葉です。

子曰、自レ行二束脩一以上、吾未二嘗無レ誨焉。

子（シ）曰（ノタマ）ワク、束脩（ソクシュウ）ヲ行（オコ）ナウヨリ以上（イジョウ）ハ、吾（ワ）レ未（イマ）ダ嘗（カツ）テ誨（オシ）ウルコト無（ナ）クンバアラズ。

束脩とは乾肉の束で、教えを乞うとき先生に納めるものです。これを持って来た以上はまったく差別せずに教えたということで、あの階級差別が厳しかった春秋時代にこれが言われ、これが行なわれたことを思いますと、まことに驚くべきです。しかし、元来束脩は入学のとき一度納めればいいはずなのに、父は盆、暮れに必ず持って行かせたのです。

それはさて置き、このように暴力が伝統化されたのには、性欲に大いに関係があるとわたしは思います。いまでは学校で性教育をしてくれるようです。これもかえって刺戟してまったく弊害がないとは言えないでしょうが、なににつけまったく弊害がないというものはありません。しかし、わたしたちのころは男女七歳ニシテ席ヲオナジウセズ、などと申しまして、男女のことはタブーになっていたのです。なお、この男女七歳ニシテ席ヲオナジウセズと申しますと、皆さんは『論語』にあると思っていられるかも知れませんが、『礼記』（らいき）にあるので『論語』にあるのではありません。それはともかく、男女のことはタブーどころか罪悪視されていて、そんな気配を察知されると鉄拳制裁を受けるのはむろんのこと、退学させられてしまうのです。（笑）しかし、性欲はこれなくしては、種が絶えてしまうような、食欲、物欲と並ぶ根源的本能です。ところがこれがタブーとされ、罪悪視されている。

　ここの寺を注連寺といい、この下の集落を七五三掛（しめかけ）と申します。いずれもシメ縄のシメで、ここで結界され、真言密教の秘所湯殿山（ゆどのさん）を女人禁制として来たことを示すものとされています。女人禁制なる語が示すように、仏教は儒教以上に男女のことを、タブーどころか罪悪視しているように思われがちですが、すでに「華厳経」にしてその気配があり、真言密教で聖典とするところの「般若理趣経」のごときは、男女の行為そのものの喜悦からはじめて、至福の法悦に至ることを説いています。ながく印行（いんこう）を禁止されていた『とはずがたり』なども、これを信仰したものによって書かれたのです。

　しかし、いまだから言えることで、当時そんなことを口にしようものなら、ただではすみませんでした。にもかかわらず知りたくてたまらないから、辞書を引いても、おのずとそれらしい字句が目に留まるのです。(笑)ひとたび、それらしい字句が目に留まると、それからそれへとそれに関連した字句を引き、男女のことを独学で学ぶのです。(笑)そのころにはからだが次第に夢見させ、まだ見たこともない女性の性器が現れたり、思いも及ばぬ女性が現れたりするのです。これが謂わゆる夢精で、夢精がおのずとオナニーを会得させ、オナニーを常習するうちに、これもだれというわけではないが女体を思い描かせるのです。これが次第に鬱屈して来るのにタブーとされ、罪悪視されるのです。いきおい、その爆発せんばかりの精力が捌け口を求めて鉄拳制裁になり、果ては教師への暴力沙汰にもなるのです。しかも、これを英雄的行為と思っているのですから、たまったものではありません。(笑)

京城を取り巻く山々には岩が多いのです。中には岩ばかりの山すらあるのです。崇政殿の裏山左手に突兀(とっこつ)として聳えた岩があり、だれ言うとなく怒鳴台と呼んでいました。怒鳴というのは辞書にも見当たりませんから、おそらく怒鳴るから来たのでしょう。(笑)ともかく、怒鳴台に立てば鬱屈したものを爆発させて、天に向かって言う分にはなにを怒鳴ってもいいのです。(笑)教師への不満を怒鳴ってもよければ、上級生の不当を怒鳴ってもいいのです。タブーとされ罪悪視された性的不満を怒鳴ってすらいいのです。(笑)

京城には昌慶園と呼ばれる動物園があります。日本でもちょっと見られぬような立派な動物園ですが、そこで飼われたライオンが檻の中から凄まじい声で吼えるのです。京城は首都で広いから、巷に音が満ちている間はさすがに聞こえませんが、朝のまだ静かなときなどには全市に響き渡るのです。これも鬱屈したものを爆発させて、天に向かって吼えているのでしょう。（笑）わたしはしばしば怒鳴台に立っている生徒を見ました。ここに立つのも勇気がいります。その勇気ある生徒ですが、天に向かってなにを怒鳴っているか分かりません。（笑）ただ檻の中で吼える昌慶園のライオンのようにウォーッ、ウォーッとしか聞こえません。（笑）あるいは、不満、不平を言いきらずにいるのかも知れませんが、敢然とそこに立って天に叫ぶ。ただそれだけでも、怒鳴台は役割を果したと言えるのではないでしょうか。（笑）

九州の中学生も三年になると、よく朝鮮半島に修学旅行に参ります。その九州でも悪名高いある中学校が京城にやって来ました。かねがねその悪名を聞いていましたから、わたしたちはなにか良からぬことが起こるぞと、話しあっていましたが、果たして集団万引をやり、そのことが記事になり、（笑）「京城日報」にデカデカと掲載されました。（笑）「やっぱりな」と笑っていましたが、わたしたちも三年になると、鴨緑江を渡って満州の奉天まで修学旅行を致します。いまの中国東北地区の瀋陽であります。なんとなく異国情緒を味わって、なにごともなく帰途について、ふたたび鴨緑江を渡ると、だれかが隠し持った黒ダイヤを得意げに出して見せるのです。（笑）奉天の百貨店で、店員の目を掠めて万引したものです。（笑）

しかも、ひとりがそうして黒ダイヤを出して見せると、全員がというわけではありませんが、ほとんどの生徒がわれもわれもと万引した黒ダイヤを得意げに出して見せるのです。（笑）それればかりか、互いに見せ合って多く万引したのを自慢しているのです。（笑）中でも一番多く万引して来たのは、総督府のある高官の息子です。（笑）この生徒は小学五年から飛び級して来た子で、みなより一つ若いのです。そのとしごろの一年違いは偉いもんですね。わたしたちからはひどく子供子供しているように見えました。成績は悪いでもなく、良いでもなく、漢文の教科書に骨董文学などと書いて、面白がっていたりしていました。こんな生徒にしてからが、みなが万引するような環境に置かれればこんなことをするのです。（笑）しかも、もっともすぐれた力量を示すのです。（笑）

こうした盗癖なども、タブー化され、罪悪視されたものに挑んで、その機を得れば敢えてこれを犯そうとすることにおいて、性欲に似たところがあります。（笑）あるいは、性欲そのものに関係があるかも知れません。（笑）ともあれ、中学三年がもっとも危険な年齢でこれを立派に乗り越せば、生涯過たぬと、口がすっぱくなるほど言われて来ました。わたしたち旧制の中学三年は、いまの新制でも中学三年です。これを導き舵取る先生はいかほどご苦労かと思います。わたしの親しくして戴いている方で、中学三年を受け持っていた人があります。この人がいつの間にか養護学校に移っているのです。どうしてと訊くと、中学三年生を受け持って、さんざん手こずり、匙を投げて養護学校に移ったが、養護学校はまるで天国だと言うのです。(笑) 養護学校は天国たらしめなければならないので、そのためにしなければならぬご苦労は、通常学校に優るとも劣らぬものであることを、その人が知らずに過ごせることを、心から祈ります。(笑) 養護学校でも性の目覚めをどう解決したものか、真剣に悩んでいられるようです。ちなみに、万引に抜群の技を見せた子供子供した生徒は、いま高名な国立大学の学長になっています。(笑) 高名な国立大学の学長になりたいなら、万引をやれとは申しませんが、(笑) 万引はただ修学旅行のときの一度っきりで、盗癖にはならず危険な中学三年生も無事に乗り切り、勉学に励んだんだなと、いまも思い出すことがあります。

そうだ、わたしはいまだに数学めいたものに興味を持っている、それはドブネズミと呼ばれた数学教師に出会ったからだと申しながら、どんなことを言われたかを申し上げるのを忘れるところでした。(笑) ドブネズミと呼ばれた数学教師はこんなことを言ったのです。「数学というものは、学ぶにしたがってだんだん難しくなるのではない。だんだん易しくなるのだ。それは円錐型の山を螺旋状に登るようなもので、登るにしたがって眺望がひらけて来る。眺望がひらけて来るということは、いままで見ていた眺望を含んで来ることだ。諸君はこれから代数や幾何を学ぶ。これを難しいと思ってはならない。いままで習った算術が、これによって易しくなったと思わねばならない」

ご昵懇(じっこん)に願っている高野山本山布教師に増田任雄(にんゆう)という方がおられます。両国大徳院のご住職で、この方にこれを語って「神や仏はいつどんなところで、どんな姿で現れるか分からぬと言うが、まったくですな。ひとによってはただのネズミだったかも知れないが、わたしにとってはそんなものじゃなかった」円錐型の山の譬えを引くと、増田任雄さんは思い出されたのか、「ジャワのボロブドウルに登って頂上を極めたとき、次第に眺望がひらけて、ついに天上にある思いがしました」ジャワのボロブドウルは「華厳経」に則ってシャイレンドラ王朝に築かれた高さ五十メートル、径百メートルの九層をなす半球の大マンダラであります。

ご清聴感謝します。また明夜お会い致しましょう。（拍手）

原級に留まって、つまり落第しておなじ学年を二度繰り返すことを表裏（おもてうら）を返すと言うのです。わたしはわたしの中学校、京城中学を愛するあまり、落第すなわち表裏を返した先輩たちすらいたと申しましたが、（笑）そういう連中もなにも一年生から表裏を返したわけではありません。大量に落第生を出す三年生のときにそういう連中も落第し、それが癖になって表裏を返しはじめたのです。（笑）といっても、許されるのは表裏を返すだけでそれ以上、返すわけにはいきませんから、そうして卒業した先輩はわたしたちよりすくなくとも三つとし上で、ほとんどが水原高等農林に行っていたと思います。三つとし上ともなれば徴兵適齢期、すくなくとも二十で立派な大人です。中学三年とはまた違った意味での人生の節目です。中学三年ではまだ知りかけていることを、そうした先輩はすでに知っているのです。（笑）

　そうした先輩はもともと愛校心を持っていたのか、愛校心、愛校心といってるうちに、愛校心のなんたるかを会得して、愛校心を持つようになったのか知りません。（笑）水原高等農林にはただ徴兵逃れに籍を置いていたのか、そこにはいった先輩の中には、毎日のようにわたしたちの中学校の柔道場に来ているものもいます。この柔道場がまた全校生徒を収容できるほど広いのです。愛校心に燃えた先輩ももとは鉄拳制裁組だったかも知れませんが、鉄拳制裁組に下級生への鉄拳制裁を止めさせはせぬものの、下級生を優しく見守って柔道教師のよき助手を務めたりしていました。（笑）

　柔道教師は、倉田健之助と言い、みなからクラケンと呼ばれて、慕われていた人です。東京高師の体育学部を出て、朝鮮半島およびいまの中国東北地方で覇を唱えたことがあるそうです。毎日のようにわたしたちの中学校の柔道場に来る先輩たちが、その言うごとく愛校心もさることながら、クラケンの人格に魅きつけられたところが、大いにあったようです。胸板の厚いガッチリした人で、稽古をつけるときも、つねに正々堂々たる自然体を取り、生徒たちを投げるときは優しく手心し、主として投げられてくれていました。

　すでに申しましたように、父はいつも言っていました。「ほんとに勇気ある者となるためには、なんとしても武術を習わねばならぬ。そうすれば武術を敢えてつかわんでもよいばかりか、それがいつか諂わず毅然としておのれを持し、進み出ておのれの思うところを述べるような人物になる」そのぐらいですから、菅原ブッチュウさんに『論語』の素読を習いにやらされると共に、講道館に柔道を習いにやらされました。といっても、まだへなへなな子供の柔道で、喧嘩でもすればなまじい柔道を知っているのが妨げになって、なにも知らない弟のほうがうまくやるほどです。（笑）しかし、水原高等農林組の山本さんという先輩がじっと柔道場のわたしを見ていて、見込みがあると思ったのか、ずかずかと寄って来て言うのです。「お前、柔道が強くなりたいか」わたしはむろん「強くなりたいです」と答えました。「よし、それなら得意の技はなにか」「得意の技というほどの技はありませんが、気がつくといつも左跳ね腰を掛けようとしているようです」「よし、それならその左跳ね腰で行け。おれが稽古台になってやるから、毎日放課後おれに左跳ね腰を三百回掛けてみろ」と先輩の山本さんが言うのです。（笑）

稽古はその日の放課後からはじまりました。先輩の山本さんはむろん大人です。こちらはまだまだ子供です。せめて返し技でも掛けてくれればいいものを、受けてもくれず、頑として微動だもしないのです。（笑）わたしたちが無意識でカーテンに突き当たったとします。さして痛くもないでしょう。それはカーテンが受けてくれるからです。（笑）おなじ無意識でも柱や壁になると、事情はまったく違います。柱や壁は微動だもせず、受けてくれないから、衝撃になり跳ね返されてしまうのです。（笑）母が夜立って部屋を出て行ったと思うと、ゴーンと音がしました。（笑）暗がりで額を思い切り柱にぶっつけたのです。（笑）たしか声がしたと思うと、それなり母はいなくなったようです。いなくなったと思うと物置から金槌を下げて来て、ボコッとへこむほど柱を打ったのです。（笑）痛さのあまりそうしなければいられないほど、腹が立ったのです。（笑）

ちょうどそんな具合で、先輩の山本さんは頑として微動だもしないものですから、三百回はおろか、十回もしないうちに腰くだけになってしまいましたが、（笑）先輩の山本さんは十一、十二と数えつづけて、三百回までやめないのです。（笑）やむなくふらふらと、左跳ね腰の真似事をするより他ありませんでした。（笑）しかし、そうするうちには二十回ほど腰が持てるようになり、三十回ほど腰が持てるようになり、左跳ね腰を掛けるからにはもっと思い切って右足を踏み込まねばならぬとか、相手の左腕と右襟をどう引かねばならぬとか、おのずから会得して来たと思えたそのとき、すうっと一寸ばかり先輩の山本さんの足が畳から浮きました。（笑）浮いたと思うと、先輩の山本さんが弧を描いて飛んだのです。（笑）やがてのことに先輩の山本さんは起き上がりニッコリ笑って言いました。「おそらく君の左跳ね腰にはぼくもかなうまい。これからは左跳ね腰一本で行って、他の技は使おうと思うな。そうすれば必ず勝つ。もし、それで負ければ致し方ないと潔く諦めろ」（笑）と言って、左跳ね腰を会得するのに、二カ月や三カ月で出来たのではありません。一年以上もかかったのです。（笑）

子曰、賜也、女以レ予為二多学而識レ之者一与。対曰、然、非与。曰、非也、予一以貫レ之。

子ノ曰ワク、賜ヤ、女ハ予レヲ以テ多ク学ビテ之ヲ識ル者ト為スカ。対エテ曰ワク、然リ、非ナルカ。曰ワク、非ナリ、予レ一以テ之ヲ貫ク。

これは『論語』の「衛霊公第十五」にある言葉です。だいたいの意味はこうです。孔子が子貢にお前はおれを博学多識だと思うか。子貢がそうだと思いますと答えると、孔子はそうではない、わたしはただ一つのことを知っていて、それを貫いているのだと言われた、というほどのことです。あるいは一貫するなどという言葉もこれから出たのかも知れません。孔子がいった一とは仁のことで、左跳ね腰のことではありません。（笑）いや、『論語』の「述而第七」にはこうも言っています。

子曰、不レ憤不レ啓、不レ悱不レ発。挙二一隅一而示レ之、不下以二三隅一反上、則吾不レ復也。

子ノ曰ワク、憤セズンバ啓セズ、悱セズンバ発セズ。一隅ヲ挙ゲテ之ニ示シ、三隅ヲ以テ反エラザレバ、則チ吾レ復タセザルナリ。

孔子が言われた、知りたくて知らず、なにをと意気込んでいるのでなければ指導しない。言えそうで言えず、いらいらしているくらいでなければ教えない。一つの隅を示すと、三つの隅で答えるほどでなければ繰り返さない。先輩の山本さんがわたしに求めたところはまさにこれで、このとしになって若き日を思いだしていると、いつか『論語』のこれらの章が浮かんで来るのです。

わたしも左跳ね腰一本を忠実に守っているうちに、なんとなく内股を覚え、払い腰を覚え、大外刈り、小外刈り、背負い投げを覚えて、はじめて小学校で父から講道館に通わされていたことが生きて来ました。当然校内でも頭角を現して来たのです。しかし、それは校内だけのことで、ほんとうに強くなるためには遠征して、他校と実戦しなければなりません。なかでも、そのもっとも大きなものは、京都の武徳会で行なわれる全国中等学校柔道選手権大会です。その前には選手たちはクラケンの家で合宿するのです。選手たちはみなそれを誇りに思い、かつ喜んでいました。当然、わたしもクラケンの家に合宿するものと思っていましたが、だれもなんとも言ってくれないのです。（笑）いささか寂寥を感じていると、柔道部員の一人が来て、こんなことを言うのです。「あれは勉強すれば高等学校にはいれる。合宿などさせて、勉強を怠らせてはならない」わたしはそれを聞いて、クラケンの温かい配慮を知り、こりゃ勉強せんならんぞと思いました。したがって、成績もだんだんよくなって来ました。成績がよくなると、勉強もまた面白くなって来るのです。

ちょうどそのころ、加藤常次郎という先生が校長として赴任して来ました。一高東大というい触れ込みでしたが、からだの小さな色黒の痩せぎすで、およそ貫禄というものがないのです。たちまちタヌキと渾名されましたが、（笑）この校長が毎朝の朝礼には校庭に置かれた演壇に立って、短い訓話をするのです。短い訓話だからかも知れませんが、訓話に先立って必ず「一言致す」というのです。「一言致す」と切り出すと、みなは笑うのです。（笑）むろん、声を出してじゃありませんが、生徒たちの中にいるわたしには、生徒たちが笑っているのがよく分かるのです。笑っている以上はだれも聞こうとしていないのです。（笑）

校長のわたしを遇する態度が違うので、なにか予感のようなものがして困ったなと思っていると、どこでなにに目をつけたのか、校長は毎日わたしを校長室に呼びだして、まるで教師たちに訊くように「学校のどこが悪いか、悪いと思うところがあったら教えよ」と言うのです。ただでさえわたしばかりが校長室に呼び出され、なにか話しあっているというだけで、生徒たちから疎外されかねないことは目に見えています。出来るならば敬して遠ざけたいと思い、あたりさわりのないことを言っていましたが、父から言われたことが胸に甦って来るのです。「なんとしても武術を習わねばならぬ。そうすれば武術を敢えてつかわんでもよいばかりか、それがいつか諂わず毅然としておのれを持し、進み出ておのれの思うところを述べるような人物になる」それでも、差しさわりのないことを言っていると、とうとう校長のほうから言いだしました。「君、下級生への鉄拳制裁をどう思う。なんとしてもやめさせたいんだが、力になってくれんか」（笑）

これは大変なことだとわたしは思いました。ひと口に下級生への鉄拳制裁をやめさせると言っても、大きく言えばこれも伝統を破ることです。（笑）しかも、なにかそうでもせずにはおれぬ青春の爆発の捌け口になっています。（笑）つまり、その必然もあるのです。（笑）それをやめさせようとするからには、なによりも鉄拳制裁組を牛耳れるだけの力を持たねばなりません。それには柔道部の主将になるのが一番ですが、そうなることをクラケンがさせなかったのです。そのクラケンの温情をわたしは身にしみて感じているのです。とすれば、わたしは団長になって応援団を牛耳るより他ありません。応援団の団長にかつて成績抜群というものはいなかったのです。（笑）成績抜群といえば、みなはなんと言っても敬意を払うのです。わたしは頑張り、ついに三年の二学期には首席にはなれませんでしたが、二番になりました。むろん、応援団長にもなり、下級生への鉄拳制裁はなくなってしまったのです。

それによって、鉄拳制裁組は当然わたしによそよそしい態度を見せるようになりました。しかし、そのぐらいのことは覚悟していましたし、それ以上のことはなにもありませんでしたが、やがてのことに校長は釜山中学に左遷されてしまったのです。なにか先輩たちが動いたという話を耳にしました。そう言えば加藤晴秀という教師がいました。鉱物を教えていたので、コーブツと渾名されていましたが、修身も教えていましたから、教頭格の教師だったのでしょう。貧弱なからだながら、時とすると毅然たる態度を見せそうな気のすることもあったりしました。

コーブツと渾名されながらも鉱物の授業などはそっちのけでした。当時の上級学校の入学試験は英語・数学・国語漢文が主要なもので、三学期になってはじめて他の一科目が入学試験に加えられることになっていました。しかし、コーブツ先生は「鉱物がそれに当たるようなことは滅多にない。(笑)もしそれが出るようなら、おれが四つばかりヤマを掛けてやる。(笑)そのうち一つは必ず当たるから、それまで鉱物なんか勉強せんでいい」と言って、修身とはいえ当意即妙なとても面白い話をして生徒たちを笑わせてくれました。(笑)みなが笑いころげているとき、コーブツ先生が突然教壇を降りて来て、後ろのほうで実に見事な平手打ちの音がしました。(笑)ドストエフスキーに『悪霊』という小説がありますす。その『悪霊』の中にシャートフがスタボロギンに頬打ちする素晴らしい描写があります。コーブツ先生の平手打ちは、それを読むといまも思いださずにいられぬほど見事なもので、その音はしばらく消えずに、教場に漂っていました。(笑)平手打ちを食ったのは、集団万引で抜群の腕を見せ、いまはある有名大学の学長になったあの子供子供した生徒です。(笑)それがなにをしたか知りませんが、コーブツ先生はただひとこと言ったのです。「高官の息子だと思って舐めた真似をするな」コーブツ先生はあんな面白いことばかり言いながら、反骨の人だったのでしょう。

先輩たちが動いたと聞いたとき、わたしはなんとはなしにクラケンを慕ってその家に出入りするほどの生徒、先輩たちは、みなコーブツ先生を慕ってその家に出入りしていたことを思い出しました。しかも、校長はひとり一高東大なのに、二人はいずれも東京高師なのです。こんなことはみなわたしの臆測に過ぎないかも知れません。もし臆測を語って誤っているとすれば、謝って過ごせることでありませんが、父の言っていたことが思い出されて来たのです。「徒党ヲ組ンデ派閥ヲナシ、蝸牛角上ノ争イヲナスのはなにも子供の世界ばかりではない」わたしははじめて大人の世界を知ったような気がしたのです。加藤校長が釜山に発つという日、わたしは京城駅まで見送りに行きました。おどろいたことには、わたしの他にはだれひとり見送りに来ていないのです。しかし、加藤校長は、無言でデッキに立っていました。わたしも無言でデッキに向かって、ホームに立っていました。やがて汽笛が鳴ってまさに汽車が動こうとしたとき、加藤校長がデッキから降りて来て、わたしに「有難う」と言いました。わたしが返す言葉もなくホームにいると、汽車が動きだし、加藤校長もデッキに戻り、手を振りながら汽車と共に去って行きました。加藤校長はわたしたちの中学を受験名門校にしようとしたのです。そのために運動名門校たるを犠牲にしてもと思ったのです。

講演に招かれて米子に行き、米子高校の校長にお会いして、帰りは米子駅まで送って戴きました。米子高校はもとの米子中学です。米子中学といえば、まずその運動部です。なかでもわたしの記憶に残っているのは柔道部の強さで、たしか全国中等学校柔道選手権大会でもしばしば制覇優勝したはずです。柔道をして有段者になれば、黒帯をすることをゆるされるのです。わたしたちの中学にも黒帯が何人かいました。ところが、米子中学は全員が白帯をしているのです。白帯をしているから、有段者はいないかというと、そうした実力者はごろごろしていて、ただ段を取らず黒帯をしていないだけで、これをみずからも「白帯の誉れ」と称して誇ったのです。思い出してそんな話をすると、米子高校の校長は感慨深げに天を仰ぐようにして、「もとはそうでした。野球でもなんでも強かったのです。そのころは進学のほうでも誇れるものがあったのに、変なものですな。運動のほうが衰えたと思うと、進学のほうも芳しくなくなってしまったのです」わたしはそれを他人事ならず聞きました。わたしはすでにデッキの上にありました。ホームにあって手を振って下さっている米子高校の校長に、こちらも手を振ってお答えする間もないように汽車は動きだし、そのお姿は遠のいて消えてしまったのであります。

　窓に凭れながら、わたしは米子高校の校長の言われたことをあらためて思い出しました。加藤校長は去ったが、その意図は幾分か果たされたかも知れない。しかし、運動名門校たるを犠牲にすることによって、徒に意気消沈し受験名門校たることも出来なくなってしまったのではないだろうか。わたしは韓国に招かれて、いまはソウル高校になった京城中学を訪れたと申しました。みょうなことを思い出すものですね。川があるわけではありませんが、谷を隔てた向こうの丘に培材という高等普通学校があります。高等普通学校とは韓国人の中学校です。互いに下校する時間が重なると、よく喧嘩をするのです。それをふと口にすると、ソウル高校の校長が笑うのです。「いまも盛んにやっていますよ。なにも韓国人だから、日本人だからと言うわけではありません。あれも意気軒昂のうちですからね」そうだ、その意気軒昂だったのだ、そうなければならぬということだったのだ、とわたしは思いました。去るにあたって皆にひとこと韓国語で挨拶してやってくれと言われました。「韓国語で挨拶してくれとのことですが」とわたしはみなに言いました。「わたしが知っている韓国語は喧嘩で覚えたものばかりです。（笑）とても、ここで申し上げられるようなものではありません。（笑）せめて一週間に一度でも、わたしたちにも韓国語を教えてくれていたらと思いますが、喧嘩も意気軒昂のうちだそうです。皆さんの前途はじつに洋々たるものだ。どうかいつまでも意気軒昂であって下さい。おお、わたしもただ一つ韓国語を知っているのを思いだしました。それをいま申します。カムサハムニダ（有難う）。ヨロブン・チャール・カムサハムニダ（皆さん、ほんとに有難う）」

ご清聴有難うございました。また明夜お会い致しましょう。（拍手）

父はどんな発音をしているのか分からないが、洋書も読むだけは読むと申しました。その癖、わたしたちには本を読むときは、必ず大声を出して読めと言うのです。（笑）わたしたちの家にはよく韓国人や中国人が来たのです。父はむろん韓国語も中国語も出来ません。しかし、そうした人たちに訪ねられると喜んで書斎に通させました。応接間のような座敷もありましたが、特に親しい間柄になりますと、書斎を使うのです。書斎を使うと言っても、互いに言葉を知らないのですから、いつまでたってもシンとしているのです。シンとしていると思うと、とても愉快げな笑い声がするのです。（笑）

覗いてみると互いに紙と筆を持ち、紙に書いた文を見せつ、見せられつして、意気投合すると会心の笑い声を上げています。（笑）これを筆談というのだそうです。中国人がいま読み書きしている文章をどう言うか知りませんが、わたしたちは時文と呼んでいました。時文とは現代文ということで、時文が出来るから漢文が出来ると言うわけには行きません。漢文が出来るということは、中国でも相当な知識人であることを示しているのです。

韓国はそもそも礼節を尊ぶ儒教の国です。わたしもしばしば書堂に集まった韓国の子供たちが、肩を左右に揺すりながら、大声を上げて白い鬚をたくわえた老先生から、『論語』を習っているのを見ました。だからといって、韓国人のだれもがそうだというわけではなく、漢文が出来るということは、これまた相当な知識人であることを示しているのです。こちらから見てもそうなら、あちらから見てもそうでしょう。父はそうした中国人や韓国人に敬愛されていたようです。

そうしてまるでもう京城が墳墓の地ででもあるように悠然と構えていましたが、わたしにつねづね政治家になれと言っていたぐらいですから、悠然と構えるに至るまでは、別人のように東奔西走していたのでしょう。いつなんのために行ったのか分かりませんが、山口市がひどく気に入っていて、高等学校に行くなら山口高等学校に行けと言っていました。高等学校は第一から第八まで数字のついた学校が八つあります。数字がついているので、ナンバー・スクールと申しますが、山口高等学校はナンバー・スクールではありません。ナンバー・スクールではありませんが、その創立はナンバー・スクールに比べても早いほうではありますまいか。山口高等学校はたしかある時期になくなり、それから再び復興した学校のように覚えております。とにかく創立が古いので、多くの人材が輩出しております。

わたしが招かれて山口市に講演に行ったとき、これも招かれて講演に行った鹿児島市を思いだしました。山というほどでもない丘が、平地のあちこちにぽこぽことある。車はその間を縫って走るのです。鹿児島市でもちょうどこれと似たような風景の中を、車で走ったのです。鹿児島県と山口県は薩長といって、およそ維新の元勲といわれるほどの人は薩長から出たのです。父がわたしに政治家になれと言う以上は、そうした人にあやからせようとしたに違いありません。それに、京城からすれば、山口市は鹿児島市より近いのです。
そう父は考えたのだろうと思いましたが、その言うところはまったく違うのです。
「山口市はほんとにいい街だ。カフェーもなければ喫茶店もない。（笑）敦はもともと雷水解という命運のもとに生まれた。雷水解とは渺々（びょうびょう）たる水のひろがりの上の雷ということだ。ひとたび鳴れば忽ち人に知られるようになるかも知れんが、なにしろ渺々たる水のひろがりの上の雷だ。いつ落ちるかも知れん。（笑）徳を敦うせざれば危うしというので敦とつけたのだ。（笑）カフェーや喫茶店のある街はいけない」（笑）
『史記』にも孔子が、

読レ易韋編三絶
易（エキ）ヲ読（ヨ）ンデ韋（イ）編（ヘン）三（ミ）タビ絶（タ）ツ

と、あります。韋編とは竹の札になめし皮を通してつくった中国古代の書物のことで、孔子がそのなめし皮が三度も切れるほど読んだということから、本を熟読玩味することの譬えとされています。父もよく『易経』を読んでいましたから、雷水解も『易経』にあるだろうぐらいに思って訊きもしませんでしたが、人間、訊くべきときに訊いておかねば、訊けなくなるもんですね。(笑) わたしはだれかに訊こうと思っているうちに、第一高等学校時代しばらくクラスを共にした渡辺君を思いだしました。渡辺君は中学四年から飛級をして来た秀才でしたが、ひどい潜伏斜視でプリズムのような眼鏡を掛けていました。(笑) そのために、勉学がままならず、ドイツ語の試験のとき答案に達磨の画を描き、(笑)「手も足も出ぬ。ヘルプ、ヘルプ」と書いて、(笑) ドイツ語教授から「答案に落書なんかする奴は、来学期の試験で五点引く」(笑) と言われて落第しました。(笑) にもかかわらず、渡辺君はその落第で発憤し、翌年は見事首席になり、それきり第一高等学校をやめてしまったのです。(笑) その渡辺君がよくわたしに言っていたのです。「易は未来を知るただひとつの学問だ。ぼくは断然易を学ぶ」(笑) そうだ、渡辺君なら知っているかも知れない。しかし、わたしは渡辺君も永遠に訊くすべもない人になっていたことを知るのみでした。

それはそうと、父がわたしに徳を敎うせざれば危うしと言うのは、どうやら女に危ないということのようです。(笑) でなければ、山口市はいい街だ、カフェーもなければ喫茶店もないなどと言うはずがありません。（笑）男に生まれて青年になろうとするころ、だれが女に危ないことを願わないでしょうか。（笑）それに加えて親もとを離れるということは、すなわち自由になることで、謂わば本能です。（笑）それにどうせ親もとを離れるのならば、東京に行きたいのです。東京ならばどこよりも危ない、（笑）どこよりも大きな自由があるように思えたのです。（笑）なぜなら、危ないことを敢えてすることこそ、ほんとうは自由だったのです。（笑）

わたしは父が厳格だっただけに、なお更そうした欲望が鬱積していたのです。（笑）しかし、父が古稀を迎えてわたしの中三のときこの世を去らなければ、父の言葉にしたがって山口高等学校を受験し、もし受かっていればいまとはまったく違った人生を歩んでいたでしょう。あるいは、弟のように立派な社会人になれたかも知れません。（笑）しかし、わたしにはもう山口高等学校に行けという人はないのです。わたしは当時第一高等学校にいた中島敦という人に、父がつねづね言っていたことを書き添えて手紙を出しました。中島敦といえばどの教科書にも出ていますから、ご存知でない方はいられないでしょう。京城中学では首席で通し、四年からこれまた飛び級して第一高等学校にはいり、第一高等学校でも首席で通したという伝説的人物です。名はわたしとおなじ敦ですが、その敦はわたしのように危ない男だから、徳を敦うせよといってつけられたものではないでしょう。（笑）「李陵」だとか「山月記」だとか、おそらくは後世に残ると言っていい名作を書きました。そう、そう、子路の話を致しましたね。子路は孔子の弟子の中でも最年長で、なにかというとおのれの勇を自慢するので、たしなめられながらも孔子にひどく可愛がられた人物です。この子路のことを書いた中島敦の作品に「弟子」という作品があります。これからも子路の話をさせて戴きますからどうぞお読みになって下さい。

中島敦から返事が来ました。「山口市にカフェーも喫茶店もないというはずがない。遊廓だってあるだろう。それを君のお父さんがカフェーも喫茶店もないといわれたのなら、君のお父さんはカフェーも喫茶店もない通りを歩かれたのだろう。(笑) カフェーも喫茶店もない通りを歩かれたのなら、カフェーも喫茶店もないよ。(笑) それに、君は柔道ばかりやってると言ったね。柔道ばかりやってるようなら、山口高等学校でも難しいんじゃないか。(笑) 地方の高等学校にはその地方の秀才があつまるんだ。(笑) 出来れば東京に上がりたいと君は言う。それなら、思い切って第一高等学校を受けてみないか。どうせ落ちるなら、山口高等学校を受けましたが落ちましたと言うより、第一高等学校を受けましたが落ちましたと言うほうが、恰好がいいよ」(笑) と、まあこんな具合です。

さきにわたしは父が玉木西涯先生から「子路、子路」と呼ばれて可愛がられたと申しました。ところが、こんどはわたしが中島敦から子路扱いをされたのです。しかも、おそらく子路が孔子から感じていたであろうような温かいものを感じたのです。講演に招かれて山口市に参りましたとき、わたしは当然このことを思い出しました。気をつけて見ましたが、やはりカフェーも喫茶店もないのです。さきごろ山口高等学校を出たというある会社の社長さんに会い、その話をすると社長は腹を抱えて笑うのです。「なになに。そんなとこに行ったんじゃ、カフェーも喫茶店もないよ。（笑）どうしてどこそこに行かなかったんだい。どこそこに行けば、カフェー、喫茶店はおろか、歓楽街になっているのに」（笑）それでは、どうしてそのどこそこに案内してくれなかったのか、いまさら主催者に文句を言っても追いつきません。（笑）

ところで、第一高等学校を受けるとなると、なみたいていの覚悟ではやって行けません。クラケンがあれは高等学校に行く子だからと言ってくれた温情もあることです。受験科目になればヤマを掛けてやると言ったコーブツ先生にも応えるところがなければなりません。そこで、わたしはわたしなりに考えました。それは先輩の山本さんがわたしの左跳ね腰で弧を描いて飛んだとき、言ってくれたことです。「おそらく君の左跳ね腰にはぼくもかなうまい。これからは左跳ね腰一本で行って、他の技は使おうと思うな。そうすれば必ず勝つ。もし、それで負ければ致し方ないと潔く諦めろ」これだと思ったのです。

それでは、この左跳ね腰に相当するものはなにか。受験科目の主たるものは、すでに申しましたように英語・数学・国語漢文の三科目です。『論語』さえ出来ればどんな漢文でも出来るというわけには行きませんが、小学生になる前から菅原ブッチュウさんに『論語』の素読（そどく）をやらされましたので、他の生徒とは違います。それに父は筆談で中国人や韓国人とつき合っているという家に育ったのです。雰囲気からして、他の家とは違います。なにかを学ばせるとき、まずそれに適する雰囲気に置いてやることがもっとも肝要で、孟母三遷などといわれるのも、ここから来ているのです。わたしの家もおなじ京城にいながら、三度家を遷(うつ)りましたが、ただ生活が安定するにしたがって、それにふさわしい家に遷ったので、母が孟子の母だったわけではありません。(笑)しかし、言うことだけは孟母三遷、孟母三遷と盛んに言っていました。(笑)

次は国語です。国語といってもいまのように現代文ではなく、古文が出るのです。古文もそれを専門にご研究なされば、容易なことではないでしょうが、わたしたちが要求されるのは、そんな専門的なものではありません。その古文をなり立たしめた文化や思想をおおまかに体得していれば、大過なく過ごせるのです。しかも、その文化や思想たるや、中国から朝鮮半島を経てわが国に渡って来たものです。したがって、漢文が出来る者は古文もだいたいは分かるのです。わたしは一を貫くために国語漢文は受験勉強からはずすことにしましたが、いまの受験生は大変ですね。古文ではなく現代文が出るようで、現代文は実に世界各国の文化や思想を背景になり立っていますからね。わたしの「月山」の一節がある大学の受験問題になりました。大学からはなんの断り状も来ませんでしたから知らずにいたのですが、受験雑誌から模範解答をつけて、送られて来たのでそのことを知ったのです。模範解答がつけられていたので、わたしも解答してみました。なんとそれを書いた

わたしが六十五点しか取れないのです。（笑）しかも、どう見ても模範解答が正しいのです。（笑）

受験勉強から国語漢文をはずすとすれば、あとは数学と英語です。英語は母がわたしをなんどか外人教師のところに連れていき、四つか五つぐらいの単語しか知らない癖にぺらぺらやって、外人教師とすっかり意気投合し、わたしが習いに行こうとすると、必ず母がついて来ようとするので、ろくに行きもせずにやめてしまったのです。（笑）しかも、二度までもやってくれ、二度ともおなじ理由でやめてしまったのです。（笑）すなわち、母がわたしを外人教師につかそうとしたばっかりに、英語が嫌いになったのです。（笑）好きこそ物の上手なれで、嫌いでは上手にはなりません。（笑）父は発音も出来ず洋書を読んでいるような人でした。なんとかして英語を学ばせようとしたのでしょう。そんなに英語が出来ないようなら、思い切ってアメリカにでもやったらどうだ。あっちに行けば赤ン坊でも英語を使っとると言うのです。（笑）それでいて赤ン坊は英語しか使えないのだとは言わないのです。（笑）もし父の言葉にしたがってアメリカにでも行っていたら、これまたいまのわたしとは大いに違ったものになったでしょう。わたしたちが現在こうあるのは、過去における一点一画が狂っていても、こうはおれないのです。したがって、いまある瞬間がいかに大切なものであるかが知れるのです。

こうなればわたしが選ぶ一つは、数学しかありません。先にドブネズミという先生がいて、おそらくは鉄拳制裁組の生徒と揉み合い、消えてしまった渡辺という人がいたと申しました。しかし、わたしはこの渡辺先生のお蔭で数学が好きになったと申しました。繰り返しますが、渡辺先生はこんなことを言ったのです。「『数学』というものは、学ぶにしたがってだんだん難しくなるのではない。だんだん易しくなるのだ。それは円錐型の山を螺旋状に登るようなもので、登るにしたがって眺望がひらけて来る。眺望がひらけて来るということは、いままで見ていた眺望を含んで来るということだ。諸君はこれから代数や幾何を学ぶ。これを難しいと思ってはならない。いままで習った算術が、これによって易しくなったと思わねばならぬ」

わたしはほんとにそうだと思ったのです。それを実行したのです。この数学だけはなんとしても引けを取るまいと頑張ったのです。まず大きな黒板を買ってもらいました。父がなくなって、母には将来まだなんとも知れぬ二人の男の子がいます。家計のことも心配だったでしょうが、勉強といえば出費を惜しまなかったのです。特に大きな黒板を買ってもらったのは、父がいつも「字に難しいの易しいのということはない。難しいと思えば大きな紙いっぱいに大きな字を書けばいい」と言ったのをそうだと思ったからです。また二十色の色鉛筆を買ってくれ、声を出してそれぞれの色で二十通りも書かされたように、出来るだけ多くの色チョークを買い整えました。また、だれかに教えでもするように、声を出して赤いピタゴラスの定理を解いたり、緑のピタゴラスの定理を解いたりしたのです。ピタゴラスの定理は幾何の教科書では最初のほうに出て来るものですが、やがてはこれが一般化されて、空間の性質を決定するほど重要なものであったことを知り、懐しくも赤いピタゴラスの定理を思いだしたり、緑のピタゴラスの定理を思いだしたりしたのです。(笑)いまにして思えば色鉛筆で字を書いたり、色チョークで数学を勉強したりすることは、多分に勉強を遊戯化してくれることで、遊戯化されれば面白くなり、好きこそ物の上手なれということになるのであります。父が「遊ぶ」は「学ぶ」ことだと言ったのも、ここのところであったかも知れません。

柔道もほんとうに強くなるためには、遠征して、他校と実戦しなければなりません。東京には多くの予備校があります。夏冬の休暇にはそれぞれ講習会が開かれ、模擬試験が行なわれます。「なんとしても、その講習会に出て模擬試験を受けたい。そうしなければ、第一高等学校にはいるのは難しい」そう母に申しますと、母はたちまち身を乗り出し、「そうだね。そうおし」と賛成してくれました。母はわたしの向学心がそれほど強いのかと、むしろ感動してくれましたが、東京に出てみると「三好野」にはいっても、停学させられるわけではありません。(笑)映画館にはいっても、退学させられるわけではありません。(笑)喫茶店はおろか、カフェーにはいってもいいのです。(笑)敦とは危ない男だからとつけた父の言ったとおり、この解放感に酔いしれて、どの講習会にもろくに通いませんでした。(笑)しかし、玄界灘を渡って遠征実戦のために来たのだから、とこればかりは固く護ってどの講習会でも、模擬試験だけは必ず受け、必ず講評だけは聞きに行きました。模擬試験で一本取られると、不思議にその問題は忘れないのです。わたしの「月山」から出された受験問題にしても、いま出されれば百点が取れるでしょう。(笑)その一題を忘れなければ、他の多くの問題にも応用されるのです。

わたしはまたよく本屋に行きました。京城でもよく本屋に行きましたが、東京の本屋とは比較になりません。たしか、「三省堂」だったと思いますが、数学の洋書がありました。なんの気なしに開いてみると、なんの抵抗もなく分かるのです。そりゃァその人をよく知っていれば、洋服を着ていても和服を着ていてもすぐ分かるように、数学そのものを知っていれば英語で書かれていても、日本語で書かれていても分かるはずです。(笑)これだと思い、わたしはそんな数学の洋書を何冊か買いました。

休暇が終わって京城に帰り、買って来た洋書の英語だけは覚えようと、まだ知らなかった単語を単語カードに書き取り、午前一時から起きて、街に出て勉強しました。午前一時から起きたといえば驚かれるかも知れませんが、柔道に夢中になっていたとき、くたくたになって夕食をすませ、午後七時には倒れるように床について眠ったのです。それがそのまま習慣になって午後七時には床についていたのですから、午前一時に起きるといっても六時間は眠っているのです。街に出るのは眠気を覚ますためで、家から坂ともいえぬ緩やかな坂があります。これを下れば道幅は狭いが、京城でも一番の繁華街です。山口市ではとうとうそんなところは見ずじまいでしたが、山口市のそれに優るとも劣ることはないでしょう。（笑）煌々と街灯がついているので、単語カードぐらいは読めるのです。父はおかしなことを言っていました。「決して覚えようと思うな。忘れよう、忘れようと思って拳拳服膺（けんけんふくよう）せよ」忘れよう、忘れようとすると、かえって忘れられぬもので、一つの街灯から次の街灯に行きつく間には、もともとイメージがあるので、単語の一つぐらいは覚えられるのです。ちょうど、芸妓さんたちの引け時で、そうして歩くわたしを見て、「あの子いつも勉強しているわね。どこを受けるのか知ら。はいってくれればいいわね」などという声をよく聞きました。（笑）

そんな片寄った勉強の仕方をしたもんですから、中学校の成績はまさに首席にならんとして、見る見る悪くなって行きました。（笑）学校の成績を良くするためには満遍なくいい成績を取らねばなりません。しかし、母もそうしなければ、とても第一高等学校にははいれぬと思ったのでしょう。学校の成績が悪くなることがまるで第一高等学校へはいる証拠でもあるかのように、（笑）学校の成績の下がったことを心配するどころではありません。ますますわたしがわたしのやり方で行くように励ましてくれ、夏冬の休暇には東京に行くように勧めてくれたのです。（笑）しかし、伝説的になっていたと言っていい、中島敦のように飛び級して行くというようなわけにはとても行きません。（笑）そうなるためには中学校にはいったそもそものはじめから、ビッシリ勉強して掛からなければならないのです。
もう待ったはないと思いながらも、上京すればれいの解放感で、模擬試験だけは受けて回り、その講評だけはビッシリ聞きはしたものの、講演会にはほとんど出ませんでした。(笑)れいのように「三省堂」で、トルストイの『アンナ・カレニナ』の英訳本を見つけました。トルストイの『アンナ・カレニナ』ぐらいは知っていましたが、日本語訳でも浩瀚なのに、判型も小さく、厚さもそれほどありませんでしたから、英訳の抄訳本だったのでしょう。なんだかスラスラと読めるような気がするので、これを買いました。(笑)
おしなべて訳本は原典より易しいとされています。たとえば、ジェームス・ジョイスに『ユリシーズ』という著書があります。二十世紀の世界文学を代表するもので、わたしも持ってはいましたが、読まなかったというより「手も足も出ぬ。ヘルプ、ヘルプ」だったのです。(笑)しかし、ドイツ語の出来る人がドイツ語の訳本で読めば、そう難しくはないそうです。まして、抄訳本となればなおのことでしょう。なんとか読めるという嬉しさが、わたしの英語を僅かながらも数学から文学へと拡げていってくれたのです。これが英文学への興味を持たせ、この興味がまた世界文学を読みたいという意欲を掻き立てたのです。すなわち、おのずからにして一隅ヲ挙ゲテ之ニ示シ、三隅ヲ以テ反エスことが出来るようになったのです。(笑)あたかも、円本の最盛期で新潮社から「世界文学全集」が出ていました。本を買うぶんには、母は金を惜しまないのです。受験のためには受験術を知らねばならぬと思っていましたので、受験本も人並みには揃えていましたが、それよりはトルストイの『アンナ・カレニナ』のほうに興味を引かれて行ったのです。それが世界文学とまで行かなくとも、英語的常識はつけてくれたのです。

わたしたちのころは英文学など上級学校になると、英語の原書で教えていました。しかし、近頃はおおよそ原書に頼らず、日本語で英文学を教えると聞きました。（笑）それではなんにもならぬと言われる方があるかもしれませんが、必ずしもそうではありません。わたしは漢文を知っていれば古文はおのずから出来るようなことを言いましたが、家には博文館の全集がありました。父はわたしに読めとは申しませんでした。しかし、「『源氏物語』にはこんなことが書いてある。それが『栄花物語』にはこんなふうに出ている。『枕草子』を読むなら『大鏡』も読んでみよ。おなじ人がそれぞれこんなふうに出ている」などと言うことは聞いていました。だから、試験問題をみて、ははァ、父はあんなことを言っていた。すると、これはあんなところから出たんだなと思うだけでも、些細な間違いはあっても大過はないのです。（笑）こういうものです、常識があるというのは。（笑）なにものも常識の圏内に入れれば日常化し、恐れることのないものになります。常識がいかに大切なものかお分かりでしょう。

そうそう、当時これも円本で、春秋社の「世界大思想全集」というのがありました。むろん、買ってもらっていたのです。なんの気なしにニュートンの「プリンキピア」を開いて見ました。すると、そこに幾何の図形が出ています。それは幾何を学んで、なんのためにこんな難問題を出すのかと怪訝に思っていたものです。途端に難問題と思っていたものが常識になり、万有引力を述べたこの本も読み通してしまったのです。いや、固い話になって恐縮です。わたしが受験勉強のために玄界灘を渡った関釜連絡船は、母がそれに乗ってバルチック艦隊に遭遇しかけたと誇りにしていた病院船博愛丸だったのです。母は博愛丸は英国製の新鋭で、十八ノットだなどと言っていましたが、後、わたしが樺太に遊んだとき、博愛丸は人間の運命を語るように、最果ての宗谷海峡の連絡船になっていました。

ご清聴を煩わしました。（拍手）

明日は皆さん湯殿山にお詣りになりますね。湯殿山は月山、羽黒山と共に出羽三山と呼ばれるばかりか、その奥の院とされるところです。海抜一五〇四メートルのところにありますから、山といってもいいでしょうが、大渓谷をなす火口底で、そのご神体はそこにある一大巨岩です。芭蕉の『おくのほそ道』でも「惣而此山中の微細、行者の法式として他言することを禁ず。仍て筆をとどめて記さず」としているものです。一大巨岩は胎蔵界大日如来と称し、そこよりして湧出する温泉がやがては梵字川をなすのです。弘法大師空海がこの川に梵字がキラキラときらめき下だるのを見て遡り、この胎蔵界大日如来とされる一大巨岩を発見したと言われ、両岸の山々には弘法伝説が数多く残っています。弘法大師空海は即身仏となって高野山の御霊廟に祀られ、釈迦入滅後五十六億七千万年後に弥勒菩薩が兜率天（とそつてん）より下生（げしょう）して、龍華樹下（りゅうげじゅか）で三会（さんえ）の説法をされるのを聞こうとしていられるといいます。ここ注連寺に祀られている即身仏鉄門海上人がおなじ海号を持っているのも、弘法大師空海にあやかろうとしたものです。わたしは宗教的真実を信じます。宗教的真実を信ぜずしては、いかなる信仰も宗教もなり立たないと思っているからです。（拍手）

講演　第七夜　楽しかりし日々

第一高等学校は当時東京帝国大学と並んで本郷にあり、正門の鉄の門扉の彼方校庭の正面には、なにに使っていたか知りませんが、赤煉瓦の建物がありました。あるいはなにも使われず、廃屋になっていたのかも知れません。右手には後に東大農学部になった、鉄筋コンクリートの堂々たる建物がありましたが、教授室や事務室があり、主として三年生が使っていましたから、わたしははいったことがありませんでした。だいたい、三年生は一高生であっても、いわゆる一高生らしい振る舞いをしていないという意味で、もう一高生ではないのです。皆さんは一高生といえば弊衣破帽、腰に手拭い、朴歯の高下駄を鳴らし、冬には黒いマントをはおって、闊歩しているとお思いでしょう。そうに違いありませんが、中には新品の制服制帽で靴なんかはいている者があります。これが一年生か二年生かというと、そうではありません。（笑）三年生なのです。（笑）一年生や二年生は新品の制服制帽を、苦心して弊衣破帽にしているので、これでこそ一高生の一高生たる面目を躍如たらしめているというものです。（笑）

各大学の総員は各高等学校の総員に合わせてつくられていましたから、選り好みさえしなければすべてが収容されることになっています。非常に出来て、哲学を西田幾多郎に学びたいとか、田辺元に学びたいと思って、殊更京大に行こうとした連中を除けば、一高にはいったからにはなんとしても東大にはいりたい連中ばかりで、大量の高等浪人を出すのです。（笑）そうだ、それで思い出したことがあります。本郷通りで夜並ぶ屋台店で知り合った先輩の東大生がおでんで電気ブランを飲んでいます。この先輩の東大生からは高文を受けたようなことを聞いていましたから、戦勝祝いかと思っていると、いや、今年は高文はやめたと言うのです。（笑）その言うところでは、「高文は東大在学中に通るか、首席で通らねばならぬ。出来れば在学中に首席で通りたいが、どうも首席とまでは行きそうもないからやめた」（笑）とこうなんです。わたしはこれが謂わゆる一高の秀才病なんだなと思い、そう言う自分もそう思っているのか互いに笑い合ってその夜はオゴってもらい、「来年は首席で」と乾杯して楽しい一夜を過ごしました。（笑）

わたしたち一、二年生の校舎は平屋建てで、隠れるようにして赤煉瓦の建物の左手に、更にそれを取り巻くようにして寮がありました。これが「五寮の健児意気高し」の五寮で実際はもっと寮がありましたが、寮歌は依然として「五寮の健児意気高し」と歌われていましたから、五寮とだけ思い出されて、実際はいくつ寮があったか思い出すことが出来ません。（笑）その校舎も寮もすっかり老朽化して、見られたものでないばかりか、寮の窓

という窓は三角巾を吊したように尿素で白く汚れているのです。（笑）
これは寮雨と称して窓からみなが放尿するからで、（笑）「ほんに向陵は不思議なところ、月があるのに雨が降る」という歌まであるくらいです。（笑）もっとも、ずらりと横何列かに並んだ木造の便所があることはあるのですが、それが遠い上に臭く、寮雨ですますのもひとつにはこのためです。（笑）それが寮雨ではすまされないとなると、他人は知らずわたしはやむなく一番後ろの列にあるものばかり、使うようにしていました。後ろの列にあるものほど、乾からびて臭いがしないからです。（笑）これから思うと後ろの列はどうも最初に造られたもののようです。遠いから汲み取りに来ないので、マンパイになるとかまわずその前に便所を建てて行き、（笑）新しい前の便所がいっぱいになるころには、もとからの後ろの便所は乾からびて、また使えるようになると考えたに違いありません。（笑）

ただひとつ、さすが一高だなと思えたのは落書です。落書は一高の名物のようなもので、それについての著書まで出ています。（笑）なにか台でも置いて仰向けにでもなって筆をとったのか、寮の上下天井いっぱいに名前が書いてある。（笑）卒業して行くとき、おれは必ず将来なすところがある、覚えて置けという誇りを以て書いたのか、あるいは惜別の情禁じがたく、せめて名を留めたいと思って書いたのか、いずれも墨痕淋漓たるもので、中にはすでに知名の士となって、わたしたちも知っている名前もありました。

しかし、わたしが言いたいのは便所にある落書です。猥褻がかったものは一切なく、互いに匿名で論戦しているのです。当時は左翼への弾圧が次第に厳しくなり、したがって左翼もまた次第に先鋭化していたときでしたから、左翼の拠るところの唯物論を以て問い掛ければ、右翼とは言わぬまでも必ずしも左翼に左袒(さたん)しない者が、唯心論を以て答える。人間とは妙なもので、いったんその便所のどこかにはいると、次には必ずそこにはいります。(笑)わたしもそうでしたから、次にはいったときにはちゃんとその答えた唯心論に唯物論を以て、反撃しています。かくて論議が延々と続き、それがまた生なかなものでないのです。便所の向こうすぐ下はグラウンドになっていて、もうその向こうに彼方上野の山まで眼下に街衢(がいく)が拡がっている。すなわち、上野の山から見ればこちらは向が丘で、一高が向陵と言われる所以はそこにあるのです。

しかし、向陵音痴という言葉があって、殊更向陵音痴であることを得意になっているのもあります。あるというより、このほうが多かったかも知れません。音痴といえば音感がなく、わたしがNHKの「ビッグ・ショウ」でもの笑いになったように、てんで歌が駄目だということだとお思いでしょう。(笑)そうではなくて馬鹿という意味です。とにかく、向陵音痴とは向陵馬鹿ということで、れいの赤煉瓦の建物に大きな垂れ布が下げられたことがあります。それには「祝○○君逆トツ」と書いてありました。逆トツとはビリということで、○○君ビリでお目出度うということです。(笑)

なぜ、お目出度いかと申しますと、逆トツとは図の①のごとく逆トップということであります。逆トップとはトップの逆数のことでありますから、②のごとくトップ分の一と書けます。(笑) トップとは一のことでありますから、③のごとく一分の一になります。一分の一は④のごとく一になります。一とは⑤のごとくトップということであります。すなわち、逆トップはトップに通じ、○○君お目出度うということになるのであります。(笑)

$$
\begin{aligned}
\text{逆トツ} &= \text{逆トップ} \cdots ① \\
&= \frac{1}{\text{トップ}} \quad \cdots ② \\
&= \frac{1}{1} \quad \cdots\cdots ③ \\
&= 1 \cdots\cdots\cdots ④ \\
&= \text{トップ} \cdots\cdots ⑤
\end{aligned}
$$

しかも、トップになるにはクソ勉さえすればだれでもなれるが、逆トップはそうはいかない。一歩間違えれば落第する、そこをうまく低空飛行でやってのけたのだから、トップよりむしろ偉いと言うのです。(笑)

また、よし落第してもなんら卑下することはないと言うのです。なぜなら、人が一年しか勉学しなかったところを、二年も勉学したのだからおなじに見てもらっちゃ困る。（笑）こ落第した本人もそう思い、ひともまたそれを認めて向陵名士と呼んでいました。（笑）こんな伝説すらあったのです。その名は忘れましたが、その渾名は覚えています。しかし、その渾名を言えばすぐ「ああ、あれか」と思われるでしょうから、名士中の名士だったという意味で、大名士とでも呼ばせて戴きましょう。（笑）

大名士はなんでも地方の中学校で教師をしていたそうです。生徒の中に出来るのがいて、「一高を受ける」と言いだしました。「よし、それならおれも」と、大名士は生徒と一緒に一高を受けましたが、生徒はさっと四年生から飛び級で受かったのに、大名士は落ち、悠然として翌年はいりました。（笑）はいりましたが、大名士は少しも慌てず表裏を返したばかりか、東大にはいるのに三年も浪人したのです。（笑）一高には嚶鳴堂という講堂がありました。嚶鳴とは近頃ちょっと使われない言葉になってしまいましたから、ご説明申し上げますと鳥が仲良く鳴き合うことから、友人が相励ますことを言うようになったものです。

なにかまだ集まりに使われていたかも知れませんが、わたしは不埒な学生でそんなものは馬鹿にして出たことがありません。（笑）したがって、どんな集まりがあったかも知りませんが、あの大名士がこの嚶鳴堂に来て演説し、「わしはみなが三年しか研鑽せぬところを、六年も研鑽これ努めた。(笑) すなわち、諸君より三年も多く研鑽これ努めたのだから、三年ぐらいの休養は当然であろう」と言ったそうです。(笑) ところが、たまたま来ていた時の顕官が大いに頷いて、大名士を思い切って抜擢したというのです。(笑) あまり話が出来過ぎているような気が致しますが、話半分としてもこういう話が出来るのは、こういう話が出来る母体があるのです。それは明治の精神で、一高には明治の精神が生きていたのです。むろん、その反動ともいうべきものもありましたが、みなはそれを伝統という名のもとに誇りにしていたのです。なにかわたしのお話した京中時代の生徒たちを、思いだされるような気はされぬでしょうか。一高には「護国旗のもとわれ死なん」という寮歌まであります。軍隊生活と相俟ってここに淵源があり、あまねく全国の中学校に拡がって行ったのではありますまいか。

こんな話ばかりしていると怒られるかも知れません。(笑) 事実、怒られたこともあるのです。(笑) ブルックハルトに『文芸復興期のイタリア』という名著があります。分厚い本です。それを全部暗記しているとかで、ドイツ語ならだれもかなわないと言われていた学生もいました。せいは低くからだは小さいが、頭は大きいのです。あれなら脳味噌がギッシリつまっているに違いないが、(笑) それにしても『文芸復興期のイタリア』を全部暗記しているなどとは思われません。おそらく、そんなことをいう学生もそうは思っていなかったかも知れませんが、思っていないにしてもまことしやかに語られ、まことしやかに語られて行くうちには、伝説になって行くのです。

そうそう、こんな学生がいました。その学生は京城の龍山中学から来たというのです。わたしのような京城中学から来たものには、龍山中学から来たというだけで驚きでしたが、それがなんと十六歳だというのです。(笑)きっと、早生まれで小学校から飛び級で中学校にはいり、中学校から飛び級で一高にはいったのでしょう。それでいて、二十歳の学生より大人っぽい顔をして、子供子供した面影はすこしもありません。(笑)髭なども濃いのが生えているらしく、剃りあとがひどく青々としていました。(笑)

すでに、申し上げましたが、たとえ十六歳でも高等学校にはいれば、煙草を吸っても、酒を飲んでも、女遊びをしてさえも警官から咎められるようなことはありません。事実、そんな学生も相当ありましたが、この学生は顔まで大人の顔をしているのです。しかし、この学生はそんな仲間に加わらず、ひと前もかまわずひたすら勉強していました。やがて成績の発表がありました。最近では成績は本人に知らせるだけで、公表はされぬようですが、当時はそんなことはありません。成績は張り出されて、バッチリ公表されるのです。それだから「祝〇〇君逆トッ」といったことにもなるのですが、(笑)この学生はむろんいい成績でした。首席ではなかったものの、首席に近かったと思います。

首席に近いとなれば、当然首席を目指すでしょう。この学生は更に勉強に拍車をかけていたようでしたが、まさに首席になろうとする、次の試験に出て来ないのです。あれにそんなことがあるはずがないというので、寮に見に行ったものがあります。寮は下が勉強部屋になっていて、真上が寝室になっています。この学生はその寝室の布団に仰向けになったまま動けなくなっていたそうです。(笑)なんでも寝ている間に、関節という関節がはずれて眼ばかり動かしている。(笑)つまり、空中分解していたのです。(笑)みなは面白がってそれを話し、話はたちまち拡がって行きましたが、不思議に同情するものがいないのです。(笑)それも謂わゆる秀才病の一つで、一高にはいったからには、勉強して出来るのはあたり前だ。勉強しないでもこんなに出来る。(笑)また、それでなくちゃ買えないという気持ちがあったからです。(笑)

ですから、図書室にはいってひとり頑張っている連中は別として、おおかたの学生は勉強などどこ吹く風と、たそがれ近くになるころから本郷通りに繰り出すのです。繰り出すと言ってもおのずから縄張りがあって、かたや神田までは行かないが神田のほうへ、かたや駒込のほうにはほとんど行かないのです。その代わり、縄張りの中では一高生はなにをやっても大抵は大目に見てくれるのです。一高の前に棚沢書店という書店がありました。この書店などは本は買わなくとも、制帽を置いて行っただけでも、それをかたに金まで貸してくれます。本郷通りのこちら側は一高や東大が広大な地域を占めていましたから、そんなものはありませんでしたが、向こう側にはおでんやゾッキ本の屋台がずらりと並んでいます。ちょっと横町にはいればカフェーも喫茶店もあるのです。

大酒を食らって看板を壊しても咎められませんし、門限に遅れて門扉をよじ登ろうとしても、傍にある立ち交番の警官が尻を押してくれるぐらいです。警官もまた一高の先輩で、一高には「正門以外ヨリ出入シタル者ハコレヲ撲殺ス」という鉄則があり、したがって正門より出入するからには門扉を乗り越えてもかまわない、ということを知っていたからです。(笑)一高ではなんでも撲殺です。「コノトコロ立チ小便シタル者ハ、犬猫トイエドモコレヲ撲殺ス」といった具合です。それでいて寮雨はいくらやっても、撲殺されないから不思議です。(笑)この矛盾撞着を敢えてして、一高生は痛快がっていたのです。(笑)函館では何度か講演させて戴きました。その講演が終わったとき、なんとなく立派に見える人が近寄って来ました。中学校の校長をしていられるとかで、わたしのどの講演も聞いて下さったそうです。

たしかに見たような顔だと思っているうちに、そのころわたしがちょっとの間付き合っていた、ある有名私立大学の学生だということが分かって来ました。その人が言うのです。「わたしがあなたの前から、なぜ姿を消したかお分かりですか。あなたと付き合っていたら、わたしの人生は破滅すると思ったからですよ」(笑)これを以てしても当時のわたしの荒れっぷりをご想像戴けるでしょう。それをデカダンスとダンディズムで傲然と論理づけていたからたまったもんじゃありません。(笑)いまから思うと、わたしの荒れっぷりも夏冬上京し、解放感に酔い痴れた中学三年ごろから潜伏していて、一高にはいったころから爆発して来たものが、檀一雄や太宰治と知り合って磨きをかけられたものです。（笑）にもかかわらず、当時を回想して「よくあんなことをしていて、まともにやって来られたもんだね」わたしがそう言うと檀一雄は笑うのです。（笑）「森君と付き合っていて、ひとりとしてまともにやって来られたものがありますか」（笑）ともかく、その人がわたしの前から姿を消してくれ、人生を破滅させず今日に至ったことに、祝盃を上げずにはいられない気持ちになりました。（笑）

わたしこそ節度もなく荒れっぱなしに荒れていましたが、みなは決してそうではありませんでした。節度もなく荒れっぱなしに荒れているかに見せながらちゃんと節度があって、深夜人の寝しずまるころ暗い教室や寮の勉強部屋で、ひそかに勉強しているのです。（笑）そのために、小使室でローソクを売っているのです。ローソクを立てて勉強するのですから、ドイツ語でもじって「イッヒ・ローベン」と言うのです。（笑）もじるといえばなんでもドイツ語で、「シャン」といえば美しいということですが、「金ガアル」という意味に使います。「ウン・シャン」といえば美しくないということですが、「金ガナイ」という意味に使います。わたしはほとんど代返ですまし、代返がきかなくなっても教室に出ませんでしたから、まともなドイツ語はまったく知りませんが、こんなドイツ語はだれよりも知っています。（笑）

近頃の中学校や高校ではなん人かが組になって暴れ、廊下の窓ガラスを破った。これをいかにすべきや、などと憂い顔に論議されていますが、わたしたちはこうした集団暴力をストームと呼んで、一種の行事のようになっていたのです。消灯後あたりがまっ暗になったころ、廊下の向こうからだれがともなき響動めきが起こり、バリバリバリと廊下のガラスが割られて来るのです。お蔭で、冬などそれをやられると寒風に吹きさらされて、ほとんどが風邪を引いてしまうのです。（笑）それでも、学校はなんのかのと言うわけではありません。自治制ですから学生の中から選ばれた委員たちが相談し合って、なんとかするだけの話です。（笑）

いや、わたしはそんなことをやったことはありません。（笑）本当です。（笑）なにしろ、これで中学校のときは下級生への鉄拳制裁をやめさせたぐらいな人間ですからね。といって、そういうことには知恵が働くのです。そろそろストームが来ると思うと、消火ポンプを用意して、水に赤インキなり青インキなりを入れて置くのです。（笑）いよいよストームが始まって、喊声の中から狼藉者が襲って来る気配がしはじめると、容赦なく放水して防ぐのです。（笑）翌日はストームに来た連中はなに食わぬ顔をしていますが、顔や服が赤くなったり青くなったりしているのです。（笑）これでは義理にも面目を施すとは言われません。

それよりも驚いたのは賄い征伐です。近頃の青少年がなんだかんだと言っても、賄い征伐まではやらんでしょう。わたしは食事に好き嫌いが非常に強く、食事の好き嫌いはやがて人を好き嫌いするようになると母から厳しく言われていましたが、漬物などはまったく食わず、子供のときから目をつむって無理に食べて見ろと言われて口に入れられても、嚙めばいたずらに口から出て来るだけで、中にはいらないのです。（笑）それればかりではありません。いまではもう漬物がおなじ食卓にあるというだけで、他のものも食べられなくなるのです。（笑）脇道にそれますが、ふと思いだしたので話させて下さい。精進に精進して立派な作品を書きながら、それがあまりに地味すぎて、ぱっと花開かず玄人筋以外にはあまり知られずに終わった、大谷藤子という作家があります。この大谷藤子さんが「とてもいいお嬢さんがいるから、会って見ないか」と言うのです。（笑）

会って見ないかと言われても、わたしはまだ海のものとも山のものとも知れぬ男です。いや、これからはもっと海のものとも山のものとも知れぬ男になろうと思っている男です。（笑）「それは有難いがわたしは漬物が食卓にあっただけでも、食事が出来なくなる男ですからね」わたしがそう言うと大谷藤子さんは、「それでなのよ。とてもいいお嬢さんなんだけど、お漬物が食べられないんで困っていらっしゃるの。ちょうどいいじゃない」（笑）「ちょうどいいはいいんですが、漬物をまったく食べなかったせいですかね。ご覧のように歯が悪いんです」「それがまた打ってつけなの。だって、お嬢さんのお父さんは歯医者さんなのよ」（笑）どうしてそんな打ってつけの話がそれなりになってしまったのか。おそらく、いずこことも知れず旅立って、大谷藤子さんにはわたしが行方不明になったからで

しょう。(笑)わたしはわたしがそのお嬢さんと一緒になって、不幸にしなかったことを幸せと思うばかりです。(笑)

とまァ、そんな具合でしたから、寮の食堂には欠食届を出してほとんど行かず、須田町食堂が校庭に出していた食堂に行っていました。それもいつも信太蕎麦に丼飯、浅草海苔にプリンといったものを取るのです。いつもおなじものばかり食べて、よく飽きないもんだと思われるかも知れませんが、食べものの好き嫌いが激しくなるということは、食域が狭くなるということです。食域が狭くなるといつもおなじようなものを食べて飽きるようだと、やって行けなくなるのです。(笑)つまり偏食です。(笑)ですから、寮の食堂には金がなくなったよくよくのときに行くだけでしたが、わたしはまずみなが給仕を呼ぶのに、情容赦もなく「子供!」と呼ぶのに驚きました。

給仕だから「給仕!」と呼ぶのはいいとしても、なんとか呼び方がありそうなものだと思ったのです。そんな呼び方をした挙句、だれかが向こうで「子供! 飯が足らんぞ。飯持って来い」と叫ぶのです。すると、こちらのほうでも、「子供! 飯が足らんぞ。飯持って来い」と呼びます。と見る間に茶碗が飛び、皿が飛び、飯櫃さえ飛ぶのです。しかも、「まんまとうまく行った」と傍で愉快げに笑う者があります。「なにがうまく行ったんだ」と訊くと、いよいよ愉快げにこう言うのです。「連日、あまり不味いものを出しやがるんで、昨日はみんなで飯をいつもより一杯ずつ減らして食った。(笑)そしたらそのぶん余った。（笑）余ったからそのぶん少なく炊いた。（笑）そこへ以て来て、みなが一杯ずつ多く食べようとしたから、飯が足りなくなった。（笑）すなわち、伝統にしたがって膺懲したんだ」（笑）

まるで、当然のことのようにその学生は言うのです。しかも、その学生の言うところによると、給仕たちはみな一高に受験するつもりで勉強している連中だというのです。ああして頭ごなしに「子供！」「子供！」とやってやれば、なに糞と思って奮起する。それはそうかも知れませんが、わたしはわたしがまだ中学にいるとき、鉄拳制裁組が下級生を撲るときも、それに似たようなことを言っていたのを思いだしました。「お前たちは意気がない。おれがこれからお前たちに意気を出させてやる」（笑）

その学生は更につづけて言いました。「それだから、給仕からやがて一高生になって来るものは多い。妙なもんだね。一高生になって来るとみずから進んで食堂委員になる。そんな連中がまた給仕に手厳しいんだ」（笑）わたしのデカダンスとダンディズムによる傲慢さに加えて、激しい侮蔑が加わったのも、また宜なりといえましょう。（笑）厳格とは残忍と本質的には表裏をなすものと思います。事実、これがまた厳格に変わるかも知れませんが、わたしは残忍なものを感じないではいられませんでした。撲るということには興奮による快感を伴うのです。一種の狂気ともいうべきものですが、これが集団化するところの狂気は、ますます誇張されて来るのです。これが子供にもあることを忘れないで戴きたいのです。トルストイの『戦争と平和』を読んでご覧なさい。トルストイはセパストポリの戦いに参加した軍人ですから、実感だと思いますが、この戦闘の興奮による快感がしばしば書かれています。誤解を招くといけませんから、お断りして置きますが、トルストイは頑強に非戦論を唱えた人です。徳冨蘆花がこの人のことを説いて演説し、一高生に多大の感銘を与えたことはいまに語り伝えられる有名な話です。

ご清聴有難うございます。また明夜お会いしましょう。（拍手）

講演　第八夜　美しい夜

昨夜は本郷通りの夜並ぶ屋台店で、先輩が高文を受け、受けるからには東大在学中に、しかも首席で通らなければならぬ。しかし、それが出来そうもなかったから、こん度はやめたと言って電気ブランを飲んでいたという話を致しました。むろん、わたしも電気ブランをご馳走になり、大いに共鳴するところがあって楽しい一夜を過ごしました。というのは、わたしもおなじような理由で、第一学期の試験を放棄してしまったからです。(笑)

そのころのわたしの荒れっぷりを知っている学生は、本当かというかも知れませんが、本当です。男児志ヲ立テテ郷関ヲ出ズ、学若シ成ル無クンバ復タ還ラズで、わたしにも抜群の成績を上げたい思いがあったのです。しかし、荒れ放題に荒れて教場にもほとんど出ませんでしたから、抜群の成績を上げるどころではありません。(笑) それならというので試験を放棄してしまったのです。(笑) まァ、一か八かというとこです。(笑) 後で聞いたところによると、電気ブランの先輩は見事にこの一か八かが的中して目的を達したそうです。しかし、わたしはそれによって思っても見なかった人生を送ることになったのです。

（笑）電気ブランの先輩も秀才病なら、わたしも秀才病、特にわたしごときはすでにして膏肓（こうこう）に入って、『書経』に言う、

若薬弗ニ瞑眩一、厥疾弗レ瘳

若（モ）シ薬（クスリ）瞑眩（メイゲン）セザレバ、厥（ソ）ノ疾（ヤマイ）瘳（イ）エズ

というところだったでしょう。（笑）

いまはこんなに足もとも覚つかなくなってしまいましたが、当時はやたらに歩き、朴歯の高下駄で本郷を出発し、夜昼かけて富士五湖を巡って来たり、房総、伊豆を徒歩で回ったりしたのです。（笑）あるとき、漫然と雑司ヶ谷を歩いていて、菊池寛という表札が出ているのに気がつきました。むろん、近くに日本女子大学があったからではありません。（笑）ふと見るとその横に無造作にペンで書かれた原稿用紙が貼りつけてありました。「雑誌記者、新聞記者以外の方は面会お断り」と書いてあるのです。小日向台町の佐藤春夫の家にもたしかそんな貼り紙がありました。しかし、そこには「雑誌記者新聞記者は面会お断り」と書いてありました。まるで反対なのです。（笑）もしここでも「雑誌記者、新聞記者は面会お断り」と書いてあれば素通りしたのですが、「雑誌記者、新聞記者以外の方

は面会お断り」と書いてありましたから、敢えて訪ねる気になったのです。（笑）
玄関には鍵も掛けられていず、ガラス張りの格子がガラリと横に開きました。板廊下がずうっと伸びているのです。その向こうから出て来た人があります。（笑）帯をこれから締めようとしているのか、締めた帯がほどけたのか、とにかく後ろにひきずってます。（笑）鼻髭の口をもぐもぐ動かしているのは、いま食事をすまして来たところかも知れません。（笑）まさに菊池寛その人で、菊池寛その人がわたしを見て、「おっ、君か」と言ったのです。（笑）わたしを見て「おっ、君か」と言ったにはわけがあります。（笑）
わたしがまだ京城中学の生徒で京城にいたころ、菊池寛が横光利一とか、川端康成とか、直木三十五とか、謂わゆる一門を率いて飛行機で京城に来、京城日報のホールで文芸講演会をしたことがあります。わたしはまだ将来は政治家になるつもりでいました。政治家になるからには演説が出来ねばならぬと言われて、講演会の類はもれなく行っていましたから、その夜の文芸講演会にもむろん行ったのです。当時第一流とされた作家たちが次々に立って、講演会が終わると型のごとく質疑応答になりました。質疑応答になりましたが、だれも質疑しようとしないのです。（笑）だれも質疑しようとしないから、やむなくわたしが立って言いました。（笑）言ったというより言わざるを得ない気持ちになったのです。（笑）
「わたしはこれまで天下の雄弁家といわれる人、永井柳太郎とか、鶴見祐輔とかの演説を聞きました。どなたも演説に先立って、必ず京城では政治問題に触れることが出来ないからと前置きされる。そのためかも知れませんが、内容まことに空虚です。皆さんにはまだ水道が普及せず、一荷二荷と買っていられるが、アメリカはこれと違って、水道の栓をひとたび捻れば滾々(こんこん)たる清水が到るところに湧き出ずるのであります。(笑)といった具合です。(笑)いずれも弁舌さわやかで、流麗立て板に水を流すがごとく、内容の空虚なるを忘れさせて、聴衆を酔わすのです。(笑)ところが、いま諸先生方の講演を聞くと訥々としてまずい。(笑)その内容も帰ってよく考えて見ないと分からぬところがありますが、すくなくとも内容空虚ではない気がします。(笑)内容が空虚でさえなければ、どんな訥弁でもいいということが分かりました。(笑)いや、訥弁のほうがかえっていいかも知れんということが分かりました」(笑)

わたしはその夜の文芸講演を、わたしなりに賞賛したつもりでした。むろん、喜ばれると思ったのですが、菊池寛はむっとして、「そんなにぼくたちの講演は下手だったかね。(笑)それなら君にやってもらえばよかったな」(笑)「君にやってもらえばよかったなったって、わたしにはそんな下手な講演は出来ません」(笑)わたしは即座に答えてその夜の文芸講演は終わったのです。そのわたしが一高の制服制帽で菊池寛の前に立っているのです。(笑)菊池寛も一高にいたことのある人です。「まァ、上がれ」ということになって、玄関のすぐ左の応接間に通されました。(笑)家は木造でただ奥へ長く伸びている感じでしたが、応接間も洋式の家具が置いてあるだけで、素っ気なく広くもありません。
しかし、菊池寛はボサッとした感じで椅子に浅く掛け、背を後ろにもたせて仰向け気味になりながら、巻き煙草を吸っています。そのまま黙っていましたがご機嫌は悪くないらしく、「一高もろくな教授がいないね」ボソッと言うのです。（笑）ろくな教授がいるもいないも、ろくに教場にも出ないので知りもしなかったのですが、（笑）おめず臆せず、この一学期をネグレクトしてしまったと言うと、それも教授のせいだと思ったのでしょう。みずから頷いて菊池寛は「いや、一高にはろくな教授はいない」と繰り返すのです。（笑）
非はまったく一高にあるのではなく、わたしにある。しかし、こんなに荒れていては、故意に落第して改めてスタートし、抜群の成績をとるのは愚かなこと、まかり間違えば退学させられてしまうかも知れない。（笑）退学させられてしまうぐらいなら、潔く退学してしまえ。（笑）なん度かお訪ねするうちにだんだんそんな気になって、思い切ってそう口にすると、菊池寛はすこしも驚かず、「おれもそれだから退学したんじゃよ」（笑）そうかとそのときは思いましたが、あとからだんだん分かってみると、菊池寛も一高を退学したことはしたが、そんなことではなかったようです。（笑）それはそれとして、京城での文芸講演でもぬけぬけと一人前の口をきき、こうして自分のところに来るからには、文学をやろうとしているに違いない。それで一高をやめようと言うのだと思ってもらったのでしょう。（笑）「文学をやるなら、横光君だな」と言われたのです。（笑）菊池寛は同輩では芥川龍之介、後輩では横光利一をもっとも敬愛していたといわれます。

芥川龍之介はむろん物故していられませんでしたが、横光利一は隆々の声望の人です。当時文学志向の一高生に最も尊敬されていた作家といえばこの人です。「文学をやるなら、横光君だな」と菊池寛が言う以上、そのうち紹介してもらえるだろうと思っていましたが、その気配もないのです。（笑）縁というのは不思議なもので、横光利一に紹介状を書いてくれたのは飯島正です。飯島正は新鋭の映画評論家として知られていたばかりでなく、作家としても知られていたのです。わたしに文学を教えてくれたのは実にこの人です。この人が「これからはプルーストだよ」と言えば、文壇では必ずプルーストが問題にされて来るのです。この人が「これからはジョイスだよ」と言えば、文壇では必ずジョイスが問題にされて来るのです。

飯島正の家は下北沢にあり、横光利一の家はそこからちょっと坂を登った池ノ上にありました。そんな道筋まで教えてもらって冠木門（かぶきもん）を開け、身を横にせねば通れぬほど青木の葉の繁った石畳を踏んで、玄関のベルを押し、「どうぞ」と言われるまま格子ガラスの戸を横に引くと、框（かまち）の向こうに文芸講演でも特に印象の強かった、精悍な感じの横光利一が、角帯を手で押し下げるようにして立っているのです。（笑）後で知ったことですが、いつもなら非常に美しい奥様が出て、書斎になっている二階に声を掛けてから、鄭重に通されるのです。不思議ですね。この奥様がなんと鶴岡の方なんです。（笑）その縁故で戦時中横光ご一家はあの荒倉山の麓の、大仏様で知られる東源寺のある西目に疎開されていたのです。そのとき、わたしはそれとはまったく知らず、後に特に庄内地方を放浪することになってから、それと知って懐しくもなり、悔まれもしたのです。

横光利一は床屋に行くのか、（笑）いまわたしが娘からやってもらっているように、奥様にやってもらっていたのか、（笑）蓬髪ともいうべき髪型をしていました。（笑）それにしては文壇に登場して来たときの写真の髪型からしてそうでしたから、よく分かりません。（笑）そのよく分からない髪型の髪を額からさッと掻き上げて、精悍な感じながらも美しい笑いを見せて言うのです。「北京に行く途中、もっとも美しい街といえば京城ですな」横光利一はよく突如として思いついたように、ものを言う人です。そんなことはまだよく知りませんでしたが、なぜ京城が出て来たのか解しかねていると、「あの京城の空を飛んでいると、親父の霊が漂っているような気がしますな」すると、横光利一のご両親も京城にいたのかなと思っていますと、「飛行機が除夷島に着陸したとき、あちらの女性が現れて来てね。それがあまりに美しいので、社長が見とれてタジタジと後退りして、プロペラにひっかかりそうになったもんだから、みなが驚いて思わずああッと声を上げてね」（笑）

そう言って、横光利一は思い出を楽しむように、上向きかげんに口に拳をあてて、さも愉快げにあの美しい笑いを笑うのです。菊池寛は文藝春秋社の社長です。そのためでしょう。横光利一は菊池寛を社長と呼んでいました。いま大韓航空は金浦（キムポ）空港で発着します。

当時は漢江の中州といっていい除夷島で発着していました。だんだん、話を聞いているうちに、横光利一はわたしが京城日報の文芸講演会で、質疑応答に立った中学生であったことを、知ってもらっているような気がして来ました。そればかりでありません。菊池寛が「文学をやるなら、横光君だな」と言っていながら、紹介状も書いてくれないと思っていましたが、話はちゃんと通じてもらっているのだという気がして来ました。(笑)

それなのに、いまさら飯島正の紹介状を出すのも失礼かなと思いましたが、書いてもらって出さぬのも失礼だとも思ったのです。横光利一はニコッと笑って、「飯島君は元気ですか。飯島君は語学の天才ですからな」むろん、わたしはむしろ嬉しく言葉どおり受け取ったのです。ありゃなになの天才だというのは、横光利一の口癖ですが、(笑)わたしもそう思ったのです。その日から夜は銀座に連れて行ってもらい、十二時ごろまでハシゴして、ご馳走になりました。いや、お訪ねするたびに銀座に連れて行ってもらい、十二時ごろまでハシゴして、ご馳走になったのです。(笑)

可愛がられるにつれて、わたしにも作家の生活というものがだんだん分かって来ました。横光利一はそんなに遅くまで銀座に出、深夜に帰宅して朝まで机に向かうのです。それから床について寝、昼からは夕方まで来客に会うのです。どんなに仕事に追われていても、そんな様子はまったく見せず、面会を断ったりはしないのです。そうそう、それで思い出しました。わたしがある日今日はまた標札が変わったなと思いながら訪ねて行くと、玄関の格子ガラスの戸に貼り紙がしてあり、「執筆多忙につき面会お断り」と書いてあります。（笑）いくら習慣を変えない人でも、そんなこともあるだろうと引っ返して冠木門を出た途端、「おーい」とわたしを呼ぶ声がするのです。見返ると横光利一が二階の書斎のベランダに立っている。（笑）戻って書斎に上がると、いきなり「なんで戻るんだ」とこうなのです。（笑）「だって、面会お断りと書いてありましたから」（笑）「書いてあったからって、なにも森君面会お断りとは書いてないじゃないか」（笑）とても愉快そうにあの美しい笑いを笑うのです。

じゃァ、なにか特別面倒な人物が現れることになっているのかと思いながらふと思い出して、まさかそのためにあんな貼り紙がしてあったのではなかったのでしょうが、「また標札を盗られたんですか。標札を盗れば受験に合格するという迷信がありますからね」「しかし、それなら森君の標札でも盗ればいいんだ。ぼくは早稲田に入ったは入ったが、すぐ出てしまったんだからな。（笑）徴兵があるというので、また入ったが、『文章とは、吾輩はという具合に書くんですか』なんて訊く学生がいてね。（笑）馬鹿馬鹿しくってまた出てしまった。（笑）すると、親父が怒ってね。なにも東京に遊ばせにやったんじゃないぞと言うんだ。（笑）癪にさわってね。（笑）親父が階下（した）に降りれば二階に上がる。二階に来れば階下に降りていたんだ」（笑）その横光利一が京城の空を飛行機で飛んだときは、親父の霊が空中に漂っているような気がしたと言うんですからね。（笑）人間、逝（す）ぎてみ

ればみなこんなもので、わたしとても他人事ではないのです。（笑）
「それにだね」と横光利一は愉快げに言うのです。「あの標札はいつも橋本英吉に書いてもらってるんだ。（笑）それとも、橋本英吉は禿げ頭だからご利益（りやく）があるのかな。（笑）いや、禿げ頭にはご利益があるよ。（笑）この家を買うときだって、ぼくはこんな髪をしとるもんだから若く見られて、なかなか地主が信用しないんだ。しかし、橋本英吉に頼んでもらうと、禿げ頭だもんだからいっぺんに信用されて、即座に話がまとまったんだよ。（笑）しかし、ぼくは残念ながら禿げ頭にはなれないね。禿げ頭になれない代わりに白髪になる」（笑）橋本英吉と言っても、もうご存知でない方があるかも知れません。当時は一流雑誌に登場していたプロレタリア作家です。

　横光利一は新感覚派の驍将として、新心理小説の開拓者として、プロレタリア文学と戦う立場にあった人ですが、橋本英吉との交わりは早く、終生つづいたようです。横光利一は実に颯爽と歩く人でした。夜の銀座で新橋のあたりから、はやくも服部時計店の時計台の文字盤が見えると言っていましたから、遠視だったのかも知れません。老眼鏡を使っているとは言っていましたが、白髪を見ることのない若さで逝ってしまったのです。横光さんはそのなん日か前の夜、自動車で青山から道玄坂へと下りながら言いました。「森君、奇麗だね。まるで街の灯がダイヤモンドのように見える」横光利一は対座するとき、いかなる客にも正座する人でした。しかも、疲れるとなまじいあぐらなどかかず、「失礼」と言って潔くパタッと俯せて、身を伸ばす人でした。

わたしが生涯忘れ得ぬ人たちになったのは、檀一雄、太宰治を除けばほとんど横光利一の書斎で会ったのです。北川冬彦がそうです。中山義秀(ぎしゅう)がそうです。殊に北川冬彦はわたしのもっとも影響を受けた人で、師というべきでしょうが、なにかもう肉親の兄のような気がするのです。北川冬彦は飯島正と三高で同級だったとか聞きました。すでに一高などでは傾倒者の多かった詩人でした。この人に「ぼくは外国映画の批評をやるから、君は日本映画の批評をやれ」と言って、浅草の活動写真館に連れて行き、批評の書き方まで教えてくれたのは実に飯島正だったそうです。

人を知ることほど大きなものはありません。読みもしないでとよく申しますが、プルーストの名を知っているだけでもプルーストの名も知らぬ人とは違います。ジョイスの名を知っているだけでも、ジョイスの名も知らぬ人とは違います。そんな雰囲気がおのずからわたしに出来てきたのでしょうか。たまたま「酉の日」という短編を校友会誌に書いたものですから、学友たちから喫茶店に誘われて、彼等の小説の朗読を聞かされるようになりました。それもこんなのがと思われるような学友からです。これからすると、だれもが一度は文学青年になると見えます。(笑)

なかでもわたしを驚かせたのは、鹿児島から来た松元という学友です。親しげに話し掛けたりしてくれていたので、わたしも好意を持っていました。いつも寮の二階に寝そべって、西郷南洲を顕彰するようなものばかり読んでいましたからまさかと思いましたが、これも文章を書いたから読んでみてもらいたいと言うのです。読んでみて更に驚きました。小説ではないのです。（笑）「自分は将来鹿児島に塾をつくるつもりで一高に入った。しかし、入ってみるとわたしの思うような、塾をつくるために必要ななにものも教えてくれない。よって、いままで貰っていた島津奨学金を返還して一高を退学する」こんな優しげな男にこんな覚悟があったのか。これはと胸を打たれないでいられませんでした。

レインボーグリルは当時文藝春秋社の地階にありました。ちょうどそんなとき、横光利一に連れられて行く自動車での途々、わたしが松元君の話をすると、黙って真面目に聞いていた横光利一が、ふうっと笑顔を見せて、「君、小説を書いてみませんかね」と言うのです。「実はまったく無名の青年の作品を連合して掲載しようという企画が、東京日日新聞と大阪毎日新聞にある。ぼくは森君を推そうと思うんだ」わたしはすぐには答えませんでした。答が出なかったのです。やがて思い切って言いました。「ぼくに出来るでしょうか」すると、横光利一はニッコリ笑って、「出来る。そんなことは顔を見れば分かる」（笑）と言うのです。わたしも訪ねて来た青年を見てそんな気がすることはありますが、遺憾ながら顔を見れば分かるまでには至っておりません。（笑）横光利一も言っていました。「世の中はうまくは行かんもんですな。（笑）こんな立派な青年だから、文壇に出てもらいたいと思うんだが、出ん。（笑）嫌な奴だと思っていると、そいつが案外出て来るん

ですな」（笑）

レインボーグリルでコーヒーを飲んでいると、突然満員の客が総立ちになりました。文壇に関係のなさそうな人もいましたが、そんな人もあたりがみな立つのに釣られて立ってしまうので、（笑）ついそんなことになってしまうのです。（笑）菊池寛が入って来たのです。（笑）横光利一はサッと立って、わたしをまだ立っていた菊池寛の傍に連れ行き、「森君です」ただ一言それだけなのです。（笑）菊池寛も「やあ」と答えてくれただけです。（笑）すべては菊池寛から始まったのです。むろん、わたしには遠慮する気持ちがあって、あれから訪ねたりはしませんでしたが、つい昨日まで会ってでもいたように、あとはなにも言わないのです。（笑）それでいてこれでなにもかも分かってもらえたという気持ちがしました。（笑）総立ちで思いだしましたが、大谷藤子さんがこんなことを言っていました。女性の会などで総立ちになるのはただひとり与謝野晶子で、野上弥生子ですら総立ちにはならない。以て、当時の菊池寛の声望がお分かりになったと思います。（笑）

レインボーグリルを出て、横光利一と夜の銀座をひとわたり歩いて、合鴨の美味しいところがあると言って、柳橋の料亭に連れて行ってもらいました。横光利一は自分は酒を飲まないが、ひとに飲ませるのは好きな人です。勧められるままに飲むうちに、次第に意気が高揚して来ました。森はほって置けば、一高を退学せざるを得なくなるだろう。わたしは親といえばもう母ひとりでしたが、そんなとき母がどんな思いをするだろう。そのためにも、東京日日、大阪毎日に小説を連載させて、退学の花道にしてやろう。そんな横光利一の温情が伝わって来て、「ようし、やるぞ」という気になって来たばかりではありません。折りを見て「退学宣言」をしてやろうと決心したのです。（笑）

かつての級友、東大の教授がある週刊誌に、わたしの退学について語っていました。「森は授業中に小説なんか書いとる。そんな奴は学校に置いておけんと、あるドイツ語教授に言われて退学させられた」授業中に小説なんか書いとったのは事実ですが、（笑）しかしわたしは便々として退学させられたのではありません。（笑）あれは富士山麓で近衛連隊と合同演習をしたときでした。わたしはどういう訳か一高側の作戦指揮官に推されたのです。わたしはなんとしても軍旗を奪うことだと考えました。（笑）だって、将棋でいえば玉ですからね。（笑）斥候を放って絶えず旗手の動静を探らせていると、やがて森の中から軍旗を捧げて旗手が現れました。忽ち包囲させて軍旗を奪ったのです。（笑）これで勝ったと思いました。（笑）しかし、司令官が講評して言うのです。「わが皇軍の軍旗の行くところ、敵なしと言う。軍旗が現れれば退かねばならぬのに、これを包囲して奪うとは言語道断だ」（笑）これにはみなも呆れましたが、意気軒昂で三島の宿の二階でコンパになりました。

いまだとわたしは思い、思い切って「退学宣言」をしたのです。デカダンスとダンディズムに裏打ちされ、みなを軽蔑し切った、いまからすると、よくまああんなことが言えたと思われるようなものですが、激越な弁舌を振るうと、井上という英語の教授が立ち上がって、「森君は大黒柱だ。大黒柱が『退学宣言』などしてもらっては困る。なんとしても踏み止どまって、みなのためにもいつまでも大黒柱になっていてもらわねばならぬ」（笑）この言葉はいまも意気消沈のとき、思いだされて来て鼓舞してくれるのです。（笑）しかし、東京日日と大阪毎日の連載小説は入稿したまま延期になり、退学の花道にはなりませんでした。（笑）それで結局は東大の教授がある週刊誌に語ったようなことにされてしまったのです。（笑）

わたしは先に鹿児島に講演に行ったと申しました。当然松元君のことを思いだしました。わたしの退学のごときは衒気（げんき）に満ちたもので、松元君の退学のごとき純粋なものではありません。それだけにその志としていた塾はどうなったろう。塾といってもむろん受験塾などであるはずがない。わたしは西郷南洲の私学校のごときものを想像して、ようやくその妹という人を探しあててもらいました。その言うところによると、松元君はその妹の子供を可愛がり、終生独身、市役所に勤めて亡くなった。それもついこの間のことで、よくわたしのことを聞かされていたのにとのことでした。

その夜、講演の後の饗宴が果てて、あれを思い、これを思いしているうちに、あの井上という英語の教授のことが思いだされて来ました。わたしには退学は絶対にするなと言ってくれたのに、みずからはやがて一高の教職を捨てて、大陸に渡ったと聞きました。しかも、その言葉はいまだに胸に残って、わたしを鼓舞してくれるのに、大陸に渡ったまま亡くなったそうです。

ご清聴を煩わしました。また明夜お会い致しましょう。（拍手）

横光利一は愛情のこもった笑顔で、中山義秀のことをこう言っていました。「中山はぼくのことを同級生と思っとるかも知れんが、二度目に早稲田にはいったとき一緒になったんだから、ぼくは中山のことを同級生とは思っとらん」すなわち、実質的には上級生ではないが、精神的には上級生と思っとると言うのです。(笑)横光利一のような人でも、一旦やめながら、また早稲田に戻ったのは徴兵のためだと聞きました。第一高等学校の学生は特殊なものを除く他は、ほとんどが東大を狙うので、多数の高等浪人を出すのです。高等浪人を出すという点でも一高は全国に雄なるものがあったでしょう。(笑)当然徴兵を延期してもらわねばならなくなるのですが、まるでそのためにつくられたような大学が二つありました。いまはいずれも有名私立大学になっていますから、名誉のためにその名を申し上げることは差し控えますが、受付の窓口から入学金を差し出せば、なんの問うところもなく入学証明書と徴兵延期願の用紙を出してくれるのです。(笑)そんなことを知っとるからにはお前も怪しいと言われる方があるかも知れませんが、そんな浪人とたまたま

街で会い、付いて行って知っただけで、わたし自身はやりませんでした。（笑）いや、ほんとです。（笑）

おそらく、これもダンディズムやデカダンスから来たのかも知れませんが、中学時代の鉄拳制裁は軍隊生活から来たといい、それを禁止させるためにいささか力を尽しましたが、わたし自身は軍隊を避けようなどは思っても見ませんでした。むろん、こんどは軍隊から鉄拳制裁を一掃しようといった雄渾（ゆうこん）な志を抱いていたわけでもありません。（笑）そんなことをしようとしても風車に立ち向かったドンキホーテのように、徒（いたず）らに巻き上げられて跳ね飛ばされるだけだ、（笑）と思っていましたが、とにかく人のするほどのことはなにがどうだというよりも、なんでもあれおれもしておきたいと思っていたのです。ですから、軍隊生活はおろか出来れば監獄にもはいってみたいと思っていました。（笑）ところが、たまたま友人に典獄の息子がおり、「お望みならいつでも監獄に入れてやる」と言うのです。（笑）「ちょうど、独房が空いている。瞑想にも読書にもあれほどいいところはない。（笑）なんでも好みのものがあれば差し入れさせる。（笑）看守にもよくするように言って置く。（笑）いつからはいるかね」（笑）これじゃァ、監獄にはいる意味はありません。（笑）

先年、招かれて網走に講演に行きました。もちろん、網走刑務所にも案内されました。名所のひとつになっているらしく、氷雨が降っているのに、橋を渡ると色鮮やかなキルティングを着たヤングたちが、刑務所の門前に群れています。なにをするのかと思っていると、どうせ玩具なんでしょうが、だれかが手錠を持っていて、互いにその手錠をかけ合い、門前から中に引かれて行くポーズをとって、記念写真を撮ってもらっているのです。（笑）児戯に類するこの遊びにわたしは噴きだしながら、わたしもまた典獄に、こんなふうに見られたのかも知れぬと思いました。（笑）そう見られても仕方がありません。（笑）

ダンディズムは洒落、デカダンスは退廃ということです。近世芸術のよるところになったものですが、要するにダンディズムは「恰好いい」ということ、デカダンスは「どうなとなりやがれ」ということで、これが意外にわたしたちを勇敢ならしめるのです。また勇敢というものは必ずこうした匂いを匂わせているのです。一高にはいりましてからは、殊にそうした二つの傾向のものに傾倒し、みずからを正当化し、他を冷笑する武器としていましたが、思えばわたしには中学生のときからそんなところがあり、それから後にもそんなところが消えずにいたのです。月山注連寺もいまはご覧のように姿を整えて来ましたが、わたしが参りましたころは荒廃し切っていて、あの庫裡なども二階は間仕切はしてあるものの、床板は隙だらけ、畳も天井もなく、ガランと屋根裏の木組みがまるみえになっていました。（笑）おそらく、一階の囲炉裏の煙が二階の床板の隙を通って天井から抜けるように、殊更そうされていたのかも知れません。わたしはそこに古い祈禱簿の和紙で蚊帳をつくり、吹雪に曝されながら豪雪に耐えてひと冬を過ごしたのです。

そのころはまだこの下の集落七五三掛はみな兜型多層民家で、友人が尋ね求めして、わたしを連れ戻しに来たときは、木という木が花開いて、その萱屋根を覆うていましたが、ただ驚いて「森君は変わっとるの」と言いました。（笑）変わっとるのとは「よくまあこんなところにおられたの」という意味であります。（笑）おられたのもなにも、ただかくのごとくおったので、況やそれが変わっとるともなんとも思っていなかったのです。（笑）これもとにかく人のするほどのことはなにがどうだというよりも、なんでもあれおれもしておきたいと思っていたことをしたまでのことです。考えてみればわたしもずいぶん修行したつもりですが、（笑）中学生のときから芽生えて来た「恰好いい」ということ、「どうなとなりやがれ」ということ、ダンディズムとデカダンスがまだまだ尾を引いていたのかも知れません。（笑）いや、あれだけ修行してさえ、なお直らないとすれば、これからもずうっと生涯を通じて持ちつづけるかも知れません。（笑）生涯を通じて持ちつづけるとすれば、これはもうひとりわたしの持っている性格ではない、人間というものの持っている性質です。（笑）人間というものの持っている性質だとすれば、わたしは友人から、森君は変わっとるのなどと驚かれることはないのであります。（笑）

監獄にさえはいってみたいと思っていた男が、徴兵を忌避するなどということはあり得ません。それに母は病院船博愛丸で、危うくも日本海海戦に遭遇しかけたことを生涯の誇りにしていた女です。（笑）わたしが『論語』を習うと言えば、自分も習うと言いだす女です。（笑）わたしが夏冬上京して、受験講習会で模擬試験を受けて回ると言えば、わたしとおなじ年頃の子を持つ父母に、「受験講習会はともかく、模擬試験だけは受けさせてやらねばね。なんといっても受験は真剣勝負ですから」とまるで自分が受験でもするようなことを言う女です。（笑）

わたしが一高にはいると歓喜のあまり、だれかれとなく「奥さま。奥さまは『嗚呼玉杯』を知っていられるでしょうか。ええ、そうです。一高の寮歌です。どうしたことか、うちのバカがその一高にはいりましてね」なんて言う女です。（笑）一高をやめるとやめるで、たちまち自分も文学ばあさんになりました。（笑）そのころはもう母も上京して弟と東京におりましたが、たまたま揃っていた新潮社の「世界文学全集」のどれを読めばいいかと訊くのです。「まあ、ドストエフスキーの『罪と罰』とフローベルの『ボヴァリー夫人』かな」と言うと、天眼鏡を持って来て昼となく夜となく読みつづけ、大いに感動して横光利一を訪ねると言うのです。（笑）これには閉口しましたが、言いだしたらきかない女です。（笑）戻って来たので「なんと言ったの」と訊くと、「ドストエフスキーの『罪と罰』は世界一ですね」と言ったそうです。「そしたら」と訊くと、「横光さんは『そうです。世界一です』と言われたよ。しかし、フローベルの『ボヴァリー夫人』も世界一ですねと言ったら、『そうです。それも世界一です』とおっしゃったよ。わたしもまんざらではないね」と、こうなのです。（笑）そりゃそうでしょう、ドストエフスキーの『罪と罰』

とフローベルの『ボヴァリー夫人』なら。（笑）ところが、それで横光さんと肝胆相照らすつもりになってしまったのです。（笑）監獄体験を断ったときも、母は残念がって「なぜ断ったの。ドストエフスキーを見てごらん。ドストエフスキーもあんなのが書けたのは、シベリアでの流刑体験があったからよ。文学をやるからにはなんでも体験しとかなきゃ駄目」（笑）まるで、わたしが考えていたようなことを言うばかりでありません。「差し入れならわたしだっていくらでもして上げるのに」（笑）だから、わたしが徴兵検査に行くとなると、「勝って来るぞと勇ましく」と、まるで出征でもさすような勢いなのです。（笑）母は終始わたしの応援団で、やがては大戦争になって敗北するなどとは考えられもしなかったのでしょう。（笑）

わたしは本籍が天草になっておりますので、徴兵検査は天草の本渡で受けねばなりません。父は在世中鎌倉に家を持ち、毎夏わたしたちに海水浴をさせるため鎌倉に連れて行くか、でなければ、わたしが生まれたことになっている富岡に連れて行きました。富岡はすでに申し上げましたようにいまは苓北町というぐらいで、アマクサの北端にあります。ここに至るのは長崎市から馬車で岬を越え、茂木に出て天草灘を渡らなければなりません。しかし、本渡は富岡より南にありますので、熊本県の三角から渡るのです。これはわたしがはじめて渡る海路なのです。天草灘からはただ見る一望の海原であるばかりか、外洋から有明海へと潮が行き来するので、船が揺れるのです。揺れるからその甲板に立って一望しかし、三角からだと凪ぎ渡って次々に島が現れるのです。いまではその主な島々を結んで天草五橋がつくられていますが、天草松島と呼ばれているのがこれです。松島にもなんども訪れたことがありますが、そのたびに天草松島を思いだし、天草松島にはかなわないと思いました。いや、お国自慢ではありません。（笑）恕むらくはわたしが芭蕉でないまでのことです。（笑）

その光景に恍惚としていると、寄って来てわたしに声を掛けた婦人があります。わたしは思わずギョッとしました。なんと母なのです。（笑）こんなところまでわたしの応援にやって来たのかと思いましたが、やがてのことに母は天草の女だから、このあたりには母によく似た女がいても不思議はないと気がつきました。（笑）ところが、母によく似た女が言うのです。「敦さんじゃなかとかな」（笑）「敦ですが」驚いてそう言うと、「やっぱりの。敦さんの母さんとよう似とるもんで、そうじゃないかと思うたとよ。（笑）敦さんは知らんじゃろうばってん、わたしは敦さんの母さんの妹じゃっと」（笑）「母の妹、じゃァ叔母さんじゃありませんか」「そうよ。それで徴兵検査に来らしたとな。徴兵検査は本渡である。わたしは本渡に住んどっと。一週間も泊まって遊んで行きなっせ」（笑）「じゃァ、母が手紙でも寄こしてぼくのことを頼んだんですか。そんなこと、ちっとも知らなかった」「敦さんの母さんがそぎゃんこと頼んで寄こす人ですか。子供のころから気が強うて、なんかのことで腹立てさして、とうとう一週間も飯を食わっさんことがあったとよ」（笑）これは注釈をつけとかねばなりませんが、母に訊いたら、実は外で食っとったそうであります。（笑）そんな話をしているうちに、母の妹はふとこんなことを言うのです。「敦さんは東京のことならよく知っとらすじゃろう。政界の話ば聞かせなっせ」これにはわたしも驚きました。成程、これじゃ父がわたしに政治家になれと言うはずだと思いました。わたしも子供のころから「なにになるか」と父に訊かれると、「富岡の山を売って国会に打って出る」と答えて喜ばれていました。わたしは子供心にも、国会に打って出るには金がいることを知っていたとみえます。（笑）そのときは母も政治の話ばかりしていました。しかし、いまではすっかり文学ばあさんになっています。「政治の話ば聞かせなっせ」というひとに、まさかドストエフスキーの『罪と罰』でもないでしょう。（笑）まさかフローベルの『ボヴァリー夫人』でもないでしょう。（笑）

徴兵検査はたしか本渡中学、あるいは熊本中学の分校といったかも知れませんが、その講堂のようなところで行なわれました。壮丁が溢れてい、次々と何人かの軍医の検査を受けて行きます。さすがにみな立派な体格をしています。しかし、わたしも体格ではひけを取らぬと思っているところへ、どの軍医もわたしの体格を褒めるので、こりゃ見事合格だと確信していましたが、結果は見事ハネられてしまったのです。（笑）わたしはむろん喜びませんでした。人のするほどのことはなんでもしたいと思っていたからです。監獄にさえはいって見たいと思っている男だなどとは言いませんでしたが、（笑）なんとしても合格させてもらいたいと申し出ますと、司令官が訓辞してこんなことを言うのです。「中にはなんとか徴兵を逃れようと思って、飯も食わず飴玉ばかりしゃぶって来る奴がいる。それなのに進んで徴兵を願い出た感心な者がいる。しかし、気をつけェ！　明治天皇の御製に曰く。『戦さの庭に立つも立たずも』」（笑）これにはわたしも驚かずにはいられませんでした。明治天皇の御製まで引かれて、「戦さの庭に立つも立たずも」などと賞賛されようなどとは夢にも思っていなかったからです。（笑）

母も喜ぶどころかひどく心配して、どこか悪いのかも知れない、自分もついて行くから病院で診てもらえと言うのです。母がそんなことを言いだしたのは、理由がないではありません。わたしがつき合っていたある私立大学の学生に、山田という人がいました。いや、わたしとつき合っていたら、人生を破滅するかも知れないと思って、わたしの前から姿を消したといったあの函館の人ではありません。（笑）わたしはその山田という人を心から尊敬し、いまでも多大の影響を受けたと感謝しています。ところが、病に憧れる年齢というものがあるものです。山田さんという人は当時から哲学を志していました。哲学者になって優れた発想を得るためには、なんとしても結核にならねばならぬと考えていたのです。（笑）なんとなれば、優れた哲学者や作家はみな結核にかかっているというのですが、母が世界一だと信じている『罪と罰』を書いたドストエフスキーも、『ボヴァリー夫人』を書いたフローベルも結核だったと聞いたことはありません。（笑）それを話すと母はひとり面白がって連れてお出でといって、よくご馳走なんかしていたのです。

ところが、わたしが徴兵を見事ハネられたと聞くと、母は急にこの山田という人のことを思いだしたのです。母は日赤の看護婦をしていた経験からすると、どう見ても結核患者らしからぬ結核患者がいるそうで、（笑）ひょっとすると山田という人はそれかも知れないと思ったのです。とすると、敦はどう見ても結核患者には見えないが、結核になっているのかも知れない。わたしも行って訊いて上げるからと、まず日赤に連れて行かれましたが、なんの心配もないと言われました。しかし、母は誤診ということもあると、伝研をはじめ次々とわたしを大病院に連れて行き、医者から「お母さんは、なんとしても息子さんを結核だと言ってもらわなければ、承知できないのですね。（笑）だれにも誤診というものはあるもんですよ。おそらく、息子さんは結核だと誤診されたんでしょう」（笑）と笑われるまではやめようとしませんでした。（笑）当時、結核は死に至る病とされていました。母はすくなくとも結核が死に至る病であることを知っていたのです。病にも一等症からはなはだ面目のない三等症まであり、（笑）結核は名誉の負傷とおなじ一等症に扱われるぐらいで、船中でも死んで行った者があるといった話を母から聞きました。

「そうだよ。誤診だよ」わたしが言うと母は笑って、「そうだね。嬉しい誤診だね」「だって、横光さんだってそうじゃないか。いまはそうは見えないけど、あれで中学時代は素晴らしい柔道の選手だったというよ」「お前だって素晴らしい柔道の選手だったじゃないの。

全国中等学校柔道選手権大会に出れば優勝したかも知れなかったじゃないの」(笑)「そうはいかないよ。横光さんは陸上競技のほうでも選手で、走り高跳びでも自分のせいより高く跳べたというよ」「敦だって自分のせいぐらいは跳べるんじゃないの。そのぐらいならわたしだって跳べたわよ」(笑)「ほんと? しかし、母さんのは地べたに両手をついて、後ろ向きで縄を飛び越すあれだろう。ありゃ、女跳びというんだよ」(笑)「きまってるじゃないか。女が女跳びしないで、なに跳びするの。でも、だれにも負けなかった。こんなのをお転婆というんだよ」母はこんなことを自分で言うんだから、たまったもんじゃありません。(笑)

「それに横光さんは早稲田で野球の選手もしてたというよ。早稲田のだよ」野球はそもそも一高からはじまったのです。野球という字そのものも、正岡子規がベース・ボールをそう訳したことから来たのだそうで、ボールの糸毬そのものもわたしが一高にいたころにもありましたし、野球に関する伝説もさまざまありました。一カ所穴のあいた煉瓦壁がありました。かつて素晴らしいコントロールを持ったなんとかという剛球投手がいて、その煉瓦壁に向かって練習し、いつも糸毬をその一カ所に向かって集中させるもんだから、かくのごとく穴があいたというのです。(笑)これを岩をも通す桑の弓というのだそうです。(笑)そのころ、横浜にアメリカの水兵たちがつくった球団がありました。一高の野球部が試合を申し込み、一旦は日本の学生など怪我をするのが落ちだと断られましたが、再度申し込んで十何対何かで大勝しました。(笑)これを怪我の功名というのでしょう。(笑)その一高の野球を早稲田大学に伝授したというので、早稲田大学とは毎年試合をするのです。朴歯の高下駄を鳴らしてガラガラと歩く一高生に混って、わたしも本郷から戸塚グラウンドまで歩きましたが、伝授したとはいえ早稲田大学には手も足も出ないのです。(笑)そればかりか、早稲田大学の応援団は早稲田の選手がいくらファインプレーをしても、ウンともスンとも言わないのに、一高の選手がちょっといいところを見せると、大歓声を挙げるのです。(笑)揚げ句の果てには十何対何ではない、二十何対何で負け、(笑)全員総立ちの「嗚呼玉杯」に送られて引き上げて来たのです。(笑)それですから、横光さんが早稲田で野球の選手をしていたということは、わたしにとって笑いごとではなかったのです。(笑)

「それでその早稲田大学のとき、横光さんは義秀さんを投げ飛ばしたというよ」

「あの大きな義秀さんをかい。義秀さんは大きなもんだから、両国橋を渡ればあたりはお相撲さんで、みんな大きな男ばかりだから、ほっとすると言ってたじゃないの」(笑)

「それに、義秀さんは神田五段とやって組み伏せて、手を叩いたのに夢中になって首を締めてオトシてしまったというよ」(笑)オトスとは気を失わせることで、気を失いかけると手を叩いて、それまでという合図をするのです。合図をされると止めなければなりません。すなわち、義秀さんは合図をされてもやめず、オトシてしまったのだから負けになったのであります。（笑）「そんな義秀さんをあの横光さんが、なぜ投げ飛ばすようなことになったのかね」「それは横光さんが喫茶店にいると、下衣（したごろも）の代わりに柔道着を着た大男がいる。これが義秀さんだったそうだ。横光さんが義秀さんをジッと見て、『お前とやったら面白いだろうな』と言った。義秀さんのほうでも『よしやろう』ということになり、ちょうど横光さんが牛込の柔道場に下宿していたとかで、そこに行って二人で組むと、横光さんがいきなり義秀さんに背負い投げを掛けた。すると、義秀さんは飛んで、床柱に額をぶつけてゴーンと音を立てたというよ。（笑）それで、義秀さんは立ち上がって横光さんに『いま、一本』と言ったら、横光さんは『それまで』と言ってさっさとやめてしまったと言ってたよ。（笑）それを義秀さんに訊いたら、額に手をやって『いやァ、俊敏なもんですな』と言ってたから、ほんとの話だよ」（笑）「そんな横光さんが徴兵はどうされたのかね」「徴兵検査が来たんで、一旦やめた早稲田に戻られたとは聞いたが、それからのことは聞かないから誤診だったんだよ」（笑）「そうだよ。誤診だったんだよ」母はまだ医者の言うことが信用しきれずにいたのか、はじめて愁眉を開いたようでした。「そういえば、義秀さんも成田中学のころ同人雑誌に軍事教官を引っぱり込んだとは聞いたが、徴兵のことは言わないな。あれも誤診だったのかな」わたしが言うと母が笑うのです。「あれはお前、誤診じゃないよ。大き過ぎたんだよ」（笑）

あ、山田という人のことを申し上げるのを忘れるところでした。山田という人は念願かなって結核にはなりましたが、哲学者にはなれませんでした。（笑）哲学者にはなれませんでしたが、キルケゴールの『死に至る病』を読めと言い、わたしに実存哲学なるものに対する目を開かせてくれました。実存哲学なるものは戦後燎原の火のように思想界に浸透しました。それをあんなに早くから教えてくれたのだと思うと、わたしはいまも忘れられないのです。

いささか調子に乗ってバカな話を致しましたが、よく聴いて下さいました。明夜またお目に掛かりましょう。（拍手）

講演　第十夜　飛雪の虹

講演に招かれて信州松本に行くことになりました。はじめはただそのつもりで乗っていましたが、途中ふとわたしの放浪は松本からはじまったことに気がつきました。わたしには女学校を二つも持っていた叔母がいたのです。どういう関係で叔母なのかいまもって分かりませんが、母はその人のことをお武さんと呼び、その人は母のことをお姉さんと呼んでいました。二人はとても仲良さそうにみえましたが、じつは、とても仲悪かったのです。（笑）その人に学校教育を受けさすために、母は自分がなんとしても学校に行きたいと思って従軍看護婦時代に貯めておいた、金を出さされたことを根に持っていたようで、その人はその人で母にそうしてもらったことの引け目を見せたくなかったからでしょう。いずれにしても九州の女で、もっこすですからね。（笑）

ところが、叔母は自分に子のないせいか、その分わたしを可愛いがろうとしたのです。むろん、母はわたしを可愛いがらすまいとしたのですが、叔母はこっそり四千円の貯金通帳をくれ、印鑑までつくってくれて、こんなことを言うのです。「これでこの田園調布に土地を買い、家をお建てなさい。卒業生にいくらでも可愛い子がいるから、結婚して幸福に暮らすのよ」わたしが喜んだのは言うまでもありません。(笑)しかし、母に言ったらそれこそ男児たるものの面目が立つか、と憤慨されるにきまっています。(笑)それでわたしは母には言わず通帳は戴いとくことにして、松本に行ったのです。(笑)松本に行ったのは格別深い意味があったのではありません。友人に松本高等学校を出た男があり、よく松本の話をするものですから、そうだ、松本に行って見ようと思ったまでです。松本は駅を降りればまっ直に大きな道があり、そのつきあたりが松本高等学校になっています。左に行けば浅間温泉で、右に行けば薄川(すすきがわ)です。その堤防の桜並木があたかも満開で、遠く白雪の北アルプスが輝いて見えます。すぐ下には茶室までついた新築の二階家があり、テニスコートまであって、テニスコートを管理している老夫婦には年頃の姉妹がいます。(笑)

「これはうまい!」(笑)わたしに貯金通帳をくれた叔母は、そのことを意地でも母に言うはずはない。すなわち、貯金通帳は事もなく完全に自由なのです。(笑)早速その新築を借りて悦に入っていましたが、いまになって思いだしては、「しまった!」と思っています。かりにもしその金で田園調布に土地を買い、家でも建てていたら、いまごろは何億円という財産を持つことになっていたでしょう。(笑)おそらく、叔母の言う可愛い子と楽しく人生を送って来たでしょう。(笑)むろん、その子を見たこともありませんが、そうして思いだされる子は、いつまでも美しく、としをとらないから不思議です。（笑）悦に入って一年も過ごすか過ごさぬかに、弟から「どこの高等学校を受けようか」と言って来ました。わたしは即座に「松本高等学校を受けろ」と言ってやりました。まさか父がわたしに山口にはカフェーも喫茶店もないといったようなことは言いませんでした。（笑）実際、またカフェーも喫茶店もあり、わたしもよく行っていましたが、（笑）弟ははやくも京城中学で痛い目にあってから、閉口するほど真面目になっていたのです。わたしは折角一高にはいりながら、学校を振ったか振られたかしたことを思うと、（笑）人間、どうせ痛い目にあうからには、早くに痛い目にあうことです。（笑）

　弟が松本高校に受かると同時に母も松本に呼び、「どうだ、この家はいいだろ。こうなることを見越して、母さんたちのために借りといたんだ」と言うと、母も「敦もたまには親孝行をするんだね」と喜んで笑うのです。「そりゃァ、そうだよ」とわたしも笑いましたが、親孝行をしたことにしておいて、実は奈良に行こうと思っていたのです。（笑）というのは、奈良に住み、上京するたびに一緒になって荒れていた友人が、すでに、新聞に連載されたきみの「酩酊船（よいどれぶね）」を読んだ人が東大寺にいて、遊びがてら来ないかと言っているという手紙をくれていたのです。しかし、困ったことにわたしが「奈良に行く」と言えば、母も「行く」と言いだすにきまっています。（笑）果たして「行く」と言いだしましたが、「東大寺のご厄介になる」と言うと、「それじゃァ、女だから駄目ね」と諦めてくれましたが、東大寺もむかしは知らず、いまはそんなことはありません。（笑）皆さんもご存知かと思いますが、わたしが面倒をみて戴いた方が、上司海雲さんです。

上司海雲さんも若かったし、東大寺の日々は実に楽しく、季節の移り行くのも忘れて大仏殿の大仏の肩にさす日のかげろいにふと秋を感じて、はじめて秋を知るといったほどでした。弥勒のいます兜率天ではわたしたち人間が五十六億七千万年もたったと思っても、僅か四千年しかたたぬと申します。先年、NHKに出演して「森敦マンダラ紀行」なるものを撮らせて戴き、大仏のいます壇上に登りました。何度かの兵火、天災にあいながら焼け残った蓮華座の蓮弁で、天平のころからのものが一枚あります。それを写させて戴き、かつご説明をお願いするために、狭川宗玄さんに案内して戴きました。わたしもまた『マンダラ紀行』を書き、狭川宗玄さんのお言葉をそのまま拝借したのです。ちょうど、ここに『マンダラ紀行』を持っていますから、そこのところを読ませて戴きます。

「東大寺が所依の経典としておりますのは「華厳経」、それから「梵網経」。この二つのお経の説くところにしたがってとらえているのが、蓮華蔵世界でございます。特に「梵網経」によりますとビルシャナ仏——大仏さまのことで大きなお釈迦さま——の坐っておられる台座のぐるりには千枚の蓮の花びらがあり、そのそれぞれに中くらいな千のお釈迦さまがいらっしゃって、それがまたそれぞれに小さなお釈迦さまのいられる百億の世界を見そなわしていられるというわけです。考えてみますと、この百億の小さなお釈迦さまというのは結局われわれ人間なんですね」

大仏のいます壇上にいてすら、大仏殿の前に据えられた大香炉を立ち昇る紫煙がかそかにも漂って来ます。わたしが東大寺にご厄介になっていたころ、この狭川宗玄さんなどはまだ子供さんだったのではありますまいか。それが立派な僧侶になられた。上司海雲さんをはじめ、知るほどの東大寺の塔頭（たっちゅう）の人々はみな管長になられ、長老になられ、「永遠」に帰ってしまわれたことを思うと、感慨の無量なるを禁じ得ませんでした。東大寺は争いのない豊かな寺で、あのころは管長の任期が四年だったのに、三年になったと聞きました。それは塔頭の人々を満遍なく管長に戴くことが出来るようにするためだそうで、管長を退かれるとことごとく長老になられるのです。東大寺はそんな寺なのです。

上司海雲さんは勧進所を塔頭としておられました。みなが勧進所を赤門と呼んでいましたから、もとはきっと門が赤く塗られていたのでしょう。土壁にめぐらされていましたが、座敷はひろびろとして、縁先はもう僧形八幡（そうぎょうはちまん）堂を前にした美しい大きな庭になっています。上司海雲さんは老夫婦を雇って一人でいましたが、この老夫婦、殊にじいさんが奇麗好きで、庭といわず部屋といわず掃除して回るので、便所などは磨き上げられて、板に顔が映るほどです。わたしはいつも一高の便所を思いだし、（笑）おなじ便所でもこうも違うものかと感服しました。（笑）この注連寺の便所もずいぶんきれいになりましたが、なにはおいても「ああ、あのきれいな便所の寺か」と言われるような寺になってもらいたいと思います。(笑)しかし、そんなきれいな便所でも、塵紙なぞは置いてなく、新聞紙が適当な大きさに切り揃えて、適当な高さにして箱の中に置いてありました。

むろん、上司海雲さんがそんなことをさせたのではありません。(笑)じいさんがかってに倹約してそんなことしてくれるのを、むしろ温かく黙ってみてやっていたのです。じいさんは食事の支度もばあさんにはさせず、自分がやっていましたからその倹約は食事にまで及び、毎回毎回茶粥です。茶粥といっても温めもせず、冷や飯に掛けて食うので、それについて出て来るものは梅干と沢庵ばかりです。わたしは禅宗の道場でもしばしば食事を戴いたことがあります。謂わゆる一汁一菜で頗る簡素なものですが、頗る旨いのです。それがそうではないのですから上司海雲さんも耐えかねて、「こりゃかなわん。どこぞで栄養つけて来まひょ」と言って、どこぞに連れて行ってくれるのです。(笑)上司海雲さんはからだが大きく龍谷大学ではテニスの主将をしていたというほどの人です。それだけに、栄養でもつけねばもたなかったのでしょう。(笑)上司海雲さんは行こうと言って連れて行くからには、一流の料亭に連れて行き、芸者まで呼んで大盤振舞いをするのです。お蔭で、わたしはその方面でも練達の士になりました。(笑)

ふたたび尾籠(びろう)な話になって恐縮ですが、便所というものは不思議なところですね。他人(ひと)のものは臭うのですが、自分のものが臭って来ると、不思議に他人のものの臭いはしなくなるのです。(笑)その上、精神が統一されて来て本でも読みたくなり、読めばまたよく頭にはいるような気がするのです。（笑）一高の便所には猥褻な落書がまったくないと申しましたが、落書をすること自体には、その心理にはなんの違いがないのかもしれません。（笑）一高の便所の落書にはあのとしごろで分かっていたのか、どこかの本から抜き書をして来たのか分かりませんが、それを丹念に読むということも、そこに描かれた猥褻な絵を見るということと、その心理にはなんの違いがないのかも知れません。（笑）前の板は顔が映るように磨き上げられているといっても、ほんとに顔が映るわけではありません。また映ったとしても、そんなときの自分の顔などを見たいとは思いません。（笑）いきおい、じいさんが塵紙の代わりに切り揃えておいてくれた新聞を取って読み、読むことがいつか習慣になりました。（笑）その癖、ほんとうの新聞はろくに読まないのです。（笑）読まない癖に、塵紙の代わりの新聞は、丹念に読んで、終わっても読みやめないのです。（笑）

たまたま、樺太のことを書いた記事が目に留まりました。すると、徴兵検査を天草の本渡で受けたため、ほんとうに美しいと思った天草松島の光景が浮かんで来たのです。しかも、それがわたしになんとしても樺太に渡ろうという気を起させました。もし渡るなら急がなければならない。それはやがて真冬が来るからでなく、真冬のうちに渡らなければと思ったからです。わたしは、南に行くならもっとも暑いときに、北に行くならもっとも寒いときに行きたかったのです。わたしは南国の血を引く人間です。そうしたわたしの血が北を憧れさせたのでしょう。思い立つと矢も楯もなく、「それなら来春行きなはったら、北国の春とさえいうやおまへんか」と上司海雲さんが言って下さったのに、ただちに松本に向かいました。一応、防寒の支度を母に整えてもらおうがためです。松本もすでに冬で、見える限りの山々は白く、道も凍てついて空気が肌を刺すようです。わたしが樺太に行くと聞くより、母はわがことのように勇み立ち、こんなことを言うのです。「そうかい。樺太に行くのかい。どうせ樺太に行くなら、果ての果てまで行っておいでよ。（笑）でも、松本だってこの寒さだろう。少々のことじゃ駄目よ。二、三日は待てるだろう」母はたちまちひと抱えほども極太の毛糸を買って来て、茶室を締切り食事の用意もそこそこに、二日二晩一睡もせず、二本合わせてセーター、ズボン下から靴下まで編み上げました。いや、二日二晩一睡もしなかったといって、驚かれることはありません。麻雀をやって敗けでもすると、もう一荘（イーチャン）、もう一荘で二日二晩ぐらいは一睡もしないので、（笑）それだから病院船でも勤め上げられたと言うのです。（笑）

二つの海峡を渡り、大泊（オオドマリ）から西海岸を北上し、内路（ナヨロ）に至ると薪を燃して喘ぐように雪の中を走っていた、その汽車さえもなくなってしまうのです。それからは馬橇（ばそり）しかないというので、毛布にくるまって湯タンポを抱いていると、やがてのことに雪原の彼方から、敷香（シスカ）の町が黒々と見えて来ました。当時、日本では唯一の国際河川といわれた大河、ホロナイ河が多来加（タライカ）湾にそそいでいます。その河口に王子製紙の人絹（じんけん）パルプの大工場が建てられています。まずその大工場が見えて来ると、次第にそれを取り巻くようにして出来た街になって来ました。街らしい街といえばこれが当時日本の最北の街です。そういうところに来たというだけで感動を覚えるのに、河岸に立てばホロナイ河は固く結氷し、雪におおわれて、大雪原を見るようです。その大雪原のようなホロナイ河の対岸はるかに、黒く小さく森が見えます。そこには謂わゆる北方民族と呼ばれるヤクートが住み、ギリヤークが住み、オロッコが住んでいます。

ヤクートの中にウィノクロフという、他の民族を支配しているわけではないが、馴鹿（トナカイ）をもっとも多く持っているというので、馴鹿王と呼ばれている人がいます。わたしが東大寺から樺太に行こうと思い立ったのはこの人のことを書いた、新聞の断片を見たからです。新聞の断片を見てこの人に会い、出来れば北方民族と呼ばれる人たちと生活したかったからです。後でだんだん分かったことですが、あの人たちは警戒心がまったくない。警戒心がまったくないどころか、訪ねて行けばそれこそ、

有レ朋自二遠方一来、不二亦楽一乎

朋（トモ）アリ遠方（エンポウ）ヨリ来（キ）タル、亦（マ）タ楽（タノ）シカラズヤ

で、なんとかして持て成そうとする。ウィノクロフその人もまったくおなじで、両手を拡げて喜び迎えてくれたばかりではありません。二、三日うちに馴鹿を連れて放牧に行くから、一緒に行かないかと言ってくれたのです。それこそわたしの望むところで、こんなに嬉しいことはありません。馴鹿はツンドラ苔を食べるのですが、雪の下のツンドラ苔を人が掘って、桶に取って食べさせようとしても食べません。馴鹿は自分で掘って雪の下から出て来るツンドラ苔だけを食べるので、厳寒の雪の上でも放牧して歩かねばならないのです。しかし、放牧について来るなら、いくら達磨のように着こんでいても、（笑）そんな服装では駄目だと言われ、靴から靴下まで脱がされてしまいました。

まず、馴鹿の腹仔(はらご)でつくったゲートルを足の先からビッシリ巻けというのです。巻いたら毛を内側にした馴鹿の皮の靴を履き、更に毛を外側にした馴鹿の皮の靴を履けというのです。上衣もまたかくのごとしで、馴鹿の皮の帽子まで被せられてしまったのですから、いくらわたしがわたしであることを主張しようとしても、もはや馴鹿であるより他はないのです。（笑）見れば、ウィノクロフをはじめ、一行の男女だれもが馴鹿になっています。いざ出発となるとわたしたちは馴鹿橇(ノソ)に乗り、馴鹿の群れに囲まれて走るだけ走ってテントを張って憩うのです。トド松、エゾ松の葉を敷きつめて、上に白樺の薪を置いて燃すのですが、下は雪でも雪は溶けず、ほかほかと温まって、みなくつろいで食事になります。パンはメリケン粉を練って平たくし、串に刺して焚き火のまわりに立てて焼いてつくるのですが、出て来るものは馴鹿の肉です。馴鹿の肉を煮たスープです。馴鹿の乳、馴鹿の乳からつくったバター、チーズです。みなソ連のほうから渡って来たロシヤ正教の人たちだからか、どのテントにもマリアの画が掛けてありましたが、ほんとうは馴鹿を神とし仏としているようです。

馴鹿は神であり仏であるから、彼等に衣服を恵むのです。馴鹿は神であり仏であるから、彼等に食べものを恵むのです。馴鹿は神であり仏であるから、彼等にいのちを恵むのです。夜になるとテントのまわりを歩くらしい馴鹿の首につるした鈴の音がします。仔の馴鹿が迷わぬように、母の馴鹿には鈴をつけて置くのだそうです。北緯五十度ともなれば、北極星は高くなります。テントを出ればその高い北極星を中心に、北斗七星も地平に沈むことなく巨大な時計の針のごとく回っているのです。したがって、どのテントにも時計などというものはないのです。ないというよりいらないのです。もし時が知りたければ、テントを出て夜空を仰げばいいのです。

わたしはここまで来た幸せを思って、時のたつのも忘れていましたが、数日もせぬうちに地平の彼方から白く煙って来るのを見ました。地吹雪が来たのです。彼等はいずれ馴鹿橇を仕立てて畳んだテントや手まわりのものを縛りつけ、わたしにも馴鹿橇を曳いて来て、伏し拝むような恰好をしてみせました。そのようにして伏せ、頭を低くして乗れと言うのです。大雪原のところどころに、両手を拡げたように、枝を張った枯木が立っています。

あたりは地吹雪ですでにまっ白です。そうした地吹雪の中からそんな枯木がもうろうと現れて来る。頭を低くしていないと、その枝で額を攫われるというのです。そればかりではありません。馴鹿は鹿と違って、爪が二枚の大きな貝のようになっていて、脚をおろすときは雪に沈まぬようにパッと開く。蹴上げるときはそれを素早く合わせるのですから、そのたびに玉になった雪が飛んで来ます。むろん、だれもそうして伏せて手綱など取っていません。あなたまかせと、馴鹿が本能にしたがって、行こうとしているところに行こうとしているだけです。地吹雪ですから、わたしたちだけが迷妄の中にいるので、地吹雪の上は晴れ渡っているのです。燦々たる太陽が降りそそいで来て、無数の小さな虹が舞いはじめました。その舞う無数の小さな虹の中に、わたしを導く馴鹿がぼうっと消えて行くと思うと、ぼうっと現れて来るのです。

おお、これが如来というものか、とわたしは思いました。如来とは「如より来ます」と言う人があります。また「来ますが如し」と言う人があります。いずれにしても「如」とは「如しとしか表現しようのないもの、それこそ真実だ」という意味で、真実のことを言うのであります。やがてのことに馴鹿の群れは馴鹿橇を曳くものも曳かぬものも、トド松、エゾ松の大森林にはいります。地吹雪も次第に薄れてまったくなくなると、みなは荷を解きそれぞれテントを張りました。テントの上から白樺の薪を燃す薄い煙が立ち昇り、あちこちで団欒がはじまるのです。彼等男女の歌う唄はただ「グーヌングック・グーヌヌ・グーヌングック・グーヌヌ」の繰り返しで、頗る単調なものでしたが、いずれもみずから足れりとした声でした。その声を聞きながら、こうしてわたしが導かれて来たことを、なんと言ったらいいのだろうと思わないではいられなかったのです。

月余に近い大雪原の放牧の後、ふたたびオタスの森に帰り着きました。ウィノクロフはわたしが馴鹿であることをやめ、もとに返って達磨のように着ぶくれたわたしに、馴鹿橇を出して敷香まで送らせようと言ってくれました。トイッタという青年が馴鹿の口を執り、おなじように送ると言ってナターシャという少女がわたしの後ろに横掛けに乗ったのです。ふとポケットに手を入れて、わたしは流感の薬ビンがあるのに気がつきました。母が万一を思って用意してくれたものです。わたしはあの放牧の間流感にかからなかったのではありません。かかったのですが、馴鹿に変身したために、この薬ビンをこの服に置き忘れて来たのです。そのとき、ナターシャが焼酎をなみなみとついだコップを持って来ました。焼酎はいいとして、半分はまっ赤な唐辛子です。さすがに飲みかねていると、ナターシャがちょっと飲んでみせ、おそらくはいくつか知っている日本語の一つでしょう。「旨いよ」と言ってまたそのコップを差し出しました。わたしはその厚意をいつまでも忘れまいと思いましたが、別れればもう永遠に会うことはないに違いありません。殊更にその横顔から目をそらすと、結氷雪原と化したホロナイ河の河口は依然として広く、敷香の街はまだまだ遠いのです。

いや、ご清聴を煩わしました。また、明夜お会い致しましょう。(拍手)

講演　第十一夜　倭し美し

わたしが樺太を去って奈良に戻りましたとき、幸いわたしに瑜伽山の山荘を世話して呉れる人がありました。ながくほんとうにご親切を戴いた東大寺から移ることになりましたが、瑜伽山の山荘は奈良ホテルの向かいの山の松林にあり、家は僅か二間ながら数寄屋造りで、庭は崖下にかけて枯山水になっています。眼下遥かに拡がる大和盆地を抱くように、左手には白毫寺、鹿野苑の山々が連り、右手にはこれまた生駒山から尾根を曳く高からぬ山々を背にした薬師寺、唐招提寺、法隆寺が手に取るように双眼鏡に映るのです。前には彼方眉を引くように大和三山、耳成山、天香具山、畝傍山が見えるばかりか、遠く吉野、熊野の山々まで見えるのです。わたしは樺太からの帰途、倭建命が能煩野まで戻られたとき、望郷の念に堪えず、

倭は国のまほろばたたなづく青垣山隠れる倭し美し

と、歌われたことを思いだし、ツンドラの大雪原にあったわたしが、いまこうしてここにあることに感慨なきを得ませんでした。

瑜伽山に移りましてからも、東大寺にしばしば遊びに寄せて戴いたことは言うまでもありません。上司海雲（かみつかさかいうん）さんもお迎えになった寿美子さんとしばしば訪ねてみえ、山荘のたたずまいとその眺望をしきりに感嘆していられました。むろん、母はたちまち女友達を連れて来て、わたしがこうした山荘にいるのを、わがことのように自慢するのです。この分ならどんなに来るかと思っていましたが、ある夜突然布団の上に跳ね起きて、真っ青になって天井を指さし、「や、や、守宮（やもり）がいる」と言うのです。（笑）山荘に守宮がいるくらい当たり前です。（笑）守宮はたしか松本の家にもいたと思いますが、あの勇敢なはずの母がこれにすっかり恐れをなしてしまいました。（笑）母はわたしのこととなるとまったく反対しないばかりか、まるでわがことのようにいきり立つのです。有難いと思いながらも時に閉口しないではありませんでしたが、守宮に恐れをなしてくれたことは、（笑）わたしを存分自由にさせて呉れました。（笑）函館から日魯漁業の船に乗って、カムチャッカには上がりませんでしたが、あれがカムチャッカだというところまでは行きました。下関から大洋漁業の船に乗って、南極大陸には上がりませんでしたが、このあたりはもう南氷洋だというところまでは行きました。また、伊東の漁船で黒潮に乗り、春夏（はるなつ）は鰹の一本釣り、秋冬（あきふゆ）は鮪の延縄（はえなわ）をやりました。むろん、日魯漁業の船も、大洋漁業の船も、伊東の漁船もつてを求めて乗せてもらったので、稼がせてもらったのではありません。そのため、伊東の漁船などではなんとなく煙ったがられ、みなと博打を打つようになってから、ようやく仲間に入れてもらえるようになったといったこともあったのです。（笑）こんなことをしていましたから、そのころからはやくもわたしが放浪をはじめたように思っていられる方がありますが、瑜伽山の山荘は借りっぱなしにして、いつもそこから出、そこに帰りしていたのです。青垣山隠れる倭し美しと心（しん）から思っていましたし、

さねさし相模（さがむ）の小野（おの）に燃ゆる火（ひ）の火中（ほなか）に立ちて問ひし君はも　　弟橘比売（おとたちばなひめ）

と、歌ってくれた人をも得たからであります。（笑・後刻質疑アリ、答ヲ避ク）

わたしのこんな生活を羨ましいと言われる方があります。「よくそんなことをしていて、不安がなかったな」と訊く人があります。しかし、わたしは一高を一年もせずやめました。やめたからにはわたしの履歴は中卒です。もしわたしが一高から東大に進み、学士号でも得ていたら、いい職業につくことは出来ても、どんな職業にでもつくというわけにはいかんでしょう。こんなことがありました。ある人が立派に学士号を持ちながら、職を失って零落し、職を求めて友人たちを訪ねて回ったそうです。みずからが学士号を持っているくらいですから、友人たちには錚々たる人が多いのです。そのだれもがこんなことを言った

といいます。「まさかこのぼくがきみを守衛にもさせられんからね」と。ところが、わたしは中卒ですから、そんなことを言われる心配はまったくありません。職業を選ぶ資格がないかわりには、選びさえしなければ、職業などいくらでもあると思っていました。こういう考えもまたわたしの場合には、ダンディズムとデカダンスから来ていたのかも知れません。

またもし、わたしがまともに就職することになったら、あるいはかつての級友が部課長になっているというようなことがあるかも知れません。なっているにきまっています。しかし、わたしもそうなることの資格をみずから放棄したのですから、甘んじて彼等にしたがい、決して不服は言うまいと誓いました。誓うというより平然としてそうすることが出来ると思っていました。これもダンディズムとデカダンスの延長上にあったものでしょう。勇敢という言葉には必ずダンディズムとデカダンスの匂いがあり、ダンディズムとデカダンスは、しばしばわたしたちを勇敢ならしめると申しました。こんなバカさえ母に言っていたのです。「ネルソンはあれでなかなかな男だったそうだよ。そうだったからかも知れないが、トラファルガルの海戦で、部下の制止もきかず真っ白な盛装をして艦橋に立ち、絶好な標的になって、狙撃されて果てたんだ。まるで母さんみたいだね」まさかその母が守宮に飛び上がるとは知らなかったからですが、(笑)わたしにもまァそんなところがあって、わたしはわたしの生涯を気の趣くままに貫こうと思っていました。しかし、戦雲ようやく漂って、そうはしていられぬ情勢になり、ある光学会社に就職しました。名もない光学会社で、戦争と共に夢のように大きくなり、敗戦と共に夢のように消え去った会社です。

わたしは就職してみて、就職したからとてすぐ仕事があるわけではないことを知りました。しかも、だれも仕事を与えて呉れようとはしないのです。ほんとに仕事をしたいなら、会社の中でそれを自分で探さなければなりません。したがって、会社に就職するといっても、ほんとに就職するためには二度就職しなければならないのです。しかし、そんなことは会社の考えるべきことだと思いましたから、すべてはあなた任せにして、わたしはわたしなりにこんなことを考えました。わたしは一高も一年も行かずにやめてしまった。いわんや大学で学ぶはずはない。それなら、この会社を大学と思って、光学についてこれぞというものを自分のものにしてやろう。

幸い、光学を知りたいなら、スーザルの『オプティック』を読めと教えてくれる者がありました。むろん、洋書ですが、わたしは英語も数学書によって覚えたのです。すらすらと読め、よく分かるのです。分かればだれでも面白くなるのです。そうなると、会社に行くのが楽しくなるのです。会社に出るとすぐ机に向かい、帰るまで『オプティック』に没頭しました。そんなことをしていたら、同僚たちになんのかのと言われないかとおっしゃる方がいられますが、むろん言われたでしょう。(笑)こちらはなにをしろと言われたら、すぐにも言われたことをするつもりでいましたが、気がつくともうだれもわたしには、なんのかのと言わなくなっていました。（笑）いつの間にか札（ふだ）つきにされていたので、（笑）「ああ、あれか。あれは変わってるんだ」ということになっていたのです。（笑）皆さんも、どうせ札つきにされるなら、早いとこ札つきにされてしまうことをお勧めします。（笑）

遠くのほうの工場から伝令が飛んで、次々に伝えられて来たのでしょう。ついにわたしたちのところにも「空襲警報発令」と言って来る者があります。まだ大規模な空襲こそありませんでしたが、数機による小規模な爆撃はあったのです。すぐにも待避するかと思っていると、そこらにかたまって無駄口をたたいていた連中も、一斉に机について仕事をしていたような恰好をするのです。（笑）来襲したのは敵機でなくて、社長だったのです。（笑）

ある日、その社長がつかつかとわたしのところにやって来て言うのです。「きみは余っ程暇なようだね。（笑）ちょっと、わたしのところに来たまえ」（笑）社長室に行ってみて、はじめて分かりました。会社で暇な者と言えば、社長とわたしだったのです。（笑）社長室には書が掛けてありました。

泊㆓天草洋㆒

雲耶山耶呉耶越

水天髣髴青一髪
万里泊レ舟天草洋
煙横二篷窗一日漸没
瞥見大魚跳二波間一
太白当レ船明似レ月

天草洋（アマクサナダ）ニ泊（ハク）ス
雲（クモ）カ山（ヤマ）カ呉（ゴ）カ越（エツ）カ
水天髣髴青一髪（スイテンホウフツセイイッパツ）
万里（バンリ）舟（フネ）ヲ泊（ハク）ス天草（アマクサ）ノ洋（ナダ）
煙（ケムリ）ハ篷窗（ホウソウ）ニ横（ヨコ）タワッテ日（ヒ）漸（ヨウヤ）ク没（ボッ）ス
瞥見（ベッケン）ス大魚（タイギョ）ノ波間（ハカン）ニ跳（オド）ルヲ
太白（タイハク）船（フネ）ニ当（ア）タッテ明月（メイツキ）ニ似（ニ）タリ

「おお、社長。これは頼山陽の詩じゃありませんか」と、わたしはそう言ってすらすらと読み上げました。わたしは子供のころから、『論語』の素読（そどく）をさせられましたから、漢文は相当やれるのです。やれるといっても活字になったものが読めるので、書となるとそうはいきません。とても頼山陽の書などわたしには歯が立たないのです。しかし、本物は歯が立たなくても、贋物には歯が立つのです。(笑) わたしが社長にすらすらと読んでみせられたということは、社長の頼山陽が贋物だということですが、(笑) 社長はそんなことは知っちゃいないのです。(笑) たちまち、破顔一笑して、「君、やるじゃないか」とご機嫌になったのです。「やるもなにも、わたしは天草の富岡の人間です。富岡にはこの詩の碑があります。ひょっとすると、この詩はわたしの家で作られたかも知れません」と言いましたが、こりゃむろん嘘です。(笑) 頼山陽はどうも天草には来なかったんじゃないかという学者すらあります。(笑) しかし、社長はすっかり気に入って、暇にまかせてなにかと言うと、わたしを呼ぶのです。(笑) 会社にはむろん秘書課がありました。秘書課には秘書はもちろん秘書課長もいましたが、社長ともなるとだれもがそうなるように、書画骨董を集めて喜びたがっているのに、秘書も秘書課長もてんで話にならんのです。(笑) それに、わたしの話にはスーザルの『オプティック』まで出て来るのに、それすらも彼等にはてんで分からないのです。(笑)

徴用に取られて困ったという話を聞きます。しかし、徴用を受け入れる側もずいぶん困ったのです。名人上手といわれる職人気質の職人がいて阻害するのです。彼等はみずから職人と言い、工員と呼ばれることを拒み、「おれたちはだれに教えられて覚えたんじゃねえ。十年二十年と親方について、見様見真似で一丁前になったんだ。教えようたって、教えられるもんでねえ。お前たちもそうして身につけるんだ」と、こうなのです。「しかし、なにを困ることがあるのですか」と、わたしは社長に言いました。「わたしは伊東の漁船に乗って黒潮を行き来していました。春夏は一本釣りで鰹を、秋冬は延縄で鮪を獲るのです。乗組員は五十人からいましたが、漁師といわれる者は四、五人もいないのです。その連中は竿さえ出せば鰹のほうから飛びついて来るようなところ、延縄さえ流せば鮪のほうから食いついて来るようなところにみなを連れて行けばいいのです。一日岩場に坐ってやっと珍らしい魚を一匹釣って、名人と称しているような者はまったくいらないばかりではありません。むしろ、邪魔になるのです」すると、社長が驚いて、「君はそんなところにもおったのかね」(笑)と言うので、「そんなところどころじゃありません。カムチャッカに上がりはしませんが、あれがカムチャッカだというところまで行きました。(笑)南極大陸には上がりませんでしたが、ここはもう南氷洋だというところまで行きました。(笑)それらの船も巨大であるというだけで、漁船であるよりも工場として徹しようとすることにおいてまったくおなじです」「カムチャッカや南氷洋にもね」社長は頷いてしばらく考えているようでしたが、「きみが言うのがほんとうかも知れない。しかし、なんだかんだといっても、会社をここまでしてくれた人たちの頭を切り換えさせることだからね。それをさせるとすれば、なまじいその人たちとやって来た者では出来ないかも知れない。そうだ、君にひとつやってみてもらうか」(笑)

わたしは会社に就職したとしても、二度就職しなければならないと申しました。わたしはこうして二度の就職をなしとげたのです。わたしは主な職員、部課長を呼んで言いました。「いままではほんとうにご厄介になった」ほんとは厄介になぞならせて呉れなかったのですが、（笑）「しかし、これからはわたしがやらせてもらう」（笑）だれも不満を唱える者はありませんでした。みなはわたしを社長がやがてはそうさせるために、入れた者のように思ったようであります。（笑）でなければ、あんなに社長室に呼ばれ、社長と二人して話していたはずがないと思ったのでしょう。（笑）わたしはここぞとばかり昼となく夜となく働きました。会社は敗戦とともに夢のように消え去りましたが、それぞれに独立し、いまは立派な会社の社長になった者もあります。会社でそうしていたということ、実績はすでに履歴です。わたしにもいろいろと話をかけてくれましたが、考えてみると松本に去り瑜伽山に移ってから入社するまで十年遊びました。そして、入社してから十年働いたのです。弟は立派に大学を卒業し、母を見てもらうになんの案ずるところはありません。かの一高の大名士の広言ではありませんがわたしも男一匹、十年もあれだけ働いたからには、女房と二人で暮らす分には一生働くことはないだろうと考えました。ところが、数学が得意だというわたしがインフレの計算を失念致しまして、（笑）十年もするうちには遊んでいられなくなりました。ちょうど、酒田にいたとき、いままでそうは来なかった手紙が、母から頻繁に来るようになりました。それにはいつもこんなことが書いてあったのです。「わたしのことは心配することはない。お二人が幸福にしていられると思うだけでも、わたしは楽しい」それだけで弟夫婦からはなんとも言って来ませんでしたが、手紙の字はいつもとは違います。おかしいと思って上京してみると、果たして母は高血圧で倒れていて、こんなことを言うのです。「こんなからだになって哀しい。こんなからだになりさえしなければ、わたしはなにをしてでも、敦だけには好きなことをさせてやりたいと思っていたのに」

これはいけないと思いました。高血圧には暑い地方がいいと聞きました。なんとか頼んでダムを造る会社に働けることになり、母を紀州に連れて行くことになったのです。母は喜びました。母もかつてそこに遊んだことがあったのです。しきりにあの美しいリアス式海岸やそのなす湾に入り込んだ海を思いだす様子でしたが、容態が急変して心がそこに飛んだまま逝ぎてしまったのです。母が逝ぎてしまったとなると、なにも紀州まで行くことはありません。紀州に上がったことこそありませんが、あれが紀州だというあたりは（笑）黒潮に乗ってたえず伊東の漁船で往来致しました。依然としてわたしは職を選ぶ資格をみずから放棄したのだと、わたしに言いきかせていました。そのかわり、職を選ばなければ職ぐらいいつでもどこにでもあると思っていました。

それならいっそまだまったく知らない新天地に行ってやろうとも思いましたが、せっかく職を世話してくれた友人への義理もあります。母もそこに思いを馳せて逝ぎたのです。

よし十年は勤めてやろう。十年は勤めるが、十年たったその日には辞めるぞと思って、紀州に行きました。果たして、そこにはかつての級友が部課長になっています。しかし、いたずらに勤めて定年を恐れている者と、十年たったらその日に辞めるぞと思っている者とはおのずと気概が違います。謂わば辞表を胸にして働いているようなものですから、出来れば部課長が避けて通ろうとしているところを、わたしは敢えて事に当たりました。ついには部課長が避けて通らねばならぬようなことが出て来ると、わたしに事に当たってくれと頼むようになりました。避けて通らなければならぬところこそ肝要なところです。すなわち、わたしは身分こそ低かったが、肝要なことにはわたしが当たることになったのです。そうなれば、部課長になったかつての級友が、部課長だからといって、どうして頭を高くしていられるでしょう。ここにも若き日のダンディズムとデカダンスが生きていたのかも知れません。

今日で十年というその日、わたしは辞めました。むろん、驚いて引き止めてくれる者もありました。しかし、わたしは言ってやりました。「わたしはここに来たその日から、十年たったら辞めると言っていたじゃないですか」(笑)すると、それが分からないと皆が言うのです。「それは聞いていた。しかし、だれもそんなこと信じちゃいなかったよ」(笑)わたしにはやるだけやったという気持ちがあり、心残りはまったくありませんでした。こん度こそは女房と二人して一生すきなところを転々と出来ると思ったのです。ところが、一度思い知ったはずなのに、またもインフレの計算を失念致しまして、（笑）遊んでいられなくなりました。（笑）勤めたところは印刷屋で、あたりはみな町工場、二階にはだれより若いつもりでいる老いた社長夫婦が住んでおり、（笑）階下が暗い工場になっているといえば、どんなところか想像がつかれるでしょう。（笑）そこで、わたしは思ったのです。わたしは生涯に三度勤めました。一つは決して小さいとはいえぬ会社、一つはまさに大きいも大きいこれほど大きいものはないといえる会社、一つは小さいも小さいこれほど小さいものはないといえる工場。しかし、この小さいの大きいのとはなにによってそう言えるのだろう。それは外部から見たときそう言えるのであって、内部はそれなりに世界として、大小はないのではないか。

それでは内部とはなんでしょうか。外部とはなんでしょうか。いま一つの円を描きます。その半径を r とし、半径上になり、半径の延長上になりに点をとり、中心よりその点までの距離を a として、a と r を比べれば次ページの第1図のごとく a は r より小さいか、a は r と等しいか、a は r より大きいかの三つになります。境界とは a が r に等しい場合を言っているので、内部とは a が r より小さいときを、外部とは a が r に等しく、かつ a が r より大きい場合を言っていることになります。

すなわち、内部とは境界がそれに属せざる領域、外部とは境界がそれに属する領域と言うことが出来ますから、矢印を以て境界がその方向の領域に属するものとすると、内部、

第1図

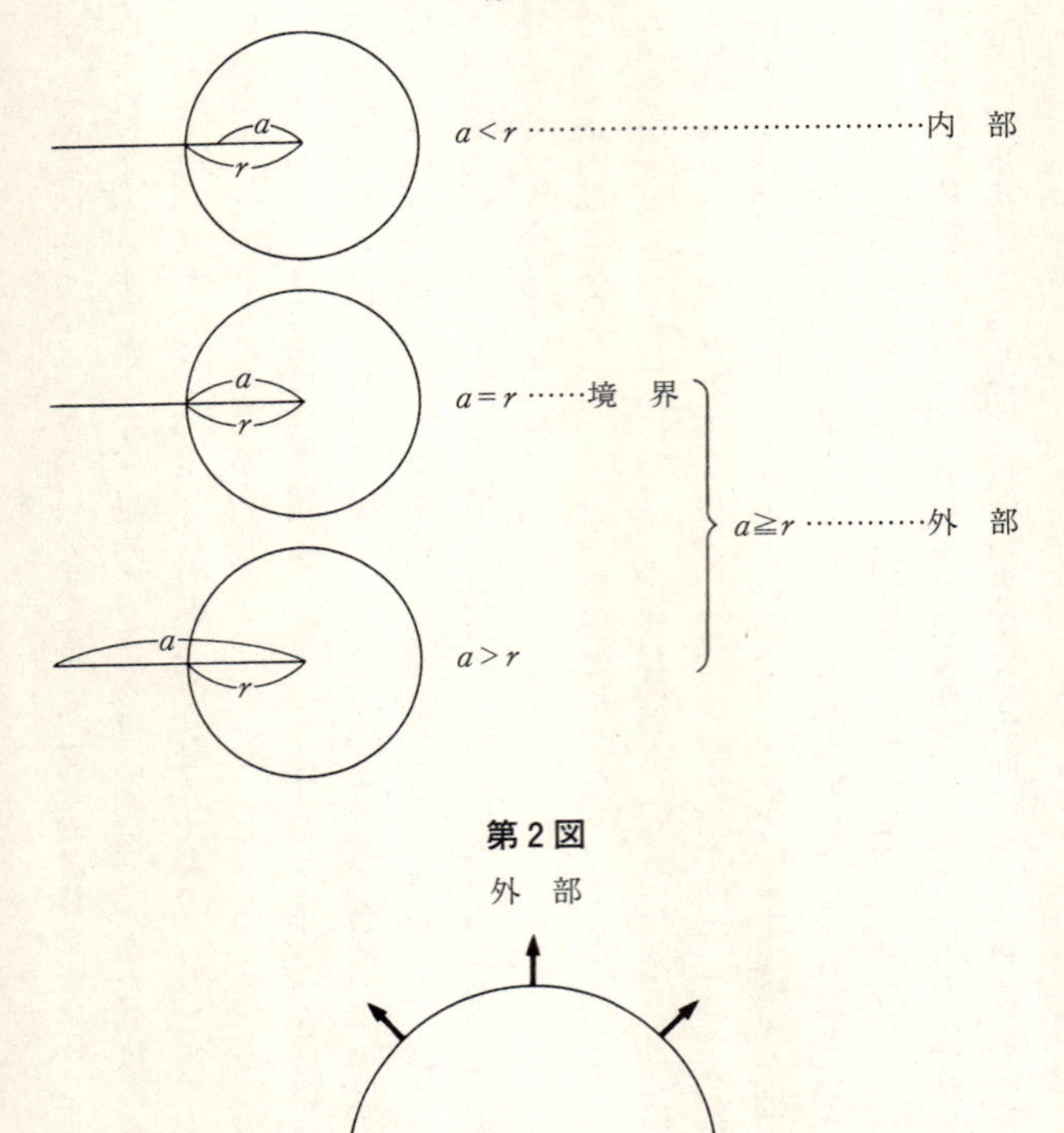

第2図

外部は第2図のごとく示すことが出来ます。

この境界がそれに属せざるところの領域、すなわち内部を近傍と申します。近傍とは隣り近辺あたり界隈ということです。もしあなたがここ注連寺の境内をそれだとお思いになれば、それがあなたの近傍です。いや、山路を越えた大網（おおあみ）のほうまでそれだとお思いになれば、それがあなたの近傍です。いやいや、山々の向こうの月山のほうまでそれだとお思いになれば、それがあなたの近傍です。こんなことが言えるのは近傍は内部であって、境界がそれに属せざる領域、早い話が境界がないからです。お遍路の菅笠には、

（ユ）

悟故十方空
迷故三界城
何処有二南北一
本来無二東西一

悟（サト）ルガ故（ユエ）ニ十方空（ジッポウクウ）
迷（マヨ）ウガ故（ユエ）ニ三界城（サンガイシロ）
何（イズ）レノ処（トコロ）ニカ南北（ナンボクア）有ラン

本来東西無シ

と書いてありますね。この、

悟故十方空

悟ルガ故ニ十方空

がこれです。繰り返させて戴きます。いま、わたしが外部にあるとすれば、外部は境界がそれに属する領域ですから、境界によって内部であるところのものの大小を識別することが出来ます。いま、わたしが内部にあるとすれば、内部は境界がそれに属せざる領域ですから境界はなく、したがって内部であるところのものの大小を識別することが出来ません。すなわち、ただ世界としてあるところのものになるのです。

トルストイの『戦争と平和』をお読みになったことがあるでしょうか。それこそ数え切れないほどの人物が登場する大小説です。チェーホフの小説は僅か数人が登場する短編がほとんどです。しかし、わたしたちが外部にあって読むうちには、次第に魅了されて境界がそれに属する領域から、いつしか境界がそれに属せざる領域へとなって意味を変容し、

第3図

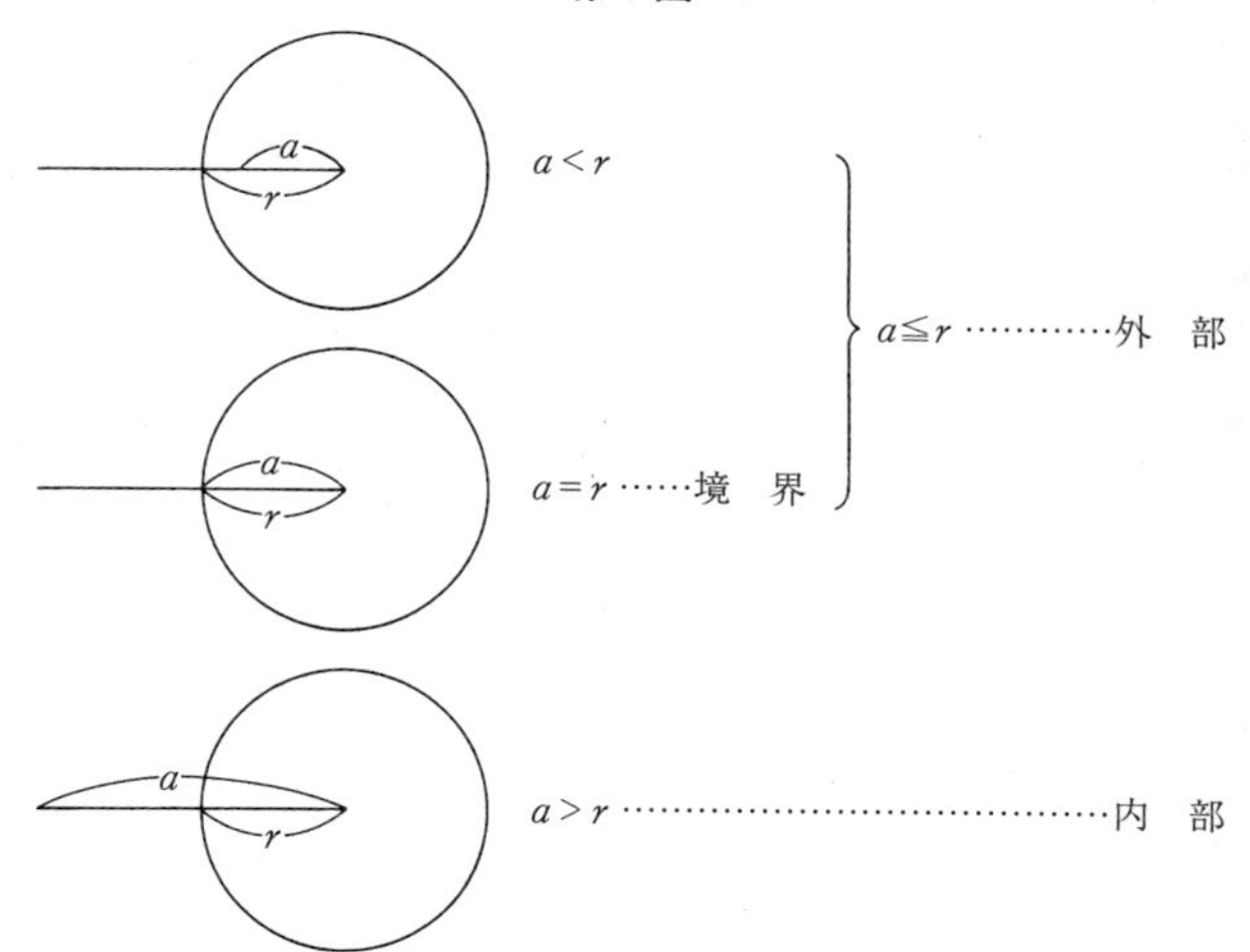

第4図

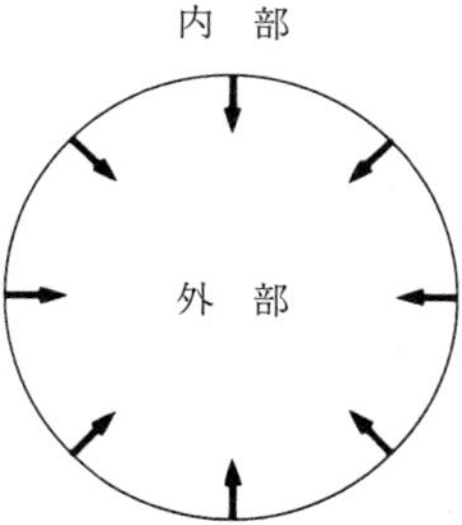

内　部

外　部

第1図は第3図のごとくなり、したがって第2図は第4図のごとくなって、そこはただ世界としてあるところの内部になるのです。むろん、この意味を更に変容してもとに戻すのも可能であることは言うまでもありません。わたしがご厄介になっていた東大寺は「華厳経」を所依の経典にしています。その「華厳経」が説いて、一微塵の中に全世界を映ずというのもまさにここから来ているのです。

ご清聴を煩わしました。また明夜お会い致しましょう。（拍手）

講演　第十二夜　吹雪も過ぎて

わたしはなにかを想いだすとき、ただ「ああ、あんなことがあったな」というだけで、それが何年何月のことであったかほとんど知りません。（笑）十年遊んでは十年働き、十年働いては十年遊びして、この生涯をここまで来ましたが、働いていたときは時を忘れて働きましたし、遊んでいるときは時など知る必要がなかったからです。それで、このむらの七五三掛のこの寺注連寺に、いつわたしが来たかということになりまして、（笑）有志の方々がむらのだれかれに聞いて回られて、どうやら四十年ほど前だったのではないかということになりました。（笑）四十年ほど前だとすると、わたしは三十五ぐらいのとき来たことになります。（笑）

そのとき、わたしは大山におりました。たまたま女房が篩骨を化膿させまして、酒田の病院に入院することになりました。わたしのかってで女房にはさぞかし寂しい思いをさせていたろうと思い、こんなときこそ付き添っていてやろう。そんな気でおりますと、女房の母が来て言うのです。「あなたが付き添えば癒るとでも言うの。あなたは龍覚寺さんから、注連寺に行かぬかと勧められていると言うじゃないの。付き添いなんかわたしが引き受けるから、こんなときこそ心置きなく行って、山の生活を存分に見ていらっしゃい。それがいつなにかのことで、あなたのためになるかも知れない。ただ、雪が降ればあのあたりは孤立してしまうから、紅葉を見たら帰っていらっしゃい。あのあたりの紅葉はそれはそれは素晴らしいのよ」

わたしは二人の母に恵まれました。一人はむろんわたしの母、一人は女房の母です。女房の母はこの世にこんな優しい人があるかと思われるような優しい人ですが、それでいて心(しん)は決して弱い人ではありませんでした。ここに上がって来たときは、ちょうど初夏のころで、ナラやブナやイタヤの青葉若葉が照り映えて、バスに乗っていても緑に染まるようでした。ただ注連寺に来てその大きさに驚くと共に、その荒廃振りに驚かずにいられませんでした。(笑)いまはこうして、年ごとに姿を整えてまいりましたが、その本堂からして傾いていたのです。(笑)それは南側の屋根がすでに銅葺きになっていたのに、北側の屋根は萱葺きのままになっていたからで、南側の銅葺き屋根に積もった豪雪が弛んで急に雪崩れ落ち、北側の萱葺き屋根に積もった豪雪の重みに押されたのです。(笑)その勢いが渡り廊下に及び、庫裡に及んで庫裡までも傾けてしまったのです。(笑)

しかし、このあたりはこれで標高四百数十メートルあります。そのために、夏は涼しく蚊もおらず蚊帳もなく過ごせました。この下のむらい七五三掛は当時は密造をなりわいとしていましたから、どこから来たか知れぬわたしのような者に、近づこうとはして呉れませんでした。(笑) わたしもまた敢えて近づきを求めようとはしなかったのです。しかし、皆さん。森の中にじっと立っていてご覧なさい。むろん、はじめは小鳥たちは寄って来ようと致しません。それでもじっと立ちつづけていると、いったいなんだろうと不思議がって、ちらちらとこちらを見に来るようになります。更にじっと立ちつづけていると、石地蔵かなにかと思うのか、(笑) やって来て頭や肩にとまるようになる。(笑) といってはこのむらの方に失礼ですが、このようにしてむらの方も胸襟を開いて下さるようになりました。(笑)

まあ、そんなふうにしてなにをするでもなく日を送れたのも、この寺に寺守のじさまがいて、実に親切にして下さったからです。この寺のじさまは半身不随で養老院にいたそうです。しかし、もともとはこのむらの出の人で、「このむらの出の者を養老院などで死なすようなことをしちゃなんねえ。知らねば知らぬで仕方がねえども、知ったからにはおらほう(おらたちのところ)さ引き取って、せめておらほうで死なせてやりたい」そう言って、みなして寺に来てもらうことにしたそうです。このむらの人たちは根はそうした温かい心を持つ人たちだったのです。名は門脇守之助(かどわきもりのすけ)といったので、むらの人たちはモリさんと呼び、わたしのことは寺のモリさんと呼ぶようになりました。寺守のじさまこそ寺のモリさんと呼び、わたしこそモリさんと呼ばれて然るべきだと思うのに、(笑) わたしは寺

のモリさんで、寺守のじさまはただのモリさんなのです。（笑）

心地よい夏を過ごすと、あたりはいよいよ紅葉になって来ました。それがまた美しく、この世のものとも思われないのです。女房の母にも言われていたことですし、これで寺を去ろうと思いましたが、「せっかくおらほうまで来て、雪を見ないで帰るというほうはない」と、寺守のじさまモリさんが引き止めてきかないのです。月山が白くなって来ました。「これで帰ろう」と言うと、「まだまだこれくらいでは雪を見たとは言えない。そのうち、仙人岳が白くなる。塞ノ神峠が白くなる。鷹匠山が白くなる。おらほうの十王峠が白くなる。それまではバスが出るから、それから帰れ」と言うのです。果たして仙人岳が白くなって来ました。塞ノ神峠が白くなって来ました。鷹匠山が白くなって来ました。これで十王峠が白くなったらと思っていましたが、十王峠が白くもならぬうちに吹雪きはじめ、大変な豪雪になってしまったのです。「これじゃア、バスも駄目ですね」と言うと、「駄目だの」と寺守のじさまモリさんも言うのです。（笑）「それじゃァ、バスはいつになったら出ますかね」と訊くと、「まンず、この冬が終わらねばのう」との答です。（笑）

それからは吹雪いて吹雪いて、庫裡も階下のほうは雪に埋れて暗くなってしまいました。幸い、物置にはかつてのこの寺の繁栄を思わすように、古い和紙の祈禱簿が山と積まれていました。あれで蚊帳を造ってその中にいることにしたら、比較的明かるい二階でも過ごせぬことはあるまいと思いついたのです。夏には蚊帳も使わなかったこのわたしがですよ。

（笑）いま渡り廊下の板壁に古い祈禱簿の和紙の蚊帳が掛けてあります。しかし、あれは映画を撮ったときに造られたもので、（笑）わたしが造ったのはあんな小さなものではありません。（笑）「維摩経」によれば維摩は方丈にいて、三万二千の仏弟子を迎え入れたと申します。わたしの蚊帳はとても三万二千の仏弟子を迎え入れるというわけにはいきませんが、八畳一杯ありましたから、方丈というよりいささか大きかったのです。（笑）しかし、おそらく維摩の方丈は境界がそれに属せざるところの領域、内部すなわち近傍と呼ばるべきものであり、わたしの八畳は境界がそれに属するところの領域、外部すなわち近傍と呼ばれ得ぬものであったからかも知れません。（笑）

寺守のじさまモリさんは「人間、なにもせずにいられるもんではない」と言って、不自由なからだで雪踏みをすますと朝昼晩にわたしと食事をする他は、小鉈を握って終日階下の台所の地炉端で割り箸を造っていました。その割り箸を売ろうというのではありません。むらの人が案じてなにかと差し入れしてくれる。それに造った割り箸で、心ばかりのお返しがしたいのです。庫裡といってもご覧のように大きいのですが、そのトントン、トントンという遠い音が二階の蚊帳の中にいても微かに聞こえます。息を切らせては猛然と襲って来る吹雪の中にも、そうやって寺守のじさまモリさんは孤独に耐えているのだなと思うと、わたしも勇気づけられて来るのです。わたしは一冊の本も持って来ませんでした。むろん、寺にも一冊の本もありません。そうなると年少のころ素読から習った『論語』が思いだされて来るのです。その「先進第十一」に次のようなところがあります。

季路問レ事二鬼神一。子曰、未レ能レ事レ人、焉二能事レ鬼。曰敢問レ死。曰、未レ知レ生、焉レ知レ死。

季路(キロ)、鬼神(キシン)ニ事(ツカ)エンコトヲ問(ト)ウ。子ノ曰(ノタマ)ワク、未(イマ)ダ人(ヒト)ニ事(ツカ)ウルコト能(アタ)ワズ、焉(イズク)ンゾ能(ヨ)ク鬼(キ)ニ事(ツカ)エン。曰(イ)ワク、敢(ア)エテ死(シ)ヲ問(ト)ウ。曰(ノタマ)ワク、未(イマ)ダ生(セイ)ヲ知(シ)ラズ、焉(イズク)ンゾ死(シ)ヲ知(シ)ラン。

季路とは子路のことであります。子路のことですから、おそらく躍起になって訊いたに違いありません。これに対して孔子は笑って答えたのでしょう。子路が神霊に仕えるにはどうすればいいかを訊いた。すると、孔子はお答えになった。人に仕えることも出来ないのに、どうして神霊に仕えることが出来るだろう。それでは死とはいったいなんでしょう。孔子がこれに答えられた。まだ生も知らないのに、どうして死を知ることが出来るだろう、というほどの意味です。いま特にこの「未ダ生ヲ知ラズ、焉ンゾ死ヲ知ラン」を取り上げてみたいと思いますが、孔子はなによりも存在でありますから、単に孔子というよりも、孔子**である**ものとして考えてみましょう。昨夜、内部とは境界がそれに属せざる領域であ

り、外部とは境界がそれに属する領域であると申し上げました。そう致しますと、

①孔子**である**とは、内部**をなす**ものであって、境界がそれに属せざる領域である。なぜなら、境界はすでに孔子**でない**からである。

①′孔子**でない**とは、外部**をなす**ものであって、境界がそれに属する領域である。なぜなら、境界はすでに孔子**でない**からである。

①″孔子**である**と孔子**でない**とは互いに補をなす。孔子**である**には境界が属しないが、孔子**でない**には境界が属し、互いに相補ってすべてをなすからである。

互いに補をなすとき、孔子**である**に対して孔子**でない**は次のように表わす。

①‴孔子**である**……孔子

①⁗孔子**でない**……$\overline{\text{孔子}}$

孔子**である**を以てその存在を表わすものとして生に、孔子**でない**を以て存在の否定するものとして死に置き代えれば、

②生とは、内部**をなす**ものであって、境界がそれに属せざる領域である。なぜなら、境界はすでに生**でない**からである。

②′死とは、外部**をなす**ものであって、境界がそれに属する領域である。なぜなら、境界はすでに生**でない**からである。

②″生と死は、互いに補をなす。生には境界が属しないが、死には境界が属し、互いに相補ってすべてをなすからである。

互いに補をなすとき、生**である**に対して生**でない**は次のように表わす。

②‴**生である**……生

②''''**生でない**……$\overline{\text{生}}$

まだ生も知らないのに、その補をなすところのもの死を、どうして知ることが出来るだろうと孔子が言ったのは当然です。しかし、わたしたちは「孔子は人間である」ということが出来ます。人間であるということは、第5図を見てもお分かりと思います。①のように境界は、それぞれに人間および孔子を意味するところの領域には属さぬことにご注意下さい。

孔子は人間**である**ということは、孔子という領域が人間という領域に**含まれている**ということで次のように表記します。

③孔子⊂人間

ところが、第5図のように「孔子は人間である」ということが出来るときには、第6図のように「人間**でない**ものは孔子**でない**」ということが出来るのです。①のように境界は

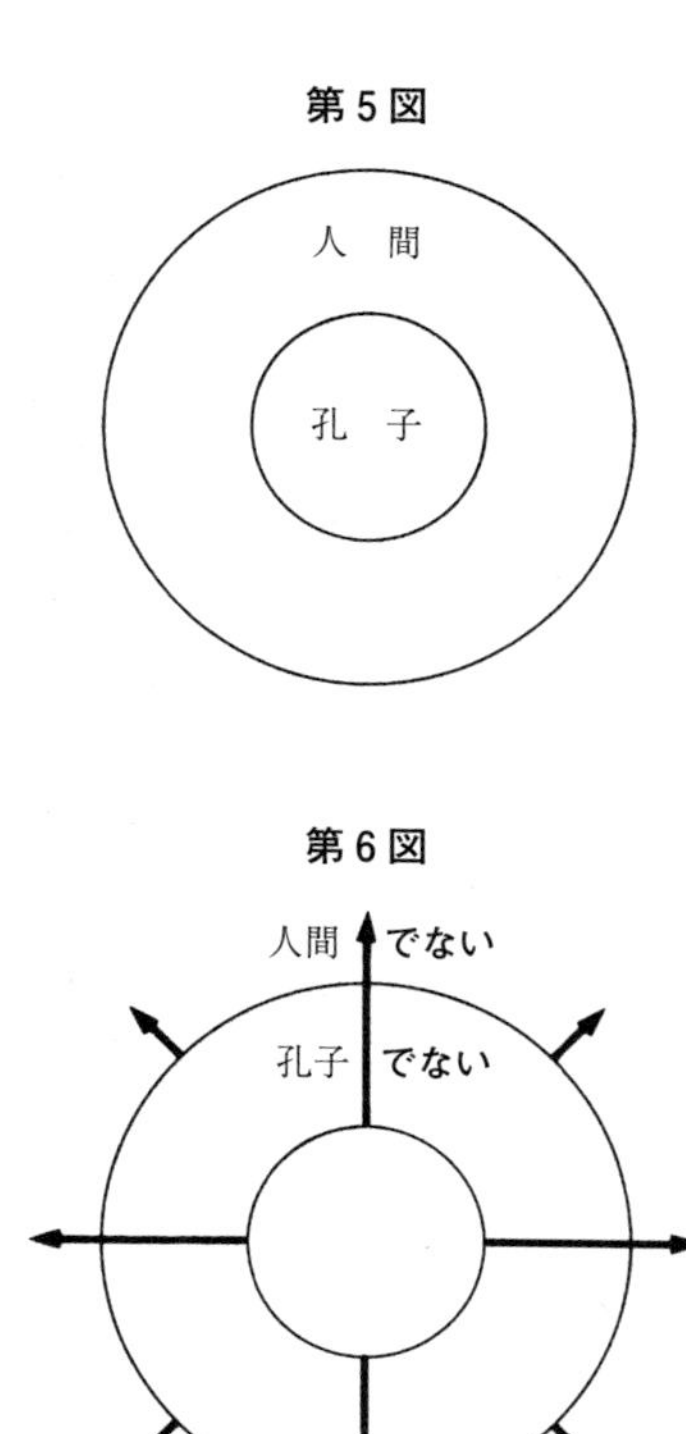

それぞれ孔子**でない**、人間**でない**を意味するところの領域に属するのです。
孔子**でない**ということはその領域が、人間**でない**という領域を**含んでいる**ということです。①のように補をなすものはそのしるしとして上に横棒バーを引きますから、次のように表記します。

③ $\overline{人間} \subset \overline{孔子}$

すなわち、「孔子は人間**である**」ということが出来るとき、「人間**でない**ものは孔子**でない**」ということが出来ます。これを対偶といい、対偶は必ずなり立つのです。すでにお分かりのように、対偶とは仮設と終結を以て命題をなすとき、終結を否定して仮設とし、仮設を否定して終結とすることです。とすれば、「未ダ生ヲ知ラズ、焉ンゾ死ヲ知ラン」ということが出来れば、「既ニ死ヲ知ラバ、何ゾ生ヲ知ラザラン」ということが出来るのではないでしょうか。この「既ニ死ヲ知ラバ、何ゾ生ヲ知ラザラン」という道から行こうというのが宗教であります。しからば、宗教はいかにしてこれを可能にするのでしょうか。生死一如(いちにょ)をもって可能にするのです。そこでいま一度生と死の構造から問い直してみましょう。すでに申し上げましたように、生は境界がそれに属せざるところの領域、内部と呼ばるべきものです。このとき境界を仏教では幽明境といいます。第7図を見て下さい。

第7図

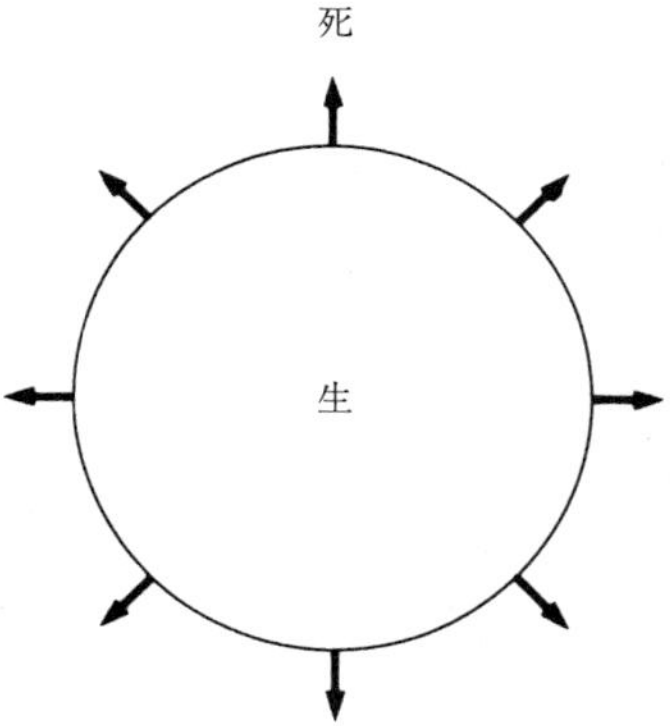

死

生

第8図

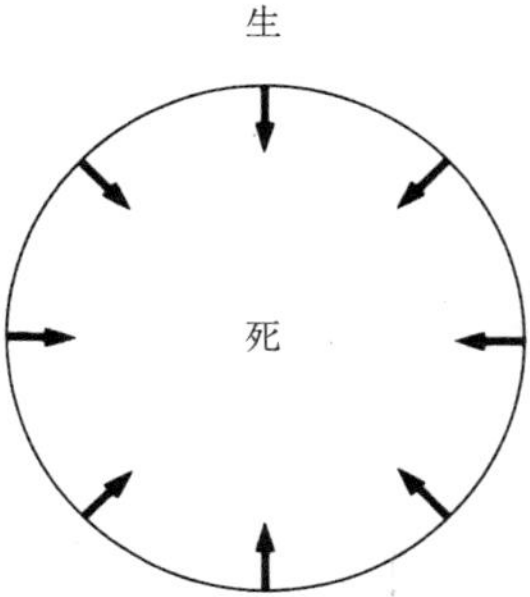

生

死

したがって、死は境界すなわち幽明境がそれに属する領域、外部と呼ばるべきもので、境界すなわち幽明境がそれに属せざるものとしての生から意味を変容して、死と観想することが出来ます。第8図を見て下さい。

いまもしわたしが癌だと宣告されたと致しましょう。いまのいままで境界すなわち幽明境がそれに属せざる領域、内部にあるとして生を謳歌していたわたしは、境界すなわち幽明境がそれに属する領域、外部にあるものとして死に戦(おのの)かねばなりません。

お遍路の菅笠で言えば、

迷故三界城

迷ウガ故ニ三界城

です。ここにおいて神仏が論じられねばなりませんが、『論語』の「雍也第六」に、

樊遅問レ知。子曰、務二民之義一、敬二鬼神一而遠レ之、可レ謂レ知矣。

樊遅知ヲ問ウ。子ノ曰ワク、民ノ義ヲ務メ、鬼神ヲ敬シテ之ヲ遠ザク、知ト謂ウベシ。

とあります。樊遅からなにを心掛けるべきかと問われたとき、孔子は言いました。「正しい道をはげみ、神霊は敬って近づくな」と。況やわたくしごときに神仏のなんたるかを知り得ようはずがありません。ただ、わたしは寺守のじさまモリさんがトントン、トントンと割り箸をつくるのを聴くことによって猛吹雪を耐えたのです。あの祈禱簿の蚊帳にあって、わたしが観想させられたものこそ生死一如ではなかったでしょうか。そのとき、寺守のじさまモリさんはわたしにとってなんだったのでしょう。すくなくとも、わたしが一

如となって、わたしをわたしたらしめたその人です。生はわたしにとっては近傍で、境界すなわち幽明境がそれに属せざる内部と呼ばれる領域ですから、いくらでも大きく思えれば、いくらでも小さく思えます。すなわち、悟入すればわたしたちが近傍としてあるところの領域を、意味を変容して死として神として仏として想念した外部と呼ばれる領域と等しからしめることが出来るのです。もはや領域が等しくなれば一如たらしめるその結合は可能であります。

論理演算によれば、領域と領域との結合には二つの方法があります。一つは and すなわち「……であり、かつ……である」ということ、これを乗法といいます。一つは or すなわち「……であってもよければ……であってもよい」ということ、これを加法と申します。この二つの領域を結合させるために、まず第9図のごとくこれらを近づけます。これらを掛け合わせれば第10図の上のごとくなり、加え合わせれば下のごとくなります。ついに重なるに至れば、掛け合わせても加え合わせても、第11図のごとくなるのです。

これを一如と言います。境界すなわち幽明境がそれに属せざる、内部と呼ばれる領域である近傍は、アルキメデスの足といって至るところが中心になりますが、わたしたちが念誦(ねんじゅ)してそれと一如たらしめた境界すなわち幽明境がそれに属する外部と呼ばれる領域には、つねに中心となるところの一点があり、わたしたちは一如たることによって不動を得るのです。これが瑜伽(ゆか)です。そう、わたしがそこの山荘を十年も根じろにしていたという瑜伽(ゆか)

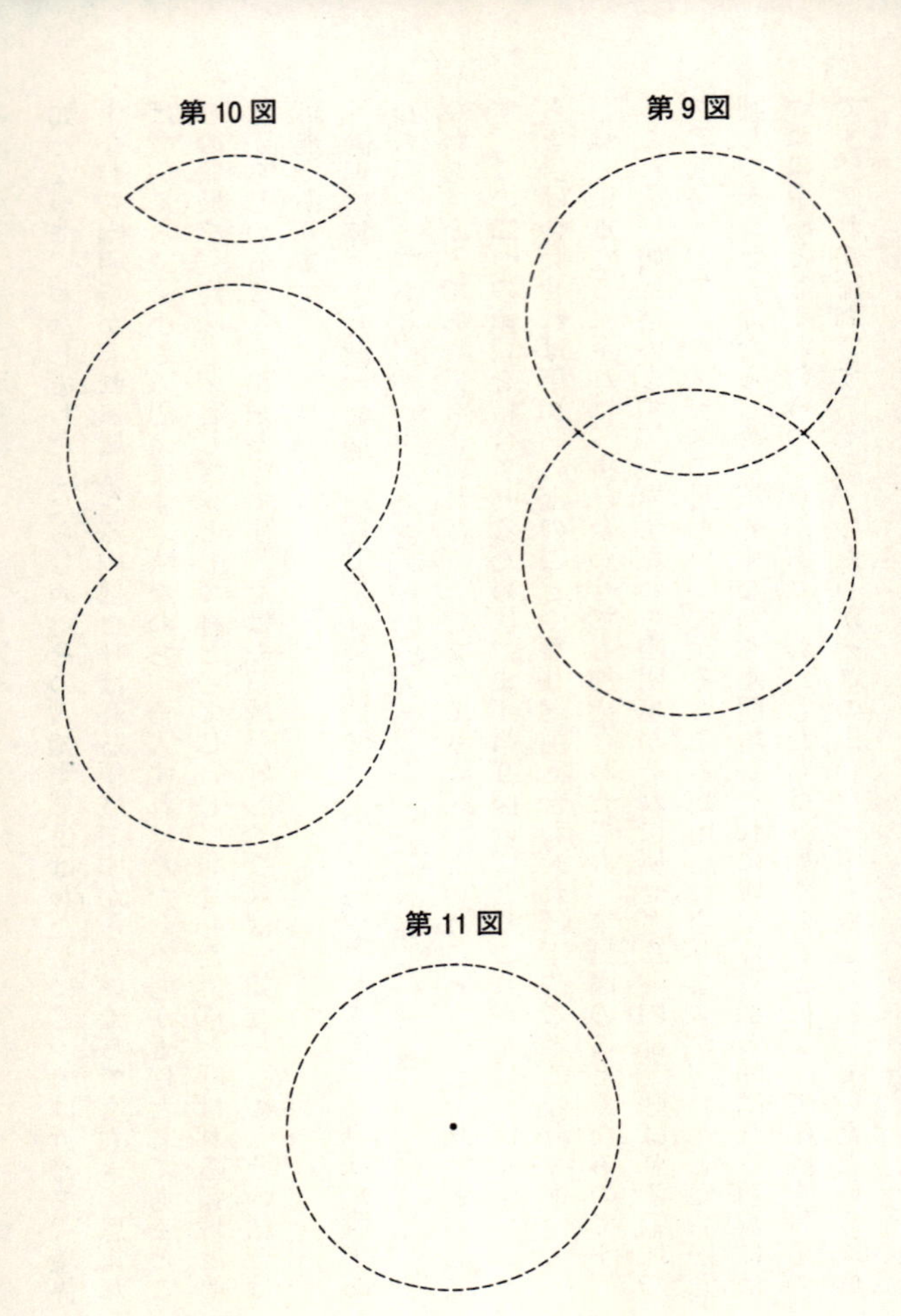
第10図
第9図
第11図

山（やま）の瑜伽です。

そこで、第5図を更に拡張して、宇宙は生物を**含み**、生物は動物を**含み**、動物は人間を**含む**ものと致しましょう。いずれも内部と呼ばるべきものですから、境界すなわち幽明境がそれぞれを意味するところの領域に属さぬことは言うまでもありません。第12図のごとくなります。

第12図

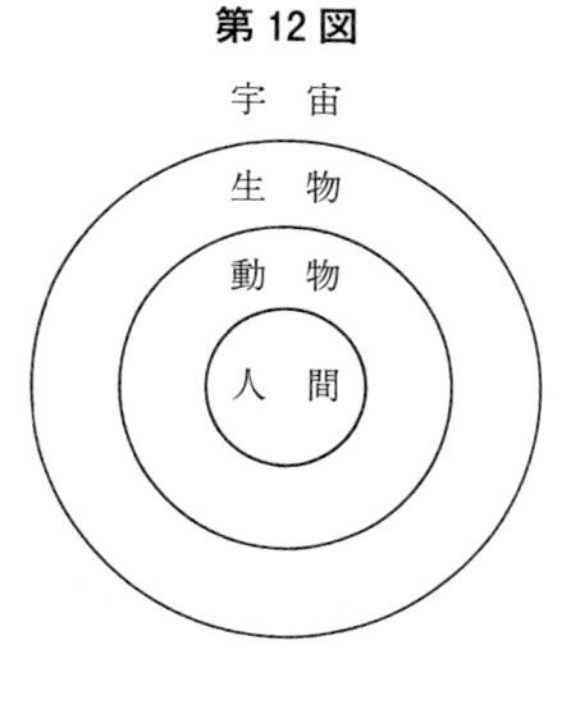

したがって、次のように表記しておきます。

④宇宙⊃生物⊃動物⊃人間

また、第6図を更に拡張して、人間**でない**ものは動物**でない**ものを**含み**、動物**でない**ものは生物**でない**ものを**含み**、生物**でない**ものは宇宙**でない**ものを**含む**と致しましょう。いずれも外部と呼ばるべきものですから、境界すなわち幽明境がそれぞれを意味するところの領域に属することは言うまでもありません。

第13図

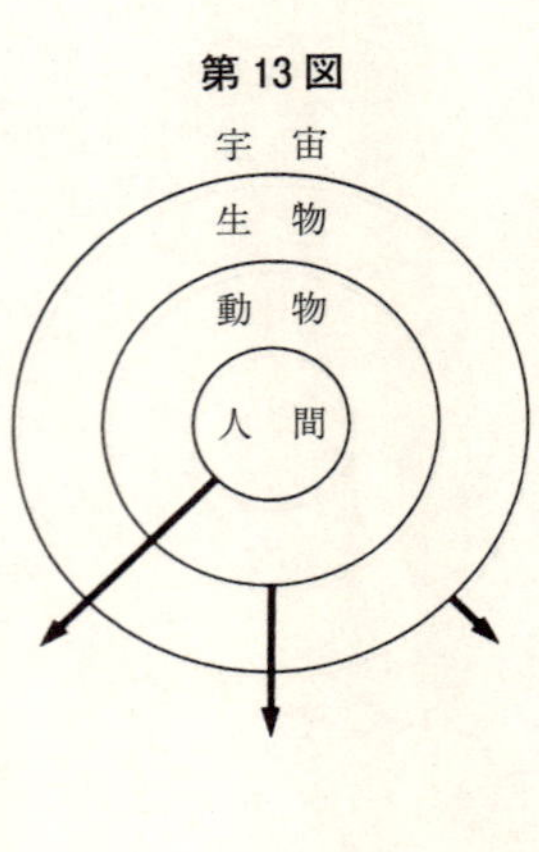

したがって、次のように表記しておきます。

④ $\overline{\text{人間}}\supset\overline{\text{動物}}\supset\overline{\text{生物}}\supset\overline{\text{宇宙}}$

更に第12図と第13図を第14図のごとくまとめておきましょう。

第14図

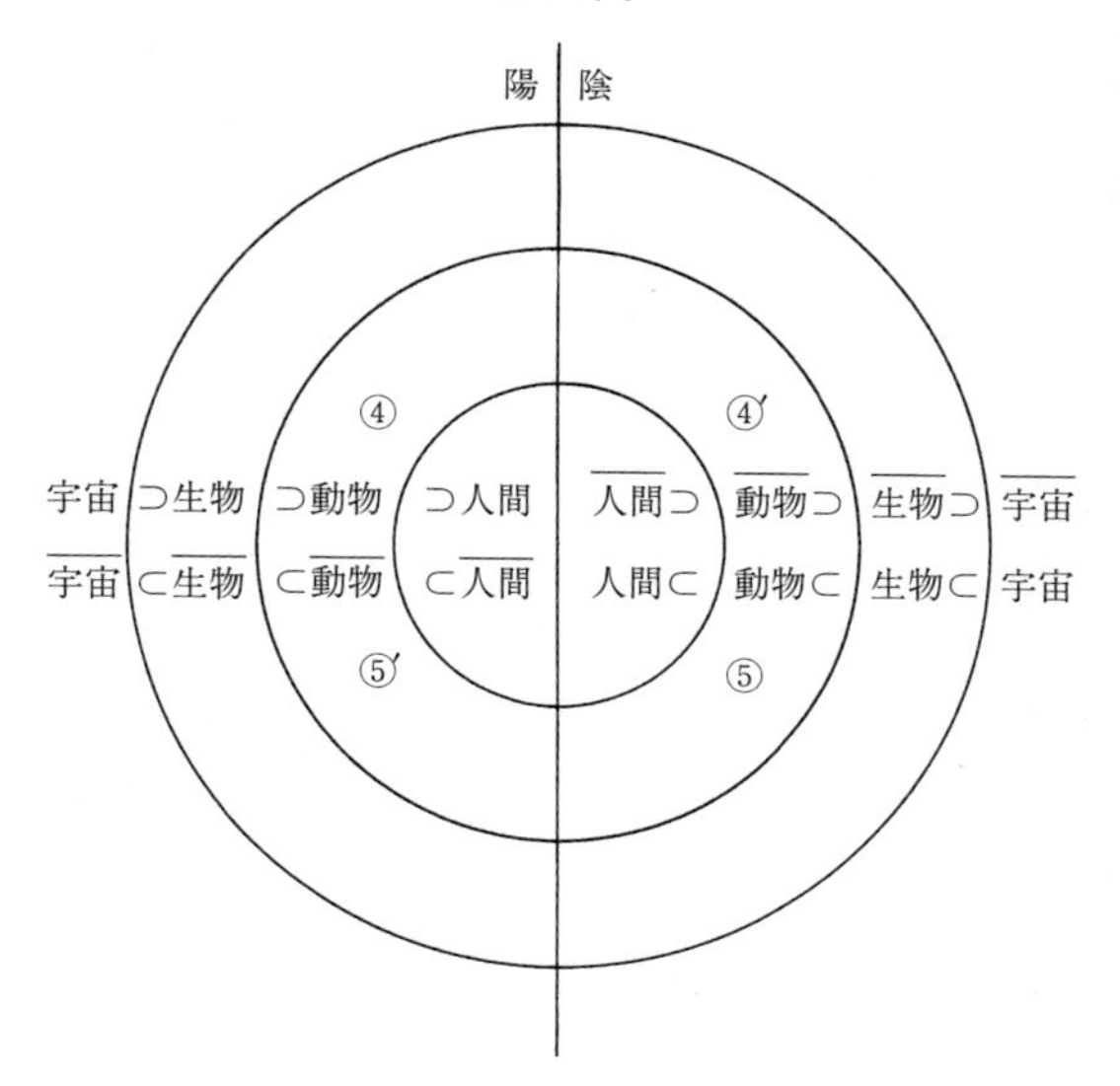
陽
陰
④
④′
宇宙 ⊃生物 ⊃動物 ⊃人間
$\overline{\text{人間}}$⊃ $\overline{\text{動物}}$⊃ $\overline{\text{生物}}$⊃ $\overline{\text{宇宙}}$
$\overline{\text{宇宙}}$ ⊂$\overline{\text{生物}}$ ⊂$\overline{\text{動物}}$ ⊂$\overline{\text{人間}}$
人間⊂ 動物⊂ 生物⊂ 宇宙
⑤′
⑤

ところが、互いに補をなすもの、それ自身**である**ものとそれ自身**でない**もの、あるいはそれ自身**でない**ものとそれ自身**である**ものとでは、第15図のごとくつねに一切すなわち宇宙をなしますから、これによって、あらゆるものがみずからもその補と共に宇宙としてあることを示すばかりか、宇宙そのものに至れば果てしなく、ただ宇宙としてあるのみで、もはや補をなすもののないことを示すといえるでしょう。

第15図

$$\text{人間} + \overline{\text{人間}} = \text{宇宙}$$
$$\text{動物} + \overline{\text{動物}} = \text{宇宙}$$
$$\text{生物} + \overline{\text{生物}} = \text{宇宙}$$
$$\text{宇宙} + \overline{\text{宇宙}} = \text{宇宙}$$
$$\therefore \overline{\text{宇宙}} = \text{宇宙} - \text{宇宙} = \text{無}$$

まさにお遍路の菅笠にある、

何処有㆓南北㆒

本来無二東西一
何(イズ)レノ処(トコロ)ニカ南北(ナンボク)有(ア)ラン
本来(ホンライ)東西(トウザイ)無(ナ)シ

ですが、これよりしてまた一切が生じるのです。宇宙**でない**もの**はない**、つまりすべてこれ宇宙**である**に至って、第14図で明らかなように、宇宙**である**ものは人間**である**ものへと向かって生物**である**ものを含み、生物**である**ものは動物**である**ものを含み、動物**である**ものは人間**である**ものを含みます。これを陽の回帰と呼ぶと致しましょう。また、この人間**である**ものが人間**でない**ものになるに至って、人間**でない**ものは宇宙**でない**ものへと向かって動物**でない**ものを含み、動物**でない**ものは生物**でない**ものを含み、生物**でない**ものは宇宙**でない**ものを含みます。帯状の長い短冊の表をそのままにして陽とし、裏を黒く塗って陰とし、百八十度ひねって両端を接着し、メビュウスの帯をつくれば、陽と思ってたぐるうちには、いつとなく陰となります。

とすると、この陰陽の交替はメビュウスの帯の構造をとっているといった方がいいかも知れません。なぜなら、天動説を信じるものにとって、昼夜の交替はメビュウスの帯の構造をとっているからです。これを陽に対して陰の回帰と呼ぶことに致します。

そこで、この陰陽を回帰せしめて完(まった)からしめるためには、人間**である**ものと人間**でない**ものとの断絶をいかにするかであります。人間**である**ものとは、境界すなわち幽明境がそれに属せざる領域で、内部と呼ばるべきものです。人間**でない**ものとは、境界すなわち幽明境がそれに属する領域で、外部と呼ばるべきものです。

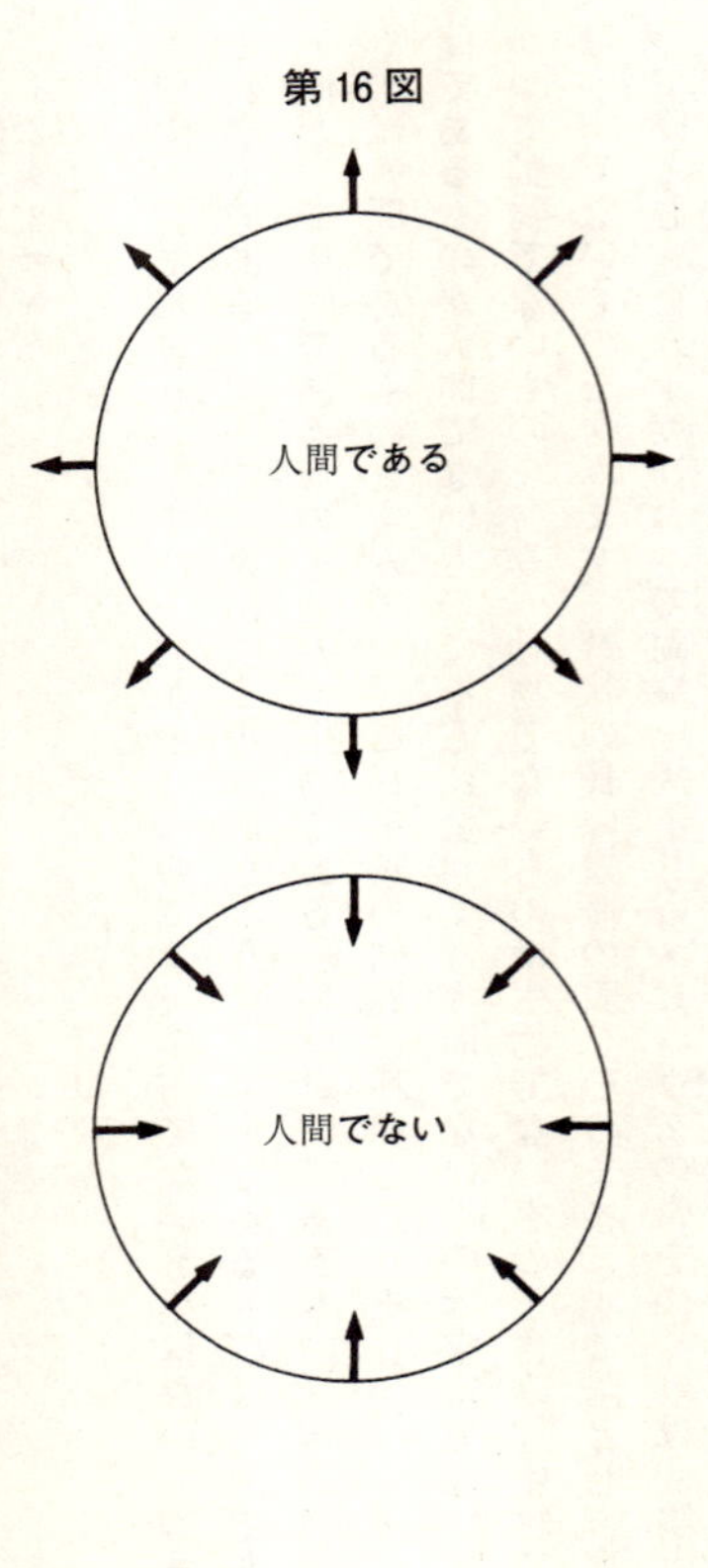

第16図

しかし、わたしたちはこの内部を外部たらしめる意味の変容を、すでに生死一如を悟入することによってなし得ることを知りました。かくて、境界すなわち幽明境がそれに属するところの領域がつくられて行くのです。

次に、第15図に示したように宇宙**でないものはない**、つまりすべてこれ宇宙**である**という、それをいかにして感得するかです。宇宙**でない**ものとは、境界すなわち幽明境がそれに属する領域で、外部と呼ばるべきものです。ところが、この宇宙**である**とはそれを否定して得られたもので、境界すなわち幽明境がそれに属せざる領域で、内部と呼ばるべきものであり、ここにもまた断絶があります。

第17図

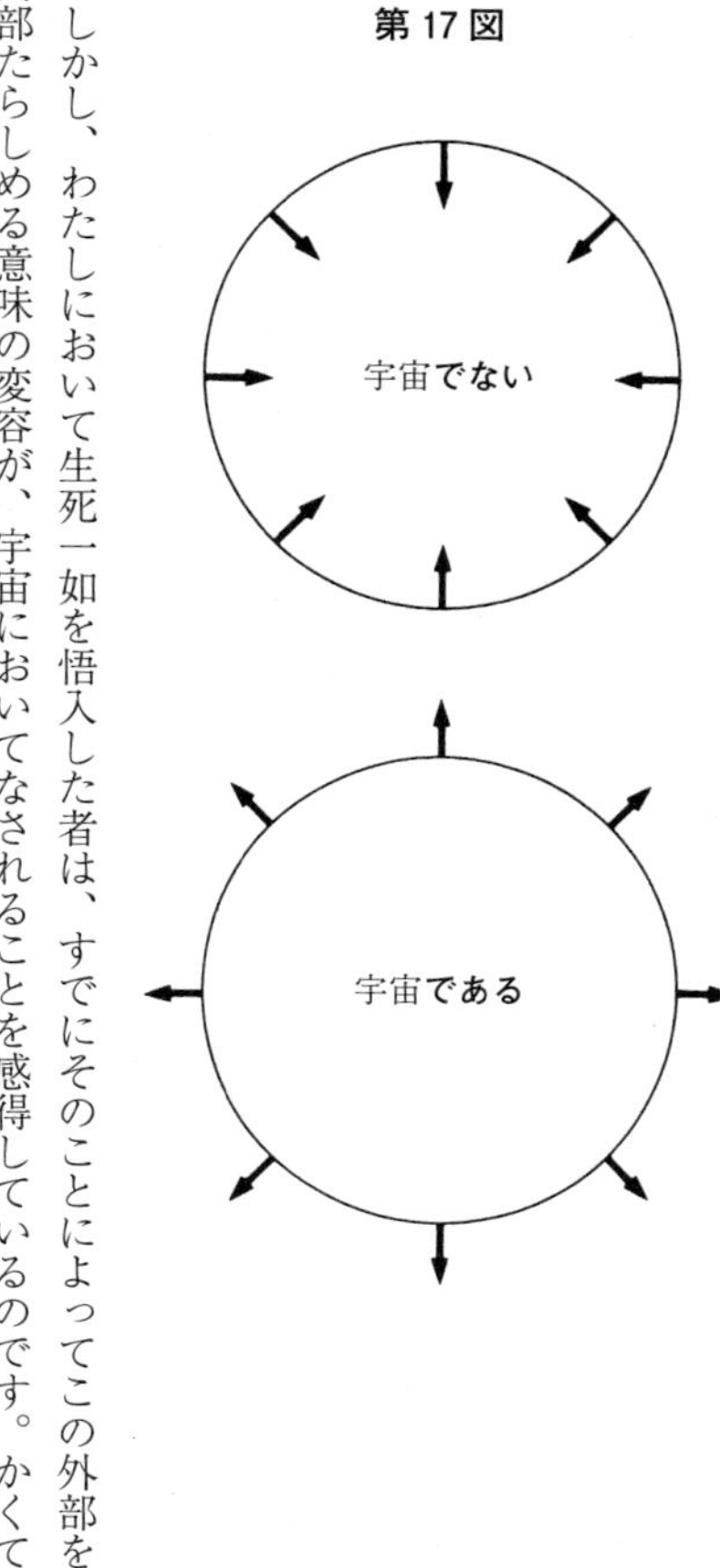

しかし、わたしにおいて生死一如を悟入した者は、すでにそのことによってこの外部を内部たらしめる意味の変容が、宇宙においてなされることを感得しているのです。かくて

境界すなわち幽明境がそれに属せざるところの領域がつくられて来るのです。また、これによって第14図が示すように陽陰互いに補をなしつつ交替することを知るのです。

こう申しますと、生とは宇宙**である**ものより本然（ほんねん）へと、それが領域に属せざるところの、意味を変容せしむる境界すなわち幽明境を経て凝結して来、死とはその本然よりもはや宇宙**でない**ものへと、それが領域に属するところの、意味を変容せしむる境界すなわち幽明境を経て融解して行くもののように思われるかも知れません。

⑤陽　宇宙⊃生物⊃動物⊃人間

⑤'陰　$\overline{人間⊃動物⊃生物⊃宇宙}$

しかし、いかなる過程においても、本然は失われることなくあるのです。宇宙は宇宙**でない**ものは**ない**ことによって宇宙**である**のですし、さような宇宙から宇宙へと回帰する過程において、対応する生と死はそれぞれ、

第 18 図

宇宙⊃生物
$\overline{\text{生物}}\supset\overline{\text{宇宙}}$
生物は宇宙に含まれるならば、
宇宙に含まれないものは生物でない。

生物⊃動物
$\overline{\text{動物}}\supset\overline{\text{生物}}$
動物は生物であるならば、
生物でないものは動物でない。

動物⊃人間
$\overline{\text{人間}}\supset\overline{\text{動物}}$
人間は動物であるならば、
動物でないものは人間でない。

となって第18図のごとく対偶をなすばかりか、それ自身**である**ものとそれ自身**でない**ものとは第15図のごとくつねに宇宙をなすのです。その故に、それ自身**である**ものはいかに意味を変容しても、つねに宇宙に対してそれ自身**である**ことを失わぬことは言うまでもありません。またこれがよしそれ自身**でない**ものであっても、その対偶をとることによって、まったく同様なことが言え、且つ生死一如への悟入は、実に宇宙への感得であることを知るのであります。したがって、この回帰することをこそ、本然と言ったほうがいいかも知れませんし、この本然が失われねばこそ回帰もするのです。かくて、⑤の陽から⑤の陰が生まれたように⑤の陰から⑥の陽が生まれ、涅槃へと輪廻するのです。……

⑥陽　宇宙⊃生物⊃動物⊃人間

これです、弘法大師空海が、

生まれ生まれ生まれ生まれて生(しょう)の始めに暗く
死に死に死に死んで死の終わりに冥(くら)し

と言ったのは。とすれば、弘法大師空海が、冥暗に始まり、冥暗に終わる輪廻において、生まれ生まれ生まれ生まれと死に死に死に死ぬとは、互いに対応する生と死のそれぞれが対偶をなし、陰陽補をなしつつ交替することだと知っていたのであろうか。これぞ生死一如を以てせざれば、かくなり得ないことを知っていたのであろうか。はたまた、煌々たる太陽、みずから光を放つかその余光に浮かぶ星々を除けば、宇宙はまったく暗黒であることを知っていたのであろうか。中有(ちゅうう)といって、四十九日の間七日ごとに死者に対して法事を行ないます。ほんとうは死者が次の生を受けるまでのことで、無限を意味すると申しますが、弘法大師空海にあやかって共に弥勒が兜率天より下生し、龍華樹下三会の説法を聴こうとする即身仏たちは、この無限を五十六億七千万年と考えたのかも知れません。輪廻は実に永生への冀いより生まれた素晴らしい構造であります。

わたしは孔子の「未ダ生ヲ知ラズ、焉ンゾ死ヲ知ラン」より話をここに及ぼして来ました。しかし、その人は「生まれ生まれ生まれて生の始めに暗く、死に死に死んで死の終わりに冥し」とは言いませんでした。すなわち、『論語』の「子罕第九」には、

子在二川上一曰、逝者如レ斯夫、不レ舎二昼夜一。

子、川ノ上ニ在リテ曰ワク、逝ク者ハ斯クノ如キカ、昼夜ヲ舎カズ。

とあります。謂わゆる川上嘆として知られるもので、天命を信じ天道を行わんとして、語って敢て死に及ばなかったその人の偉にも思いを致さずにはいられません。

ながい冬も終わって、吹雪きに吹雪いていた吹雪もおさまり、わたしも和紙の蚊帳を次第に必要としなくなりました。豪雪の中に埋れていた境内のあの石の地蔵さまがあたりの雪を溶かしながら、一日一日と頭を見せて来ました。雪の中にある石は温かいのです。当時、この下の七五三掛はみな兜型多層民家で、その萱葺きの屋根屋根を覆うようにして繁

る木々も、一斉に花を開かせて来ました。しかし、まだまだ雪があって、むらの人々は出て働くというわけにはいかないのです。酒はいくらでもあるむらです。ほうぼうで飲んで歌う声が聞こえます。わたしももう皆から、まったくむらの人として迎えられるようになりました。女房も快癒したようです。ふたたび、ナラやブナやイタヤが若葉を見せはじめたころ、わたしは寺を去って山を降りることにしました。大網（おおあみ）のバス停まで出るには山路を歩かねばなりません。どの家にも何人もの人が戸口に立って、わたしを見送ってくれます。更に何人かがついて来ます。わたしはひとり残った寺守のじさまモリさんを思いだしました。寺守のじさまモリさんが養老院から引き取られこの寺注連寺に来たとき、「むらの人たちが喜んで大網のバス停まで出迎えてくれ、皆して一人一人が一個ずつ手に提げて荷物を運んでくれた。このむらの人たちはそんなに心の温かい人だ」暗い吹雪の地炉端で、トントン、トントンと小鉈で割り箸を造りながら、寺守のじさまモリさんは涙を浮かべてそんな話をしてくれたのです。大網のバス停にバスが来たとき、わたしは山路を越えてわたしを送って来てくれたむらの人たちの肩を叩いて言いました。「ほんとにご厄介になりました。わたしは忘れません。きっとまた来ますよ」すると、皆が言うのです。「おらほう（おらたちのところ）さ来たものは、だれもが帰る（けえ）ときまた来ると言うもんだ。だども、そう言うて帰（けえ）っただれも来たことはねえ」わたしはこうしてふたたびこのむら七五三掛、この寺注連寺に来ました。しかし、思えばあれから四十年、歳月人を待たず、送って来てくれたむらの人たちはもうだれもいないのです。
ながながご清聴有難うございました。（拍手）

明日、日曜にはみなさん羽黒山（はぐろさん）に行かれるのですね。羽黒山からは月山の八合目までバスで登ることが出来ます。羽黒山、月山、湯殿山（ゆどのさん）を出羽三山と申します。すでに湯殿山はお詣りになりましたから、羽黒山から月山にお登りになると、出羽三山を極（きわ）められたことになります。これぞ芭蕉の『おくのほそ道』でも、もっとも力のそそがれたところです。それればかりではありません。湯殿山が胎蔵界マンダラをなすに対して、月山は月輪（がちりん）、金剛界マンダラをなすものです。実にみなさんは両界マンダラのいずれをも極められることになります。

そうだ、昨夜お遍路の菅笠について述べさせて戴きました。マンダラの話が出たついでにちょっと加えさせて戴きます。あれは菅笠をかぶって時計回りに読んだものです。しかし、あれは反時計回りに読んでも意味はまったくおなじです。

本来無㆓東西㆒
何処有㆓南北㆒

迷故三界城
悟故十方空

本来東西無シ
何レノ処ニカ南北有ラン
迷ウガ故ニ三界城
悟ルガ故ニ十方空

同行二人とあるからには、目には見えぬが菅笠は二つあるはずです。マンダラは胎蔵界もその中心の中台八葉院から、金剛界もその中心の成身会から時計回りに下るのです。したがって、わたしたちは時計回りに胎蔵界の中台八葉院から下り、反時計回りに登って金剛界の成身会へと至らなければなりません。皆さんはすでにそれをなさり、更に試みようとされているのです。

連日月山が姿を見せてくれて、結構でしたね。こんなことはめったにないのです。ご多幸をお祈り致します。(拍手)

解題

井上明芳

森敦は、小説をはじめ、その作品のほとんどを書き換え、改稿して完成させた。筑摩書房刊行の『森敦全集』全九巻にその軌跡が収められている。加えて、森敦の自筆資料が二〇一三年五月、翌一四年四月に、養女の森富子氏によって山形県鶴岡市に寄贈され、書き換えや改稿についての詳細が一層明らかになった。この自筆資料は、自筆原稿、草稿をはじめ、ゲラ刷りやノート、メモ類など膨大で、多岐にわたっている。森敦は原稿をハサミと糊を使って切り貼りして完成させたため、その断片もある。これらの全容は『森敦寄贈資料目録』（鶴岡市教育委員会編、二〇一七年三月）で公開されている。本書収録の『意味の変容』『マンダラ紀行』『十二夜』についても、自筆資料が残っている。

『意味の変容』は、以下の改稿を経て、一九八四年九月、筑摩書房より単行本として刊行された（のち一九九一年三月にちくま文庫、二〇一二年一月に『意味の変容・マンダラ紀行』として講談社文芸文庫から刊行)。単行本の章の配列順に改稿過程を記すと以下のようになる。
＊「寓話の実現」は、「深夜の呼び声」(『実現』一九五六年十二月)、「壮麗について」(『立像』一九六五年六月)、「歓喜について」(『立像』一九六五年十一月)、「寓話の実現」(『群像』一九七四年十月)の順。
＊「死者の眼」は、「近代工場Ⅰ・Ⅱ」(『実現』一九五五年八月・九月)、「近代工場」(『立像』一九六四年十一月)、「死者の眼」(『ポリタイア』一九七〇年十一月)、「死者の眼」(『群像』一九七四年十一月)の順。
＊「宇宙の樹」は、「搔痒について」(『立像』一九六六年五月)、「宇宙の樹」(『ポリタイア』一九七一年十一月)、「宇宙の樹」(『群像』一九七四年十二月)の順。
＊「アルカディヤ」は、「アルカディヤ」(『群像』一九七五年一月)が初出。
＊「エリ・エリ・レマ・サバクタニ」は、「恍惚について」(『立像』一九六七年二月)、「エリ・エリ・レマ・サバクタニ」(『群像』一九七五年二月)の順。
この過程に「ノートA、B、C、D」を加えることができる。『森敦全集』第一巻に「吹雪からのたより」と題して翻刻されたこの四冊のノートが書かれたのは、同巻解題によれば、一九五六年五月から一九六三年十月頃とされる。これは一九五六年十二月「深夜の呼び声」発表から一九六四年十一月「近代工場」発表までの空白期間と重なっており、思索が継続されていたことを裏付けている。単行本刊行までを考慮すれば、『意味の変容』

は、徹底して完成を目指した森敦が、構想からおよそ三十年余の月日を経て単行本として完成させた。まさしく生涯を貫いて思索した結実と言えるであろう。
その自筆資料には、「ノート」のほかに『群像』連載時の「寓話の実現」「死者の眼」「宇宙の樹」の自筆原稿の複写があり、切り貼りの跡が認められる。特筆すべきは「寓話の実現」という題について、まず「譬喩の実現」と書かれ、「寓話」に改められたことである。「寓話」の意味を考える上で重要であろう。ほかには、断片とおよそA5版のわら半紙複数枚に記された「モロー博士の島」と題された文章とが残っている。『森敦全集』第二巻解題内に一部が翻刻されている。これには、カフカやH・G・ウェルズの名が記され、ウェルズの作品『モロー博士の島』の物語冒頭を紹介したうえで、次のような記述がある。

どうかな。これを読んでみて、こんな前書きなんか抜きにして、いきなり物語に入ったほうがよかったという気はしなかったかね。ところが、ウェルズは難破漂流して、ある状況におかれると、人間が人間を殺して食っても、なんとも思わなくなるということが、どうしても書きたいんだ。というのは、後にブレンディックはモロー博士の動物に対する所業に対して、許しがたい気持ちになり、そういう行動に出るようになる。しかし、ぼくらは腹が空けば、平気で動物を殺してビフテキにして食べる。それどころか状況によっては人間さえ殺して食べようとするではないか。ものは窮極まで押して行くと必ず矛盾が現われる。そういう矛盾は必ずそれを命題として境界として外部をつくることができる。このようにして外部をつくることによってぼくらはまさに内部であるものを内部であると証することができるとは、ぼくの言っているところだが、ウェルズもまたまずそうした命題をつきつけようとしているんだ。(『森敦全集』第二巻六九九―七〇〇頁)

執筆時期は不明であり、本文にも確認できないが、森敦の思索はウェルズの文学的手法をも射程内に捉えていたことがうかがえる。

この思索は、森敦自身の職業遍歴と深く関連している。一九四〇年に富岡光学機械製造所に、一九五七年には電源開発株式会社に、さらに一九六五年に千代田出版印刷(のち近代印刷に社名変更)に、入社している。これらの具体的な経験から論理が抽象され、すべて『意味の変容』に組み込まれている。森敦自身「意味の変容　覚書」に「『月山』『鳥海山』に書かれずにいた、わたしの生涯ともいうべきものを書き綴ったもの」(一〇四頁)と書いている。

具体から論理を抽象する思索は、『群像』連載時に初めて『意味の変容』という題を冠することとなる。それは同時に「寓話の実現」という題が定着した時であり、「アルカディヤ」の章が新たに加わった時でもある。それ以外の章はそれまで個々に改稿され、思索されてきた。ということは「アルカディヤ」は、他の四つの章のそれぞれの思索が踏まえられた上で、生成された章と捉えられよう。

アルカディヤは森敦が北方民族と暮らした「あの果てもない雪原」(七九頁)であり、「トナカイの尻がぼうっと現れる。現れたと思うとぼうっと消える。ぼくらはただそれに導かれている。来マスガ如シと書いて如来と読む。これだなという気すらしたよ」(八〇頁)という地である。『意味の変容』は先述の改稿を経て、アルカディヤに想到する。「この意味の変容において書くだろう」(八六頁)と「アルカディヤ」が終っていることに、「意味の変容」の意味と「アルカディヤ」の意味との深い関連を捉えられるであろう。

『マンダラ紀行』は、森敦が出演したNHKの番組「マンダラ紀行」をきっかけに、単行本『マンダラ紀行』(一九八六年五月、筑摩書房)として書き下ろされた(のち一九八九年十二月にちくま文庫、二〇一二年一月に『意味の変容・マンダラ紀行』として講談社文芸文庫から刊行)。きっかけとなったNHKの放映は以下の通りである。

＊「ETV8　森敦マンダラ紀行1――京都・奈良――」(一九八五年四月一日放映)
＊「ETV8　森敦マンダラ紀行2――高野山――」(同四月二日放映)
＊「ETV8　森敦マンダラ紀行3――四国八十八か所――」(同四月三日放映)

この後「特集森敦マンダラ紀行・総集編」が一九八五年十二月十四日に放映された。執筆に際して、これらの収録のために現地を取材した時の状況を詳細に踏まえている。

残っている自筆資料を挙げる。放映された番組のテープ起こし原稿があり、加筆訂正が見られる。この一部を取り入れた自筆草稿と原稿があり、切り貼りが見られる。これをワープロ打ちした原稿があり、朱入れの後、入稿原稿となった。メモ類も多数ある。さらに、単行本の校正が初校から五校まであり、それぞれ朱入れしたものとその清書がある。この夥しい書き換えは徹底して完成を目指した森敦の執筆の軌跡である。

特徴としては、収録で現地を訪れた時の裏話（粗相をしたこと等）まで書かれている点であり、テープ起こし原稿も取り入れ、収録時の再現となっていることが挙げられる。単なる番組の再現ではないのである。

『十二夜』も書き下ろしである。一九八七年六月、実業之日本社より刊行された。全十二回の連続講演の体裁であるが、実際には講演は行われていない。ただし、森敦は、注連寺で行われた月山祭に参加し、講演している。第一回は一九八一年八月で、注連寺境内に『月山』文学碑が建立され、その式典を兼ねて開催された。その際、掲げられた灯籠の一つに「十二夜」と記されていた。『十二夜』が刊行された一九八七年の八月には、第七回が開催されている。『十二夜』が講演形式で書かれているのは、月山祭に着想を得たと考えることもできるであろう。自筆資料は以下の通りである。自筆草稿、入稿された自筆原稿、メモがある。自筆原稿は切り貼りされている。単行本用の校正も初校から五校まで残っており、五校には原稿用紙に書かれた追加の文章が付されている。この作品にも森敦の完璧を期した書き換えが見られる。

半生ともいうべき森敦の過去が語られ、そこから論理が抽象される。自らの経験と論語と空海とが一つの論理系を成すように語られることは、特徴に挙げてもよいであろう。

『意味の変容』の改稿は小説執筆と相互に関連している。論理を小説で試み、それによって論理が明確になったと言えよう。例えば『月山』(一九七四年三月、河出書房新社)も多くの改稿を経ている。最終形は、現行の本文であり、物語舞台は山形県鶴岡市の七五三掛(しめかけ)、注連寺である。しかし、当初舞台は同市大山(おおやま)であった。また、尾鷲から七五三掛への移動という試みもあった。七五三掛以外の地を描く試みは、最終形の冒頭にも息づいている。

ながく庄内平野を転々としながらも、わたしはその裏ともいうべき肘折の渓谷にわけ入るまで、月山がなぜ月の山と呼ばれるかを知りませんでした。(『月山・鳥海山』文春文庫〔新装版〕一一頁)

肘折が「裏」とされている。これは相対的に表を想起させるであろう。この裏／表は地理的に、月山を境界として、内陸側の肘折／庄内平野側の七五三掛という対置を構成する。しかもこの冒頭では、まず裏としての肘折側の月山が語られ、遭難しかかったことが語られる。最終形に至っても、七五三掛以外の地を描く試みが認められよう。

一方で、この後に語られる表としての七五三掛を舞台とする物語では、月山は遥かに望む山として描かれる。ここに「死者の眼」の内部＋境界＋外部＝全体概念の論理の実現を感得できよう。境界線は外部に属する。月山に「わたし」が登ったことは、肘折が外部だからであり、それに属する月山が境界線であったことを示唆している。いわば裏／表は外部／内部であり、外部によって内部が形成されるのである（前掲「モロー博士の島」引用参照）。したがって、外部となる肘折側の出来事は物語になっていない。それに属する境界線としての月山によって閉じられた七五三掛、注連寺は内部となり、物語となる。

その内部では、内側に向けて内部が作られる。内部思考（二九頁）である。雪囲いで注連寺が覆われ内部となり、その内部にさらに蚊帳によって内部が作られる。そこは「天の夢」をみる「繭の中」として語られる。内部＝全体概念、「壺中の天」（二三頁）である。ところが、春の到来とともに蚊帳、雪囲いの順に外され、外側に向けて内部がなくなっていく。ここには外部思考（二九頁）を指摘できる。最後に友人とともに「わたし」は注連寺を離れるが、しかし、十王峠を越える手前で『月山』は終わっている。

「じゃア、このあたりで失礼しますかね。十王峠の送電線の柱もすぐそこにあるようだが、あれで登ればなかなかなかなんだろう。地図でも相当の標高があったようだから」

（『月山・鳥海山』一三〇頁）

物語を締めくくるこの台詞も最終稿まで修正が施されている。この表現になって、次のように捉えられるようになった。すなわち、十王峠は「山ふところ」七五三掛を内部とする境界線であり、外部は庄内平野である。十王峠を越えるとは、内部から外部へ移動することとなる。が、境界線は内部に属さない以上、その手前で物語は終わるのである。

「山ふところ」七五三掛は物語舞台として実現されている。しかし、そもそも七五三掛地区は現実に存在し、注連寺も実際に訪れることができる。この実現と現実は、十王峠に登ると実感できる。十王峠の頂から、七五三掛地区を眼下に望むことができる。これは現実である。が、『月山』を読んだ者にとっては、同時に「山ふところ」の風景としても見えている。現実であり実現である両者が、同じ風景に、同時に捉えられるのである。ここに「死者の眼」の倍率一倍（三〇―四〇頁）の論理を見てもよいであろう。

『月山』は、倍率一倍で実現され、現実と接続する。その現実とは、森敦がかつて注蓮寺で一冬を過ごしたことも含めた実際の七五三掛である。この現実の風景に、描かれた物語の風景を重ねて見ることは、「さまたげられることなく実現と現実」を接続させる光像式照準器（三九頁）を想起させるであろう。『意味の変容』と相互に関連しながら改稿された『月山』は、論理の実現だけでなく、『意味の変容』が、森敦文学を、ひいては森敦を理解する上で必須であることを知らしめているのである。

この内部／外部・境界線の論理は、倍率一倍の論理を経由して、「宇宙の樹」で近傍／域外の構造をもつ時間の論理に転回する。「現瞬間を原点としてなすところの近傍には、いくらそれを小さくしても、その中に過去と未来が含まれる。過去と未来はあきらかに対立矛盾するものだ。矛盾はつねに無矛盾であろうとする方向を持つ。かくて道がつくられる。その行く先が未来であるのではなく、それを未来と呼んでいるのだ」（六五頁）――『マンダラ紀行』は、収録時の裏話をも入れて、今収録が行われているかのように書かれている。その一文一文はまさに現瞬間であり、過去は現在として進行する。『十二夜』も同様である。（笑）（拍手）など話の臨場感を醸成する記号が採用された講演という形式や、「何年何月のことであったかほとんど知りません」（四〇五頁）と編年的把握の拒否などを特徴として書かれている。この二作品に、時間軸を外し、自らの過去を現瞬間とする書かれ方が感得されるであろう。誤解さえなければ、森敦は今書くことで、過去を体験していると言ってよい。「反復は過去のある一点からはじめるにしても、すでにわたしはその一点から、未来に向かって立つように立たねばならぬ」(「エリ・エリ・レマ・サバクタニ」九四頁)。

『十二夜』は現瞬間としての過去から一気に身を置き換えて論理が抽象され、論語や空海と合一して論理系を成すに至る。具体から論理が抽象されること、これは『意味の変容』ではなかったか。「現実が現実であることを失って、まったき実現になること」(「エリ・エリ・レマ・サバクタニ」一〇〇頁。『立像』掲載時には「実体を失って表現となること」となっていた)。とかく『意味の変容』の理論ばかりが注目される傾向を変じて、森敦作品の書かれ方に「実現」を見ることができよう。新しく編まれた『意味の変容』は、そのきっかけになっているのである。

二〇二四年十月

(いのうえ・あきよし　元國學院大學教授　近代日本文学)

『意味の変容』論――「解説」にかえて

柄谷行人

一九八四年に筑摩書房から出版された森敦の『意味の変容』は、もともと一九七四年から一九七五年にかけて雑誌「群像」に連載された作品を改稿したものなのだが、さらにそれ以前に断片的な先駆稿がある。この全集には、それらがすべて収録されている〔本論考は、一九九三年三月筑摩書房刊『森敦全集』第二巻に収録された〕。実は、私は全集刊行の機会に、はじめて先駆稿を読んで、なぜ森敦が容易に「群像版」を出版しなかったのかが理解できたような気がした。先駆稿・群像版・最終稿を読み比べてみると、その認識的な内容においてはほとんど違いはない。違いがあるとしたら、「群像版」は、先駆稿に提示された断片的な把握を統一的に構築しようとする企てであり、最終稿は、さらにそれを完璧たらしめようとするものだということである。その意味で、先駆稿には『意味の変容』の萌芽がすべて在るというだけではなくて、むしろそこに、後で消去されることになる意図がわかりやすいかたちで示されている。たとえば、最終稿の第二章のはじめに出てくる、つぎのような認識は、本書の核心といってもよい。

内部＋境界＋外部で、全体概念をなすことは言うまでもない。しかし、内部は境界がそれに属せざる領域だから、無辺際の領域として、これも全体概念をなす。したがって、内部＋境界＋外部がなすところの全体概念を、おなじ全体概念をなすところの内部に、実現することができる。つまり壺中の天でも、まさに天だということさ。いつか『壮麗な蛇』の話をしたね。覚えていてくれただろうか。あれはこれを寓話化したもんだ。（二三頁）

はじめて読む読者は、ここで躓くかもしれない。ここでは、たとえば「壺中の天」に関する説明もないからである。ところが、先駆稿の「近代工場Ⅰ」のなかでは、森敦は、それをつぎのように言っている。

あるぼう大な支那の首都——たぶん長安かどこかの街の檐下でいつもひとりの老人がそばに壺をおいて休んでいる。そして、街々にランタン（支那挑灯）がともされるころになると、この老人は壺を檐端にかけてすうっとその口から吸われるようにとびこんでしまう。だれも気づくものはなかったが、たまたま通りかかった青年がそれを認めて不思議さのあまり老人にただすと、老人は笑って青年を壺の中に連れて行った。なんと小さなその壺の中には意外にぼう大な街があり、長安にもみられぬような綺羅な堂閣が立ちならんでいたという——(『森敦全集』第二巻一六八頁)

最終稿がわかりにくいのは、こうした説明があえて捨象されているからである。さらに、カフカの寓話(『城』)への言及が、後には完全に削除されている。注目すべきことは、彼が寓話を幾何学と結びつけていることである。

もうだいぶ前のことになりますが、わたしはたしか窪田博士の著書のなかでベブレンとヤング——これもさだかではありません——の提示した「最小の幾何学」といったようなものが紹介されているのを読んだことがあります。彼らによればわたしたちがひとつの「幾何空間」を構成するためには必ずしも多くの「要素」を必要とするものではない、最少七つの「点」を与えられれば立派にそれを構成することができるというのです。いささか比喩的ないいかたをすれば、それ自身ひとつの「世界」としてその「内部」にわたしたちを閉じこめることができるというのです。わたしはこの「最小の幾何学」を近代の智脳のつくったすばらしい「寓話」だとおもい、「寓話」もまた一種の「最小の幾何学」だとおもいました。(『森敦全集』第二巻一七一頁)

しかし、こうした条りが削除されていることは、むしろ逆に、『意味の変容』という作品の性格が何であるかを示している。それは、『意味の変容』が寓話だということである。いうまでもなく、「壮麗な蛇」のような部分だけが寓話なのではない。全体が寓話であり、最終稿は全体として「最小の幾何学」を実現しようとするものなのである。そうであれば、右のような説明こそ余計なものにならざるをえない。森敦の改稿のための苦闘は、認識や方法の変容ではなく、それを貫徹しようとすることにあった。

『意味の変容』が寓話だということは、それが近代小説ではないということでもある。近代小説は、むしろ寓話を否定するところに成立している。一般に、寓話では或る意味が先行していて、具体的なあらわれはそれを示す記号である。たとえば、「あれはこれを寓話化したもんだ」という森敦の言い方に見られるように。しかるに、近代小説では、具体的なあらわれが先行している。そこでは、ある任意の事柄がシンボルとして普遍的な意味をもつというかたちをとる。たとえば、森敦が近代小説家ならば、光学工場やダムや印刷工場での生活体験を描き、そこに普遍的な意味を見いだそうとするだろう。しかし、『意味の変容』では、それが逆転している。光学工場は或るものの「寓話化」でしかない。

こうした寓話への志向は、近代以前への回帰ではない。実際、森敦が素材としているのは、「近代工場」なのである。この点を注意しておかねばならないのは、『月山』で世に知られたために、森敦があたかも前近代の世界へのノスタルジーを語るものであるかのような通念があるからだ。実は、『月山』も一種の幾何学＝寓話であるにもかかわらず。森敦がもつような寓話への志向には、二十世紀における認識上の逆転があり、それは数学において典型的に示されている。森敦は、若い時期数学への関心において、それをつかんだといってもよい。しかし、それは狭義の数学に限定される問題ではない。

現代数学の思考において重要なのは、数学がたんに形式的であって、たとえば、内部・外部・境界といったものが、具体的にどんな意味を担うかを少しも語っていないということである。たとえば、「幾何空間」の対象は何であってもよい。したがって、森敦のように、それを、あの世・この世・その境界と解釈しても不都合ではない。現に、文化記号論者（構造主義者）もそうしているのである。ただ、興味深いのは、物理学や社会科学では具体的なものが抽象され形式化されたときそれがモデルと呼ばれるのに対して、現代数学では、まず形式があり、具体的なものは形式を解釈したモデルと見なされるということである。

実際には、数学も具体的な対象の考察からはじめるのだが、ある地点でそれが逆転され、具体的なものは、意味の無い形式の一解釈であると見なされる。非ユークリッド幾何学の場合もそうであった。それはユークリッドの第五公理を変えるという形式的な手続きから生まれたが、他方で、それをやった一九世紀の幾何学者たちはたんに紙の上で遊んでいたのではなく、天文学的な関心をもっていた。もともとそうであったがゆえに、非ユークリッド幾何学は、アインシュタインによって宇宙論に適用されえたのである。しかし、そこでは、あくまで形式が先行したのであり、その意味では、現代の宇宙論は幾何学の「解釈」でしかない、といってもよいほどである。

森敦が「数学的」だというのはこの意味においてであり、それは「寓話的」というのと同義である。寓話とは形式のことであり、それはどんな意味にでも「解釈」されることができる。むろん、それは文学作品にも「解釈」されることができる。実際、『意味の変容』は、それ自体文学論なのである。そもそも、ここでの対話の相手は、小説家である。

だって、きみも作品を創造するのは境界がそれに属しない、大小のない無限の内部を実現しようとしているんじゃないのかね。そうであればこそ、光学工場も書いて、内部といわれる世界になる。ダムの現場も書いて、内部といわれる世界になる。小さな印刷屋も書いて、内部といわれる世界になろうというものじゃないか。外部から見て大小を言う読者を内部といわれる世界に引き入れて、大小を言わせぬようにしなければならない。これを魅了するというのだ。（七五―七六頁）

近代小説の観点からみれば、『意味の変容』には、森敦の「放浪時代」の体験が抽象化され凝縮されているといわれるかも知れない。しかし、彼のような認識は「放浪」の結果ではなく、その原因である。森敦の「幾何学＝寓話」においては、どのような世界も、それが無限の「内部」あるいは「近傍」であるかぎり、大小はない。これが森敦の「放浪」を支えていた認識であり、それ自体がすでに「意味の変容」である。むろん、実際の放浪なしにこれらが書かれなかったことは確かである。しかし、彼はいわゆる苦労人とはほど遠い。そこに、最初から強固な形而上学的な意志がつらぬかれている。

『意味の変容』に存する形而上学的な意志とは何か。それは、彼が例にとった「壺中の天」やカフカの『城』の寓話でいえば、この世からあの世、あるいは内部から外部への「越境」という問題である。森敦は、これを文学や宗教に求めることはしなかった。文学も宗教もその解釈でしかないような、形式的な「空間」においてそれを見いださねばならない。したがって、それは幾何学となる。そして、この幾何学は寓話である。それにかんして、私はプラトンを思い出す。近代の哲学、というよりアリストテレス以後の「哲学」においては、寓話が排除されている。それは哲学が一義的な厳密さを志向するからである。しかし、プラトンはしばしば寓話で語っている。たとえば、イデア論も、洞窟の比喩という寓話で語られている。すなわち、人間は洞窟の中に外に背を向けて閉じこめられており、イデアを見ることが出来ずそれが壁に映った影だけを見ているというものである。

「哲学」はこうした寓話を排除してきた。しかし、それを除去しえたのではない。たとえば、カントが、人間が認識しうるのは「現象」のみで「もの自体」は知りえないというとき、それはプラトン的な寓話の変形であり、したがって、内部と外部の幾何空間に言い換えられることができる。

ただし、カントにおいては、いわば「近代工場」の思考がある。「もの自体」と「現象」の区別を言い出したのはロックであるが、彼はそれを、近代テクノロジーにもとづく寓話として語ったのだ。すなわち、彼は、カメラの前身であるカメラ・オブスキュラにもとづいて、「現象」を「もの自体」の写像であると見なしたのである。実は、数学の「写像」概念も、射影幾何学から来ている。注目すべきことは、森敦が同じことを望遠鏡の比喩で語ったことである。「近代哲学」がプラトンと異なるのは、いわば前者が望遠鏡をもっていることだといってもよい。いいかえれば、カントのいう「現象」とは、人間の先験的な形式(レンズ)によって構成されたものである。だが、そこに「もの自体」がないならば、写像という考えが成立しないであろう。

ところで、カントは、理論的に「もの自体」に迫る論理がすべて二律背反に陥ることを示すとともに、倫理的・美学的なレベルにおいてそこに迫る可能性を示そうとした。それに対して、森敦は、科学と宗教と美学というような区別を斥けている。彼がもつのは、ただ、内部・境界・外部の区別のみである。そして、それのみによって、全領域を考察しようとする。それが彼のいう「最小の幾何学」である。境界がないがゆえに無限である内部に、無限である外部が写像される（対応づけられる）ということ、そこに森の主張のすべてがある。そして、彼がそれによって果たそうとしている事柄が何であるのかは、すでに明瞭であろう。

森敦のいう幾何学は、集合論や論理学の入門書を読めば誰にでもわかる。たとえば、命題（判断）は、森敦が図示するように、内部と外部という図（ベン図）に置き換えられる。しかし、論理学においては、境界が問題とはならないし、境界が問題となるトポロジー（位相空間）では、それが命題論理学の問題とはならない。つまり、たんに数学や論理学だけで考えると、森敦のいっていることは奇怪なものに見えるだろう。その点は、彼自身が懸念していたことである。

しかし、森敦が数学者や論理学者と違うのは、彼の関心が、後者が避けようとするパラドックスにしかなく、またそこからいきなり始めるということである。論理的なパラドックスは、幾何学的には、いつも、内部が外部となり外部が内部となるメビウスの帯の比喩で語られる。たとえば、「クレタ島の人間はすべて嘘つきである、とクレタ島の男が言った」という有名なパラドックスの場合、ベン図で書けば、外部にあったものが内部になり、内部は外部になって、決定不能となる。数学基礎論において、こうした自己言及的パラドックスが、それをいかに避けようとしても最終的に避けられないことを証明したのがゲーデル（一九三一年）である。《近代数学はこのパラドックスの克服に出発している。しかも、いかに完璧な公理群を以てした論理空間も、このパラドックスを免かれ得ないということが、証明されるに至ったんだよ》（六三頁）。

　ゲーデル自身はプラトニストであって、たとえば、決定不能とされる定理（連続体仮説）も、瞑想すれば、それが虚偽であることが直観できると言ったといわれる。にもかかわらず、彼は、逆に、いかなる論証も不完全であるほかないということを論証するというかたちで、「もの自体」を逆証するという方法を貫いた。つまり、ゲーデルもカント的なプロブレマティックのなかにある。それはカントの「批判」以後に追い込まれた思考（理性）の限界という問題と直結しているのである。したがって、森敦は、戦前に中学から高校にかけて、ゲーデルの「不完全性定理」に震撼されたというが、それは数学だけの問題ではありえなかった。たぶん若い森敦が決意したのは、この限界を論理的に突破しようとすることである。彼は仏教（華厳経）に通じていただろうが、宗教でそれを果たすことには満足しなかった。あくまで、それは論証というかたちでなされねばならないし、各宗教はたんにその「解釈」でしかないと考えたのである。

　だが、彼の論証は、論証の不可能性自体を根拠にするものである。つまり、彼はパラドックスから出発したのだ。そのことは、幾何学的にいえば、内部と外部をつなぐ道があるということである。森敦がとりあげた先の寓話がそれぞれ示すのは、内部と外部がつながる道（境界）があるということだが、それは論理的なパラドックスの幾何学的表現である。森敦はいう。《境界に達することのできる道路が一つある。それはわれわれを幽明境にも導く、時間という道路だ》（六六頁）。しかし、時間もまた空間から見られなければならない。時間とはこの矛盾を解消しようとする運動であるから、それは、結局、空間、というより論理空間の問題に帰着するのである。

いま、外部とされる領域に属する境界に、時間と呼ばれる一次元空間が直交するとすれば、それは唯一の大円を描いて円環するであろう。しかし、もしそれが必ずしも境界と直交しないとすれば無数の円環の想定を可能とするであろう。ある宗教は時間と呼ばれる一次元空間が唯一の大円を描いて円環するところのものをもって世界とし、ある宗教はその無数の円環するところのものをそれぞれ世界として包含する。しかし、それがいかなる世界であったにしても、わたしがそこにいるというとき、すでに世界は内部なるものに変換し、境界がそれに属せざるものとして無限なるものとなるから、そこに大小なく対等とされねばならぬ。（九七頁）

ここでいわれる宗教は、前者がユダヤ＝キリスト教、後者が仏教を指していることはいうまでもない。森敦がいうのは、第一に、そうした宗教が何を語ろうと、それは内部・外部・境界という「空間」のなかにある事実を越えるものではないということである。第二に、そこで唯一可能なのは、無限であるような「内部」を実現することである。そうであれば、そこに、無限である外部を写像（対応）しうる。そのとき、あの世はこの世であり、人は、この世において、「死者の眼」を所有できるであろう。

これはむしろ、あの世、あるいは本質的な背後世界を前提する宗教的思考への批判である。もしひとが『意味の変容』に、あの世への志向を見るならば、あるいは、生からの離脱志向を見るならば、それほど大きな誤解はない。森敦はあくまで「生」を肯定しているのだ。とはいえ、外部と内部という区別を保持しているかぎりで、彼は宗教的であるといえる。通常、宗教の否定は、「外部」の否定としてなされる、たとえば、神もあの世も存在しないというように。だが、このような否定は、生を生たらしめるものではない、というのも、「外部」がないならば「内部」もないからである。

宗教はすくなくとも内部をなすところのこの世なる領域に、外部をなすところのあの世なる領域を想念することによって、まさにこの生の生なるゆえんを証明しようとするものだ。いや、ぼくたちは知らず識らず、そのようにして生の生たるゆえんを、想念しているのではないだろうか。（『森敦全集』第二巻九二頁）

しかし、森敦は、それをいわば宗教なしに実現しようとしている。彼が目指すのは不死ではなく、生を生たらしめることである。そして、それは「内部」たらんとすることである。「内部」であることは、森敦の言葉でいえば、「矛盾として実存する」ことである。《人はみな壮麗な蛇が、壮麗なるに似た蛇になろうとする願望があるように、グリ石になろうとする願望がある……ぼくがグリ石になりたかったのは、私が矛盾として実存することから逃れたかったからだ》（五七頁）。しかし、この逃避は不毛である。

矛盾としての実存、すなわち、密閉された「内部」にとどまることこそが、それを出る唯一の道なのだ。それのみが、内部を外部の写像たらしめることによって、外部を「実現」する道である。キルケゴールが「反復」、ニーチェが「永劫回帰」と呼んだのは、そのことではなかったか。森敦は「群像版」ではそれを示唆している。だが、最終稿では、キルケゴールやニーチェという固有名は除かれている、ちょうどカフカの名が消されたように。

というのも、そうした名が通常もつ意味（価値）を取り去る必要があったからだ。森敦は、それらをも「構造」に組み換える。《いかなるものも、まずその意味を取り去らなければ対応するものとすることができない。対応するものとすることができなければ構造することができず、構造することができなければ、いかなるものもその意味を持つことができない》（七八頁）。それは、いわば、キルケゴール・ニーチェ・カフカを読み換えることだといってもよい。しかし、もっと広くいって、先駆稿から最終稿にいたる過程そのものが、「意味を取り去る」作業の反復であり、その作業自体が「意味の変容」なのである。

そして、『意味の変容』という作品自体、一つの円環（永劫回帰）をなしている。最後の言葉は始まりなのである。《すくなくとも、ぼくらはまず極小において見、極大において見、はじめて思考の指針を現実に向けて、その意味を変容において捉えなければならぬ。もし、ぼくがきみの驥尾に付して、何か書くようなことがあったら、この意味の変容において書くだろう》（八五―八六頁）。

（からたに・こうじん　思想家）

本書は、二〇一二年一月刊講談社文芸文庫『意味の変容・マンダラ紀行』および一九九三年三月筑摩書房刊『森敦全集』第二巻を底本とし、旧字を新字に改め、適宜ルビを加えた。本文中には、現代の人権意識からは不適切と考えられる表現があるが、著者が故人であることと刊行時の時代背景を鑑み、そのままとした。

論語
土田健次郎訳注
至上の徳である仁を追求した孔子の言行録『論語』。原文に、新たな書き下し文と明快な現代語訳、解釈史を踏まえた注と補説を付した決定版訳注書。

声と現象
ジャック・デリダ
林好雄訳
フッサール『論理学研究』の綿密な読解を通して、「脱構築」「痕跡」「差延」「代補」「エクリチュール」など、デリダ思想の中心的〝操作子〟を生み出す。

歓待について
ジャック・デリダ
アンヌ・デュフールマンテル序論
廣瀬浩司訳
異邦人＝他者を迎え入れることはどこまで可能か？ギリシャ悲劇、クロソウスキーなどを経由し、この喫緊の問いにひそむ歓待の（不）可能性に挑む。

動物を追う、ゆえに私は（動物で）ある
ジャック・デリダ
マリ＝ルイーズ・マレ編
鵜飼哲訳
動物の諸問題を扱った伝説的な講演を編集したデリダ晩年の到達点。聖書や西洋哲学における動物観を分析し、人間の「固有性」を脱構築する。（福山知佐子）

省察
ルネ・デカルト
山田弘明訳
徹底した懐疑の積み重ねから、確実な知識を探り世界を証明づける。哲学入門者が最初に読むべき、近代哲学の源泉たる一冊。詳細な解説付新訳。

哲学原理
ルネ・デカルト
山田弘明／吉田健太郎／久保田進一／岩佐宣明訳・注解
『省察』刊行後、その知のすべてが記された本書は、デカルト形而上学の最終形態といえる。第一部の新訳と解題・詳細な解説を付す決定版。

方法序説
ルネ・デカルト
山田弘明訳
「私は考える、ゆえに私はある」。近代以降すべての哲学は、この言葉で始まった。世界中で最も読まれている哲学書の完訳。平明な徹底解説付。

社会分業論
エミール・デュルケーム
田原音和訳
人類はなぜ社会を必要としたか。社会はいかにして発展するか。近代社会学の嚆矢をなすデュルケーム畢生の大著を定評ある名訳で送る。（菊谷和宏）

公衆とその諸問題
ジョン・デューイ
阿部齊訳
大衆社会の到来とともに公共性の成立基盤は衰退した。民主主義は再建可能か？プラグマティズムの代表的思想家がこの難問を考究する。（宇野重規）

大嘗祭　真弓常忠
天皇の即位儀礼である大嘗祭は、秘儀であるがゆえ多くの謎が存在し、様々な解釈がなされてきた。歴史的由来や式次第を辿り、その深奥に迫る。

正法眼蔵随聞記　水野弥穂子訳
日本仏教の最高峰・道元の人と思想を理解するうえで最良の入門書。厳密で詳細な注、わかりやすく正確な訳を付した決定版。（増谷文雄）

空海　宮坂宥勝
現代社会における思想・文化のさまざまな分野から注目をあつめている空海の雄大な密教体系！　空海密教研究の第一人者による最良の入門書。

一休・正三・白隠　水上勉
乱世に風狂一代を貫いた一休。武士道を加味した禅をとなえた鈴木正三。諸国を行脚し教化につくした白隠。伝説の禅僧の本格評伝。（柳田聖山）

本地垂迹　村山修一
日本古来の神と大陸伝来の仏、両方の信仰を融合する神仏習合理論。前近代の宗教史的中核にして日本文化の基盤をなす世界観を読む。（末木文美士）

東方キリスト教の世界　森安達也
ロシア正教ほか東欧を中心に広がる東方キリスト教。複雑な歴史と多岐にわたる言語に支えられて発展した、教義と文化を解く貴重な書。（浜田華練）

治癒神イエスの誕生　山形孝夫
「病気」に負わされた「罪」のメタファから人々を解放すべく闘ったイエス。古代世界から連なる治癒神の系譜をもとに、イエスの実像に迫る。

近現代仏教の歴史　吉田久一
幕藩体制下からオウム真理教まで。社会史・政治史を絡めながら思想史的側面を重視し、主要な問題を網羅した画期的な仏教総合史。（末木文美士）

沙門空海　渡辺照宏　宮坂宥勝
日本仏教史・文化史に偉大な足跡を残す巨人・弘法大師空海にまつわる神話・伝説を洗いおとし、真の生涯に迫る空海伝の定本。（竹内信夫）

数学序説　吉田洋一／赤攝也

数学は嫌いだ、苦手だという人のために。幅広いトピックを歴史に沿って解説。刊行から半世紀以上にわたり読み継がれてきた数学入門のロングセラー。

ルベグ積分入門　吉田洋一

リーマン積分ではなぜいけないのか。反例を示しつつ、ルベグ積分誕生の経緯と基礎理論を丁寧に解説。いまだ古びない往年の名教科書。（赤攝也）

微分積分学　吉田洋一

基本事項から初等関数や多変数の微積分、微分方程式などを、具体例と注意すべき点を挙げ丁寧に叙述。長年読まれ続けてきた大定番の入門書。（赤攝也）

数学の影絵　吉田洋一

数学の抽象概念は日常の中にこそ表裏する。数学の影を澄んだ眼差しで観照し、その裡にある無限の広がりを軽妙に綴った珠玉のエッセイ。（高瀬正仁）

私の微分積分法　吉田耕作

ニュートン流の考え方にならうと微積分はどのように展開される？　対数・指数関数、三角関数から微分方程式、数値計算の話題まで。（俣野博）

力学・場の理論　L・D・ランダウ／E・M・リフシッツ／水戸巌ほか訳

圧倒的に名高い「理論物理学教程」に、ランダウ自身が構想した入門篇があった！　幻の名著「小教程」がいまよみがえる。（山本義隆）

量子力学　L・D・ランダウ／E・M・リフシッツ／好村滋洋／井上健男訳

非相対論的量子力学から相対論的理論までを、簡潔で美しい理論構成で登る入門教科書。大教程2巻をもとに新構想の別版。（江沢洋）

幾何学の基礎をなす仮説について　ベルンハルト・リーマン／菅原正巳訳

相対性理論の着想の源泉となった、リーマンの記念碑的講演。ヘルマン・ワイルの格調高い序文・解説とミンコフスキーの論文「空間と時間」を収録。

新 物理の散歩道 第2集　ロゲルギスト

ゴルフのバックスピンは芝の状態に無関係、昆虫の羽ばたき、コマの不思議、流れ模様など意外な展開と多彩な話題の科学エッセイ。（呉智英）

ちくま学芸文庫

新編　意味の変容

二〇二四年十二月十日　第一刷発行

著　者　森敦（もり・あつし）

発行者　増田健史

発行所　株式会社　筑摩書房
東京都台東区蔵前二—五—三　〒一一一—八七五五
電話番号　〇三—五六八七—二六〇一（代表）

装幀者　安野光雅

印刷所　信毎書籍印刷株式会社

製本所　株式会社積信堂

ISBN978-4-480-51280-2 C0193